JOYCE CAROL OATES

Ausgesetzt

ROMAN · AUS DEM AMERIKANISCHEN
VON SILVIA MORAWETZ

S. FISCHER

2. Auflage August 2005
Die Originalausgabe erschien 2002
unter dem Titel »I'll Take You There«
im Verlag The Ontario Review

Satz: H & G Herstellung, Hamburg
Druck und Bindung: Clausen & Bosse, Leck
Printed in Germany
ISBN 3-10-054006-9

Für Gloria Vanderbilt

Inhalt

Ein *Bild* hielt uns gefangen. Und heraus konnten wir nicht, denn es lag in unserer Sprache, und sie schien es uns nur unerbittlich zu wiederholen.

Ludwig Wittgenstein, *Philosophische Untersuchungen*

I. Buße

1

Alle Substanz ist notwendigerweise unendlich.
Spinoza, *Ethik*

Damals, Anfang der Sechziger, waren wir noch keine Frauen, sondern Mädchen. Das wurde, ganz ohne Ironie, als Vorzug angesehen.

Ich denke an das Haus auf einer exponierten Anhöhe des hügeligen und windgepeitschten Campus einer Universität im Norden des Bundesstaats New York, in dem ich als Neunzehnjährige fünf unglückliche Monate unter Fremden wohnte und mich auflöste wie meine billigen Orlon-Pullover. Ich denke daran, dass es in diesem Haus verbotene Bereiche und somit Dinge gab, die dort verboten waren. Manche hatten mit den *heiligen Ritualen* von Kappa Gamma Pi zu tun (schon das Aussprechen dieser Wörter, kannte man einmal ihre Bedeutung, war eine heilige Handlung), manche mit der Hausmutter der Studentinnenverbindung, Mrs Agnes Thayer, einer gebürtigen Britin.

Ich hatte angeblich Mrs Thayer zerstört. *Hätte es zu weit mit ihr getrieben*, ein Ausdruck, bei dem ich immer an einen Steilhang denken muss, an einen Abgrund, in den Mrs Thayer gestürzt ist, weil ich, offenbar als Geist, mit den Armen gefuchtelt habe. Andere wiederum behaupteten, Mrs Thayer habe mich zerstört.

Das Kappa-Gamma-Pi-Haus! Die Anschrift lautete University Place 91, Syracuse, New York. Es war ein massiver, dreigeschossiger Kasten in dem neoklassizistischen Stil, der inzwischen lange passé ist; gebaut aus schwerem Backstein, dunkelrosa und zinngrau changierend wie antike Schätze, geborgen aus der Tiefe des Meeres. Ach, könnten Sie es nur sehen! Und zwar mit meinen Augen! Die hoch aufragende Fassade mit Efeu bewachsen, dessen Blätter im stets gehenden Wind von Syracuse raschelten und zitterten wie Gedanken. Unersättliches Fragen. *Warum? warum? warum?* Der erhabene Portikus und vier große, schöne weiße Säulen von der Art, die man dorisch nennt, glatt und ebenmäßig wie Telefonmasten. Das Haus befand sich am nördlichen Ende des University Place, einen knappen halben Kilometer vom Verwaltungsgebäude Erie Hall entfernt, dem ältesten Bauwerk auf dem Campus. Der University Place selbst war ein breiter Boulevard mit einem Park als Mittelstreifen, mit Ulmen bewachsen, die langsam abstarben, aber immer noch elegant waren. Vom Kappa-Haus zum Campus gehen zu müssen glich an den schlimmsten Wintermorgen dem Besteigen eines Berges, der an manchen Stellen so steil und dessen eisbedeckte Wege so tückisch waren, dass es sich empfahl, lieber über das spröde Gras des Rasens zu gehen. Der Rückweg, meist bergab, war zwar weniger anstrengend, konnte aber ebenfalls tückisch sein. Einen halben Block vom nördlichen Ende des University Place entfernt änderte sich das Terrain wie aus einer grausamen Laune heraus, und man musste einen letzten steilen Hügel erklimmen, eine sich bergauf erstreckende Landzunge, an deren Spitze das stattliche Kappa-Haus aufragte. Über seinem Portikus die rätselhaften Symbole:

ΚΓΠ

Im Unterschied zu den meisten anderen Häusern im Besitz von Studenten- und Studentinnenverbindungen hatte das Kappa-Gamma-Pi-Haus eine Geschichte. Es war kein rein zweckmäßiges, vielmehr ein »historisches« Gebäude, die griechische Residenz eines Millionärs, der hier ehemals gewohnt hatte. Die Villa, erbaut im Jahre 1841 (wie eine Tafel stolz verkündete) von einem bekannten Uhrenfabrikanten aus Syracuse, befand sich seit 1938 im Besitz der in Syracuse neu entstandenen Ortsgruppe der nationalen Studentinnenverbindung Kappa Gamma Pi, ihr übereignet nach dem Tode eines ihrer ehemaligen Mitglieder, einer Witwe. *Ihr Name geheiligt in unserer Erinnerung*, wie man uns Neue feierlich wissen ließ, doch der Name ist mir entfallen. Ich erinnere mich nur noch an das Haus.

Bevor ich im zweiten Semester meines ersten Studienjahres an der Universität bei Kappa Gamma Pi aufgenommen wurde, machte ich oft große Umwege und ging unterhalb des Hauses entlang. Zu der Zeit war ich erst Anwärterin auf eine Mitgliedschaft, noch keine »Schwester«. Liebeskrank zog es mich immer wieder dorthin, und ich blickte sehnsüchtig hinauf zu der würdigen, efeubewachsenen Fassade, zu den hohen weißen Säulen, in meiner Vorstellung viel mehr als vier: fünf, sechs, zehn Säulen! Die hoch oben stehenden Lettern Κ Γ Π erfüllten mich mit Bewunderung, mit Ehrfurcht. Denn ich wusste noch nicht, was sie bedeuteten. *Werde ich eine Kappa sein?,* dachte ich. *Ja! Das werde ich – ich!* Es schien mir unmöglich, es musste aber möglich sein, denn wie sollte es sonst mit mir weitergehen? Besessen, wie von einer fixen Idee, verfolgte ich diese Leidenschaft, ich, eine junge Frau, die damals wahre Leidenschaft nicht kannte, die zurückgewiesen wurde, frustriert war. Wenn das Verlieben ein Spiel war, wäre das Ziel des Spiels für mich gewesen, mich zu behaupten, wie man etwa beim Schach seine Bauern opfert, um die Königin zu retten, war die Königin doch das wahre Ich, das jungfräuliche Ich, unverletzlich – nie gab man seine Königin preis! So erging es mir wie jemandem, dessen Immunsystem den Angriff eines Virus auf den Mikroorganismus nicht mehr abwehren konnte. Meine Augen, getrübt vor Emotion, sahen absichtlich über die schmierige Patina auf Mauern und Säulen oder über das erkennbare Verrotten des bemoosten Schieferdachs hinweg, das, wenn es nass war, in der grellen Sonne so schön schimmerte. Genauso wenig sah ich die rostroten Linien, die, ob ein Geflecht von Äderchen oder die Abdrücke von Fossilien, das Werk des englischen Efeus waren, der stellenweise bereits abgestorben – und das seit Jahren –, mittlerweile verdorrte. Es gab über zwanzig griechische Bauten auf dem University Place und in dessen Umkreis, und das Kappa-Gamma-Pi-Haus war weder das größte noch das schönste. Man hätte sogar meinen können, es sei das abweisendste, ja das hässlichste Gebäude dort gewesen, doch für mich verbanden sich diese Eigenschaften damals mit aristokratischem Edelmut, mit Autorität. In einer solchen Villa zu leben und als neues Mitglied in die Kappa-Gamma-Pi-Verbindung eingeführt zu werden, hieß, das wusste ich, ein neuer Mensch zu sein.

Ich fragte mich, ob ich bei der Aufnahme einen geheimen Kappa-Namen erhalten würde.

Ich glaubte weder an Märchen noch an die lächerlichen Liebesgeschichten, die mit *Es war einmal* beginnen. Dabei spielte ein Märchen bei meiner Geburt und in meiner Kindheit eine große Rolle, allerdings ein grausames Märchen, in dem das Neugeborene nicht gesegnet, sondern verflucht wird. Doch an Kappa Gamma Pi glaubte ich ohne jede Frage. Ich hielt die Verwandlung in einen neuen Menschen nicht bloß für möglich, sondern für normal. Ich hielt die Verwandlung in einen neuen Menschen nicht bloß für möglich, sondern für unausweichlich. Nicht ich natürlich, um genau zu sein, aber ein anderes junges Mädchen, das meinen Namen und mein Gesicht hatte – eine *Aufgenommene*, eine *Aktive* –, würde schon bald in diesem Haus wohnen, würde bebend vor Stolz die Kappa-Nadel aus schimmerndem Ebenholz mit goldenen Lettern und einem goldenen Kettchen über der linken Brust tragen, wo alle privilegierten Mitglieder der Verbindung ihre heiligen Nadeln trugen, in der sprichwörtlichen Herzgegend.

Der Weg hinein. Der Aufstieg zum Haus führte über Steinblöcke, die alt aussahen, antik, Steinblöcke, die rissig geworden waren, zerbröselten; Steinblöcke, über viele Jahre von vielen Füßen ausgetreten. Wenn die Stufen vereist waren oder ein Wind ging (und es ging immer ein Wind, außer im Sommer, wenn die Luft trocken war und stand), konnte man sich an dem verzierten alten schmiedeeisernen Geländer festhalten. Der Hügel oberhalb des Gehwegs war so steil, dass dort kein richtiger Rasen gedieh, nichts, was gemäht werden musste, nur schartige Gesteinsbrocken, zwischen denen winzige Büsche und winterharte Farne der dunklen, bitter-grünen Art wuchsen und *Rosa rugosa* leuchtende Farbtupfer setzte. Ein solches fabelhaftes Gelände an der Vorderseite der Häuser war typisch für die meisten Grundstücke am nördlichen Ende des University Place, für Außenstehende gewiss der angemessene Rahmen für diese alten Gemäuer, die so würdig, abweisend und bedeutend wirkten. Blieb man am oberen Ende der Treppe stehen (ich habe die Stufen viele Male gezählt: achtzehn) und schaute, außer Atem, zurück, bot sich ein Anblick, so verblüffend wie eine Szene auf einem alten Holzschnitt: Auf seinem Hügel, noch etwas höher als der Kappa-Hügel, schwebte in gotischem Dunkelanthrazit Erie Hall mit seiner Glocke, die im langsam verblassenden, braun-goldenen, berückend schönen Licht (zumindest in der Erinnerung) schimmerte.

Dabei war der Himmel in Syracuse oft bedeckt und düster, als verberge er dunkle Geheimnisse, Leidenschaften. Die Wolken waren nie flächig wie auf gemalten Landschaften, sondern vielmehr sich türmende, quellende, von Höckern, Furchen und Spalten durchzogene wogende massige Wolkengebirge, die nur selten weiß, kaum einmal nur diese eine Farbe hatten, sondern eine unendliche Vielfalt grauer Töne: Dunkelgrau, Pulvergrau, Blaugrau, Stahlgrau, Lilagrau, gesprenkelt mit geheimnisvoll auftauchendem und abrupt wieder verblassendem Sonnenlicht. Wenn es regnete oder gerade geregnet hatte, war alles matschig, nass, glänzend, weggewaschen, mal mürrisch, wie bestraft, mal strahlend vor Optimismus und Hoffnung. Außer es lag Schnee in der Luft – »Oh, Gott, riechst du das? Wie Eisenspäne. Das ist *Schnee*.«

Die große, schwere Eingangstür zum Kappa-Haus war aus Eichenholz und hatte einen eisernen Türklopfer; es gab eine Klingel, die, wurde sie betätigt, tief im Innern des Hauses ein zartes, melodisches Gebimmel ertönen ließ. Diese »feminine« Klingel kontrastierte mit der schweren, maskulinen Architektur und vermittelte etwas von der Heimlichkeit, der subversiven Atmosphäre im Haus. Die im Untergeschoss gelegenen Gemeinschaftsräume (wie die pompöse Bezeichnung lautete) hatten etwas beeindruckend Repräsentatives: dunkel, mit hohen Decken und düster trotz der mit einem filigranen goldenen Muster bedruckten französischen Tapeten; die schweren alten Möbel waren »viktorianische Antiquitäten«. Ein *unschätzbares, unwiederbringliches Erbe,* wie uns die Mitglieder der Kappa-Ortsgruppe feierlich versicherten. *Vorsicht!* Wir fühlten uns bei diesen Worten wie zu groß geratene Kinder, die sich tollpatschig in einem Heiligtum bewegten.

Es war ein Heiligtum. Auf seine Art. Zu seiner Zeit. Wer konnte ihm schon widerstehen, dem geschmackvollen Funkeln kristallener Leuchter, tagsüber vielleicht von einer Staubschicht überzogen, abends aber schillernd und blitzend, den üppigen Teppichen – »orientalische Erbstücke!« – mit ihrem lebhaften Muster, die an manchen Stellen wie Edelsteine schimmerten, an anderen, häufiger begangenen, abgelaufen und fadenscheinig waren wie viel benutzte Wolldecken? In mehreren dieser Räume im Untergeschoss gab es marmorne Kamine, imposant wie Altäre, freilich selten benutzt, wie sich herausstellte, da sie heftig rauchten, und überall hingen Spiegel mit filigranen Rahmen und einem wie versengt aussehenden Glas, die selbst das gewöhnlichste Gesicht hübscher machten, wenn man sich auf Zehenspitzen näherte, so wie Alice die Welt hinter den Spiegeln betrat. Durch diese

Spiegel wirkten die dunklen Räume doppelt, ja dreimal größer, als sie waren, wie in einem Traum von kompromissloser Klarheit, aus dem der Träumer erschöpft und seltsam demoralisiert, innerlich ausgehöhlt, erwacht. Bei meinen ersten Besuchen im Haus (während der Vorstellungswoche für die Studentinnen des zweiten Studienjahres) verließ ich die Kappas mit dem irreführenden Eindruck eines prunkvollen Hauses, als wäre ich in einer Kathedrale gewesen.

In einer Ecke des herrschaftlichen Wohnzimmers stand unter einem Ölporträt, das den ersten Hauseigentümer zeigte, ein Steinway-Flügel aus dunklem, matt glänzendem Mahagoni mit fleckigen Elfenbeintasten, von denen einige klemmten; ein wunderschönes Klavier, das aber etwas Melancholisches hatte und stark roch. Mein Herz schlug schneller, ich wollte das Geheimnis dieses Flügels ergründen, wollte *spielen* können. Leider hatte die Hausmutter sogar den zwei, drei geübten Pianistinnen unter den Kappas verboten, den Steinway anzurühren, ausgenommen in der Stunde nach dem Essen und, willkürlich von ihr festgesetzt, an Samstagnachmittagen zwischen halb fünf und sechs, wenn die forscheren Mädchen ihre alten Lieblingsstücke hämmerten, wie etwa »Chopsticks« oder »Begin the Beguine«.

Wenn ich allein in dem Wohnzimmer war, habe ich mich manchmal an den Steinway-Flügel gesetzt und die Finger auf die Tasten gelegt, habe sie sacht gedrückt und einen leisen, zitternden Ton erzeugt, der aus dem Innern des Instruments aufzusteigen schien wie aus dem Meer. (Der Deckel des Flügels war immer geschlossen, fest geschlossen wie ein Sarg.) Ich wusste sehr wenig über Klaviere; wenn ich spielen wollte, dann um es einer Freundin gleichzutun, die Klavierunterricht gehabt hatte, als ich zwölf war. Ich war bei meinen Großeltern, deutschen Einwanderern, aufgewachsen, die eine Farm und keine Zeit für Musik hatten, geschweige denn klassische Musik. Trotzdem war das Klavier im Wohnzimmer der Kappas ein Trost. Als sei es auf eine Art ein

Zeichen von Zuhause. Auch wenn ich nicht spielen konnte und sowieso nicht hätte spielen dürfen. *Das Klavier existiert. Wie die Welt an sich* – ich hatte im zweiten Studienjahr angefangen, Kant zu lesen – *existiert, unabhängig von uns.* Stabilität und Festigkeit des Instruments sprachen dafür, dass es eine Realität jenseits meiner eigenen gab, wertvoller als der flüchtige, stets unbefriedigende Moment, den ich, eine Studentin noch in den Anfängen, einsam inmitten meiner lärmenden »Schwestern«, durchlebte. Denn meine Stimmung war ja nichts als Widerwille gegen die Rückkehr in das voll gestopfte, verräucherte Zimmer im zweiten Stock, das man mir zugeteilt hatte. Dort würde ich unweigerlich meine Zimmergenossin antreffen, eine Kettenraucherin, die in einem Schwindel erregenden Durcheinander von Kleidern, Nagellack (und Nagellackentferner, der wie Entlaubungsmittel stank), schmierigen Lippenstiften, Make-up-Töpfchen und fotokopierten Seminarplänen ihrer Pädagogik-Kurse lebte, und mit ihr andere Kappas, die in der Tür lehnten oder sich auf meinem Bett räkelten, mit der verschwenderischen Lässigkeit von jungen Mädchen rauchten, die kein Erwachsener mehr beaufsichtigt, und ihre Asche mit Mühe da abstreiften, wo ein Gemeinschaftsaschenbecher (mit einem Hulamädchen aus Plastik als Aufsatz) stand. Ich mochte nicht hinaufgehen, weil ich bestürzt hatte feststellen müssen, dass ich als Mitglied – als »Aktive« – von Kappa Gamma Pi noch genauso isoliert war wie zuvor und mir nur sagen konnte: *Bist selber schuld, du! Immer unzufrieden!*

Das war mein Fluch, der mich durchs Leben begleitete. Als hätte mich in meiner Kindheit ein böser Zwerg getauft, während meine Mutter, die davon nichts wusste, dahinsiechte und schließlich starb; das Fingerschnipsen eines Zwergs, der mir giftiges Wasser auf die Stirn träufelte. *Ich taufe dich im Namen ewigen Sehnens, ewigen Suchens und ewiger Unzufriedenheit. Amen.*

Einmal saß ich zu lange, in einen Tagtraum versunken, am Flügel, drückte mit beiden Händen die Tasten zu fast unhörbaren

Akkorden, die wie ferne Geistermusik widerhallten, als plötzlich das grelle Deckenlicht anging (es war ein Spätnachmittag im November, draußen war es dunkel wie mitten in der Nacht) und unsere Hausmutter Mrs Thayer unter dem dramatischen Bogen der Türfüllung stand und mich anstarrte. Sie hatte eine üppige Figur und ein gepudertes Gesicht, das rosa feucht glänzte, fleischig wie Dosenschinken, ihre Miene eine Mischung aus Hochmut und Ungläubigkeit. »Sind *Sie* das – Mary Alice? Was tun *Sie* hier? Habe ich nicht immer wieder erläutert, dass unser Flügel geschlossen zu sein hat, weil er sonst einstaubt und sich verstimmt, ein so teures Musikinstrument, unersetzlich, eine Antiquität, ein Steinway, ein unersetzlicher Steinway, um Himmels willen, ihr Mädchen! Immer wieder habe ich es erläutert!« Und als sei in ihrem Hirn eine Quelle angezapft worden, begann Mrs Thayer zu schimpfen, und das mit dem hellen, trockenen, schneidenden britischen Akzent, mit dem sie das am liebsten tat. Wie Gasflammen blitzten ihre blauen Augen, und sie baute ihre rundliche Gestalt in dem strammen Korsett zu ihrer vollen Größe von vielleicht knapp einssechzig auf und schaute mich einen verheerenden Moment lang an. Jetzt sah ich ihn, den zornigen Schreckschraubenblick, für den unsere englische Hausmutter berühmt war. Selbst die Mädchen aus rivalisierenden Verbindungen wussten über Mrs Thayer von den Kappas Bescheid; Jungs, die mit Kappa-Mädchen ausgingen, schüttelten den Kopf in unfreiwilliger Bewunderung, wenn sie von ihr berichteten. Ich wand mich vor der verächtlichen Frau wie ein Kind mit schlechtem Gewissen und stammelte mit brennendem Gesicht: »Bitte verzeihen Sie, Mrs Thayer, ich wollte nicht …« Mrs Thayer fiel mir ungeduldig ins Wort, denn auch das konnte sie nicht ausstehen: Die Impertinenz, mit der sich diese jungen Amerikanerinnen entschuldigten, aber im selben Atemzug das, wofür sie sich entschuldigten, leugneten! »Keine Ausflüchte bitte! Ich habe diese Ausflüchte alle, alle schon gehört!« Und Mrs Thayer lachte leise, um mir zu zeigen, dass sie mir natürlich nicht böse war; solche Kleinigkeiten konnten sie doch nicht erzürnen, sie, die den Londoner »Blitz« überlebt hatte, wie sie es stolz nannte. Aber natürlich war sie verwundert, amüsiert. »Ach, ihr jungen Amerikanerinnen!« Sie schaltete mit dramatischer Geste das Licht aus und ließ mich im Dunkeln zurück, machte scharf auf dem Absatz kehrt und schritt davon.

Zum ersten Mal gesehen hatte ich Agnes Thayer bei einem Tag der offenen Tür im Rahmen der Vorstellungswoche im Februar zuvor. Sie, selbst nicht Mitglied von Kappa Gamma Pi, war an den Ritualen dieser Wochen nicht beteiligt, war aber eine eindrucksvolle Erscheinung unter den Kappa-Mädchen und überwachte das Ausschenken des Tees mit einem Blick gütigen, lächelnden Vertrauens. Ich hatte noch nie jemanden kennen gelernt, der wie Mrs Thayer sprach, mit so deutlich erkennbarem britischen Akzent, eine Sensation für meine Ohren. »Mrs Thayer, unsere Hausmutter, ist Engländerin, weißt du. Sie stammt aus London.« So bekam ich es mehrmals gesagt. Als ich an den Anfang der Schlange vorgerückt war und mit leicht zitternder Hand meine Tasse Tee und einen kleinen, goldumrandeten Teller mit Plätzchen ergriff, lächelte ich nervös diese Frau im frühen mittleren Alter an, die heiter zurücklächelte. Ich murmelte »Danke«, wie es die anderen taten, und Mrs Thayer murmelte »Keine Ursache, meine Liebe«, doch ihr blauer Blick ging durch mich hindurch, wie die unendlich kleinen, subatomaren, Neutrinos genannten Partikel ständig durch feste Materie hindurchgehen.

Meine Liebe! Noch nie hatte jemand so etwas zu mir gesagt, nicht mal im Scherz.

Als neues Kappa-Mitglied im Kappa-Haus wohnend, wurde ich einer von Mrs Thayers Schützlingen. Mrs Thayer, unsere »Hausmutter«, war für uns die Autoritätsperson. Ihre Herrschaft war absolut.

Wie bei Hoheiten oder dem, was ich mir übers Königtum zusammenreimte, konnte man nicht einfach auf Mrs Thayer zugehen. Man musste ein Ritual befolgen, bevor man mit ihr unter vier Augen sprechen konnte. (Doch was sollte man mit Mrs Thayer unter vier Augen besprechen wollen? Ich konnte es mir nicht denken.) Ihr Bereich, eine kleine Wohnung im Erdgeschoss des Hauses, war ansonsten tabu.

Ihre Zimmerflucht lag gegenüber einem Salon und einer Bibliothek und verlief parallel zu dem großen Speisesaal an der Rückseite des Gebäudes; dieser Salon stand zwar allen Hausbewohnern offen, war aber deutlich von Mrs Thayers Nähe geprägt. Gelegentlich war ihre Tür offen, sogar sperrangelweit, meist jedoch fest geschlossen. Beim Betreten der Bibliothek kam man, wenn die Tür offen war, gar nicht umhin, Mrs Thayers Wohnung wahrzunehmen, man spürte, dass sie jederzeit auftauchen konnte. Ich erinnere mich, wie ich einmal mit einem starren halben Lächeln im Salon stand und, ohne dass ich lauschte, nebenan Stimmengemurmel und sogar Lachen vernahm: Mrs Thayer unterhielt sich mit einem Mädchen aus den oberen Semestern, einem ihrer Lieblinge. *Worüber redet ihr? Worüber lacht ihr?* Als das Mädchen schließlich erschien und Mrs Thayer hinter ihr, bedachten sie mich mit einem gleichgültigen Blick. Kann sein, Mrs Thayer rief mir ein »Ah, Mary Alice! Wie geht es dir?«, zu, lebhaft, brüsk, wie es ihre Art war und bedeutete, dass keine Antwort erwartet wurde.

Ich besaß nicht die Kühnheit, ihr zu sagen, dass ich nicht »Mary Alice« hieß und mein Name auch nicht entfernt so lautete; Mrs Thayer wäre nur beleidigt gewesen.

Der Salon war viel kleiner als das eher prunkvolle Wohnzimmer, die schwarz-goldene Tapete war mit viermal vier Zentimeter großen Nachbildungen der Kappa-Nadel bedruckt, ein Muster, das dem Raum eine Perspektive verlieh, die schwindeln machte, als werde man von einem Sog in die Tiefe gezogen. An der Wand gegenüber der Tür standen vom Boden bis zur Decke reichende Bücherregale, voll gestopft mit alten, ehrbaren Bänden, darunter ledergebundene Klassikerausgaben wie die Gesammelten Werke von William Shakespeare, von Sir Walter Scott oder von Edward Gibbon, die aussahen wie konserviert, als habe sie seit Jahrzehnten niemand aufgeschlagen. An den wild gemusterten Wänden hingen Dutzende gerahmte Fotografien von Kappas, Amtsträgern wie einfachen Mitgliedern der Verbindung, die 1933 mit elf jungen, auf einem Foto sehr entschlossen dreinblickenden jungen Mädchen als Ortsgruppe auf dem hiesigen Campus Einzug hielt. (Wie »fängt« eine Studentenverbindung »an«? Ich konnte es mir nicht denken, und Parmenides' berühmte Frage *Warum ist etwas und nicht Nichts?* half mir hier auch nicht weiter.) Im ganzen Raum verteilt standen und hingen Trophäen aus Messing und Mahagoni, Plaketten, Medaillen, in Goldschrift geprägte Gratulationsurkunden, die ältesten Mitte der dreißiger Jahre datierend; Andenken an lang zurückliegende Bälle, Teestunden oder das eine oder andere Softball-Team, an Picknicks und feierliche Anlässe aller Art, bei denen Kappas auf nationalen Zusammenkünften von älteren Mitgliedern für irgendetwas ausgezeichnet wurden. Der Gedanke schoss mir so schnell durch den Kopf, dass ich ihn gar nicht als echte Offenbarung registrierte: *Sie alle sind das, was man Weiße nennt: Wenn ich dazugehören will, muss ich ebenfalls eine Weiße sein.*

Ein Möbel stach in dem Raum besonders hervor: der mit einer Glasplatte bedeckte Schreibtisch der Aufsicht. Darauf, sogar mit einer Kette befestigt, lag das Ausgangsbuch. Um acht Uhr abends wurde das Kappa-Haus, wie alle Verbindungshäuser auf dem Gelände der Universität, abgeschlossen und der Hinterausgang sogar zusätzlich verriegelt; die für den Abend eingeteilte Aufsichtsperson nahm dann an diesem Schreibtisch Platz. Ihre Aufgabe bestand darin, ankommende Telefonate anzunehmen und die Mädchen auf ihren Zimmern per Summer zu benachrichtigen (private Telefone waren verboten), vor allem aber, dafür zu sorgen, dass niemand das Haus verließ, ohne sich vorher im Ausgangsbuch einzutragen. »Unter meinem Dach wird die Einhaltung der Ausgangsregeln großgeschrieben«, hatte Mrs Thayer uns streng gewarnt. Das hieß, dass der Ausgang unter der Woche um elf Uhr abends, freitags um zwölf, samstags um ein Uhr nachts und sonntags um zehn Uhr abends endete, Universitätsregeln, die allerdings nur für Anfangssemester galten. (Den männlichen Studenten wurden solche Ausgangsregeln nicht auferlegt. Sie konnten ihren Verbindungshäusern tagelang fernbleiben, ohne der Universitätsleitung gemeldet zu werden.) Da der Salon direkt an Mrs Thayers private Wohnräume angrenzte, waren lautes Sprechen, Gelächter und jede Art von »Theater« untersagt. Auf speziellen Tischen waren Kappa-Jahrbücher und andere, mit den Kappa-Insignien geschmückte Veröffentlichungen ausgebreitet, und auf einem Kaffeetisch lagen, fächerförmig angeordnet, Zeitschriften und Zeitungen, hauptsächlich veraltete Nummern des *Punch, Harper's & Queen* und des *Manchester Guardian*, aber auch anderer Zeitungen, die Mrs Thayer abonniert hatte und mit der Post erhielt. Schon deren feines, dünnes Papier vermittelte den Eindruck von Elite. Jeder, der mit Mrs Agnes Thayer persönlich bekannt war, musste einräumen, dass alles Britische qualitativ hochwertiger war als sein amerikanisches Gegenstück. Diese Ansicht teilten gewiss auch die ehemaligen Kappas, die Mrs Thayer, beeindruckt von ihrem Akzent und ihrem Auftreten, eingestellt hatten. Außer mir habe ich jedoch nie eine meiner Kommilitoninnen auch nur einen Blick in diese Druckwerke werfen, geschweige denn sie lesen sehen, ausgenommen das Hochglanzmagazin *Harper's & Queen*, das ab und zu mal durchgeblättert und dann wieder auf den Tisch geworfen wurde. Die Zeitungen durften auch nicht aus dem Salon entfernt oder »unordentlich« zurückgelassen werden. Sogar die Tageszeitung von Syracuse, in die ein paar Mädchen hineinsahen, musste auf den Tisch zurückgelegt werden, als hätte sie noch niemand in der Hand gehabt, alle Seiten wieder sauber gefaltet und genau an der Stelle, die Mrs Thayer dafür ausersehen hatte.

Eifrig las ich die britischen Blätter, für mich exotischer als alle mir bis dahin bekannten Druckerzeugnisse. Ich kam aus einer abgelegenen Gegend im ländlichen Westen des Staates New York. Ich studierte den *Guardian*, vor allem die Feuilletonseiten, versuchte die mir mit ihren Konnotationen völlig fremden Karikaturen im *Punch* zu verstehen. Es erstaunte mich, dass die englische Sprache, in die ich doch hineingeboren war, mir so fremd sein konnte, so fremd wie die Kultur, die ihr ureigenster Ausdruck war. In *Harpers's & Queen* betrachtete ich Fotografien von »Landhäusern in Mittelengland« – Herrenhäuser, so riesig wie in den Romanen von Jane Austen und Charlotte Brontë, mit hektargroßen, leuchtend grünen Rasenflächen, riesigen Beeten mit im Wind sich wiegenden Narzissen, Iris und Tulpen und eleganten, wenn auch absonderlich gekleideten Männern und Frauen zu Pferde, »unterwegs zur Fuchsjagd«. (Dort jagte man Füchse? Diese kleinen, wunderschönen Tiere? Fotos davon gab es nicht.) Ich betrachtete Fotografien der Königin und der Königlichen Familie, die, in starrer Pose und verziert mit königlichen Insignien, aussahen wie gewöhnliche, eher einfache Menschen auf einer Kostümparty. Mir drehte sich der Magen um: Ich merkte plötzlich, dass ich derlei Pomp und Prätention verachtete; ich war Amerikanerin durch und durch und glaubte nicht an ererbte Privilegien. Trotzdem legte ich die britischen Zeitschriften genauso auf den Tisch zurück, wie Mrs Thayer sie arrangiert hatte.

Der Salon, der Schreibtisch der Aufsicht, die Nähe von Mrs Thayers Privatwohnung – dieser Teil des Hauses war für mich schon bald angstbesetzt. Noch jetzt, Jahre später, tun mir die Schläfen weh bei der Vorstellung der mit dem Kappa-Zeichen bedruckten Tapete. Als Studentin im zweiten Studienjahr musste ich alle zehn, zwölf Tage die Aufsicht übernehmen. Ich war aber so eingeschüchtert von meinen älteren »Schwestern«, die einfach frech lachten, winkten, ja mir Handküsse zuwarfen oder mich überhaupt nicht beachteten, wenn sie aus dem Haus gingen, dass ich mich nicht traute, ihnen nachzurufen oder gar hinterherzulaufen und sie auch nicht unserer Hausmutter meldete, wie es eigentlich meine Pflicht gewesen wäre. *Unter meinem Dach wird die Einhaltung der Ausgangsregeln großgeschrieben!,* schärfte Mrs Thayer uns laufend ein, doch aus Feigheit und weil ich gemocht werden wollte, konnte ich mich nicht durchsetzen. Schon bei meiner ersten Abendaufsicht zeigte sich das Schema, nach dem es monatelang verlaufen sollte: Ein halbes Dutzend Mädchen ging ungeniert am Anwesenheitsbuch vorbei und trudelte, noch schlimmer, erst nach Ende der erlaubten Ausgehzeit wieder ein, kichernd und betrunken, von ihren Freunden an der Tür abgeliefert. Um diesen Umstand zu verschleiern, schaltete ich das Licht im Salon aus, damit Mrs Thayer keinen Verdacht schöpfte und davon ausging, dass alle für die Nacht im Haus waren, hockte mich sogar auf die Foyertreppe und versuchte, bei der schlechten Beleuchtung die fünfzig Seiten in Spinozas *Ethik* zu lesen, die ich für meinen Kurs in Europäischer Philosophiegeschichte am kommenden Vormittag durchzuarbeiten hatte. Immer wieder las ich, ohne das Geringste aufzunehmen: *Unter Ursache seiner selbst verstehe ich dasjenige, dessen Wesen die Existenz notwendig einschließt, oder dasjenige, dessen Natur nicht anders als existierend gedacht werden kann.* Ich wusste nicht, was ich tun sollte: Was, wenn einige meiner Kappa-Schwestern die ganze Nacht über fortblieben? Was, wenn ihnen etwas »passierte«? Mir war klar, dass ich dann mitschuldig war, und das akzeptierte ich auch; auf eine Art war ich sogar noch schuldiger als die weggegangenen Mädchen, denn ich hatte sie ja nicht Mrs Thayer gemeldet und deren Autorität ebenfalls gefährdet. Doch sie kamen alle nach Hause: Viertel nach eins, zwanzig vor zwei, fünf nach zwei, die Letzte zwanzig nach zwei; allerdings läuteten sie nicht (denn davon wäre Mrs Thayer sofort wach geworden), sondern klopften alle an das Bleiglasfenster neben der Tür und schienen zu wissen, dass ich auf sie wartete, klaglos und gehorsam wie eine Magd. Die letzte Heimkehrerin dieser Nacht war die glamouröse, beliebte Mercy (kurz für Mercedes), als Studentin in einem oberen Semester eine höherrangige Kappa, die ich wegen ihres unverschämt guten Aussehens, ihres ansteckenden Lachens und ihrer »Persönlichkeit« bewunderte. Auf wackligen Beinen wurde Mercy von einem Footballspieler namens Deke, mit dem sie »verbandelt« war, an der Tür abgeliefert; der stämmige blonde Junge stierte mich benommen und gutmütig an wie ein Ochse, als ich leise die Tür aufmachte – »So ist's brav, Mädchen.« Mercys blondes Haar war aufgelöst, ihr kunstvolles Make-up verschmiert; sie sah aus, als habe sie im Dunkeln hastig ihre Kleider übergeworfen, oder als habe jemand anders sie ihr hastig übergestreift; sie stank nach Parfum, Bier und Erbrochenem. Als sie die Treppe hinaufwankte, stolperte sie und kicherte »Verdammt!«, aber ich war dicht hinter ihr und fing sie auf, berührte zwangsläufig ihren heißen, feuchten Körper. Mercy schrak mit einem Rest von Würde in den glasigen Augen vor meinen kalten Fingern zurück und lallte verächtlich: »*Du* – wer bist *du* denn! Nimm deine Pfoten weg!«

Fing es da an, dass ich den Boden unter den Füßen verlor?

Oder hatte es schon Monate, gar Jahre zuvor angefangen? Und wurde sie mir in meiner Erschöpfung zu dieser späten Stunde nur vollends bewusst – die Lächerlichkeit? Aufzuwachen und zu merken, dass ich mich hier unter Fremden befand, die gleichgültig waren, taub gegen mich, während ich sie doch bloß bewundern wollte und in meiner

Not ein Lehrbuch umklammerte, eine Ethik aus dem siebzehnten Jahrhundert, niedergelegt in Theorien und Sätzen wie Geometrie. Mühsam unterdrückte ich das Weinen. Denn ich war ja kein Kind mehr. War neunzehn und erwachsen. Aber es tat weh!, mein gebrochenes Herz!, dazu verurteilt, mein Leben lang den Stachel dieser rüden Abfuhr zu spüren.

Schwestern! Immer hatte ich mich danach gesehnt, Schwestern zu haben.

Von der ersten Klasse an hatte ich mit unverhohlenem Neid und mit Verwunderung die großen Farmerfamilien gesehen, denen die meisten meiner Klassenkameraden entstammten. Denn selbst wenn sich Schwestern stritten – und sie stritten sich dauernd! – blieben sie doch Schwestern. Daran war nicht zu rütteln: Sie lebten zusammen, aßen zusammen, teilten Zimmer, häufig sogar Betten. Eine trug die Sachen der anderen: Fausthandschuhe, Schals und Stiefel wechselten zwanglos den Benutzer. Sie hatten ähnliche Gesichtszüge, Hand- und Kopfbewegungen, Gesten. Einen gemeinsamen Familiennamen. Aber ich hatte keine Schwester und würde nie eine Schwester haben. Und außer in meiner Erinnerung, die andere mir streitig machten, hatte ich auch keine Mutter. Wurde bemitleidet als Monstrum, ohne Mutter. Meine Brüder waren viel älter als ich und gaben sich nicht mit mir ab, hänselten und reizten mich nur manchmal, wie große Hunde mit kleinen spielen, was nicht immer ohne Verletzungen abgeht, die aber nie böswillig oder absichtlich zugefügt werden. Mein Vater, der »auf dem Bau« arbeitete, war oft wochen-, ja monatelang nicht zu Hause – es war nie klar, wohin er ging, zumindest mir nicht. Meine Brüder und ich lebten bei den Eltern meines Vaters auf deren zwölf Morgen großem, auf Milchwirtschaft spezialisiertem Bauernhof unweit von Strykersville, in Niagara County, New

York, dreißig Meilen nordöstlich von Buffalo und drei Meilen südlich des Lake Ontario.

Man nennt die Gegend auch den Schneegürtel.

Eine Kindheit im Schnee. Kahle, zugeschneite Flächen. Die keine Spur im Gedächtnis zurückließen. Neben dem Fenster meines kleinen Zimmers unter der Dachtraufe eine höhlenartige Öffnung im Schnee, gebildet von den herabhängenden Ästen einer Lärche. Selbst nach dem heftigsten Schneesturm gab es immer noch diesen geschützten Platz unter dem Fenster, ich konnte hinausschauen und sah hinter einer blendenden Weite, so groß wie ein zugefrorener See, das vertraute Gelände unserer Farm.

Meine Mutter starb, als ich anderthalb Jahre alt war. Man sagte mir: *Deine Mutter ist von uns gegangen*. Später sagte man mir, meine Mutter habe unbedingt eine Tochter gewollt und es deshalb nach drei Söhnen – und zwei Fehlgeburten – »immer wieder versucht«, schließlich mit einundvierzig noch einmal ein Kind bekommen und sich davon nie erholt. Der Ton, in dem man mir das sagte, war missbilligend, vorwurfsvoll. Zu der Zeit war eine Mutterschaft mit einundvierzig abstoßend, ja sogar obszön. Es passte also ins Bild, dass meine Mutter nicht »normal« hatte gebären können, sondern nur durch einen Kaiserschnitt, der aber nicht heilen wollte, und dass in ihren vor Milch prallen Brüsten Zysten entstanden wie kleine Kieselsteine. Das unendlich dünne und feine Geflecht ihrer Nerven, das sie, die mir unbekannt Gebliebene, zusammenhielt, verengte sich immer mehr, bis es eines Tages aufbrach und nicht mehr repariert werden konnte, so wie eine Spinne ihr Netz, ist es einmal zerrissen, nicht mehr flicken kann. Ich war acht Jahre alt, da sagte meine Großmutter, die ich mit irgendetwas geärgert hatte, in bitterem, aber auch hämischem Ton zu mir, meine Mutter sei an etwas gestorben, das habe sie *aufgefressen: Krebs*. Wies dabei linkisch, mit beschämter Miene, auf ihren eigenen, eingefallenen Busen und fügte hinzu: »Das haben sie ihr abschneiden müssen …«, und verstummte. Ich war sprachlos vor Entsetzen. Ihre Brüste? Meiner Mutter, die ich so liebte und die mir so fehlte, hatten sie die Brüste – abgeschnitten?

Ich rannte aus dem Haus und versteckte mich in einem Kornfeld. Es war Sommer. Ich überhörte absichtlich, dass sie nach mir riefen. Ich hasste sie alle. Ich würde ihnen nie verzeihen.

Später hatte meine Großmutter ihre Worte offenbar vergessen. Oder tat jedenfalls so. Stillschweigend ging man aber davon aus, dass ich von diesem beschämenden Geheimnis meiner Mutter wusste und die Verantwortung für dieses Wissen zu übernehmen hatte. Manchmal bekam ich mit, wenn meine Großmutter mit Verwandten oder Nachbarn sprach und, ohne zu überlegen, ob ich vielleicht in Hörweite war, in mürrischem Ton sagte: »Für ihn ist sie schuld daran, wisst ihr – die Kleine. Dass Ida gestorben ist.« Schon als kleines Kind begriff ich das verhängnisvolle Nebeneinander dieses »für ihn« (meinen Vater) und »sie« (die »Kleine«, also ich).

Aber ich erinnere mich an sie. Ich bin die Einzige, die sich erinnert.

»Ida« – für mich lag ein Zauber in dem Namen. Man flüsterte ihn, im Dunkeln. Unter der Bettdecke. Wenn man die Stirn an die gefrorene Fensterscheibe presste. »Ida.« Was für ein seltsamer, schöner Name: Ich konnte ihn nicht oft genug sagen; er war leicht mit »ich« in Zusammenhang zu bringen durch das einfache »i«, das ich mit Mund und Zunge zu formen lernte, wenn ich von mir sprach.

Ich gebe zu, dass meine Brüder sich entrüstet dagegen wehrten, wenn ich behauptete, mich an meine Mutter zu erinnern: »*Du!* Du warst doch zu klein, du warst ein Säugling, als sie starb. *Wir* haben sie gekannt.« Sie hassten mich dafür, dass ich auf der Welt bin; meine Geburt war die Ursache für den Tod unserer Mutter, trotzdem war ich, ein kleines Kind, ja kein würdiger Gegner. Sie behaupteten, ich kennte meine Mutter bestenfalls von »Schnappschüssen« und nicht wirklich aus meiner Erinnerung, ich verwechselte die blasse, reife mit der jüngeren, viel hübscheren Frau auf den Fotos in unserem Familienalbum, auf denen sie mit in die Seiten gestemmten Händen, das dunkle Haar im burschikosen Stil der zwanziger Jahre zum Bob frisiert, abgelichtet war, der Kamera ein Lächeln schenkte, frech und flatterhaft wie ein Vogel, der auf ein Fenster zufliegt. Ich wollte nicht darüber nachdenken, dass diese verblüffende junge Frau genau genommen nicht meine Mutter war. Doch ich bewunderte diese frühen Schnappschüsse. Andere, aus den dreißiger Jahren stammende Fotos – meine Mutter mit meinem Bruder Dietrich, elf Jahre älter als ich, meine Mutter mit meinem Bruder Fritz, zehn Jahre älter als ich, meine Mutter mit meinem Bruder Hendrick, sieben Jahre älter als ich – beschäftigten mich viel weniger, obwohl sie meiner Geburt zeitlich näher lagen. Denn ich konnte es nicht ertragen, meine Mutter mit Kindern zu sehen, die nicht ich waren, kleinen Kindern, die auf ihrem Schoß saßen, ihr um die Beine strichen. Sie sah auf den späteren Fotos müde aus, hagerer, ihr Lächeln wirkte gezwungen; der schicke Bob war verschwunden, ihr Haar war offen oder streng aus dem Gesicht genommen und im Nacken zusammengebunden. Sie war fülliger geworden, formlos. Nach meiner Geburt war meine Mutter gesundheitlich so angegriffen, dass wir zwei nicht fotografiert wurden. Von der Jüngsten gab es keinen einzigen Schnappschuss. Und trotzdem behauptete ich, mich an meine Mutter zu erinnern und widersprach eigensinnig, wenn jemand mir das ausreden wollte, etwa meinen deutschen Großeltern, die ich nur als alte Leute kannte und die mir nur Mitleid und Ablehnung entgegenbrachten. Es war klar, dass sie schon meine Mutter nicht gemocht hatten und mich noch weniger mochten, denn ich hatte sie umgebracht und ihren einzigen Sohn tief ins Unglück gestürzt. Sie unterhielten sich in einer Sprache, die ich nicht verstand, nicht verstehen und auch am College nicht lernen wollte, obwohl sie manchmal mit schwerem

Akzent Englisch sprachen, damit ich es mitbekam: »Die! Wo die nur solche Ideen her hat!«, worauf ich im Stillen sagte: »Von *euch* nicht! Von keinem von euch!«

Mein Vater sprach mit niemandem über persönliche Dinge. Er war gekränkt, mürrisch, zornig und verstört. Er war kräftig und groß, maß gut einsachtzig und wog vielleicht zweihundert Pfund. Unter seinen Schritten vibrierte das Haus. Mit einem tiefen Atemzug nahm er schon einen großen Teil des Sauerstoffs aus der Luft eines Raumes auf. Der Tod meiner Mutter war für ihn eine Wunde, die nicht heilen mochte. Er wollte auch nicht, dass sie heilte, obwohl es ihn um den Verstand brachte. Er gab sich den Anschein, zu vergessen, wie ich heiße, rief mich nie bei meinem Namen; »du« musste genügen, »du« war das Äußerste, worauf ich hoffen durfte; »du« war erstrebenswerter als »ich«, denn »ich« sagte ja nur ich, wohingegen mein Vater, wenngleich nur nuschelnd und abfällig, wenigstens »du« sagte. »Du! – ich hab dich gar nicht gesehen.« Oder: »Du? – nicht im Bett?« Ich wollte unbedingt bei meinem Vater sein, selbst wenn er mich im dunklen Flur anrempelte, selbst wenn er mir beim Betreten eines Raumes auf die Füße trat – er jedoch nicht gleichermaßen bei mir. Das lag nicht nur daran, weil ich (wie ich glaubte) meine Mutter umgebracht hatte, sondern weil er mich ohne meine Mutter, ohne eine Frau, die zwischen ihm und mir vermittelte, nicht verstehen konnte. Ein Mädchen? Noch dazu klein. Mit diesen Augen! Er scheute vor mir zurück, wie man vielleicht vor einem jungen Hund zurückscheut, der die Beine hochspringt, sabbert und herzzerreißend jault, wenn man ihn allein lässt. Wenn mein Vater merkte, dass er in meinem Beisein allein war, hob sich sein verwunderter Blick ein paar Zentimeter über meinen Kopf, als hielte er Ausschau nach – wem? (Unserer verschwundenen Ida?) Mein Vater rauchte Camel, zündete sie mit Streichhölzern an, die er geräuschvoll am gusseisernen Herd anriss: Ich sehe sie noch, kann sie mir vor meinem geistigen Auge immer vergegenwärtigen, die plötzlich aufspringende bläuliche Flamme, die sofort orange wurde und die rätselhafte, undefinierbare Farbe des Feuers annahm. Mein Vater musste bei den ersten Zügen selbst die Augen zusammenkneifen vor dem Rauch, den er ausstieß; es war eine seltsame Zeremonie, schwer mit anzusehen, aber bedeutsam, wie mein Vater wegen des Rauchs die Augen zusammenkniff und hustete, manches Mal sogar lange. (Dass mein jüngster Bruder nie geraucht, nie den Wunsch verspürt hatte, sich eine Zigarette anzuzünden, begründete er damit, dass er gehört habe, wie mein Vater, wenn er morgens zu Hause war, »sich die Lunge aus dem Hals gehustet« hatte; ich selbst habe nur eine schwache Erinnerung an dieses anhaltende Husten, und mein Verhältnis zu meinem Vater war immer voller Hoffnung, nie kritisch, und das schloss seine Zigaretten ein.) Wenn ich selber vor den Rauchschwaden die Augen zusammenkniff, hustete oder sie mit einer Handbewegung zu zerteilen versuchte, sagte mein Vater sofort tonlos: »Geh woanders hin, wenn dir der Rauch nicht passt.« Das war kein Befehl und erst recht keine Drohung; es war lediglich eine Bemerkung.

Geh woanders hin, wenn dir der Rauch nicht passt.

Wenn er das sagte, tat ich so, als hätte ich es nicht gehört. Kinder lassen sich viel einfallen, um nichts hören oder sehen zu müssen. Wir lächeln angesichts von Feindseligkeit, auf dass sie sich in Liebe verwandle. Ich war fasziniert von der linken Hand meines Vaters, die er sich nach eigener Aussage bei einem Arbeitsunfall verletzt hatte; die Knöchel waren grotesk zusammengedrückt, als wären sie in einem Schraubstock eingeklemmt gewesen, und die Nägel waren höckrig und dunkel verfärbt, der kleine Finger war bis zum ersten Glied amputiert – das war die Hand, mit der mein Vater gewöhnlich rauchte, die er ständig zum Mund führte.

Ich stellte mir vor, wie er mich mit dieser Hand berührte. Mir über den Kopf strich.

Meine Mutter hab ich gekannt, nicht? Aber diesen Mann nicht. Vater.

Er hat mich nie geküsst. Mich nie aus freien Stücken berührt (nicht mal mit der entstellten Hand). Meine Brüder hat er beim Kommen oder Gehen auf den Bizeps geboxt – leicht zwar, aber immerhin so heftig, dass sie zusammengezuckt sind. (»Okay, Junge. Bis dann.«) Denn unser Vater ging ständig weg. Er setzte den Wagen schneller rückwärts aus der Ausfahrt, als er vorwärts einfuhr. Der Schlamm spritzte unter seinen Rädern auf, bei Regenwetter waren die Scheibenwischer bereits an. Es erschien nur logisch – jedenfalls in dem primitiven Wunschdenken eines Kindes –, dass mein Vater zuerst mal auf die Farm in Strykersville zurückkehren musste, wenn er sie verlassen wollte. Und wie schnell er sie wieder verließ, hing davon ab, wie widerstrebend er gekommen war, nicht? Das eine war schließlich ohne das andere nicht zu haben. Es war fast ein Witz, welche starke Abneigung mein Vater gegen das Leben auf einer Farm hatte: Gegen die Milchkühe, die er seit seinem sechsten Lebensjahr hatte melken müssen – keine Aufgabe für einen Jungen, die langen, gummiartigen Euter anzufassen. Nun ja, doch: schon eine Aufgabe für einen Jungen. Aber mein Vater wollte kein Bauernjunge sein. Diese glitschigen Zitzen: Titten. Und der Geruch des Kuhdungs, in frischem, flüssigem Zustand so viel stärker als nach dem Festwerden, Austrocknen. Mein Vater hatte seinen Vater in Wut versetzt, wenn er die Kühe malträtierte, so derb an den Eutern zerrte, dass diese großen, gutmütigen Tiere muhten und austraten. Manches davon fand Eingang in die Familiengeschichte, denn sogar Familien, die gute, glückliche Zeiten – und lägen sie auch weit zurück – nicht kennen, halten eine Familiengeschichte in Ehren, wie karg die auch sein mag. »Die Kühe malträtiert«, wie mein Vater es getan hatte, wurde Jahrzehnte später zum geflügelten Wort für seine »Unabhängigkeit«. Denn mit siebzehn hatte er den Bauernhof verlassen und bei Lackawanna Steel zu arbeiten begonnen, einer berüchtigten Fabrik, die für die damalige Zeit in der Gegend hohe Löhne zahlte, aber ein gefährlicher Arbeitsplatz war, vor allem für Ungelernte. Er hatte einen Lastwagen gefahren, war in die Gewerkschaft eingetreten. Er hatte beim Spielen Geld gewonnen und Geld verloren, und er hatte ein Mädchen geheiratet, das kein Wort Deutsch konnte. Er hatte einen gewissen Ruf unter den Männern seiner Generation in Strykersville. Galt als »Kämpfer«, als »harter Hund«, der sich »von niemand etwas gefallen ließ«. Als ich auf der Highschool war, war mein Vater bereits gealtert, war mitgenommen, hatte »Probleme« unklarer Natur, zweifellos im Zusammenhang mit Alkohol und seinen Folgen – Kneipenschlägereien, Unfällen, Verhaftungen, kurzen Haftstrafen, die er im County-Gefängnis absaß, Krankenhausaufenthalten in Städten, zu weit von uns weg, als dass wir ihn hätten besuchen können. In einer Schublade bewahrte ich die Postkarten auf, die mein Vater uns schickte: Aus Kalifornien eine Karikatur von Holzarbeitern, die Redwoods, kurvenreich wie Frauen, zersägten; aus Anchorage in Alaska eine Karte, auf der Lachse von selbst in Fischerboote sprangen; Karten aus British Columbia, Manitoba, Saskatoon, Saskatchewan. (Aus Saskatoon schickte uns mein Vater sechs kanadische Hundertdollar-Scheine, die mein Bruder Dietrich in Buffalo auf eine Bank brachte, wo sich herausstellte, dass sie zehn Prozent mehr wert waren als amerikanische Dollar.) Aber es kam auch vor, dass mein Vater abends nach elf Uhr zu Hause anrief, R-Gespräch. Meine Großmutter, deren Herz wie trockenes Wurzelgemüse war, hart wie eine Rübe, brach in Tränen aus, wenn sie mit meinem Vater telefonierte: Er war ihr Einziger. Mein Großvater schnarrte in hilfloser Wut: *Ja? Was? Was für Tricks?* Wenn meine Brüder zu Hause waren, sprachen sie jeder einzeln mit ihm, Dietrich am längsten und in melancholischem Ton, Fritz langsam und um Worte ringend, Hendrick, der Jüngste, murmelte jungenhaft-erstaunt: *Mann, Dad, in Gal-ves-ton? Am Golf vom Mexiko? Echt?* Aufgeregt wartete ich neben Hendrick, bis ich an die Reihe kam, doch es passierte oft, dass mein Vater »kein Kleingeld mehr« hatte, »von der Vermittlung unterbrochen« wurde, ehe ich den Hörer ergreifen konnte.

Trotzdem begann ich Überraschungen für ihn aufzuheben. Glatte Einsen in der Schule, glänzende rote Sterne hinter meinem Namen (der seinen ja einschloss) auf dem schwarzen Brett, sogar ab und zu mein Foto in der Wochenzeitung von Strykersville. Er musste doch beeindruckt sein, stolz auf seine Tochter? Oder?

Ich stellte es schlau an, wenn ich von ihm sprechen wollte. Fragte meine Großmutter nie direkt über ihn aus. Ungeschickte Fragen führten nur dazu, dass die alte Frau sich an den Kopf fasste und halb schluchzend und mit verzogenem Gesicht deutsche Worte zu murmeln begann – ob Gebete oder Flüche, wer wusste das schon? Unter den ältesten Fotos, die sie aufbewahrte, waren welche von meinem Vater als dunkelhaarigem, kräftigem, gut aussehendem jungen Mann mit dichtem Haar und verwegenem Lächeln. Nach und nach alterte dieser junge Mann zu einem mürrischen Fremden mit eingefallenem Gesicht, der immer einen Zwei- oder Dreitagebart trug. Der Mann, der *mein Vater* war: Rot geäderte Augen, die Nase geschwollen wie nach dem Stich einer Biene. Mit Zähnen, so gelb wie fleckiges Elfenbein. Der Geruch, der von ihm ausging, verbindet sich für mich mit etwas Bedrohlichem, mit Furcht, aber auch mit etwas Aufschneiderischem, mit einem gewissen Glanz, mit Tabak, Whisky, mit abgestandenem Schweiß, Aufgeregtheit. Mein Vater sprach mit uns allen nur wenig, sondern wälzte die Wörter im Mund herum, als kaue er Tabak, den er, obwohl er es wollte, nicht ausspuckte. Manchmal ertappte ich ihn dabei, wie er mich im Schein der Lampe ansah, eine stechende, farblose Flüssigkeit trank, eine seiner Camels rauchte. Die Rauchwolke verbarg seinen Blick. *Das ist sie, nicht? Sie, die schuld daran ist.* Es muss eine Zeit im Leben meines Vaters gegeben haben, in der er vergessen hatte, woran ich schuld war. Die Gewohnheit, *der Kleinen* die Schuld zu geben, war aber so eingefleischt, war – wie bei anderen rassistische Überheblichkeit oder Linkshändigkeit – so sehr Teil seines Charakters, dass er sie nicht mehr ablegen konnte. Genauso wie Dietrich, sein Ältester, immer sein Lieblingssohn war.

Ich versuchte, mir meine Mutter und meinen Vater als Liebespaar vorzustellen. Wie *liebten* sich ein Mann und eine Frau? Was hatte sie zusammengeführt, warum hatten sie geheiratet? Ihr Leben war verschwunden, ohne bei mir Spuren zu hinterlassen, wie die Überbleibsel von Fossilien, die abgeschliffen und von der Sonne ausgebleicht sind. Mir wurde schwummerig, als ich begriff, dass mein Dasein auf der Welt auf das Zusammentreffen der Körper dieser Fremden zurückzuführen war; eine andere Möglichkeit gab es nicht. Die Grundfrage, die am Beginn aller Philosophie steht, traf auch auf das Rätsel meiner Empfängnis und Geburt zu: *Warum ist etwas und nicht Nichts?*

»Wie leicht, gar nicht geboren zu sein.«

Ich sagte es laut, verwundert über diese Erkenntnis. Denn wo mein Gesicht hätte sein müssen, sah ich im Spiegel nur einen verschwommenen Fleck, ein Nachleuchten.

Während meiner letzten beiden Highschool-Jahre war mein Vater ständig im Mittleren Westen. In dieser Zeit hatte ich immer wieder denselben Albtraum von einer Gefängnismauer aus Schlackestein und dem Gestank eines verstopften Abwasserrohrs, doch vielleicht lag es nur an meiner überreizten Fantasie, und ich traute mich nicht, meine Großeltern oder meine Brüder zu fragen, was der Traum bedeuten könnte. Und dann gab es eine Zeit, in der mein Vater in einer »Entzugs«-Klinik in Erie, Pennsylvania, lag. Unerwartet tauchte er zu meinem Highschool-Abschluss auf, doch während ich meine Abschlussrede hielt, anfangs mit zitternder Stimme, die dann aber immer kräftiger wurde, war mein Blick so verschleiert, dass es mir erspart blieb, einzelne Gesichter im Publikum zu erkennen, darunter das meines Vaters. In weißem Hemd und gebügeltem Jackett saß er dort und erlebte mit, wie ich mehrere Medaillen erhielt und als die einzige Absolventin dieses Jahrgangs genannt wurde, der vom Staat New York ein Stipendium für den College-Besuch zugesprochen worden war. Mein Vater – endlich zu mir zurückgekehrt! – saß mit Stoppelkinn und blutunterlaufenen Augen da und sah mit seinem breiten, seine Zahnlücken entblößendem Lächeln aus wie ein Halloween-Kürbis. Sein ehemals so dichtes, wirres Haar war auf der Stirn unregelmäßig gelichtet und entblößte einen dellig wirkenden Schädel; seine Wangen hingen schlaff herab, als habe er einen Kragen aus Fleisch. Doch seine Augen strahlten vor Stolz. Er hatte getrunken (das war allgemein bekannt), war aber nicht betrunken. Die anderen beobachteten uns mit erstaunten Blicken, meine Klassenkameraden mit ihren Baretts und Roben und ihre anständigen, nüchternen Eltern, als mein Vater nach der Zeugnisübergabe auf mich zukam und in die Arme schloss, der Mann, der mich seit Jahren nicht berührt hatte – und wenn, dann nur versehentlich –, und großspurig sagte: »Eine verdammt gute Rede, die du da gehalten hast! Ich wusste immer, dass du das Zeug dazu hast. Bist halt *wie sie*. Blitzgescheit. Aber du kannst was draus machen. Lass dich nicht von Arschlöchern unterbuttern.«

Ein Reporter von der Strykersviller Zeitung machte ungefragt ein paar Aufnahmen von uns. Auf dem Foto, das dann in der Zeitung erschien, zog mein Vater ein zorniges Gesicht und hatte die Hand erhoben, als wolle er sie vor die Kamera halten. Ich stand, unsicher lächelnd, neben seinem Arm, mein Gesicht überdeutlich im Kamerablitz, und sah aus wie eine Tuschezeichnung von Matisse.

Drei Tage später war mein Vater weg.

Weggefahren aus Strykersville, weg von der Farm. Und diesmal kam er nicht zurück.

Er hatte meiner Großmutter gesagt, dass er in den Westen gehen wollte – »Irgendwohin, wo man Luft zum Atmen hat.« Zu seiner Tätigkeit »auf dem Bau« gehörte auch eine Arbeit, bei der schweres Gerät und Dynamit eingesetzt wurden. Er schrieb nie, zumindest hörte ich nichts davon. (Nach dem Tod meiner Großmutter, Jahre später, fand ich unter ihren Sachen zwei nichtssagende Postkarten an die Familie, die eine aus Colorado, die andere aus Utah, undatiert, dem Poststempel nach aber aus dieser Zeit stammend.) Ich war in meinem Studentenwohnheim für die Erstsemester, als mich eines Abends im Oktober mein Bruder Dietrich anrief und mir in barschem Ton mitteilte, sie hätten »die Nachricht erhalten«, dass unser Vater tot ist. Er war offenbar bei einem »Arbeitsunfall« in Utah umgekommen, mit ihm noch ein, zwei andere. Wir bekamen jedoch nie eine Sterbeurkunde zugeschickt, und wenn es einen Leichnam oder Reste eines Leichnams gab, so war er in Utah – »in den Uinta Mountains« – begraben worden. Dietrichs Stimme klang verblüfft, aber auch peinlich berührt; in seinen Worten schwang nichts Herzliches mit, kein Bemühen, mich zu trösten oder wenigstens zu bestätigen, dass das eine ungewöhnliche Nachricht war oder vielmehr, dass wir, wie wir unseren Vater kannten, mit so etwas hatten rechnen müssen. Weder Dietrich noch ich hatten je von den Uinta Mountains gehört. Ich schlug in einem Atlas nach; sie lagen im Nordwesten von Utah, waren kein einzelner Gebirgszug, sondern mehrere, wie es schien, die sich über Hunderte Quadratmeilen unbesiedelten Landes erstreckten.

Und daher – sehnte ich mich nach Schwestern. Alles andere, so sagte ich mir, hatte ich ja: Mutter, Vater, Brüder, Großeltern. *Wenn Ida mir eine Schwester hinterlassen hätte. Zwei Schwestern! Ich glaube, ich wäre mein Leben lang glücklich gewesen.*

Im Kappa-Gamma-Pi-Haus, in das ich auf der Suche nach einer Schwester eingezogen war, ruhte auf allem das wachsame Auge von Mrs Agnes Thayer. Hier waren verschiedene Dinge verboten. Doch gerade die übten eine gewisse Anziehung aus.

Zum Beispiel war den Mädchen das Betreten der Küche verboten, wenn die »Hilfen« sich im Haus befanden: Eine Frau mittleren Alters, die Köchin, diverse Servierkräfte (darunter, eine absolute Seltenheit, ein Neger, der Student war), ab und zu Männer von einer Lieferfirma. Es war verboten, den Speisesaal zu betreten, nachdem der sonore Gong zum zweiten Mal geläutet und Mrs Thayer ihren Platz an der Stirnseite der Tafel eingenommen hatte und den Raum gebieterisch und aufmerksam überblickte. Es wurde erwartet, dass Kappa-Mädchen sich in den Gemeinschaftsräumen nicht anders als »damenhaft«, »kultiviert«, »wohlerzogen« benahmen. In Hosen oder Jeans zum Abendbrot im Speisesaal zu erscheinen war tabu; sonntags wurde um ein Uhr ein schweres mehrgängiges Mittagessen serviert, zu dem man ein »feines« Kleid und Absatzschuhe zu tragen hatte, obwohl viele der Mädchen, vor allem die beliebteren, beim ersten Gongschlag gerade mal aus dem Bett gesprungen waren, sich über wenig oder gar keine Unterwäsche ein Kleid warfen, mit einer Bürste rasch durch das zerzauste Haar fuhren, Lippenstift aufschmierten, die bloßen Füße in hockhackige Schuhe schoben und mit ungewaschenen Gesichtern, geröteten Augen und hämmernden Kopfschmerzen die Treppe hinunterliefen. Und trotzdem schafften gerade sie es, an den günstigen Tischen platziert zu werden, am weitesten von Mrs Thayer enfernt, wohingegen die vom Pech verfolgten wie ich unweigerlich am ersten Tisch landeten, wo makelloses Benehmen und steife Konversation notwendig waren. Man durfte zum Beispiel seine Gabel nicht heben, bevor Mrs Thayer ihre ergriffen hatte, oder nicht mehr weiteressen, nachdem Mrs Thayer Messer und Gabel überkreuz auf ihrem Teller abgelegt hatte, damit er abgeräumt werden konnte. Es war verboten, während der Mahlzeiten über beunruhigende, skandalöse, kontroverse oder »unnötig negative« Themen zu sprechen, zumindest in ihrer Hörweite, es war verboten, die männlichen Bedienungshilfen unziemlich anzusprechen, geschweige denn, mit ihnen zu flirten. »Das ist die schlimmste Form von Unerzogenheit«, erklärte Mrs Thayer schaudernd, wussten wir doch, dass so etwas in anderen, weniger streng geführten Verbindungshäusern auf dem Campus durchaus vorkam. Notfälle ausgenommen, war es verboten, vom Tisch aufzustehen, ehe Mrs Thayer das tat, die sich selbstverständlich beim Kaffee und Nachtisch viel Zeit ließ. Es war verboten, den Speiseraum, war die Mahlzeit schließlich beendet, im Laufschritt zu verlassen, obwohl man sich vielleicht schon vor Ungeduld die Unterlippe blutig gebissen hatte. Es war verboten, zu weinen oder gar zu schreien.

»Mary Alice, was ziehst du denn« – und hier verstummte Mrs Thayer amüsiert und verwirrt, was die anderen am Tisch veranlasste, sich mir zuzuwenden und in meinem errötenden Gesicht zu forschen – »für einen *komischen Flunsch?«* Mrs Thayer lachte leise. Ihr breites Lächeln war reine Gutmütigkeit und nicht etwa Zorn, weil mich ihre Konversation anscheinend kalt gelassen hatte. »Dein Gesicht ist ja der reinste Faltenwurf.«

Meine Kappa-Schwestern kicherten beifällig über die witzige Bemerkung, zumal Mrs Thayer meinen Namen stets verwechselte.

Ich war nicht die Einzige, deren Namen sie nicht behalten konnte. Neue Mädchen aus den Anfangssemestern waren für sie nicht ganz real und mussten sich erst beweisen, natürlich auf eine uns unbekannte und von den Älteren nicht mitgeteilte Weise.

(Sollte ich mich für irgendeine Ungebührlichkeit bei Tisch entschuldigen? Ich blieb Mrs Thayer auf den Fersen, als sie den Raum verließ, hoffte, ihren Blick einfangen und ihrer Miene entnehmen zu können, ob eine Entschuldigung erwünscht war oder sie nur noch mehr geärgert hätte, doch sie sah mich nicht an.)

Selbstverständlich war es auch verboten, Mrs Thayers private Wohnräume zu betreten, und zwar egal wann oder aus welchem Grund, es sei denn, sie bat einen ausdrücklich herein. (Das tat sie manchmal bei ihren Lieblingen – ironischerweise waren das die Mädchen, die Mrs Thayer nicht besonders mochten.) Man durfte auch keinen Blick in ihre Räume werfen, und zwar von keiner Seite, nicht mal, wenn die Tür einladend offen stand und die Putzfrau, eine Negerin, darin Staub saugte.

Es war verboten, Mrs Thayers »spezielle Diätprodukte« im Kühlschrank oder auf dem Küchenregal zu berühren, genauer anzusehen oder gar daran zu riechen – dicke, bauchige, in Alufolie verpackte und mit Klebeband verklebte Päckchen. Wir hatten den Verdacht, dass sie das Klebeband nach einem bestimmten System kreuz und quer anbrachte oder dass sie irgendwo ein Haar oder einen Faden befestigt hatte, mit dem sich Zuwiderhandlungen entdecken ließen. Diese geheimnisvollen Lebensmittel rochen mal salzig und sauer, mal zimtsüß.

Und selbstverständlich war Mrs Thayers Post für uns tabu. Diese auch nur anzurühren wäre ein Affront gewesen, als hätte man Mrs Thayer selbst angefasst. Man durfte die englischen Zeitungen nicht vor ihr ansehen, durfte ihre leichten Airmail-Briefe aus England aus dem dünnen Papier mit den exotischen Briefmarken nicht in die Hand nehmen. (Mrs Thayer war bekanntermaßen eine *Soldatenbraut* gewesen: Ihr Mann, ein amerikanischer Offizier, war nach dem Krieg mit ihr in die Vereinigten Staaten zurückgekehrt, und nach seinem Tod hatte sie sich entschieden, zu bleiben, weil sie hier ihren Lebensunterhalt verdienen konnte, obwohl ihr Herz eindeutig an England hing. Ihren einzigen Briefwechsel führte Mrs Thayer mit ihrer in Leeds lebenden Schwester, die eine elegante, altjüngferliche Handschrift hatte. So, dachte ich, schreibt ein Gespenst, mit drei dramatischen Strichen unter den Buchstaben USA.) Befand sich Mrs Thayer in der Nähe, etwa in ihrem Wohnzimmer, durfte man ihr die Post bringen, musste sie allerdings so tragen, dass klar war, dass man nur so hingesehen hatte, um sie als ihr gehörig zu identifizieren; man musste leise mit dem Handrücken an die Tür klopfen (so, hatte Mrs Thayer es uns demonstriert, taten es Damen), auch wenn sie offen stand, und man die Bewohnerin im Zimmer sah. »Ja, Liebe?«, sagte sie dann, über den Rand ihrer Lesebrille blickend, und man selbst sagte: »Mrs Thayer, darf ich Ihnen Ihre Post bringen?«, worauf wiederum sie im Tone freudiger Überraschung, wie ein Kind, dem Bonbons angeboten werden, sagte: »Ach, ist die Post schon da? Vielen Dank, meine Liebe.« Hatte man Mrs Thayer die Post in die Hand mit den dicklichen, beringten Fingern gedrückt, hatte man nicht müßig in ihrem gemütlichen Wohnzimmer herumzustehen, in dem altes Silber, Porzellan, golddurchwirkte Stoffe, Reproduktionen englischer Landschaften und gerahmte Fotografien von Familienangehörigen, wie anzunehmen war, blitzten und blinkten, andererseits wäre es aber auch unhöflich gewesen, so schnell wieder hinauszueilen, dass es wie Flucht hätte aussehen können. Wie man sich in diesem heiklen Moment zu benehmen hatte, hing allein von Mrs Thayer ab. Gut möglich, dass sie aus hausmütterlicher Pflicht, persönlicher Laune oder in einer Aufwallung echten Gefühls wünschte, dass man noch blieb, aber auch gut möglich, dass sie anderweitig beschäftigt war und wünschte, dass man wieder ging. Es wäre allerdings schlechtes Benehmen gewesen, sie anzustarren und ihre Absichten an ihrem undurchdringlich lächelnden rosa Gesicht ablesen zu wollen, noch weniger angebracht war es aber, zu erröten, herumzustammeln und auf die eigenen Füße zu schauen wie ein »amerikanisches Bauernmädchen«.

Warum habe ich mich immer wieder angeboten, Mrs Thayer die Post zu bringen? Sie hätte sie sich ja selbst holen können. Ich hielt mich damals nicht für besonders schüchtern, das war ich auch an der Highschool in Strykersville nicht gewesen; mit meiner Zartheit und meinen dunklen Augen erweckte ich zwar diesen Eindruck, wusste aber, dass der falsch war und andere mich deshalb auszunutzen versuchten. Unter dem eisig-blauen Blick unserer Hausmutter jedoch wurde ich linkisch und brachte keinen Ton heraus, spürte, wie mein Gesicht heiß wurde. Trotzdem zog es mich zu der Frau hin, wie es einen zu dem Richter hinzieht, der das strengste Urteil fällt. Vielleicht faszinierte mich auch die Post, die sie bekam: Die britischen Briefmarken, so »historisch«, die bläulichen Airmail-Briefe mit ihrer Exotik, die britischen Zeitungen, eng zusammengerollt, noch ungeöffnet. *Dokumente aus einer anderen Welt. Lasst mich ihr Überbringer sein!* Noch wichtiger aber mein innerer Vorsatz, »gut« zu sein – oder wenigstens von Mrs Thayer und den anderen so wahrgenommen zu werden. Ich war zu arm und zu gewöhnlich, um nicht »gut« zu sein; meine Kommilitoninnen mit den nachgiebigen, wohlhabenden Eltern und den zahlreichen Freunden konnten nach Belieben sorglos sein, ohne einen Gedanken ans »Gutsein« zu verschwenden. Ich wollte nicht glauben, dass ich, umgeben von über vierzig aggressiv angepassten, extrovertierten Mädchen, hoffnungslos einsam war, widernatürlich hungrig nach der Gesellschaft einer Frau in Mrs Thayers Alter, einer mütterlichen Frau um die vierzig. Agnes Thayer jedenfalls lehnte es kühl ab, diese Rolle unter dem Dach von Kappa Gamma Pi zu übernehmen.

Einmal, ich hatte Mrs Thayer gerade ihre Post ausgehändigt, ihren strahlenden, gleichgültigen Dank entgegengenommen, stand ich noch in der Nähe der Tür und wartete, ob ich hereingebeten oder lächelnd entlassen wurde, kam eine meiner älteren Kappa-Schwestern mit rotem Gesicht keuchend und weinend angerannt. Bevor das Mädchen den Mund aufmachen konnte, sagte Mrs Thayer, jäh Luft holend: »Wini*fred*! Ich höre dich *atmen*!« Freddie, wie meine Kommilitonin genannt wurde, ein hübsches Mädchen mit einem Fuchsgesicht und einem rosa schimmernden Lippenstift, stammelte, sie sei im Park »angesprochen« worden, bestimmt handele es sich um den Mann, der auch schon andere Mädchen belästigt hatte, er habe sich an sie herangemacht und »hässliche, gemeine Dinge« zu ihr gesagt, woraufhin ihr Mrs Thayer ins Wort fiel und mit sichtlichem Widerwillen sagte: »Meine Liebe, das entschuldigt dein Betragen noch lange nicht! Deswegen brauchst du doch nicht so ungestüm mit der Tür ins Haus zu fallen und vor aller Welt auszubreiten, was du erlebt hast, oder?«

Trotzdem bat Mrs Thayer Freddie zu sich herein; sie meldeten den Vorfall dem Sicherheitsdienst der Universität, denn solche Vorfälle, wie vulgär und erniedrigend sie auch sein mochten, mussten natürlich gemeldet werden. Ich durfte gehen und schlich mit einem Anflug von Bedauern davon. Nicht ich war mit einem Kummer zu Mrs Thayer gelaufen gekommen, nicht ich wurde hereingebeten. Leise ging die Tür hinter mir zu.

Eins überraschte mich, als ich es nach gewisser Zeit erfuhr, aber doch. Trotz ihrer Autorität im Kappa-Haus war Agnes Thayer selbst keine Kappa. Bei Zusammenkünften der Verbindung fehlte sie, und hätte sie im üblichen Versammlungsraum daran teilnehmen wollen, wäre sie hinausgeschickt worden. Sie wusste nichts über die »heilige Schwesternschaft« – die Buchstaben Kappa Gamma Pi waren für sie nicht von geheimnisvoller Bedeutung. Ihre Verantwortung war strikt auf das Betragen der Mädchen im Wohnhaus beschränkt; sie musste der für die Studentinnen zuständigen Betreuerin der Universität und der der Ortsgruppe von Kappa Gamma Pi berichten, die ihr Gehalt bezahlte. Als ich meine Verblüffung über dieses für mich neue Faktum bekundete und naiv sagte: »Mrs Thayer ist keine von *uns?*«, lachten meine Kommilitoninnen mich aus und erwiderten: »Gott, soll die hässliche alte britische Schnepfe uns noch mehr nachspionieren? Streng doch mal dein Köpfchen an!«

~

Hiermit widme ich mich mit Herz, Seele und Verstand den Idealen von Kappa Gamma Pi und dem Versprechen der heiligen Schwesternschaft. In unserem Bund vereint, so lange ich lebe. Ich werde nichts von dem preisgeben, was mir anvertraut wurde. Diesen Bund werde ich nie verraten. Dies gelobe ich bei meinem Herzen.

Im Untergeschoss des imposanten alten Hauses am University Place 91 befand sich ein geheiligter Ort: der rituelle Versammlungsraum.

Obwohl bestimmt jede Studentenverbindung im Untergeschoss ihres Hauses so einen Raum hatte, war für mich der Versammlungsraum im Kappa-Gamma-Pi-Haus etwas ganz Besonderes.

1938 hatten Kappas der nationalen Leitungsebene diesen Raum extra für das Kappa-Ritual geweiht. Zusammenkünfte, bei denen das »Ritual« vollzogen werden sollte, durften nur hier abgehalten werden, und zwar, wie es die Statuten forderten, »unter strikter Vertraulichkeit und nur für Mitglieder zugänglich«, bei verschlossener Tür und absoluter Geheimhaltung. Außenstehende durften sich nicht mal in der Nähe befinden.

Selbst Kappa-Mitglieder durften den Raum nur zu den Zeiten betreten, in denen er von der Türsteherin offiziell für rituelle Zwecke geöffnet wurde. Nur die gewählte Inhaberin dieses Amtes und die Vizepräsidentin der Ortsgruppe hatten Schlüssel für den Raum, der stets abgeschlossen war. Mrs Thayer besaß selbstverständlich keinen Schlüssel. *Das ist ein Raum, eine Stätte, die von gewöhnlichen Menschen nicht betreten werden darf.* Die Wände waren mit der auffälligen schwarz-goldenen Kappa-Tapete geschmückt, die niedrige, schalldichte Decke hatte einen düsteren schiefergrauen Ton. Vorn stand auf einer erhöhten Plattform ein Altar, umhüllt mit cremeweißer Seide, auf die in Gold der Schriftzug K Γ Π gestickt war. Auf dem Altar wiederum prunkten mehrarmige Kerzenleuchter. Die kleinen quadratischen Fenster dicht unter der Decke, zum Schutz vor ungebetenen Augenzeugen mit einer feinen, undurchsichtigen Gaze abgedeckt, sahen aus wie ein Verband über leeren Augenhöhlen. Der Raum war genauso lang wie der geräumige Speisesaal im Stockwerk darüber, wurde hier aber nicht in der ganzen Fläche genutzt. Vorn waren Klappstühle aufgereiht; der hintere Teil diente als Vorratskammer. Da es dort hinten nicht sehr sauber und ordentlich aussah, verflüchtigte sich die romantische Aura des Raumes auf halber Länge. Bei rituellen Zusammenkünften (Gelöbnissen, der Aufnahme neuer Mitglieder), die heilige Tage im Kappa-Kalender darstellten, tauchten sechsunddreißig Kerzen den Raum in ein sanftes Licht; bei anderen Gelegenheiten, geschäftlichen Besprechungen etwa, wurde er mit praktischen Deckenlampen beleuchtet, die harte Schatten warfen und in deren Licht noch die glamouröseste Kappa abgezehrt aussah.

In den Versammlungsraum ging man nicht einfach hinein, dort musste einem, laut Statut, »Einlass gewährt« werden. Das hieß, man reihte sich schweigend auf der Kellertreppe in die Schlange ein, ältere Mitglieder vorn, neuere und Frauen aus der Unterklasse hinten; an der geschlossenen Tür klopfte man nach Kappa-Ritual an (Pochen, Pause, zweimal kurzes Pochen, Pause, letztes Pochen), und wenn die Türsteherin öffnete, wechselte man den rituellen Handschlag (mit gekreuzten Händen die verschränkten Finger in einem Rhythmus drücken, der das Pochen wiederholte), den ich jedes Mal vermasselte aus Nervosität und Verlegenheit über eine solche Intimität mit einem Mädchen, das ich kaum kannte; danach flüsterte man der Türsteherin das Passwort zu (eine griechische Wendung, die ich nie genau verstand und deshalb nur leise murmelte, sie lautete in etwa: *Hie-ros minosa* oder *minusa*); die Türsteherin gewährte einem dann Einlass, und man schlüpfte leise hinein und nahm seinen Platz inmitten der in Reihen sitzenden Mitglieder ein.

Bei meiner Initiation war ich so ängstlich und benommen, dass mir fast schlecht wurde. Wie alle Kandidatinnen hatte ich zwei Tage lang nicht schlafen dürfen, hatte fasten und die für die »Hell Week«, die Woche, in der die Kandidatinnen getestet wurden, gegebenen Anweisungen strikt befolgen müssen. Aus Angst, in letzter Minute doch noch abgelehnt zu werden, erduldete ich alle Prüfungen und Schikanen gehorsam, doch meine Prüferinnen erkannten noch in meiner Mittäterschaft den Keim der Rebellion, sogar des Verrats, und machten es mir besonders schwer. Körperliche Demütigungen waren auf dem Campus allerdings untersagt, seit es wenige Jahre zuvor zu Todesfällen, Verstümmelungen und schweren Verletzungen gekommen war. Meine Kappa-Schwestern rührten uns nicht an, es sei denn, um uns zu stützen und uns, die wir die Augen verbunden hatten, durch geheimnisvolle Flure und treppauf und treppab zu führen. Im Versammlungsraum wurden uns die Augenbinden dann abgenommen. *Warum bin ich hier? Was ist das? Diese Fremden, wer sind sie? Was bedeuten sie mir, was ich ihnen?* Ich blinzelte wie ein nachtaktives Tier, das plötzlich von Licht geblendet wird. Ich schmeckte Panik, Ekel. Hatte Angst, hysterisch zu werden. Brach in Gelächter aus, rannte zur Tür, schlug und trat nach jeder, die mich aufzuhalten versuchte. Ich wähnte mich unter Menschen, die in ihrer Grausamkeit launisch und willkürlich waren wie die Götter der griechischen Antike. Ich hatte gewollt, dass meine Familie stolz auf mich ist, war Mitglied einer landesweit vertretenen Studentinnenverbindung geworden. Doch meine Mutter und mein Vater waren tot.

Ich fing an, leise und verzweifelt zu weinen. *Nein, nein, nein, du begehst einen Fehler. Es ist eine Lüge, dieses lächerliche Ritual; du selbst bist eine Lüge.* Die Präsidentin und eine andere Leiterin intonierten am Altar mit Grabesstimme griechische Worte und verbrannten Pergament, beschrieben mit geheimen Wörtern – »so heilig, dass sie nur an diesem Ort und zu dieser Zeit laut ausgesprochen wurden« – in einer silbernen, mit Rosenblättern ausgelegten Schale; jemand zerrte mich am Arm; halb blind sah ich auf und ließ mich auf wackligen Beinen zum Altar führen, um meinen »letzten Eid« zu sprechen.

Ich nahm meine Umgebung deutlich wahr und war gleichzeitig ohnmächtig wie ein kleines Kind. Mir war, als schwebe ich zu der schallgedämpften Decke hinauf. Ich merkte, dass mein Gesicht tränenüberströmt und meine Stirn und Nase beschmiert waren. Ich halluzinierte, dass meine Mutter, Ida, eine der in einen Umhang gekleideten Leiterinnen war, eine wunderschöne ältere Frau, deren leuchtendes Gesicht ich kaum anzusehen wagte; ich nahm wahr, dass sich mein Verstand auflöste, wie wenn Eis unter den Füßen schmilzt; auch mein Vater grinste mich mit zorniger Zufriedenheit an: *Lass dich nicht von Arschlöchern unterbuttern,* und ich schwor es, die Hand auf mein hämmerndes Herz gedrückt, als die Zeremonie mit unserem Widmungsschwur endete und ich mit meinen benommenen Mitkandidatinnen dastand, weinend wie ein kleines Kind bei der Erkenntnis: *Ich bin eine Kappa Gamma Pi fürs Leben.*

Und dann schwanden mir die Sinne, und ich sank, schlaff wie ein Bündel Wäsche, auf den kalten und nicht sehr sauberen Steinfußboden.

2

Es gibt im Geiste keinen absoluten oder freien Willen,
sondern der Geist wird zu diesem oder jenem Wollen
von einer Ursache bestimmt, welche ebenfalls
von einer anderen bestimmt wird und diese wiederum
von einer anderen, und so weiter ins Endlose.
Spinoza, *Ethik*

Ich bin so glücklich hier! Ich liebe meine Kappa-Kommilitoninnen und mein neues Leben als Verbindungsstudentin, ich habe so viel zu tun, ich komme kaum zum Luftholen!, schrieb ich an meine Freundinnen von der Highschool und an einige meiner Cousinen. *Mein Leben ist so ganz anders als früher. Ich bin eine KAPPA GAMMA PI! Manchmal muss ich mich kneifen oder mich mit meiner Nadel stechen.*

Das Offensichtliche konnte ich niemandem anvertrauen: Kappa Gamma Pi war zu teuer für mich.

Ich studierte mit einem Stipendium, ich hatte praktisch kein Taschengeld. Natürlich hatte ich das vor meiner Kandidatur gewusst, es aber ignoriert wie ein Taucher, der ahnt, dass das Wasser lebensgefährlich kalt ist, und trotzdem hineinspringt. So als tue man X, ohne zu bedenken, dass dies unweigerlich Y nach sich ziehen und man die Folgen zu tragen haben wird.

Im ersten Studienjahr, noch vor der Kandidatur bei den Kappas, musste ich oft zehn Stunden die Woche arbeiten, um mein Stipendium aufzubessern. Ich hatte unerwartet viele Ausgaben: Gebühren, die Kosten für Lehrbücher und für ein karges, bescheidenes Leben, obwohl ich meine aus Billigläden stammende Kleidung schon von zu Hause mitgebracht hatte. Im zweiten Studienjahr, nach dem Einzug ins Kappa-Haus, musste ich als Minimum bereits zwanzig Stunden die Woche arbeiten. Ich saß lange Nachmittage im Büro der Archivarin an der Schreibmaschine und stellte abends und an den Samstagen in der Universitätsbibliothek Bücher in die Regale ein, was vermutlich sogar gegen die Studienregeln verstieß, doch danach traute ich mich gar nicht zu fragen. Ich hätte mich auch bei Mrs Thayer um Arbeit in der Küche unseres Hauses beworben, doch laut unseren Statuten war es Kappas untersagt, in Verbindungshäusern auf dem Campus zu arbeiten, und das fand selbst ich vernünftig. *Wir sollen schließlich Manieren lernen. Ich verwandle mich in eine richtige Dame (ihr würdet vielleicht über mich lachen!). Ich bin glücklich, glücklich. GLÜCKLICH.* Nun aber, in meinem zweiten Studienjahr, hatte ich schreckliche Angst, nicht mehr logisch denken zu können, Angst, wegen schlechter Noten mein Stipendium zu verlieren, Angst, von der Universität geworfen zu werden und zu meinen Großeltern zurückkehren zu müssen, auf die Farm in diese trostlose Gegend im Niagara County. (Meine Brüder waren längst ausgezogen, lebten aber noch in der Nähe.) *Seit ich in der Verbindung bin, fehlt mir für so vieles die Zeit, und Kappas sind, wie ich gemerkt habe, sehr ehrgeizig. Immer in Eile!* Die Zeit selbst, die so schnell verging, unwiederbringlich, machte mich ganz unglücklich; manchmal hatte ich Herzrasen, war oft buchstäblich atemlos. Wenn ich auf einem der berüchtigten Hügel auf dem Campus eine Treppe hinaufstieg, begann ich zu keuchen, als hätte ich eine große Höhe erklommen. Es war, als erstiege ich nicht eine Treppe oder einen Hügel, sondern Berge, Berge aus Glas, an deren Seiten ich hilflos hinabrutschte. Keine Zeit! Keine Zeit, selbst wenn ich meinen Schlaf auf vier, fünf Stunden beschränkte, hatte ich nicht genug Zeit! Obwohl ich zwanzig Stunden die Woche arbeitete, waren meine Lohnschecks jämmerlich klein. Anfangs meinte ich, da müsse ein Versehen vorliegen, und fragte mit Tränen in den Augen nach. Neunzig Cent pro Stunde? Neunzig Cent? Kann das denn sein?

Bundes- und Landesteuern. Abzüge für die Sozialversicherung. Eine der Bibliotheksangestellten erwiderte stirnrunzelnd, das bekämen alle, wenn sie keine Unterhaltsverpflichtungen hätten. Sie meinte es nur gut, wollte nicht unfreundlich sein, auch wenn sie kurz angebunden war. Ich sah in ihr faltiges, stoisches Gesicht und unterdrückte ein Schaudern. So schlecht sie auch bezahlt waren, ich gab meine Jobs trotzdem nicht auf. Ich musste als Einzige unter meinen Kommilitoninnen buchstäblich mit jedem Penny rechnen, teilte sie mir, immer zehn zu einem Türmchen gestapelt, genau ein, dafür hätte ich mich im Beisein meiner Kommilitoninnen geschämt – es hätte sie bloß in Verlegenheit gebracht. Sie hatten mich ja bloß aus Mitleid aufgenommen. In ihren Augen war ich so etwas wie eine arme Verwandte. *Das ist das Kappa-Haus!,* schrieb ich auf die Rückseite der Postkarten und Reproduktionen, die ich Freundinnen und Cousinen, sogar meinen Brüdern und meinen Großeltern schickte. *Es ist größer, als es von vorn aussieht. Die vielen Zimmer!* Ich machte über dem Steildach ein Kreuz in den dichten Wolken am Himmel, um zu demonstrieren, wo ungefähr mein Zimmer im zweiten Stock des Hauses lag, das nach hinten hinausging und kaum größer war als das Kabäuschen, das man mir im Wohnheim für die Erstsemester zugewiesen hatte. Mein kleines Zimmer im Kappa-Haus musste ich mit einer anderen Studentin teilen.

Der Preis des Glücks. Dieses Glück hast du dir ersehnt.

Als ich die erste Rechnung von Kappa Gamma Pi erhielt, entdeckte ich neben meinem monatlichen Mitgliedsbeitrag zu meiner Überraschung weitere »Gemeinschaftsabgaben« und Zuschläge. Dann sammelten sich zu meinem Entsetzen Bußgelder an. Wegen meiner Jobs konnte ich an geschäftlichen Besprechungen, Komiteesitzungen, einem »turnusmäßigen« Treffen mit Phi Omega, der Bruderverbindung der Kappas, nicht teilnehmen. Im Oktober summierten sich die Bußgelder auf einundzwanzig, im November schon auf achtundzwanzig Dollar. Ich bat die Schatzmeisterin der Kappas, sie mir zu erlassen: Ich musste doch arbeiten, hatte keine andere Wahl, was sollte ich denn machen? Das Mädchen, eine jüngere Studentin mit Fransenschnitt und weit auseinander stehenden Augen, lächelte ungerührt und schlug vor, ich solle mein Studienpensum verkürzen und meine Arbeitszeiten anders einteilen, damit ich mehr Zeit für die Verbindung hätte. »Kappa Gamma Pi ist deine erste Verpflichtung, vergiss das nicht.«

Da ich mich mit meiner geselligen Zimmergenossin Deedee nicht streiten wollte, aber auch den monotonen Rhythmus der aus dem Nachbarzimmer herüberschallenden Calypsomusik und das durchs Treppenhaus dringende Geschrei und Gelächter nicht ertrug, hatte ich mir angewöhnt, mich in den Leseraum im Untergeschoss des Hauses zurückzuziehen, und dort schlief ich einmal spät in der Nacht, nach drei Uhr ein. Mein Kopf fühlte sich an wie in einen Schraubstock gespannt und sank auf die Taschenbuchausgabe der *Ethik*, deren Seiten vor meinen Augen verschwammen. *Glücklich!*, lockte mich Spinozas Stimme. *So glücklich, wie du es verdienst.*

Meine Großmutter hatte einen starken deutschen Akzent, der wie ein Hohn aufs Englische war, so wie die Tics und Grimassen ihres von roten Äderchen durchzogenen Gesichts ein Hohn auf das Lächeln ihres Mundes waren. »Es heißt doch, wie man sich bettet, so liegt man, *ja?*« Sie lachte, allerdings ohne Häme. Von ihr bekam man nur die banalsten Wahrheiten zu hören, alles, was sich von selbst verstand. Sie war wie eine dieser säuerlichen, aber stets energiegeladenen Hexen in Grimms Märchen, die sich aus reiner Bosheit am Anblick von Katastrophen weiden. Die bis ins kleinste Detail ausgearbeitete, so sorgfältig strukturierte Metaphysik Baruch Spinozas, dieses Märtyrers für die Wahrheit, der 1656 in Holland aus der jüdischen Gemeinde ausgeschlossen wurde, hätte bei ihr nur eine Reaktion ausgelöst: Sie hätte seine Gesammelten Werke genommen und in den mit Holz befeuerten Ofen geworfen. »So!«

Ich hab sie aus Syracuse nicht angerufen. Hab sie nicht um Verzeihung gebeten, nicht gesagt: *Ich bin verzweifelt, bin ganz verloren, was soll ich nur tun?*

Das Studium der Philosophie ist das Studium des menschlichen Geistes. Philosophen nehmen zwar für sich in Anspruch, die »Realität«, die »Welt«, das »Universum«, »Gott« zu betrachten, wer aber den menschlichen Geist genauer unter die Lupe nimmt, sein eigenes Denken zu ergründen versucht, wird Verblüffendes feststellen.

In meinem ersten Jahr in Syracuse hatte ich die Griechen, wie sie sich hochtrabend selbst nannten, auf dem Campus gar nicht wahrgenommen. Ich war mit meiner Arbeit – und meinen Teilzeitjobs – beschäftigt, war eingetaucht in das große, einschüchternde Abenteuer Bücher, Bücher, Bücher. In Strykersville hatte ich mir nicht einmal vorstellen können, wie eine richtige Bibliothek aussah, eine Bibliothek wie die an der Universität, zwischen deren Schätzen ich jahrelang fasziniert hätte herumgehen können. An meiner Highschool war ich die beste Schülerin gewesen, doch in Syracuse fühlte ich mich genauso allein und bedrängt, kämpfte um mein Leben. Das war erregend und gefiel mir, sogar die Angst, die ich dabei fühlte. Ich war ständig aufgewühlt, kam aus der Bibliothek zurück, taumelnd unter meinen Bücherstapeln. Wenn einer meiner Professoren X als Lektüre aufgab, las ich nicht nur X – und zwar mehrmals –, sondern auch die Kommentare dazu. Ich schrieb parabelähnliche kurze Prosagedichte, interessierte mich kaum für die anderen Mädchen in meinem Wohnheim und ließ oft Mahlzeiten aus. Die Mitgliedschaft in einer Verbindung, zeitraubende Aktivitäten wie »Vorstellungs«-Partys, »Kandidatenwochen«, die »Aufnahme«-Prozedur, alles das reizte mich überhaupt nicht. Trotzdem entging mir natürlich nicht – es war ernüchternd, wie ich zugeben muss –, dass sich die meisten Erstsemester, darunter Mädchen, die ich bewunderte und gern als Freundinnen gehabt hätte, die attraktivsten, beliebtesten und häufig auch die intelligentesten, die wie ich mit einem Stipendium studierten, um die Aufnahme in einer Verbindung kandidiert hatten. Es war, als habe eine übernatürliche Macht eingegriffen und sie ausersehen, vom kommenden Herbst an in Verbindungshäusern zu wohnen, sodass die Aussicht auf Kameradschaft, erst Recht Freundschaft, stark eingeschränkt war. Wer würde schließlich noch in den öden Unterkünften der »Unabhängigen«, wie sie beschönigend genannt wurden, wohnen? – Doch nur die Übriggebliebenen, die Verliererinnen! Diejenigen, die am Fest des Lebens nicht teilnehmen konnten, wie der denkwürdige Ausdruck bei Joyce lautet. Ich war in meinem Stolz verletzt, begriff, dass ich ausgeschlossen wäre aus einer glanzvollen Welt, die mich doch eigentlich nicht interessierte. Nur die Tatsache meines drohenden Ausgeschlossenseins spornte meinen Ehrgeiz an, denn vielleicht hatte ich sie beklommen ja doch wahrgenommen, die grausame griechische Welt, für die die Häuser am University Place standen. Die lächerlich eleganten Villen mit den Unterkünften für die Studenten an der Rückseite und den prunkenden, prahlenden griechischen Buchstaben an den Fassaden, sie waren ein Hohn, eine Qual, eine Ohrfeige für die Ausgeschlossenen. Ich war am Kappa-Gamma-Pi-Haus auf dem steilen Hügel vorbeigegangen, hatte die von Efeu überwucherte Fassade betrachtet, die stattlichen dorischen Säulen, das hohe Schieferdach, und mich schaudernd abgewendet. In meiner Kindheit und Jugend hatte ich nichts Vergleichbares gesehen, in Stykersville, einer ländlichen Kleinstadt mit zehntausend Einwohnern, war eine solche Welt unbekannt: Eine Welt der sichtbaren Bevorzugung, der Unterscheidungen, willkürlich getroffen und eben darum empörend.

Und dies alles wurde deutlich in dem Wort *Ausschluss*. Denn auszuschließen war das Privileg der Griechen und ausgeschlossen zu sein das Los der Unwürdigen. Das war nicht hinnehmbar, war unamerikanisch, man wollte lachen vor Abscheu. *Aus der Deke-Liste ausgeschlossen, aus der TriDelt-Liste ausgeschlossen, eine totale Niederlage erleiden, sich umbringen: eine Verliererin.* Jedes Jahr nach den Bewerbungswochen machten abgelehnte Studentinnen Selbstmordversuche.

Was nur, sagten manche, eine Binsenwahrheit der Griechen unterstrich: Nur der Stärkere überlebt.

Und die Griechen waren verächtlich, ihre Selbstherrlichkeit war komisch, doch wer konnte darüber schon lachen?

Doch dann begann ein Mädchen aus meinem Wohnheim meine Nähe zu suchen. Es kam in dem Moment völlig unerwartet, war seltsam und schmeichelte mir. Sie hieß Dawn, ich hatte sie in den Vorlesungen bisher kaum wahrgenommen. In meiner besessenen Konzentration auf meine Arbeit achtete ich kaum auf Gleichaltrige, sondern fast nur auf meine Professoren, die ich bewunderte und fürchtete wie kleine Götter. Dawn trat in mein Leben wie jemand, der eine Tür aufmacht und ungebeten hereinkommt. Sie war eine auffällige junge Frau, nicht hübsch, nicht einmal attraktiv, aber glamourös wie ein Filmstar aus den dreißiger Jahren, hatte ein ebenmäßiges ovales Gesicht, große, verträumte Augen, stark geschminkte Lippen. In ihren Fingern brannte stets eine Zigarette. Hinter ihrer Rauchwolke blinzelnd, lächelte sie mir zu. Sie war eine dieser unwiderstehlichen jungen Frauen, wie ich sie schon an der Highschool gesehen hatte: frühreif und trotz ihres jugendlichen Alters sexuell aufreizend. Ihr Haar war gebleicht und toupiert, sie trug eng anliegende Pullover und lackierte sich die Nägel. Ihr pelzbesetzter Mantel, die schicken Lederstiefel und die anderen Accessoires ihrer Kleidung ließen auf die Herkunft aus einer wohlhabenden Familie schließen, die sie verwöhnte. Dawn: Schon der Name zog mich in seinen Bann! DAWN schrieb ich an den Rand von Notizheften oder Lehrbüchern, DAWN malte ich mit den Fingerspitzen in den schmierigen Eisfilm auf der Fensterscheibe meines Zimmers. Spielerisch schimpfte sie mit mir, weil ich so viel lernte: »Du wirst noch einen Nervenzusammenbruch kriegen! Ehrlich, so was gibt's.« Gleichzeitig bat sie mich fast kindlich um Hilfe, als sie eine schriftliche Arbeit abzuliefern hatte. »Könntest du sie nur mal durchsehen? Und mir sagen, ob sie gut genug ist, und ich sie so abgeben kann?«

Natürlich tat ich viel mehr, denn ich mochte solche Herausforderungen; schon ab der sechsten Klasse hatte ich Freundinnen bei den Hausaufgaben geholfen. Ich tat beides gern: Die Probleme anderer lösen, aber auch einem Freund helfen, der in Schwierigkeiten war. Wenn Dawn gute Noten für ihre Arbeiten erhielt, war sie in Hochstimmung und dankbar und stellte mich ihren Freundinnen vor, anderen Studentinnen, die sich wie sie um die Mitgliedschaft bei den Kappas bewarben: Mädchen, weder intellektuell noch sonderlich gescheit, aber voller Tatendrang, schlau, lustig und so gut aussehend, dass sich die Jungs auf der Straße nach ihnen umdrehten. *Was habe ich mit diesen Fremden zu schaffen? Sie passen doch nicht zu mir!* Trotzdem gab ich mich mit ihnen ab. Fühlte mich geschmeichelt. Dawn insistierte, mir die Haare anders zu frisieren, bestand darauf, mir ihre Kleider zu leihen, obwohl ich wesentlich schmaler war als sie. Sie lud mich ein, mit ihr die »wunderbare« Elite-Verbindung Kappa Gamma Pi zu besuchen, bei der sie bereits kandidierte. »Das sind tolle Mädchen! Ich hab sie so gern.« Schon bald nach diesem Besuch ermutigten mich Dawn und die anderen Kandidatinnen, mich für die Vorstellungswoche im Frühjahr anzumelden. Das tat ich dann auch. Dass ich keine andere Wahl hatte, als auf dem Campus zu wohnen, weil es keinen billigeren Wohnraum gab, war mir klar, und so meldete ich mich zur »Vorstellung« an und wurde auf einmal zu einem anderen Menschen, fixiert auf eine Gruppe von Fremden, auf eine Studentinnenverbindung, von der ich nur wusste, wie sie hieß und dass sie auf dem Campus hohes Ansehen genoss – doch weswegen? »Wegen ihres Gemeinschaftslebens, der Aktivitäten.« (Dass mich derlei nicht interessierte, fiel mir in dem Moment gar nicht ein, und hätte ich mich genauer erkundigt, so hätte ich andere, für mich besser geeignete Verbindungen gefunden: Eine von Kunststudentinnen, eine für Stipendiatinnen, eine für Mädchen mit beschränkten finanziellen Mitteln, wo man sich half, Ausgaben für Kost und Logis zu minimieren, indem man Hauspflichten im Wohnheim selbst übernahm. Aber ich erkundigte mich nicht.) Ich wollte mich da bewerben, wo Dawn sich beworben hatte – und sonst nirgends. Das Kappa-Haus selbst, die einschüchternde neoklassizistische Villa stand mir im Geiste vor Augen wie ein Bild aus einem Film. Ich bildete mir ein, so etwas schon einmal gesehen zu haben, vor Jahren, nicht in Strykersville freilich, denn dort gab es keine Villen, aber wo dann? In Buffalo? Der Eingang, das von Kandelabern und Kerzen erhellte Innere des Hauses, das glänzende, glitzernde Mobiliar, die riesigen weißen Pfingstrosen in großen Vasen, die wie Hollywoodstars lächelnden Mädchen, jede von ihnen eine »Persönlichkeit« – und alle hatten sich meinen Namen gemerkt! Und dann die britische Hausmutter Mrs Thayer mit dem exotischen Akzent, den untadeligen Manieren, diesen Augen, blau wie das Eis, das den Lake Ontario bis weit in den April hinein säumte. In meiner leichtsinnigen Selbsttäuschung kam sie mir vor wie eine echte Mutter, und mir gefiel, dass sie nicht Amerikanerin war. Sie sprach wie niemand, den ich kannte und würde eine strenge Richterin sein. Kurzum: Sie war eine Frau, der nicht das Los gewöhnlicher Sterblicher beschieden war.

Es war ein Schock für mich, dass ich auch in der zweiten Vorstellungswoche ins Kappa-Haus gebeten wurde, und ein noch größerer Schock, als sich das in der dritten Woche wiederholte. War es denn möglich, dass ich die Kandidatenrunden durchstand? (Bei anderen Verbindungen hatte ich mich selbst wieder zurückgezogen oder wurde abgelehnt, ohne dass es mir viel ausgemacht hätte.) Mir lag nur an Kappa Gamma Pi.

Ich konnte es nicht fassen, dass andere – erst recht so kultivierte und glamouröse Mädchen wie diese – mich bei sich haben wollten! Ich wusste, dass sie, wenn sie mich richtig kannten, mich nicht mögen würden, versteifte mich aber darauf, sie von mir zu überzeugen, als ginge es um gute Noten und um tadellose oder wenigstens sehr gute Zeugnisse. Je weniger Kappa-würdig ich mich selber fand, desto mehr wollte ich eine Kappa sein. In die Eiskruste auf meinem Fenster kratzte ich jetzt Κ Γ Π. Auf einem den Kandidatinnen ausgehändigten Fragebogen hatte ich in meiner Verzweiflung rundheraus gelogen. Manche meiner Verwandten glaubten, dass es einen jüdischen Zweig in unserer Familie gab, dass die Großeltern meines Vaters deutsche Juden gewesen seien und einen deutsch klingenden Namen angenommen hatten, als sie aus einem Dorf im westlichen Teil Deutschlands nach Antwerpen gezogen waren. Vor Ausbruch des Ersten Weltkriegs waren die Mutter meines Vaters, die Tochter dieses Paares und ihr deutschstämmiger Mann nach Amerika, in den Staat New York ausgewandert, hatten sich als Farmer in dem rauen Klima des Nordens niedergelassen und betrieben Milchwirtschaft. Die Familie bekannte sich zwar irgendwie zum lutherischen Glauben, praktizierte ihn aber eigentlich nicht. Doch vielleicht war meine Mutter Ida eine treuere Lutheranerin, denn sie ist auf dem Kirchhof in Strykersville begraben. (Persönliches konnte man meine Großeltern nicht fragen. Auf Europa und ihre Eltern angesprochen, zog meine Großmutter eine verächtliche Miene: »Warum willst du das wissen, das ist doch so lange her!«, und machte eine Geste, als spucke sie aus.) Auf dem Fragebogen gab ich ohne zu zögern *Episkopalisch* an. Beruf des Vaters: *Selbstständiger Bauunternehmer*. Persönliches Lebensziel: *Zur Verbesserung der Menschheit beitragen*. Ich sagte mir, das wäre nicht gelogen, dies sage mein Kappa-Ich. Mir war bei Gesprächen mit Kappas aufgefallen, dass ich meinen natürlichen Hang zur Skepsis überwunden hatte und offen, unkompliziert, unbekümmert, herzlich wirkte, ja, ich lächelte so breit, dass ich Grübchen auf den Wagen bekam, und lachte jungmädchenhaft glockenhell. Als Kappa grübelte ich nicht, war nie schwermütig. Wenn ich parabelartige Prosagedichte im Stile Franz Kafkas schrieb, zeigte ich sie den anderen nicht. Als Kappa hatte ich eine reine Haut, glänzende Augen, einen schimmernden Pagenkopf und trug Lippenstift. Als Kappa war ich ein Mädchen, das ich nicht kannte, das zusammengesetzt war aus einem Dutzend anderer Kappa-Mädchen, darunter der von mir bewunderten Dawn. Die im Vergleich mit mir so selbstsicheren Kappa-Mädchen fielen einem beim Auf-Wiedersehen-Sagen gleich um den Hals und küssten einen auf die Wange – »Tschüss, Schatz!« –, eine übertriebene Zurschaustellung von Gefühlen, zu der ich allerdings nie fähig war, obwohl es Zeiten gab, in denen ich dem nahe kam.

Die Kommilitonin, die mich in meinem mit Büchern angefüllten Zimmer in meinem Erstsemester-Wohnheim erwartete, wurde mir immer fremder – und langweilig noch dazu. Nietzsches grausames Diktum: *Den Nächsten zu einer guten Meinung verführen und hinterdrein an diese Meinung des Nächsten gläubig glauben: Wer tut es in diesem Kunststück den Weibern gleich?,* sollte ich erst noch entdecken. Doch der Versuch, andere zu verführen, war das einzige Gegenmittel gegen die entsetzliche Einsamkeit meines Lebens. Glaube ich wenigstens.

Als mir Dawn und ein paar andere Kandidatinnen am Abend des offiziellen Endes der Frühjahrsbewerbung feierlich die versiegelte Kappa-»Einladung« in mein Zimmer überbrachten, schaute ich die mich anstrahlenden Fremden entgeistert an und brach in Tränen aus.

Ich – eine Kappa.

Ida wäre so stolz auf ihre Tochter gewesen! Eine Kappa zu werden war nur der Anfang, versprach ich ihr.

Nicht dass es dein Sterben wert gewesen wäre! Aber vielleicht meine Geburt?

In Syracuse dachte ich zwar kaum an daheim, dafür aber oft an meine Mutter. Spätabends hatte ich das Gefühl, dass es mich in meiner Einsamkeit zu ihr zog, die – als Tote – ja ebenfalls einsam war. Meine Brüder hätten mich ausgelacht und mich darauf hingewiesen, dass ich mich nicht an einen lebenden Menschen erinnerte, sondern an Fotos. Trotzdem empfand ich in solchen Momenten die Nähe meiner Mutter. Wenn ich vom Schreibtisch aufblickte und im Fenster neben meiner Lampe undeutlich ein Gesicht gespiegelt sah, stellte ich mir vor, es sei das ihre. In halbbewussten Träumen kehrte ich nach Strykersville zurück, hatte lebhafte Erinnerungen an den Friedhof hinter der lutherischen Kirche, auf dem sie begraben lag. Ich hatte ihr Grab nicht oft besucht. Wenn mein Vater es tat, dann allein und ohne darüber zu sprechen. Ich erinnerte mich aber doch an das frisch gemähte Gras, spürte die Stoppeln unter meinen Füßen! Hinter der niedrigen Kirchturmspitze und dem matt schimmernden Kreuz verdunkelte sich der Nordhimmel über dem Lake Ontario. Die lutherische Kirche von Strykersville, ein Bau aus groben Feldsteinen und Verputz, war 1873 gegründet worden. Der Friedhof war praktisch eine Weide mit kleinen steinigen Hügeln und Senken, die sich bei Regenwetter mit Wasser füllten; im Winter war die Hälfte der Grabzeichen vom Schnee zugeweht. Die ältesten Grabzeichen, die aus den siebziger Jahren des neunzehnten Jahrhunderts stammten, waren verwittert und schief, abgewetzt wie Spielkarten; diese Gräber lagen am dichtesten neben der Kirche. Neuere Gräber, wie das meiner Mutter, waren weiter entfernt und verteilten sich über einen zum Teil gerodeten Hang. Niemand, dachte ich auf einmal, rechnet mit einer Zukunft, niemand glaubt daran, dass es wirklich eine geben kann. Es gibt nur das Heute. Das bescheidene Grab mit dem Grabzeichen aus grauem Schiefer, in das der Name meiner Mutter sowie ihr Geburts- und ihr Sterbedatum eingraviert waren, befand sich am äußeren Ende einer Reihe, gleich neben einem brachliegenden Feld. Der Tod hat so viel *von Erde* – das war Spinoza entgangen; kein Philosoph sprach vom Geruch des Todes, dem von feuchten, erdigen, verrottenden Blättern, vermischt mit Holzfeuer (in der Ferne verbrannte ein Farmer Baumstümpfe: Der schlimmste Rauchgestank, den man sich denken kann). Ich fuhr mit dem Finger über den rauen Schiefer. Den eiskalten Stein. *Ich bin eine Kappa. Ich bin so glücklich, Mutter! Manchmal denke ich, mir zerspringt das Herz.*

Meine Mutter war keine eifrige Kirchgängerin. Sie und mein Vater hatten standesamtlich in Buffalo geheiratet. Laut Familienlegende hatte der Pfarrer unserer Landkirche in ein Begräbnis meiner Mutter auf dem Friedhof eingewilligt unter der stillschweigenden Voraussetzung, dass mein Vater künftig die Kirche besuchen und seine Familie mitbringen würde. Der Pfarrer wünschte sich sicher sehnlichst neue Gemeindemitglieder, einen Vater mit vier Kindern, vielleicht auch noch die Eltern des Vaters. Natürlich war nichts daraus geworden.

Um Idas willen war mir unbehaglich bei dem Gedanken, dass sie aufgrund einer Lüge in geweihter Erde lag. Ansonsten war es nur zum Lachen.

~

In der Zeit, von der ich hier spreche, wären Wörter wie *Sex* oder *sexuell* nicht mal denen über die Lippen gekommen, die sich regelmäßig sexuell betätigten. Allerhöchstens murmelte mal jemand halblaut *sexy*, begleitet von einem Augenaufschlag, einem wissenden Lächeln.

Mrs Thayer, die als Hausmutter die heikle Aufgabe hatte, auf bestimmte Dinge hinzuweisen, ohne sie zu benennen, sprach wie alle Mütter dieser Zeit von *damenhaftem Benehmen* oder *Regeln des Anstands* oder der Wahrung *eines untadeligen Rufs*. Aus ihrem Munde klangen Ausdrücke wie *männliche Besucher* oder *männliche Person* so, als spräche sie von einer geschmacklosen, nicht vertrauenswürdigen Spezies. Trotz der auffälligen Ringe, die sie an der linken Hand trug, hätte man nicht geglaubt, dass Agnes Thayer je verheiratet gewesen war, verheiratet mit einer *männlichen Person*. Bei den Mahlzeiten und den sonntagabends im Salon stattfindenden offiziellen Hausversammlungen hielt sie uns entsprechende Vorträge. »Unsere Hausregeln sind, was männliche Personen betrifft, ganz einfach. Sie wurden von der Betreuerin festgelegt und dürfen unter keinen Umständen verletzt werden.« Männlichen Personen, abgesehen von Arbeitskräften, war der Zutritt zu den oberen Stockwerken des Hauses nicht gestattet, männlichen Personen war es nicht einmal gestattet, auf den Stufen der geschwungenen Treppe in den ersten Stock zu sitzen oder die Kellertreppe zu betreten. Selbstverständlich war es nicht gestattet, männliche Personen vor oder nach der abendlichen Nachtruhe im Gebäude zu verstecken oder es auch nur zu versuchen; es war nicht gestattet, in Gegenwart einer männlichen Person in den Gemeinschaftsräumen oder überhaupt im Verantwortungsbereich von Mrs Thayer undamenhaft »Theater zu machen«. In den Gemeinschaftsräumen des Kappa-Hauses, in die männliche Personen als Gäste Zutritt hatten, war die Regel von klassischer Schlichtheit: »*Alle Füße* auf den Boden, Mädchen, und zwar *ständig*.«

Mrs Thayers übertriebener, arrogant wirkender Akzent reizte geradezu, ihn nachzuäffen. Und ertönte folglich auch aus allen dreißig Zimmern des Hauses.

Man dachte ständig an Sex. Selbst wenn man, wie ich, kaum sexuelle Gefühle und nicht den Wunsch hatte, diese Gefühle in Beziehungen mit *männlichen Personen* zu erleben. Der Sex war eine

Welle, groß, ansteckend, unaussprechlich. Eine Welle, die jederzeit über ein Mädchen hereinbrechen konnte, die uns zerstören konnte. Auslöser dieser Welle waren natürlich männliche Personen mit ihren heißen kleinen Samenspritzern. (Ausgesprochen wurde das Wort *Samen* jedoch nie.) *Männliche Personen* machten naturgemäß Jagd auf *Mädchen*.

»Die Thayer hat doch bloß Angst«, hieß es beiläufig über unsere wachsame Hausmutter, »dass eine von uns geschwängert wird. Dann ist nämlich sie schuld und fliegt raus.«

Studentinnen ist es verboten, die oberen Stockwerke der Wohnheime von Studenten zu betreten oder sich in deren Gemeinschaftsräumen aufzuhalten. *Studentinnen ist es verboten*, sich in den Räumen oder Wohnungen von Männern aufzuhalten, die nicht auf dem Campus wohnen und daher nicht der von der Universitätsleitung erlassenen Hausordnung unterliegen. Vor allem mussten es Mädchen vermeiden, mit einer oder mehreren männlichen Personen auf Partys allein zu sein. Es war gelegentlich zu unliebsamen Vorfällen gekommen, wenn ein Mädchen zu viel getrunken hatte, unvorsichtig und dann im Haus von einem »Date« zum anderen weitergereicht wurde. Doch in den Verbindungshäusern der Studenten gab es kein männliches Gegenstück zu Mrs Thayer, nur Verwalter oder Berater, und wenn Kappa-Mädchen am Wochenende zu den Partys der Studenten auf dem Campus oder in Cornell gingen, taten sie, was ihnen gefiel. Oder was ihren Dates gefiel. *Komm schon, der ist toll, du kannst nicht dauernd bloß arbeiten*. Ich schminkte mich, wie die anderen sich schminkten, bürstete mein krauses Haar, bis es glänzte. Lieh mir ein rosa Taftkleid, ein Kleid mit wadenlangem Rock und einer Schleife im Rücken, mit der die Taille reguliert wurde. Bekam glitzernde Ohrringe. Lächelte und blinzelte wie ein Nachttier, das in die Sonne geschoben wird. Auf der Party ein ohrenbetäubendes Getöse. Junge Männer en masse, so *groß*. Gelächter, Musik. Bier. Aus Pappbechern. Bier war das Sakrament. In der für DAMEN reservierten Toilette (ein Plakat zeigte mit verschmierter roter Farbe, welche) stand unübersehbar eine große blaue Schachtel Tampons. Ein Witzbold hatte Goldfische in die Toilettenbecken gekippt. Sollte man darüber lachen? Die hübschen goldenen Fische hinunterspülen und dabei lachen? Mir fehlte dazu der nötige Humor, mir fehlte die Lust auf Bier. Und auf Münder, die nach Bier schmeckten. Sollte ich bei diesem Lärm tanzen, im Gewühl Fremder, von einem Tanzpartner so fest umklammert, dass mir die Luft wegblieb? Sollte ich einen Fremden küssen, irgendeinen Jungen, der mich nicht kannte, meinen Namen schon wieder vergessen hatte, trinken, um betrunken zu werden? Welchen Sinn sollte das haben? Meine Kommilitonin Chris übergab sich neben der Treppe des Hinterausgangs auf Mülltonnen mit der Aufschrift ΦΩ. *Chris, komm schon. Chris, bitte.* Ich bat, bettelte sie an, aber sie wollte nicht hören. Komm wieder auf die Party! Ich versuchte es Dawn zu erklären, Jill, Donna, Trudi, die keine Geduld mit mir hatten, mit glänzenden Augen und erhitzter Haut am Hals ihrer grinsenden Freunde hingen. *Das wird schon wieder, Chris kann auf sich selber aufpassen, sie kennt diese Partys.* Und die anderen Kappas, die noch so nüchtern waren, dass sie es sahen, machte ich nur verlegen und ärgerlich, als ich den betrunkenen Eddy, mein »Date«, stehen ließ, die plärrende Musik floh und mit hohen Absätzen durch den verschneiten Park rannte, über das mit Raureif überzogene Gras, und das geliehene rosa Taftkleid wie ein eisiger Hauch über meine Beine strich, atemlos fluchte, während mir Tränen aus den Augen flossen, verdammt, ich weinte doch nicht, warum denn weinen? *Meine Gefühle können nicht verletzt sein, wenn ich gar nichts fühle.*

Gegen zwölf am Tag darauf brachte mir Trudi, die ohne ihr Make-up derb und reizlos aussah, das schwarze Cape, das ich auf dem überfüllten Kleiderständer bei den Studenten vergessen hatte, und warf es halb verächtlich, halb mitleidig auf mein Bett. »Hier. Du hast was vergessen.«

Was war mit Chris?
Wenn sie es nicht mehr weiß, auch gut.
Wen geht das was an? Dich?
Wer sich an nichts erinnert, hat nichts zu verzeihen.
Ihr Date hat bestimmt aufgepasst. Ein totales Arschloch ist er ja nicht.
Sonst war keiner an ihr dran?

Es war kurz vor elf Uhr abends, als ich, aus der Bibliothek kommend, am University Place entlangging. Den verschneiten Park durchquerte, Bücher in den Armen, wie man einen Säugling trägt, eines davon eine achthundert Seiten dicke europäische Philosophiegeschichte. Ich ging schnell, mein Atem dampfte in der eisigen Luft. Ich hatte im Magazin der Bibliothek Bücher eingestellt und kam fast zur Nachtruhe zu spät, dachte an nichts anderes als an den steilen Hügel zum Kappa-Haus, den ich möglichst schnell hinaufkommen wollte, um noch vor elf da zu sein. Denn Mrs Thayer hätte kein Verständnis, würde sich meine gestammelte Entschuldigung nicht einmal anhören. *Ihr amerikanischen Mädchen!* Auf einmal hörte ich ein geflüstertes »Missy? Mis-sy?«. Die Gestalt kam hinter einem Baum hervor, wie ein Kind aus seinem Versteck tritt. In der schwachen Straßenbeleuchtung sah ich sein Gesicht, das eines Fremden: Feiste Hängebäckchen, das Kinn glatt rasiert, ein schmaler, lüstern grinsender Mund wie ein Wurm, eine dunkelrandige Brille, wie Lehrer sie tragen, dahinter Fischaugen. *Er zeigt mir sein Gesicht. Möchte, dass ich sein Gesicht sehe.* »Mis-sy«, sagte er, die Zungenspitze zwischen den Lippen hervorschiebend, »tun dir doch die Titten weh, wenn du so rennst. Du musst aufpassen.« Er hätte zwischen fünfunddreißig und fünfzig, er hätte alles sein können. Im Singsang seiner hohen Stimme klang etwas spöttisch Besorgtes mit. Ich wusste sofort, dass es sich um den Mann handelte, der schon Freddie und andere belästigt hatte; aber ich war nicht wie die, ich war aus Strykersville! Ohne zu zögern warf ich mit meinem schweren Bücherstapel nach ihm, zielte auf sein Gesicht, schlug ihm die Brille herunter. Er schrie auf vor Überraschung und Schmerz. Kein Mädchen und keine Frau, denen dieser Mistkerl sich je genähert hatte, hatte so reagiert, darauf war er nicht vorbereitet – auf mich hatten seine Fantasien ihn nicht vorbereitet! Ich schrie ihn an, stieß kurze japsende Schreie aus wie ein Hund.

Sah ihm nach, als er den Park humpelnd durch eine Seitenstraße verließ und aus meinem Blickfeld verschwand. Das Adrenalin schoss durch meine Adern wie flüssiges Feuer. Ich war wie elektrisiert, spürte eine unbändige Kraft. Von diesem Vorfall hätte ich gern meinem Vater berichtet.

Im Schnee lag die dunkelrandige Brille. Ich hob sie auf, behielt dabei den Handschuh an, hatte in meiner Wut den Impuls, sie zu zerbrechen. Steckte sie aber bloß in die Manteltasche.

Niemand hatte meine kurzen atemlosen Schreie gehört. Sie waren, wie meine Atemwölkchen, nicht weit gedrungen.

Was, wenn er mich angegriffen hätte? Ich hatte den Wahnsinn in seinem Blick gesehen. Den Speichel in seinen Mundwinkeln.

Als ich kurz darauf mit noch pochendem Herzen das hell erleuchtete Kappa-Haus betrat, war es zwei, drei Minuten nach Beginn der Nachtruhe, doch die Aufsicht rauchte eine Zigarette und winkte mich gleichgültig durch. Ihr fiel nichts auf, weder mein gerötetes, erregtes Gesicht noch meine dunklen, geweiteten Augen. Ich lief nicht zu Mrs Thayer, deren Tür um diese Stunde geschlossen war, brachte ihr nicht das Geschenk meiner

Bedrängnis. Die Bücher waren schneefeucht, ansonsten aber unversehrt. Ich hatte Glück gehabt.

Meine Gefühle können nicht verletzt sein, wenn ich gar nichts fühle.

Ich hatte die Brille mit Handschuhen aufgehoben und fasste sie auch immer nur mit Handschuhen an. Ich wollte sie ans Polizeirevier von Syracuse schicken und ein paar getippte Zeilen beilegen: *Die hat ein sexueller Belästiger aufgehabt. Der Mann gehört Ihnen.*

Donnernde Schritte! Kreischen und Lachen. Die Spiegel im Gemeinschaftswaschraum im zweiten Stock mit Seife bespritzt. Überall Zigarettenrauch. Zigarettenstummel verstreut wie Konfetti. Leere Tab- und Cola-Dosen, durch den Flur gekickt, auf den Treppenabsatz. Mag Geraldine, die Putzfrau, eine Negerin, sie wegräumen. Und Geraldine klaubte den Müll auf, steckte ihn in ihren Plastiksack, das dunkle, faltige Gesicht vollkommen ausdruckslos. (Wenn ich im Flur an ihr und ihrem sperrigen Staubsauger vorbeiging, senkte ich den Blick, schämte mich meiner Hautfarbe. Im Herbst meines zweiten Studienjahres erlebte ich im Kappa-Gamma-Pi-Haus zum ersten Mal, wie es ist, mich meiner Hautfarbe zu schämen. Doch Geraldine schenkte mir nicht mehr Beachtung, als weiße Kappas verdienten.) *Schlampe* sagten sie aufgebracht. *Warum kümmert die sich nicht um ihren Mist!* Mrs Thayer hatte angedroht, sich bestimmte Ältere vorzuknöpfen. *Ein für Damen vollkommen unschickliches Benehmen, und dazu noch in Gemeinschaftsräumen!* Da war Lulu, die etwas zu feiern hatte und ständig laut »The Song from Moulin Rouge« spielte. *Schon gesehen?,* sagte sie und hielt einem die Hand unter die Nase, an der ein kleiner Diamantring funkelte wie ein hässliches Zwinkern. *Noch keine einundzwanzig, und schon verlobt.* Wenn eine Jüngere weinte, wurde sie von Älteren umringt. *Komm schon, Schatz. Stell dich nicht so an.* Als ich mich näherte, beschimpfte mich jemand und schubste mich weg, und ich zog mich schockiert zurück und erfuhr nie, *warum* das passiert war. Ich konnte mir nicht mit *Es war einmal* helfen, denn die Geschichte spielte in der Gegenwart; ich war davon überzeugt, dass ich die Ursache dafür war, dass es die Geschichte gab, doch eigentlich spielte sie sich rings um mich ab, war wie eine Woge, die immer höher steigt, schlammig und schmutzig, voller Unrat. Ich war fasziniert von meinen Kommilitoninnen, wie ein kleiner Singvogel fasziniert ist von den großen Raubvögeln mit dem prächtigen Gefieder – und sich im Gebüsch versteckt. Oder sich im Gebüsch zu verstecken versucht.

In meiner *Ethik* unterstrich ich *Das Streben nach Erkenntnis ist die erste und einzige Grundlage der Tugend.*

Trotzdem passierte es: Die britischen Zeitschriften, der *Guardian, Harper's & Queen, Punch*, aber auch andere, lagen wie Kraut und Rüben auf dem Tisch im Salon, manchmal sogar auf dem Fußboden. Von den im Salon nicht richtig ausgedrückten Zigaretten stank es so, dass die schlechte Luft unter der Tür hindurch bis in Mrs Thayers Räume drang. Das Lachen namentlich nicht bekannter *männlicher Personen* schallte noch durchs Foyer, nachdem die Tür so heftig zugeschlagen worden war, dass alle Lampen im Haus schwankten. Hyänengelächter im Treppenhaus, nach Beginn der Nachtruhe. Schweres Getrampel im Flur im ersten Stock, direkt über Mrs Thayers Schlafzimmer. Auf dem von der stillen Geraldine hingebungsvoll geputzten Mahagonigeländer getrocknete Fäden – was? Erbrochenes? »Mädchen!«, rief Mrs Thayer. »*Mädchen!*« Eins ihrer sorgfältig eingewickelten Lebensmittelpäckchen war aus dem Speisekammerschrank verschwunden. Einfach weg. Wohin? Von den Küchenhilfen konnte es sich niemand erklären. Bei den Mahlzeiten wanderten Mrs Thayers eisblaue Augen wachsam von Gesicht zu Gesicht. Nur die jüngeren

Kappas lächelten: Wir hätten es auch nicht gewusst, wenn wir es gewusst hätten. »Ihr seid so still, Mädchen. Hat da jemand ein *schlechtes Gewissen?*« Mrs Thayer blickte in die Gesichter. Hob mit zitternden Fingern das Glöckchen und läutete das Ende der Mahlzeit ein. Bestellte uns in den Salon, eine Aufforderung, der die Älteren nicht nachkamen. »Wer von euch hat das getan?«, erkundigte sich Mrs Thayer ruhig. »Wer hat sich so unanständig aufgeführt? So *grob?*« Es war klar, dass sie so *amerikanisch* hatte sagen wollen. Vielleicht meinte sie die Zeitschriften, die wieder im ganzen Salon vertreut waren – ein schockierender Anblick. Das Kreuzworträtsel der Lokalzeitung auf dem Fußboden. Ein betretenes Schweigen entstand, ein unruhiges Schweigen. In meiner Nervosität begann ich die Anwesenden zu zählen, gab aber bei über fünfundzwanzig auf. Mercy und Trudi tauschten weinerlich-schuldbewusste Blicke, Bon-Bon und Chris bissen die Zähne zusammen, um nicht lachen zu müssen. Dawn leckte sich die glänzenden Lippen und stierte in die Luft. Freddie kratzte sich den linken Unterarm. Deedee unterdrückte ein Gähnen oder Rülpsen. Die Kaminuhr schlug die Viertelstunde. Nur zur Erinnerung: Kappas sind zuerst und vor allem *junge Damen*. Doch oben spielte ein Plattenspieler Rock'n'Roll. Den gemeinen, schmutzigen schwarzen Blues weißer junger Männer. Von meinem Platz auf dem Teppich konnte ich unter das Sofa schauen, auf dem Mrs Thayer steif und kerzengerade thronte. Dort sah ich etwas, was wie eine Monatsbinde aussah. Wie gebannt starrte ich hin. Dachte: *Aber doch wohl nicht benutzt, denn dann müsste sie ja blutig sein.* »Ich habe etwas gefragt«, sagte Mrs Thayer, doch wer erinnerte sich daran? Ihr kalter Blick huschte von der einen zur anderen, doch die unschuldigen Gesichter der großen amerikanischen Mädchen blieben verschlossen. Sie sah mich an, die ich wenige Meter entfernt saß und auf ihre plumpen, in Kalbslederschuhen steckenden Füße starrte. Ich hatte gerade bemerkt, dass Mrs Thayers Knöchel seltsam dick waren, vielleicht geschwollen. »Du«, sagte

Mrs Thayer plötzlich und riss mich aus meiner Trance, »weißt *du* etwas? Sprich, ich befehle es dir.« Ich war so durcheinander, dass die anderen schon leise kicherten, meine Augen blinzelten wie von selbst schuldbewusst. Eine heftige Verzweiflung überkam mich. Ich wollte nicht, dass Mrs Thayer die Monatsbinde entdeckte, wollte nicht, dass sie vor aller Augen schockiert und gedemütigt wurde, wollte nicht, dass die arme Frau noch deutlicher sichtbar zitterte und dass die Kappa-Mädchen, die sich sowieso schon hinter ihrem Rücken über die britische Schreckschraube lustig machten, kicherten. Ohne zu überlegen sagte ich: »Ich – das muss ich wohl gewesen sein, Mrs Thayer.«

Bestürzte Stille. Sogar das leise Ticken der Kaminuhr schien aufgehört zu haben.

Ging es nicht gerade um die Zeitschriften? – Ich zeigte darauf, es waren Blätter der Syracuser Zeitung auf dem Teppich verstreut. Mir versagte die Stimme, ich näselte voller Angst. »Ich bin die Einzige, die Ihre Zeitschriften liest, Mrs Thayer, ich löse das Kreuzworträtsel.« Das war gelogen, ich hatte in meinem ganzen Leben noch nie ein Kreuzworträtsel »gelöst«, ich verschwendete meinen Geist doch nicht zum bloßen Zeitvertreib. »Also – muss ich das wohl gewesen sein.« Wieder Stille, betretenes, blankes Entsetzen. Meine Kommilitoninnen rührten sich nicht, und trotzdem spürte ich, wie sie kollektiv von mir abrückten, allesamt die Luft anhielten. Mrs Thayer, total unvorbereitet auf dieses Geständnis, sah mich mit großen Augen an, die Röte kroch in ihr Gesicht. »Muss ich wohl – oder war?«, fragte sie mit stockender Stimme, doch ihrem Sarkasmus fehlte die Kraft, die Autorität. Ich lächelte ausdruckslos. Hörte mich stammeln: »Ich – ich war es, Mrs Thayer. Ich verspreche, es kommt nicht wieder vor.« Auf einmal begann ich zu zittern, wohl die ersten Symptome einer Erkältung. Mir fiel ein, dass der Mann im Park, mein potenzieller Angreifer, mein Gesicht genauso deutlich gesehen hatte wie ich seines. Es war ein Fehler gewesen, nicht unter Tränen zu Mrs Thayer zu laufen. Jetzt rumorte es in meinen Eingeweiden. Das Wenige, das ich beim Mittagessen heruntergebracht hatte, rächte sich jetzt mit Krampfanfällen. Vielleicht wusste Mrs Thayer ja, dass ich nicht absichtlich log. Von den Kappas war ich die Einzige, die jeden Tag dasselbe anhatte. Einen zerknitterten anthrazitfarbenen Wollrock, der mir in der Taille so weit war, dass er sich, von mir unbemerkt, ständig verdrehte, eine langärmelige weiße Baumwollbluse, oft gewaschen und nicht gut genug gebügelt, mit einem kecken, modischen Hemdkragen, und einem zu großen marineblauen Orlon-Pullover mit V-Ausschnitt, in Strykersville im Sears-Outlet erstanden, der an den Ellbogen schon dünn wurde. Dazu uneinheitliche Socken, beide aber aus weißer Wolle. Mein Haar ließ sich nicht bändigen und stand wie Eisenspäne ab, angezogen von einem Magneten. Wer immer sie auch war, die hier inmitten der Kappas saß und nervös ihren bereits zerknitterten Rock glatt strich, sie entsprach wohl dem Universitätsideal, wenngleich auf etwas schmuddelige Art. Mrs Thayer, die mich düster angesehen hatte, fasste, vielleicht aus Bosheit, plötzlich den Entschluss, mir zu glauben, seufzte und verpasste dem Sofa einen Schlag mit ihrer kleinen Faust. »Na schön! Dann bist *du* so unbekümmert wie alle anderen. Ihr Mädchen! Dabei sage ich es euch immer wieder!« Mit einer lässigen Handbewegung entließ sie die anderen Mädchen, gerade noch rechtzeitig, bevor die mutigsten sich sowieso hinausgeschlichen hätten. Ich blieb zerknirscht da, biss mir auf die Lippen, räumte den Salon auf. »Von dir hätte ich mehr erwartet«, sagte Mrs Thayer verächtlich. »Ausgerechnet *du* – unter all diesen Kappas!« Das Wort *Kappa* klang aus ihrem Mund jetzt wie eine Obszönität. Ich wartete darauf, dass sie sich nach anderen Übertretungen ihrer Regeln erkundigte, nach dem Diebstahl ihrer Lebensmittel zum Beispiel, doch sie sagte nichts mehr, stakste hinaus und schlug die Tür zu. Ich war jetzt ganz allein im Raum.

Mit einer zusammengefalteten Zeitung konnte ich die Monatsbinde unter dem Sofa hervorangeln. Sie war benutzt, war zerdrückt, in der Mitte klebte dunkles, eingetrocknetes Blut. Wenn Mrs Thayer dies erspart blieb, dann auch Geraldine. Ich wickelte das Ding in Zeitung, um es in die Mülltonne zu werfen. Legte die Zeitschriften wieder, fächerförmig angeordnet, auf dem Tisch aus. Hörte über mir meine Kommilitoninnen, hörte ihre schweren, unverschämten Schritte. In einem Buch über antike Mythologie hatte ich von den Harpyien gelesen, Sturmdämonen, die die Seelen in den Hades trugen. Ihr Wispern und Murmeln, ihr spöttisches Gelächter drang von oben herunter.

Ich unterstrich in meinem Buch *Wir sind bestrebt, von uns und von einem geliebten Ding alles zu bejahen, wovon wir uns vorstellen, dass es uns oder das geliebte Ding mit Freude erregt; und umgekehrt alles das zu verneinen, wovon wir uns vorstellen, dass es uns oder das geliebte Ding mit Traurigkeit erregt.*

So geschah es, dass Gott mich auf unaussprechliche Weise berührte. Zuerst achtete ich nicht darauf, ignorierte Ihn. (Ich glaubte ja nicht; ich war zu wissensdurstig, um mich mit Gott abzugeben.) Ein paar Mal hatten sie mich in die lutherische Kirche nach Strykersville mitgenommen. Schwerer Regen trommelte gegen die Fenster; der Pfarrer mit seiner rauen, hoffnungsvollen Stimme und seinen blitzenden Brillengläsern; ich zwischen meinem Bruder Dietrich und meiner Großmutter sitzend. Sicher gab es einen Grund dafür. Den Tod eines Verwandten? Ein Begräbnis? Der schlammige Friedhof, das traurige kleine Grabzeichen. Plötzlich spürte ich etwas Beklemmendes, das immer stärker wurde, als sei mein Körper eingeschnürt, beinahe hätte ich gelacht: Neunzehn Jahre alt und lebt unter Fremden in einer Millionärsvilla auf einem Hügel! *Wie froh ich bin! Euch entkommen. Und glücklich. Viel glücklicher, als ich es verdiene.*

Doch ich konnte nicht schlafen. Ich hatte mein Zimmer praktisch Deedee und ihren Freundinnen überlassen und ging nur zum Umziehen hin. Wenn sich das Lesezimmer im Keller leerte, gewöhnlich nach Mitternacht, versuchte ich dort auf der alten Ledercouch zu schlafen, die nach Zigarettenrauch roch und Brandflecken hatte. Im Kappa-Haus sehnte ich mich in die Einsamkeit meines vorherigen Lebens zurück, in dem ich mich nach der Gemeinschaft der Kappas gesehnt hatte. Ich schrieb einen Aufsatz mit dem Titel »Freier Wille und Determinismus bei Spinoza«, durch den ich aber eigentlich herausfinden wollte, wie es momentan um mich bestellt war. Auf jeder Seite meines Aufsatzes, in jedem Abschnitt, jedem Satz kamen mir andere, gleich richtige Sätze in den Sinn, die mir wie Hornissen durch den Kopf schwirrten. In meinen Notizen für diese Arbeit hatte ich mir Spalten mit A, B und C und wieder andere mit 1, 2 und 3 angelegt; hatte die einen mit blauem Kuli voll geschrieben, die anderen mit grünem. Manche Einträge waren verschmiert. In einem Anfall plötzlicher Klarsicht schrieb ich *Spinoza machte aus seinem Wahnsinn – Kunst*. Da ich nicht glaubte, dass mein Professor diese Einsicht bewundern würde, schrieb ich sie einem Gelehrten zu, den ich erfunden hatte. Ich konnte zwar oft nicht schlafen, schaffte es andere Male aber auch nicht, wach zu bleiben, spürte bestürzt, dass meine offenen Augen zu flackern begannen wie eine Kerze bei Luftzug. Die ausging, ausging. Das wär's dann gewesen. Meine deutsch-jüdische Großmutter schimpfte mit mehlbestäubtem Zeigefinger. Warum ist Mehl, körniges Puder, auf dem Fleisch eines Menschen ein so entsetzlicher Anblick? Meine Mutter Ida stand in einer Tür und sah mich an, die Hand zum Gruß oder zum Abschied erhoben. Wo einst ihr lächelnder Mund gewesen war, war nur noch ein Blutfleck. Sie sorgten sich um meine Gesundheit, um meinen Geisteszustand, sagten aber nicht *Geisteszustand*.

Ein anständiges Mädchen sagte nicht *sexuell*, und es sagte auch nicht *Geisteszustand*. Es beunruhigte mich, dass die schmutzige Monatsbinde mit mir in Verbindung gebracht werden konnte, weil ich sie in Zeitung eingewickelt und in den Müll geworfen hatte. Ich brachte einen ganzen Pulk von Mädchen zum Lachen, als ich davon anfing, dass jemand einen Zusammenhang zwischen dieser Binde und meinem Geisteszustand herstellen könnte. Ach, war das komisch! *Einen verrückten Humor hat die!* Ich war überrascht, als eines Sonntagvormittags vier Mädchen an meine Tür klopften und fragten, ob ich mich ihnen anschließen wolle. Sie hatten ihre guten Mäntel an, trugen Hüte und Handschuhe, so als wären sie am Abend vorher aus gewesen; ihre Gesichter waren relativ frisch, die Augen leuchteten wie die Augen guter Christen. Sie wollten in die St. John's, die episkopalische Kirche, war ich nicht Episkopalin? Wollte ich nicht mitkommen? Ich war tief beschämt, stammelte, sagte, ein andermal, und sie gingen, das Klappern ihrer Absätze schrieb mich ab. Meine Brüder lachten über mich, über meinen Kummer. Für sie war ich immer eine Lügnerin gewesen. Befragt, ob sie wollten, dass ich geboren werde, hätten sie mit einer Stimme *Nein!* gesagt. Wenn ich eine Monatsbinde brauchte, konnte ich ja eine aus den Toilettenartikeln der anderen stehlen. Ich konnte es mir nicht leisten, Kotex zu kaufen, hasste schon den Anblick der Packung, den strengen Arzneigeruch. Meine Periode kam inzwischen nur noch unregelmäßig und hörte allmählich ganz auf. (Ich hatte Angst, schwanger zu sein: Niemand würde mir glauben, dass ich es noch nie »gemacht« hatte.) Meine Brüder würden mich nur mit noch größerem Abscheu ansehen. Ich schlich vor Tagesanbruch nach oben und duschte im Bad im zweiten Stock. Früher hatte ich nur zwei-, dreimal die Woche geduscht, jetzt tat ich es jeden Tag. Und manchmal auch abends. Denn der Blutgeruch war unverkennbar, auch wenn ich nicht blutete. Dieser Blutgeruch hatte den Mann im Park zu mir geführt. (Ich hatte seine Brille schließlich doch nicht der Polizei von Syracuse geschickt, sondern in den Müll geworfen.) Unter der Dusche berührte ich meine Brüste nur sacht mit den Fingerspitzen. Es wird einem gesagt, dass man seine Brüste abtasten soll, wenn man nach Knoten sucht. *Die ersten Symptome, das fühlt sich an wie kleine Kieselsteine. Die werden dann größer.* Ich fragte mich, wie Brüste vom Brustkorb abgeschnitten, ob sie glatt herausgeschält oder stückweise abgehackt werden. Hühnerbrüstchen, die klebrige Haut noch dran.

»He, Sie! – was machen Sie da?«

Ich stammelte etwas, was wie *nichts* klang und floh.

Hinter der Bäckerei in der Mohawk-Street, die auch noch Dinge vom Vortag verkaufte, ein paar Blocks von der Universität entfernt, außerhalb des Campus, befand man sich in einer anderen Welt. Ich ging, den Kopf gesenkt vor Scham. Mein Gesicht brannte. Ich war nicht zum ersten Mal hinter der Bäckerei herumgeschlichen, aber zum ersten Mal erwischt worden. Da ich in Gegenwart meiner Kommilitoninnen nichts mehr herunterbrachte, hatte ich nach anderen Möglichkeiten gesucht, zumindest, wie ich etwas zu essen auftreiben konnte. (Denn manchmal brachte ich die gestohlenen Sachen auch nicht herunter, in denen es von unsichtbaren Bakterien, von Hepatitiskeimen, von Keimen des Todes wimmelte.) Unverkäufliches – Mohnbrötchen, zerbröselte Kekse, zerdrückte Kuchen, steinharte Laibe Brot, Kaffeekuchen, alles locker in Mülltüten gesteckt.

Sie sollten sich schämen!

Warum? Schmeckt doch herrlich.

Auf der anderen Seite grenzte Auburn Hills an den Campus an, eine Wohngegend mit hübschen großen Häusern und Alleen, durch die ich sonntagvormittags manchmal streifte, schnüffelnd wie ein hungriger Hund. In dem wohlhabenden Viertel zwischen Auburn Avenue und Palmer Street parkte niemand auf der Straße, stellte niemand Mülltonnen an den Bordstein. Die Häuser hatten hinten Garagen und gingen auf unbefestigte Straßen hinaus. Dort fielen mir die Kartons von Cateringfirmen auf, der Müll der Samstagabend-Partys: Übrig gebliebene Schnittchen, Kaviargläser, nie ganz ausgekratzt, gefüllte Eier oder Eierreste, Baguettes, einmal sogar ein größeres Stück einer Hochzeitstorte. Manchmal verschlang ich die Sachen gleich an Ort und Stelle, ohne mich darum zu scheren, ob mich jemand sah, manchmal steckte ich sie in die Manteltasche und nahm sie mit, um sie später zu essen, wenn ich allein war. Wenn mich Reue überkam oder die Furcht vor einer Lebensmittelvergiftung oder wenn ich mich noch mehr bestrafen wollte, warf ich alles weg. Ich sah keine Diskrepanz zwischen meinem Ich-Ideal und meinem animalischen Ich. Spinoza sagt ja auch: *Wir streben danach, in unserem Sein zu beharren.*

Panisch vor Angst, in meinen Brüsten könnten sich kleine Zysten bilden, wagte ich es nicht, sie zu berühren. Panisch vor Angst, ich könnte in einem Seminar einschlafen oder ohnmächtig werden, vom Stuhl kippen und mich vor einem Professor, den ich verehrte, blamieren, zwickte ich mich an den Innenarmen oder piekste mich mit dem Kuli, bis meine hellen Unterarme aussahen, als seien dort überall Äderchen geplatzt. *In allen philosophischen Systemen großer Denker*, verkündete der Professor, *bestehen Widersprüche nebeneinander,* und eine Hand ging hoch wie die einer Marionette am Faden. Ich sprach doch nicht vor einer großen Klasse, das konnte doch nicht ich sein! Nicht meine Stimme erhob sich ängstlich zwischen den Reihen altmodischer Pulte in dem Hörsaal im obersten Stock des alten Instituts für Linguistik. *Aber wenn X nicht das vollständige Gegenteil von Y ist, wie kann es dann X sein? Oder ist es etwas anderes?* Der Professor mimte Applaus für die Frage, sagte aber, ich sollte sie mir für einen späteren Zeitraum des Kurses aufheben, wenn wir über Hegel sprächen. Mir fielen schon die

Augen zu vor Müdigkeit. Schlagartig wurde mir die Demütigung bewusst, die in seiner Antwort lag, aber das alles war komisch: Aus dem Hof der Bäckerei verscheucht, das Erscheinen eines mich verdutzt anschauenden jungen Mannes, eines Schwarzen, mit dem ich beinahe zusammengestoßen wäre, dabei hatte ich nichts Verdächtiges bei mir, hatte die Brötchen, die Brote, den zerdrückten Kirschkuchen schon fallen gelassen und war geflohen. Im Kappa-Haus schleppte ich mich an den Tisch. An meinen leeren Platz am vordersten Tisch. Dort die weniger komische Demütigung eines sehnigen Stücks Roastbeef, das auf meiner Gabel zitterte, zu Boden fiel und davonhüpfte, als sei es lebendig. Mrs Thayer machte eine knappe Bemerkung, ihre Stimme spröde vor Hohn. Die anderen Mädchen sahen mich mitleidig an oder achteten gar nicht auf mich. Vielleicht hatte ich sie fälschlicherweise für Raubvögel gehalten. Mrs Thayer bestellte mich in ihr Wohnzimmer. Ihre eisblauen Augen funkelten ungeduldig. Was hatte ich mal gehört? Ich war nicht mehr sicher. Hatte Mrs Thayer keine Kinder, oder hatte sie Kinder gehabt, die bei der schrecklichen Bombardierung Londons ums Leben gekommen waren? *Was ist los mit dir, Janice? Machst du das, um andere zu ärgern? Um mich zu ärgern? Nein, du bist ja Mary Alice, nicht? Wie kannst du nur so nachlässig sein? Hast du gar keinen Stolz? Keine Manieren? Wenn du krank bist, warum gehst du nicht zum Arzt? Die Leute werden doch dafür bezahlt, dass sie Kranke behandeln, oder? Für Kranke sind Hausmütter nicht zuständig, danke bestens. Eine Hausmutter hat schon genug Verantwortung und Plackerei. Hat schon ihr Päckchen zu tragen.* Man fand heraus, dass ich im Lesesaal in meinem Mantel geschlafen hatte, mit bloßen Füßen. Meine Beine waren zwar blass, aber mit feinen gekrausten dunklen Härchen bedeckt. Die Kappas waren empört. Beine gehören rasiert wie Achselhöhlen! Ich hatte aber Angst vor Rasierapparaten und hätte mir eine Rasierklinge leihen müssen – aber das geht ja nun wirklich nicht, oder? Oben, auf zwei Stockwerke verteilt, über vierzig Mädchen. Mit rasierten Beinen, schimmernder Haut, Brüsten wie eine Rüstung. Mit Deodorant, Haarspray, Mascara, silbernem Lidschatten. Mit Radios, Plattenspielern, Calypsomusik, mit Ricky Nelsons »Travelin' Man«; Türen, die zugeschlagen, Toilettenspülungen, die gezogen wurden. Mädchen, die Kette rauchten. Immer wieder Tab- und Cola-Dosen, nicht vollständig geleert, durch den Flur kickten. Kat, Tammy, Trudi, Sandi, die mit finsterem Gesicht in der Tür lehnten. Ohne Make-up sah eine aus wie die andere. Ohne Make-up waren die jungen Gesichter blass, gedunsen, dumm. Ohne Mascara waren die Augen nackt. Was wollten sie von mir? Hilfe bei ihren Trimesterarbeiten? Ich stahl Seifenreste, aber nur die kleinsten, um mich richtig zu waschen. Wusch mir das Haar mit Seife. Ich versäumte Zusammenkünfte und verdiente daher Strafe: zwölf Dollar, fünfzehn, achtzehn. Ich konnte sie nicht zahlen, denn ich hatte kein Geld, außer ich stahl welches, aber wo konnte ich Geld stehlen – das verbot mir mein Stolz, auch wenn er mir nicht verbot, Lebensmittel zu stehlen, sofern sie Abfall waren und kein Essen mehr. Als eine Schwester in der Arztpraxis am anderen Ende des Wind gepeitschten Campus mich schließlich aufrief, änderte ich meine Meinung und ging nicht in das Sprechzimmer. Ich konnte doch meine Arbeit im Archiv nicht versäumen! Dabei hatte ich mich schon zwanzig Minuten verspätet. Dort wurde ich auf diese freundliche Art, bei der man sofort misstrauisch wird, gefragt, ob mir nicht gut sei. Grippe? Diese so genannte Asiengrippe? Ich setzte das Kappa-Lächeln auf. Bleckte die Zähne wie eine Cheerleaderin. Hob die Hand, um meinem Professor eine Frage zu stellen, doch er sah mich finster an, wollte nicht, dass ich etwas sagte, und es schnürte mir die Kehle zu. Das Zittern hatte ich inzwischen im Griff, es war nach innen gewandert. Ich shamponierte mir die Haare, grub die Nägel in meine Kopfhaut und bürstete es so heftig, dass es glänzte und aufgeladen knisterte. Meine Augen, nach Meinung anderer wie die meines Vaters, waren kohlschwarz: nur Pupillen. Die schlauen Mädchen mieden

den ersten Tisch, an dem wir zu siebt mit Mrs Thayer saßen, deren Blick über mich hinwegging. Wenn sie aß, schimmerte Feuchtigkeit in ihren Augen. *Die britische Schreckschraube ist ein richtiges Schwein. Wie die manchmal frisst!* Im mittleren Trimester war ich, wie üblich, stark gefragt. Die Mädchen lächelten mich an, wenn sie zu mir kamen, um Hilfe baten. Es war seltsam: Meine eigenen Arbeiten bekam ich nicht fertig, konnte die der anderen aber rasch durchsehen, um festzustellen, was noch fehlte. Fehler sprangen mir ins Auge. Als Strafe für versäumte Versammlungen wurde ich zur Aufsicht eingeteilt. Läutete fünf Minuten vor Beginn der Nachtruhe den Gong. Schob die letzten »Dates« zur Tür hinaus, Jungs, die wie Schränke waren, Footballspieler von Ypsilon Beta, von Lambda Alpha Chi, die Gesichter rot beschmiert, als hätten sie rohes Fleisch gegessen. Sie rülpsten mir ins Gesicht, ohne sich zu entschuldigen. Darmwinde wehten hinter ihnen her. Die Aufsicht musste die Haustür abschließen, die Lichter löschen, die Aschenbecher leeren, das ins Chaos versunkene Wohnzimmer aufräumen, in dem sich leidenschaftliche Kappas und ihre jeweiligen Dates für den Abend zwei Stunden lang »Gute Nacht gesagt« hatten, klumpige Kleenex zwischen den Sofakissen hervorklauben, Kaugummis, noch feucht und mit Zahnabdrücken, von der Unterseite der Tischplatte ablösen. Mrs Thayer hatte ihren eigenen Wein, einen bitter schmeckenden Rotwein, von dem wir nichts wissen sollten. (Dieses verblüffende Detail stammte von einer der Bedienungshilfen, einem Neger, der den cremigen Hautton Harry Belafontes hatte und sexy, einem Flirt nie abgeneigt, und mit bestimmten Kappas befreundet war. Stand ich im Bad im zweiten Stock, weil ich mir unbedingt den Zigarettengestank von der Haut waschen wollte, starrten die Mädchen mich an und sagten ungeniert: *Was hat sie denn? Ist sie krank? Ach, lass sie, die ist verrückt. Die will nur Aufmerksamkeit, beachte sie gar nicht.* Zur Nachtruhe kamen sie mit glasigem Blick, schwankend, ihre Sachen nur nachlässig zugeknöpft. Manchmal schafften sie es nicht bis ins Bad und übergaben sich auf die Treppe. Chris, die (laut ihrer Zimmergenossin) jeden Tag ihres Lebens gekotzt hatte, hatte das Studium abgebrochen; ihre Eltern waren mit betretenen Mienen mit ihr davongefahren. Die Gesichter der Mädchen oben im Haus waren bleich und teigig verquollen. Die Augenbrauen nicht nachgezogen, die Wimpern nicht getuscht, das Haar auf rosa Schaumstoffwickler gedreht. Über allem lag ein Rauchschleier. Geraldine beugte sich, von einem Hustenanfall geschüttelt, vornüber. Ich hatte Respekt vor den Brüsten, die meine Kommilitoninnen wie eine Rüstung vor sich hertrugen. Ihre Satinbüstenhalter, straff nach oben gezogen und oft wattiert, waren alle Größe D. Sogar die Mädchen mit Fransenschnitt hatten diese Größe. Sie trugen ihre Brüste mit stolzem Erschaudern und mühsam gezügelter Hast vor sich her, wenn sie die Treppe zu ihren starrenden Dates hinuntergingen. Ihre glatt rasierten Beine schimmerten metallisch. Die Achselhöhlen waren mit Deo eingesprüht und großzügig mit Körperpuder bestäubt. Drin, im Haus, hätte man die Kappas nicht als solche erkannt, aber draußen, auf dem Campus, auf Partys und in Kneipen hatten sie den Kappa-Look: Glamourös, sexy, entschlossen. Mädchen, die »Persönlichkeit« ausstrahlten, wie ein Leuchtturm Signale aussendet. Ihre Zimmer waren chaotisch, als sei ein Sturm hindurchgefegt, Schweineställe, aus denen sie strahlend und liebeshungrig hervorkamen wie der Phönix aus der Asche. Sie trugen ihr Leben auf der Haut wie ein weiteres Accessoire. In Gegenwart *männlicher Personen* war dieses Leben wie eine lange geprobte Aufführung, die sie für Stunden durchhielten. So verbissen war ihr Spiel – sie wussten womöglich gar nicht, dass sie Schauspielerinnen waren. Sie kämpften um ihr Leben. Ihr Ziel war es, verlobt zu sein, bevor sie die Universität abgeschlossen hatten. Sie würden mit einundzwanzig heiraten und mit zweiundzwanzig Mütter werden. Manche von ihnen wären noch vor dreißig wieder geschieden. Ich bewunderte sie. Ich fürchtete sie, verachtete sie, bewunderte sie. Ich bildete mir nicht ein, sie zu kennen. Sie sprachen verschlüsselt, sogar ihr kreischendes Lachen war verschlüsselt. Der Rauch stieg von ihren Mundwinkeln auf wie Abgase aus einem Auspuff. In ihren Augen lag eine marmorne Härte. Das Kappa-Lächeln strahlte: *Hi! Wie geht's. Bist ein Schatz.* Als würfen sie Bettlern eine Münze hin. Als hätten sie das alles verdient. Als wären sie nicht Kappa Gamma Pis, Mitglieder einer zweitklassigen Verbindung, sondern gehörten zu Chi Omega, TriDelt, Pi Phi, den erstklassigen. Als sei ihr Studienziel nicht Grundschullehrerin, als hätten sie nicht schon um mittelmäßige Noten zu kämpfen, sondern gehörten zu den Besten auf der von der Betreuerin geführten Liste. Als wären sie nicht Partygirls von zweifelhaftem Ruf, sondern populäre Ratsmitglieder in der Zeit des Hellenismus, die Königin des Footballteams, als wären sie geachtet, bewundert, als strebe man ihnen nach, als hätte man sie nicht auf dem Kieker, weil sie tranken und »jeden drüberließen«.

Alles das war mir unbekannt, wie sollte es auch anders sein. Ich begriff kaum, was der hässliche Ausdruck *drüberlassen* bedeutete.

Eddy, mein Date, höhnte: *Ich dachte, du bist ein heißer Ofen. Du bist eine Kappa, die lassen doch jeden drüber.*

Als ich meine Kappa-Nadel verlor, weinte ich. Meine wunderschöne schwarz-goldene Kappa-Nadel! Sie hatte mich fünfundsiebzig Dollar gekostet. Ich konnte sie mir eigentlich gar nicht leisten, diese Anstecknadel mit meinen darin eingravierten Initialen. Verloren im Magazin der Bibliothek, wo ich Bücher eingestellt, einen knarrenden Wagen meilenweit durch schlecht beleuchtete Korridore geschoben hatte. Vielleicht war sie heruntergefallen, als ich geistesabwesend über meine A-Brüste gestrichen hatte, voller Angst auf das fixiert, was ich dort entdecken könnte. Ich weinte um die verlorene Nadel, konnte sie nicht ersetzen. Meine Kommilitoninnen waren böse auf mich: *Man verliert doch nicht seine Nadel!* Auch Mrs Thayer sah mich finster an, ihre gepuderten Bäckchen erschlafften. Schweigend registrierte sie meine geröteten Finger und die Haut auf meinen Handrücken, die vom zu häufigen Waschen mit der groben, in den Unitoiletten liegenden Seife im Winter rau und aufgesprungen waren. Deedee lieh mir zwar ihre parfümierte Lotion zum Eincremen, doch davon wurde der rote Ausschlag nur noch schlimmer. *Vielleicht hab ich ja Lepra,* sagte ich scherzhaft. *Ist in meiner Familie erblich.* Deedees bestürzter Blick war eine Warnung, doch mein Mund plapperte weiter. *Meine Mutter ist daran gestorben.* Ich gewöhnte mir an, im Unterricht den Mantel anzubehalten, und steckte meine rissigen Hände in die Ärmel. *Für Descartes ist das Universum im Grunde genommen irrational, wohingegen es für Spinoza im Grunde genommen rational ist und der Erkenntnisdrang dem menschlichen Geist natürlich ist.* Und sah zu meinen in der Tür stehenden, mich anlächelnden Kappa-Kommilitoninnen auf: Habt ihr mir verziehen? Bettelte schmeichelnd: Kann ich euch bei den Trimesterarbeiten helfen? Es waren wirre, zusammenhanglose Konglomerate, gespickt mit unkommentierten Passagen, die sie ohne Herkunftsangabe aus irgendwelchen »Quellen« abgeschrieben hatten. Manche besserte ich stückweise aus, andere schrieb ich komplett neu. Es war ein Plus für die Kappas, wie Dawn im Jahr zuvor herausgefunden hatte, dass ich so gut Schreibmaschine schreiben konnte. »Du kannst ja mit den Fingern denken«, hatten meine Kommilitoninnen staunend gesagt. Dann aber konnte ich es von einem Tag zum nächsten plötzlich nicht mehr, ja konnte nicht mal mehr mit den Fingern schreiben. Schlimmer noch, ich konnte auch mit dem Gehirn nicht mehr denken, meine Gedanken taumelten, kamen ins Straucheln, machten Sprünge, entglitten mir. Ich konnte mich nicht konzentrieren, sogar das Sprechen wurde mit meiner bleischweren Zunge zur Tortur. Die Gedanken lösten sich auf wie Eis in der Sonne. *Bitte entschuldigt, ich kann nicht. Ich konnte nicht schlafen. Ich bin mit meiner eigenen Arbeit auch im Rückstand. Manchmal hab ich solche Angst* … Und Dawn sah mich kalt an, verzog den schimmernden Mund, schimpfte: *Verdammt, was glaubst du denn, weshalb du sonst hier bist? Weil du so gut aussiehst?* Und stapfte in schmutzigen weißen Wollsocken davon.

Abend für Abend drang Calypsomusik durch die Wände. Ein stumpfsinniger, mechanischer Beat hallte durch die Flure. Hüften und Brüste schwingend, wie sie es im Kino gesehen hatten, sangen die Mädchen den leicht pornografischen Text mit, dessen Wörter mir wie Widerhaken im Gehirn stecken blieben und dem ich nicht entfliehen konnte, wenn mich die Nachtruhe ans Kappa-Haus am nördlichen Ende des University Place fesselte.

Hey c'mon Kitch let's go to bed
I gotta small comb to scratch ya head –

Hey c'mon Kitch let's get to bed
I gotta small comb to scratch ya head –

Auf diese Weise berührte mich Gott. Unaussprechlich.

3

Der Geist kann nur, solange der Körper dauert, sich etwas vorstellen und sich der vergangenen Dinge erinnern.
Spinoza, *Ethik*

Am Ende verließen Agnes Thayer und ich Kappa Gamma Pi innerhalb weniger Tage im Februar 1963.

Am Ende kommt *das Ende* schnell!

Unsere Hausmutter hatte einen Anruf von dem für die Studenten zuständigen Betreuer bekommen, der sie auf das »leichtsinnige«, »die eigene Sicherheit gefährdende« Benehmen ihrer Mädchen bei den Winterpartys der Jungs an der Cornell aufmerksam machte. Um wen genau es sich handelte, war unbekannt, man wusste nur, dass es Kappas aus Syracuse waren – »Mädchen mit zweifelhaftem Ruf«. Prompt bestellte Mrs Thayer die wahrscheinlichsten Kandidatinnen einzeln zu sich ins Wohnzimmer und hielt die Sache danach anscheinend für erledigt, denn die Mädchen drucksten zerknirscht herum und machten keine ernsthaften Anstalten, sich zu rechtfertigen. (Mercy: »Was sollte ich ihr denn sagen? Ich war das ganze Wochenende so hin, ich weiß doch gar nicht mehr, was ich gemacht habe.«) Von Kat, einer rothaarigen älteren Stundentin, die schnell in Wut geriet oder in Tränen ausbrach, erzählte man sich im Haus, sie habe bei Mrs Thayers Schimpfen zu weinen begonnen, woraufhin diese Mitleid mit ihr bekam, denn Kat war sehr hübsch und konnte, wenn sie sich anstrengte, auch sehr nett sein. Mrs Thayer habe ihr die Hand getätschelt und ihr sanft ins Gewissen geredet: »Meine Liebe, diese kleine Unterredung kann deine *Rettung* sein! In vielen Jahren, wenn du selbst Mutter oder schon Großmuter bist, denkst du vielleicht einmal daran zurück und –« Und dann habe Mrs Thayer Tränen in den Augen gehabt und »Gedenke Agnes Thayers freundlich!«, geflüstert, woraufhin Kat mit flackernden Augenlidern »Ja, mach ich« geflüstert habe.

Tags darauf übten Kat und ihre Zimmergenossinnen Rache, schlichen in den Salon und verstreuten Zeitschriften und Zeitungen auf dem Boden, schnappten sich, als die Post kam, Mrs Thayers Briefe, darunter auch einen der Luftpostbriefe, zerrissen sie und warfen die Schnipsel vor Mrs Thayers Tür auf den Teppich. Keine der Augenzeugen versuchte sie davon abzuhalten. Hätte ich, wäre ich dabei gewesen, etwas gesagt? Sie angefleht? Oder hätte ich nervös und frech mit den anderen gelacht? »Diese britische Schreckschraube muss mal einen Dämpfer kriegen«, sagte Kat erregt. »Sie gehört nicht zu uns.« Am nächsten Tag läutete Mrs Thayer beim Mittagessen ihr Glöckchen, inzwischen schon zaghafter, zitterte vor Empörung, die blauen Augen funkelnd vor Angst. Hatte sie getrunken? Ihre ohnehin geröteten Wangen schienen noch rosiger, ihre Aussprache war, kaum merklich, ein wenig undeutlicher als sonst. »Mädchen, Mädchen! Was ist denn mit euch los! Ich verlange eine Erklärung für diese – Anarchie!« Ein Schweigen entstand, eine Verstimmung, fast ein Grollen, einige der kühneren Mädchen tauschten amüsierte Blicke, einige rauchten ganz offen oder kauten geräuschvoll Kaugummi, viele hatten überhaupt nicht auf Mrs Thayers Ausruf geachtet. Kat war mit ihrem Freund trinken gegangen, und ihre Zimmergenossinnen spielten oben Rockmusik. Mrs Thayer suchte flehentlich den Blick derer, die sie für Verbündete hielt:

Püppchen Lulu, einer ihrer Lieblinge, glotzte mit großen, unschuldigen Augen und einem Mund, der zu den gröbsten Beschimpfungen fähig war, seltsam ausdruckslos über Mrs Thayer hinweg. Wie in einem Film, in dem die Wiederholung ein Aspekt des Komischen ist, schlug wieder die Kaminuhr. Die Bedienungshilfen im hinteren Bereich des Hauses lachten etwas zu laut. Nun vernahm man auch kichernde Mädchenstimmen – jemand war anscheinend bei ihnen in der Küche, um diese Stunde eigentlich ein verbotener Bereich. Ich hoffte, dass Mrs Thayers Blick nicht auf mich fiel. Ich war nur zögernd hereingekommen, hatte gleich gespürt, dass sich eine Katastrophe anbahnte. Außerdem hatte ich mich nicht wohl gefühlt, auf Deedees Rat hin aber trotzdem ihren karminroten Lippenstift aufgelegt; ich hatte ihr sogar erlaubt, mir silbergrünen Lidschatten auf die Lider zu schmieren, weil meine Zimmergenossinnen drängten, ich müsse »etwas tun«. Ich sähe nämlich, sagten sie auf ihre direkte, hilfsbereite Art, »echt scheiße« aus. Ich hatte, obwohl das untersagt war, meinen Mantel an, und hoffte, Mrs Thayer würde es nicht merken. Ich fror sogar im Haus so sehr, dass ich oft vor Kälte schlotterte, außerdem wollte ich die anderen nicht noch mehr gegen mich aufbringen, indem ich mich ohne glitzernde Kappa-Nadel am Pullover präsentierte. In ihrer Aufregung fixierte Mrs Thayer mich, und mir war klar, dass ich keine Wahl hatte. Ich hob die Hand und sagte reuevoll: »Mrs Thayer, ich – ich war es.« Mrs Thayer sah mich ungläubig an. »*Du*? Nein«, sagte sie ohne zu zögern. Ich wiederholte leise: »Doch, Mrs Thayer. Es tut mir wirklich Leid.« Verwundert sagte sie: »Aber – warum?« Auf diese vernünftige Frage fiel mir keine vernünftige Antwort ein. Ich registrierte, dass die anderen Mädchen untereinander tuschelten, mein Gehirn kam wie eine anlaufende Maschine nur langsam in Gang. Hatte ich vor ein paar Wochen nicht schon etwas gebeichtet? Da konnte es doch nicht überraschen, dass ich es wieder tat. Ich hörte mich selbst sagen: »Ich – ich weiß nicht, Mrs Thayer. Es war ein plötzliches Bedürfnis.« »Ein plötzliches Bedürfnis? Post zu zerreißen? Meine Post? Wenn ich nicht irre, ist das in diesem Land eine Straftat.« Mrs Thayer bemühte sich um einen scharfen Ton, wollte sich selbst einreden, dass ich wirklich eine Kriminelle war, während die anderen mich entsetzt und verlegen ansahen. Alle wussten über Kat und ihre Zimmergenossinnen Bescheid, und meine Beichte war vollkommen sinnlos. Lulu, die sich mit blitzendem Verlobungsring frech eine Zigarette anzündete, sah mich missbilligend an, als habe sie noch nie ein so jämmerliches Wesen gesehen. *Wer zum Teufel bist du schon? Was hast du hier zu schaffen? Unter Leuten, die ihre Tassen im Schrank haben?* Ich merkte, dass ich überzeugender auftreten musste, und begann zu weinen, worin ich allerdings ungeübt war. Ich hatte mich immer gewehrt, wenn meine Brüder mich zum Weinen hatten bringen wollen – ein weinendes Mädchen, weniger wert als Jungens –, doch jetzt weinte ich aufrichtig und spürte, dass sich mein Gesicht kleinkindhaft verzog. Jemand reichte mir, ohne mich anzusehen, ein benutztes Kleenex. Aus den Hinterzimmern eine Lachsalve und das Geräusch von Geschirr, das zu Bruch ging, doch Mrs Thayer schien es nicht zu hören. Sie starrte mich an, eine dickliche Hand an den Busen gepresst. Meist trug sie kastenförmige wollene Anzüge und darunter Rüschenblusen, heute aber hatte ihre Bluse einen hellen Fleck. »Gut, Mädchen – ihr anderen, ich sehe ja, dass ihr unschuldig seid«, sagte Mrs Thayer mit aufgeblasenen Bäckchen, was offenbar sarkastisch wirken sollte, aber nicht überzeugte, »*seid entlassen.*« Binnen Sekunden waren sie alle draußen und polterten lachend die Treppe hinauf.

Zurück blieben die füllige Frau, die, hörbar atmend, über mich nachsann, und ich, die reuevoll und eigensinnig wenige Schritte entfernt auf dem Teppich saß. Schließlich sagte sie verärgert: »Elise – Nein, Alicia? – wenn du die Wahrheit sagst und nicht einfach eine oder einige andere schützt, musst du dieses – unnatürliche Benehmen einstellen. Sofort! Oder ich muss es der Betreuerin melden. Und wenn du nicht die Wahrheit sagst – wenn du mich jetzt, in diesem Moment, anlügst, werde ich es ebenfalls der Betreuerin melden müssen.« Ich starrte auf Mrs Thayers geschwollene Knöchel. Ich brachte es nicht fertig, ihr zu widersprechen oder darauf hinzuweisen, dass ich weder »Elise« noch »Alicia« hieß, dass mein Name diesen nicht mal entfernt ähnelte. Ich konnte nur leise wiederholen: »Aber ich sage die Wahrheit, Mrs Thayer – warum sollte ich lügen?« Es war ein Flehen, aber Mrs Thayer konnte es nicht hören. Es ging ins Leere.

Mrs Thayer wollte, auf die Armlehne gestützt, vom Sofa aufstehen, sie atmete stoßweise, ihr fleischiges Gesicht war rot und eingefallen vor Müdigkeit. Schnell sprang ich auf, um ihr zu helfen. Ihr Gewicht lastete warm und empört auf meinem Arm. Kaum auf die Beine gekommen, stieß sie mich aber fort, ihre Augen funkelten vor Entrüstung. Mit ihrer beringten Hand wedelnd, wendete sie sich zum Gehen und sagte, verwundert vor Abscheu: »Räum hier auf, du seltsames, perverses Ding. Ich nehme deine Entschuldigung an. Aber wenn das noch einmal vorkommt, werde ich der Betreuerin Meldung machen. Dann verlange ich, dass du des Hauses verwiesen wirst.«

»Ja, Mrs Thayer«, murmelte ich der Hinausgehenden zu.

Von da an traute mir niemand mehr, weder die anderen Mädchen noch unsere Hausmutter.

Besser, zu denken, dass es nur einen Verantwortlichen gibt und nicht viele. Besser, zu denken, dass das Universum vernünftig eingerichtet ist und dass der Einzelne vielleicht einen kleinen Teil seiner Wahrheit begreift, wie falsch diese Wahrheit auch sein mag. Wie sollte ich Mrs Thayer das erklären?

Am nächsten Morgen wachte ich noch vor Tagesanbruch in der winterlichen Dunkelheit auf. War schon vor sieben draußen aus meinem Gefängnis. Die Küchenhilfe kam, beachtete mich aber nicht. Ich sprach auch mit niemandem. Ich hatte die oberen Stockwerke gemieden, um die abgewandten Blicke der anderen nicht sehen zu müssen. Ich verstand ja, dass meine Zimmergenossin, die mir ihr Make-up geliehen, sich angeboten hatte, mir die Haare aufzudrehen, sich meinetwegen schämte. *Und dann sagt sie noch, sie hat Lepra. Ich möchte mit jemand anders zusammenwohnen. Ich hasse sie.* Ich hatte mich auf das ramponierte Sofa im Leseraum gelegt und überlegt, was ich anfangen sollte mit dem, was mir vom Leben noch blieb. Oder würde das, was mir vom Leben noch blieb, an mir vorbeifliegen wie ein Kometenschweif? Der Gedanke, Ida ganz verloren zu haben, versetzte mich in Panik. Als ich versuchte, mich an meine Mutter zu erinnern, standen mir nur Fotos mit Eselsohren vor Augen und keine lebendige Frau, sah ich nur die Schwarzweißbilder, die meine Großmutter mir, als ich klein war, widerwillig gezeigt hatte. *Nicht mit schmutzigen Fingern!,* hatte sie mich ermahnt. Und doch klebten die lose im Album liegenden Fotos oft zusammen.

Im Büro der Archivarin der Universität in Erie Hall sagte man mir, ich käme zu früh. »Aber kann ich meine Arbeit nicht schon *jetzt* machen?« Die Verzweiflung in meiner Stimme beunruhigte die Assistentin der Archivarin, eine Frau mittleren Alters, die noch sehr jugendlich aussah. Sie war mir als Stipendiatin immer mit Wohlwollen begegnet und schien mich auch zu mögen, doch das Band zwischen uns war zerrissen, denn ich war vormittags zur Arbeit gekommen und nicht nachmittags, und jetzt hatten sie keinen Platz für mich. Außerdem war ich ungekämmt, meine Augen waren unnatürlich geweitet, meine Lider entzündet und mit dem silbergrünen Lidschatten beschmiert. Wohin ich in der Kälte als Nächstes ging – die Temperatur war unter null, der funkelnde Nachthimmel wurde allmählich hell –, weiß ich nicht mehr genau. Vermutlich nach Auburn Heights. Dort bellte mich ein Schäferhund an, als ich unschlüssig vor einer Reihe von Mülltonnen am Eingang zu einem Gässchen stand. Eine schmutzige Schneekruste bedeckte alles wie hart gewordenes Plastik. Ich meinte zwar, keinen Hunger zu haben, wusste aber, dass ich etwas essen musste, und der Hund bellte unablässig, war ein Zerberus, der mich durch sein Bellen verscheuchen wollte. Mir blieb nichts übrig, als mich zurückzuziehen. Mein Atem kam in dampfenden Stößen, und die mir über die Wangen laufenden Tränenbäche wurden zu Eis. Um den Kopf hatte ich mir einen schmutzigen dicken grauen Wollschal gewickelt, den ich mit anderem Müll in einem Karton am Straßenrand in der Genesee Street, ein paar Blocks vom Campus entfernt, gefunden hatte; er wärmte gut. Während ich über den verschneiten Campus ging, bewegte ich schweigend die Lippen. *Hasst mich nicht! Ich wollte doch nur, dass ihr beide stolz auf mich seid.* Ich verlor nicht nur die Erinnerung an das Gesicht meiner Mutter, das meines Vaters entglitt mir ebenfalls. Er war jetzt seit über einem Jahr tot. Man muss stark sein, um die Gesichter der Toten zu bewahren, und meine Stärke – für mich immer selbstverständlich –, die fieberhafte, nervöse Stärke der Ratte, die durch ein Labyrinth läuft, verließ mich jetzt. Ich hatte meiner Großmutter geschrieben und sie gebeten, mir ein, zwei Fotos meines Vaters zu schicken, doch sie antwortete nicht. Der Leichnam meines Vaters wurde nie gefunden, in Strykersville war meines Wissens nie eine Sterbeurkunde angekommen. Als mich einmal eins der anderen Mädchen misstrauisch – vielleicht hatte Deedee ihr ja etwas gesteckt – fragte, wo mein Vater lebte, sagte ich, er sei in den Orkus gegangen. *Was?*, fragte sie, so als habe sie nicht verstanden, und ich wiederholte: *Orkus. Das ist eine Stadt in den Rocky Mountains. Vielleicht geht dein Vater da irgendwann auch hin.*

Im Kurs Europäische Philosophiegeschichte saß mit hochgezogenen Schultern eine Studentin im Mantel. Sie saß am Rand einer

Bankreihe unter hohen Fenstern. Während die anderen pflichtbewusst mitschrieben, sah sie aufmerksam den Professor an, der mit ruhiger, monotoner Stimme über das Problem sprach, ob Gott existierte. Platon und Aristoteles, der heilige Augustinus, Francis Bacon und Spinoza, Voltaire, Kant, der deutsche Idealismus ... Sie war blass, ihre dunklen, eingefallenen Augen unnatürlich wach. Hatte die Hände tief in den Manteltaschen vergraben. Suchte nach einem Stift, der Stift fiel ihr aus der Hand und rollte über den abgenutzten, lackierten Boden. *Beachtet sie nicht. Eine jämmerliche Person. Nimmt alles so ernst. Die will nur Aufmerksamkeit.* Die anderen Studenten taxierten das Mädchen. Um sie herum waren alle Plätze frei. Der Hörsaal war der Ort abstrakten Denkens und Spekulierens, es war kein Platz, an dem man auch körperlich anwesend war, schon gar nicht, wenn der Körper bebte vor Emotionen. Gegen Ende der Stunde, als der Professor zu Fragen aufforderte, fiel auf, dass er die unter dem Fenster Sitzende gekonnt übersah, als sie die Hand hob. Wissenschaftliche Fragen, wenn ich bitten darf! Keine Emotionen, bitte! Näselnd, dringlich, zitternd und doch hartnäckig stellte sie eine Frage, die ungefähr so lautete: *Wenn Gott in einem Buch vorkommt, warum gibt es dann so viele Bücher? Warum hat Er sich in so vielen manifestiert?* Ein respektvolles Schweigen entstand. Der Professor zog die Stirn in Falten, als dächte er ernsthaft nach und überlegte nicht, in wie vielen Minuten es zur Pause läutete. Sie lachte nervös. Wischte sich über die Augen. Niemand mochte sie ansehen. Anstatt wie immer zur ganzen Klasse zu sprechen, wenn er eine Einzelfrage beantwortete, stand der Professor da, fixierte die eine finster und sagte schließlich, er würde nach dem Unterricht mit ihr sprechen. Man sah, dass er die Namensliste aus seiner Mappe zog und überflog, um ihren Namen nachzulesen, der ihm im Unbehagen des Moments entfallen war. Eine seiner besten, irritierendsten Studentinnen, deren Arbeiten dreimal so lang waren wie die ihrer Kommilitoninnen, durchweg mit Eins benotet, und – er hatte ihren Namen vergessen? *Nicht auf der Liste. Auf keiner Liste. An der Universität nicht bekannt. Im Universum nicht vorhanden.* Die Stunde war endlich um. Gott sei Dank! Die krankhaft Blasse blieb sitzen, nein, sie schaffte es, aufzustehen, stand im Gang unter dem, wie das Auge Gottes, wütend starrendem hohen Fenster, und lächelte zaghaft vor sich hin, hatte ihren Mantel an, damit man ihre Kleinmädchenbrust nicht sah, an der die Kappa-Nadel fehlte, die die Schmächtigkeit ihrer Brust hätte kaschieren können. Es ging das Gerücht, sie lasse jeden drüber, während sie sich in Wahrheit unter *jeden drüberlassen* gar nichts Richtiges vorstellen konnte, es sei denn etwas Hässliches, etwas, was mit harten, verkrumpelten Kleenex zu tun hatte. Der Professor wartete vor dem Hörsaal auf sie, um in Ruhe mit ihr zu sprechen, sein besorgter Blick wanderte hin und her, doch sie kam nicht; sie bewegte schweigend die Lippen und lächelte. Streitsüchtig war sie und klüger, als ihr gut tat, das sagten alle in ihrer Familie, auch die Nachbarn und die Verwandten: *Klüger, als ihr gut tut.* Der Professor steckte seine Unterlagen in die Aktentasche, ließ den Verschluss zuschnappen, tat so, als sähe er sie nicht, als sie am Rande seines Blickfelds auftauchte, und der Zufall half ihm dabei, eine andere Studentin kam auf ihn zu und wollte ihn sprechen, und jetzt nahm er sie wirklich nicht mehr wahr.

Ich biss mir auf die Lippen, um nicht meinen Namen zu schreien. Aber auf einmal wusste ich meinen Namen nicht mehr.

Gewaltige Schneewehen. Die sterbenden, jetzt kahlen Ulmen in der Bewegung erstarrt, windschief, besonders die oberen Äste. Wir in Mänteln und Kapuzenanoraks, in Eile. Wir waren jung: Von den Älteren getrieben wie Vieh. Die Schwächsten unter uns stolperten, fielen und wurden vergessen. In der Dämmerung lag der Park in der Mitte des University Place in einem trüben, magischen Schneelicht. Der Himmel, an dem sich wie üblich Wolken türmten, genauso, wie ich es schon tags zuvor gesehen hatte, war schwer wie eine Decke, die jederzeit einzustürzen drohte. Die Verbindungshäuser, eins nach dem anderen. Der Professor hätte es sowieso nicht verstanden. (Oder doch?) Sogar in diesem Moment der Niederlage und der Auflösung empfand ich das Erregende der Liebe, einer hoffnungslosen Liebe, beim Anblick der großen Häuser und der erleuchteten Fenster. Das Kappa-Haus an der Nordseite des Platzes mit seinen stattlichen, gespensterhaft-weißen dorischen Säulen von einem Scheinwerfer erleuchtet, das steile Dach wie die Abbildung in einem Märchenbuch, das Versprechen von Wärme – sogar jetzt noch.

Obwohl ich viele Male an der Stelle vorübergekommen war, an der mich der Mann mit der dunkelrandigen Brille angesprochen und meine Jungmädchenbrüste verhöhnt hatte, war er nie wieder aufgetaucht. Wie ein bleicher Geist blieb er fern. Ich hielt Ausschau, wappnete mich gegen sein überraschendes Erscheinen, gegen die aus dem Mund geschobene Zungenspitze und den dampfenden Atem, hatte Angst davor, ihn zu sehen, und hoffte es zugleich wie jemand, der einen widernatürlichen Trost findet in der Wiederholung, zumindest die Bestätigung, dass es sich um dasselbe handelt. Doch das grimmige, kalte Wetter hatte den Drang des Fremden gedämpft, mein unweibliches Verhalten hatte seinen sentimentalen Begriff von einem *Mädchen* durcheinander gebracht. Ich hatte mir vorgestellt, er würde sich, ohne seine Brille fast blind, nur tastend fortbewegen, aber natürlich hatte er sich inzwischen längst eine neue angeschafft.

Nehmen Sie Zucker? Sahne? Mit offenen Augen träumend, lächelte ich, bis mir der Mund wehtat, während ich Tee einschenkte. Die Wedgewood-Tassen stammten aus der ans Haus übergegangenen Erbmasse und wurden nur für besondere Anlässe benutzt. Ich war eine von mehreren, die Kaffee und Tee servierten, reichte mit meinen schuppigen Händen und abgekauten Fingernägeln kleine silberne Teelöffel und kleine Leinenservietten mit Κ Γ Π-Monogramm. Die Gemeinschaftsräume des Hauses waren hergerichtet: Große Vasen mit weißen Blumen, Rosen, Nelken, Gardenien, sogar Tulpen, den Steinway-Flügel spielte eine der Älteren, eine Frau namens Marilynne, abwechselnd stürmische Stücke von Liszt und Broadway-Melodien. Es war der alljährliche Empfang zu Ehren der früheren Bewohnerinnen dieses Hauses. Geladen waren Ehemalige, einige von ihnen per Auto oder Flugzeug von weit her angereist, und einige ausgewählte weibliche Angestellte, für diesen Abend zu *Ehren*-Mitgliedern ernannt. Sie aber bildeten den kleineren Teil, denn die Universität hatte nur wenige weibliche Lehrkräfte, an herausragender Stelle die Betreuerin, eine Freundin von Agnes Thayer oder zumindest deren Verbündete im unablässigen Kampf zur Wahrung der Standards weiblichen Benehmens angesichts entschlossener Angriffe *männlicher Personen*. Die Betreuerin war eine stämmige Frau mit einem dicken, wabbeligen Kinn, Hamsterbäckchen und munteren, argwöhnischen Augen; sie trug ein heidefarbenes Tweedkostüm, dessen Jacke über ihrem mächtigen Busen spannte. Die Betreuerin war die Waffe, mit der Mrs Thayer und die anderen Hausmütter drohten, denn sie war befugt, Studentinnen wegen »Fehlverhaltens« der Universität zu verweisen. Angeblich urteilte sie streng, wenngleich stets mit einem Lächeln, und legte besonderen Wert auf »korrekte Vorgehensweise«. Als die Betreuerin, mit Tee, Sahne und Zucker ausgestattet, durch die Reihen ging, kam es mir so vor, als fixiere sie mich mit einem wissenden Zucken der Mundwinkel. *Wir kennen uns doch, meine Liebe? Hm?* Vor dem Empfang hatte ich oben schnell geduscht, denn mein Körper roch klamm, wie Giftpilze. Ich hatte allerdings keine Zeit gehabt, mir die dicken, verfilzten Haare zu waschen, sie waren feucht, oder aber ich schwitzte, Schweißtropfen klebten mir an der Stirn wie verrutschte Kommas. Und natürlich musste ich meinen Mantel ablegen, den die anderen Kappas ordentlich satt hatten; ich trug ein »gutes« Wollkleid, geliehen, und hatte, um meine Schmächtigkeit und das Fehlen der Kappa-Nadel zu kaschieren, den dicken Wollschal um, den man in der Geschäftigkeit des Empfangs und in dem flackernden Kerzenlicht vielleicht für ein elegant fließendes Tuch halten konnte.

So viele Frauen! So viele Namen! Gesichter! Und die meisten davon Kappas. Viele der Ehemaligen, junge, schicke, gut aussehende Frauen, hatten im Laufe der letzten zehn Jahre ein Studium an der Universität absolviert; andere wieder waren gut über dreißig oder sogar über vierzig, und alle waren sie mit Kappa verbunden, trugen die schwarz-goldene Nadel mit dem Goldkettchen stolz wie eine Brustwarze aus Edelstein auf der linken Brust. Ich fühlte mich ungenügend: ein Monstrum unter normalen Frauen. Manche hatten sich eine jugendliche, sogar üppige Figur erhalten, viele aber waren aus dem Leim gegangen, waren stämmig geworden, sogar dick. Meine älteren Kommilitoninnen, denen diese Empfänge vertraut waren, gingen fröhlich lächelnd zwischen unseren Gästen umher und schüttelten ihnen lebhaft die Hände. *Zweck unseres jährlichen Ehemaligentreffens: Ein starkes Band zwischen Ehemaligen und Aktiven zu knüpfen, den Gemeinschaftsgeist zu stärken und uns großartig zu amüsieren!* Uns Jungstudentinnen hatte man nicht auf die wohlhabenden Ehemaligen loslassen wollen, nur die charmantesten und hübschesten Kappas waren als Tischpartnerinnen gut genug für diese Frauen, deren Namen in der Ortsgruppe Syracuse hochgehalten wurden wegen der großzügigen Zuwendungen, die sie ihr in der Vergangenheit hatten zukommen lassen. Da war Mrs K., deren Ehemann Vorsitzender des Aufsichtsrats bei G. war; da war Mrs T., deren Mann Investmentbanker beim Trust soundso war; da war Mrs B., deren

Ehemann die Immobilienfirma T. besaß; dort, auf der Polsterbank in der Ecke des festlichen Wohnzimmers, vor sich ein halbes Dutzend junger Mädchen, die sie mit strahlenden Gesichtern hofierten, saß die legendäre Mrs D., deren Tochter 1945 als Kappa ihr Studium beendet hatte, kurz danach aber gestorben war, woraufhin Mrs D. der Ortsgruppe Syracuse von Kappa Gamma Pi eine Summe von einer Million Dollar vermacht hatte. Es verstand sich, dass Mrs D. die Ortsgruppe in ihrem Testament bedenken würde, und sie war nicht die Einzige. Man hatte uns eingeschärft, keine der älteren Frauen zu »unterschätzen«, ganz gleich, wie gewöhnlich sie dem ungeübten Auge auch erscheinen mochten. Diese Überlegungen beschäftigten mich im Moment jedoch nicht, denn das Teeausschenken oblag ausschließlich Studentinnen im zweiten Studienjahr. Im »richtigen Benehmen« bei solchen Anlässen hatte uns Judi, die im Kappa-Vorstand für die Regeln des Miteinanders verantwortlich war, ausführlich gedrillt, assistiert von der allgegenwärtigen Mrs Thayer, die auch den fünfstündigen Silberputzmarathon unserer überarbeiteten Haushälterin Geraldine am Vortag überwacht hatte.

Denkt daran, lautete die strenge Mahnung: Ihr seid Kappas. Und zwar immer.

Wir waren angehalten worden, die schweren Silbertabletts mit den Wedgewood-Tellern voller Petit Fours, heißer gebutterter Scones und anderer leckerer Kuchen anmutig zu tragen, und da wir als Kellnerinnen ungeübt waren, lächelten wir pausenlos. Vor allem ich lächelte. Ich blendete meinen Beinahezusammenbruch in der Philosophievorlesung aus und dachte über entlegene, abstrakte philosophische Fragen nach. *Wenn es Gott gibt, sind wir dann in Gott? Wenn es Gott gibt, kann es dann sein, dass wir nicht in Gott sind? Andererseits, jetzt in Gott? Hier, im Kappa-Haus am University Place* 91? Im Bauch des Ungeheuers? Von Platon bis Spinoza, von Aristoteles bis Nietzsche, alle großen Philosophen wären erbleicht bei dem kreischenden Frauengelächter; die geschäftig summende, verwirrende Welt von Henry James wäre übertönt worden von den ekstatisch erhobenen Kappa-Stimmen. Die Luft war zum Schneiden dick von Parfüm-, Deodorant- und Haarspraygerüchen. Wir lebten in einer Ära erhöhter militärischer Alarmbereitschaft und permanenter Überwachung des »gottlosen Kommunismus«, die schon bald in einem katastrophalen Krieg mit einem angeblich vom Kommunismus bedrohten fernen Land im Nahen Osten enden sollte, über das keine der hier Versammelten auch nur das Geringste wusste; es war eine Ära des unangefochtenen Machismo und doch eine Ära, in der das weibliche Schönheitsideal Üppigkeit und sich bauschende Frisuren forderte, für die man sein Haar malträtierte und lackierte, bis es glänzte wie Hornissennester und den Köpfen auf antiken Schriftrollen und an den Wänden antiker Sarkophage glich. Kein Wunder, dass alle ringsum die feinen Törtchen und den süßen, mit Sahne verfeinerten Tee mit Appetit verzehrten. Um die Art zu reproduzieren, muss man fruchtbar sein, und um fruchtbar zu sein, muss man essen. Nur ich, im Zentrum meines geschwächten Universums, hatte keinen Appetit. Spinoza hatte offenbar glauben wollen, was er da sagte: *Die Dinge konnten auf keine andere Weise und in keiner anderen Ordnung von Gott hervorgebracht werden, als sie tatsächlich hervorgebracht worden sind.* Ich erkannte schlagartig, dass ich die gesamte Philosophie umstürzen konnte durch die Frage: *Warum wünschst du zu glauben, was du zu glauben behauptest?* Mit offenem Munde, ganz benommen von meiner plötzlichen Brillanz sah ich die feindliche Reaktion voraus, auf die eine solche Frage bei den männlichen Philosophen stoßen würde, und die Philosophen waren ja allesamt Männer, obwohl der Penis in der klassischen Philosophie kein einziges Mal vorkommt, geschweige denn eine *Penistheorie*. Meine Frage würde nur Feindschaft erwecken, weil sie davon ausging, dass es im Leben nur zufällige Faktoren gab, die wenig oder gar nichts mit philosophischen Spekulationen zu tun hatten, viel aber mit den willkürlichen Handlungen Einzelner, die unbedingt überleben wollen. Nur überleben! Ich zweifelte daran, dass ich Spinozas Eigensinn und Integrität aufbringen würde. Wenn mir jemand einen »anständigen« Wintermantel anböte als Ersatz für mein altes, von mir nur verschämt getragenes Ding, würde ich ablehnen, wie Spinoza, der Legende nach, ein ähnliches Angebot ablehnte? Mir zitterte die Hand, als ich DEBBI JACKSON 1949 TROY NY die Wedgewood-Tasse hinhielt.

DEBBI JACKSON erhob die Stimme, damit ich sie in dem Getöse hören konnte, und fragte mich wie eine Gleichgesinnte, ob es nicht einfach zu schön sei, hier im Haus zu wohnen, in diesem tollen, verrückten alten Kasten, sie erinnere sich so gern an das stundenlange »Gute-Nacht-Sagen« im Wohnzimmer, wie gefalle es mir denn als Kappa-Aktive, und ich lächelte noch breiter und erhob ebenfalls die Stimme und sagte: Oh, ja, mein Leben hier gefällt mir sehr gut, ich bin sehr glücklich, nur – und DEBBI JACKSON beugte sich vor und fragte: Ja, was?, und ich hörte mich selbst murmeln, ich sei nicht sicher, ob ich bei Kappa Gamma Pi sein dürfe, »vielleicht ist es moralisch nicht recht von mir«. DEBBI JACKSON und eine andere Ehemalige lächelten mich verdutzt an und sagten: »Warum? Wieso denn?«, worauf ich stammtelte: »Weil ich ... ich glaube, ich bin Jüdin.«

Da. Es war heraus.

DEBBI JACKSON und JOAN »FAX« FAXLANGER 1952 lächelten weiter verdutzt. Kappas zeigten in der Öffentlichkeit nur zwei Gesichter: Das glücklich lächelnde und das leicht verdatterte. Eine der beiden fragte nach – »Hier drin versteht man ja sein eigenes Wort nicht!« –, und ich wiederholte, lauter als beabsichtigt: »Jüdin, glaub ich wenigstens. Ich bin Jüdin.« Jetzt flossen mir die Wörter über die Lippen wie Seifenlauge aus einer defekten Waschmaschine, und ich erläuterte diesen beiden älteren, erwachsenen Kappas, ich hätte Grund zu der Annahme, ich sei *zu einem Viertel jüdisch*, hätte Grund zu der Annahme, die Eltern meines Vaters seien deutsche Juden und hätten raffiniert ihren Namen geändert, um ihre Herkunft zu verschleiern und ihre Verfolger abzuschütteln. »Kappa Gamma Pi lehnt Juden doch schon im ersten Wahlgang ab, oder?« DEBBI und JOAN starrten mich an, als hätte ich ihnen Obszönitäten in die attraktiven gepuderten Gesichter geschrien, waren taktvoll, taten errötend und kopfschüttelnd so, als hätten sie mich nicht verstanden, wichen meinem Blick und jede auch dem der anderen aus, so eilig hatten sie es fortzukommen, staksten in ihren spitzen Stöckelschuhen mit ihren Tassen, Tellern und Leinenservietten in einen anderen Teil des vollen Raumes, als hätten sie meinen Ausbruch tatsächlich nicht gehört und als habe dieser abstruse Wortwechsel nicht stattgefunden. Eine aufmerksame Kommilitonin bedeutete mir hektisch winkend, ich sollte am ersten Tisch Tee ausschenken.

Dort wurde ich dringend gebraucht. Selbst ich mit meinem Ungeschick, meinem teigigen Gesicht und meiner Fahrigkeit. Selbst mit den schweißnassen Achseln unter dem »guten« Wollkleid, das mir nicht gehörte und das nicht mit der Kappa-Nadel geschmückt war. Denn es trafen gerade neue Gäste ein, eine Flut weiterer Ehemaliger: noch mehr lächelnde Gesichter, Namensschildchen. Je länger der Empfang dauerte, desto fülliger wurden die Frauen, desto röter ihre Bäckchen. Die Brüste wogten noch mehr, die Hüften gingen noch mehr in die Breite; blecherne Stimmen und blendender Schmuck; manche trugen Schneiderkostüme mit Pelzbesatz wie lebende Tiere in Gefangenschaft. Der Lärm ihrer Stimmen und ihres Gelächters schwoll immer weiter an. Ich sah, wie Mrs Thayer mich insgeheim von ihrem Ehrenplatz am Tisch beobachtete, wie sie alle jungen Kappas beobachtete; mit meinem Neonlächeln und meiner Nachahmung »anständigen Benehmens« konnte ich sie offenbar täuschen. Ich bewegte mich mechanisch, wie eine Aufziehpuppe, und hatte mich nur eines (überhörten, nicht gemeldeten) Ausbruchs schuldig gemacht. Das Universum Spinozas beruht darauf, dass alles vorherbestimmt ist, schon vorher feststeht; Zufälle oder freier Wille, so etwas war nicht möglich und vielleicht auch nicht wünschenswert. Wenn ich Ordnung hielt in meinen Gedanken, konnte ich Großes vollbringen. Aber trotzdem vernahm ich das *tick-tick-tick*. Meine zittrigen Hände, die nicht ganz sauberen Fingernägel. Die schuppige Haut auf ihren Knöcheln, flüsterte eine, das ist Lepra. Der dreckige Schal um meine Schultern wie eine Schlinge – warum? Ich wollte nicht an die Philosophievorlesung am Vormittag zurückdenken, wand mich vor Pein darüber, wie ich mich aufgeführt hatte: nicht »anständig«, nicht »vernünftig« – kein Benehmen! Mein Leben lang sollte ich die Bestürzung, das Mitleid, das Entsetzen im Blick des Professors nicht vergessen, als er begriff, dass er eine Verrückte unter seinen Studentinnen hatte – das Letzte, was er brauchen konnte! Schließlich war er Professor für Worte und nicht für Menschen; er war gegen seine Aktentasche gestoßen in seiner Eile, nur ja schnell aus dem Hörsaal hinauskommen. Trotzdem bewunderte ich ihn. Oder wollte glauben, dass ich ihn bewunderte. Von vorn gesehen hatte der Mann einen energischen, feinen Kopf, dem ein akkurat geschnittener Bart zusätzliche Würde verlieh; im Profil hatte er ein fliehendes Kinn, der Bart wirkte wie angeklebter Flaum, so schütter, dass man hindurchsehen konnte.

Waren Platons ewige Formen transparent oder kompakt? In über zweitausend Jahren hatte sich kein Kommentator jemals dieser Frage angenommen.

Das fröhliche Gesumm der Frauenstimmen lenkte mich ab. Ich sah beunruhigt, dass die Kandelaber aus Muranoglas bebten. Mir taten die Arme weh (was angenehm war, normal), da ich immer wieder die überraschend schwere Kanne hob und Tee ausschenkte, immer wieder, Earl Grey (von Mrs Thayer ausgewählt), ohne, so die strenge Anweisung, die aus der »Erbmasse« stammende Tischdecke aus irischem Leinen zu bekleckern, die in der Mahagonianrichte aufbewahrt und nur selten benutzt wurde. Mir oblag auch, Ehemalige mit Aktiven *bekannt zu machen* und Aktive mit

Ehemaligen. Zu dieser ehrenvollen Aufgabe war ich eher zufällig gekommen, und wie die Zweitbesetzung in einem Stück, die plötzlich auf die Bühne gerufen wird, machte ich meine Sache leidlich gut. Die richtigen Gesten, die richtigen Worte, im richtigen Ton gesprochen, »höflich, aber nicht anbiedernd, Mädchen!«, hatte Mrs Thayer mit uns die »fast vergessene Kunst« des Bekanntmachens geprobt. Auf keinen Fall sagte man gedankenlos, wie die meisten Amerikaner es taten: »Ich würde Ihnen gern XY vorstellen«, Nein, man sagte: »Dürfte ich Sie mit XY bekannt machen?« Immer wird der Herr der Dame vorgestellt, die jüngere Frau der älteren. (Nach demselben Prinzip war auch geregelt, wer wem durch eine Tür vorausging.) Jede von uns hatte es schon viele Male gemurmelt: »Darf ich Sie mit XY bekannt machen?« Natürlich waren Mrs Thayers feines, präzises Englisch und das Strahlen ihrer blauen Augen jenseits dessen, was wir in diesem Punkt leisten konnten, denn wir sprachen nur ein amerikanisches Englisch, einen ordinären, verkommenen Dialekt; viele von uns hatten außerdem den näselnden Akzent der Region, der für Mrs Thayers feines Gehör den abscheulichen Klang von Fingernägeln hatte, die über eine Wandtafel fahren. Die arme Frau war unzählige Male zusammengezuckt, wenn sie mich sprechen hörte, und hatte alle (mich eingeschlossen) zum Lachen gebracht, als sie sagte, wir sprächen sicher nicht mit Absicht so barbarisch.

In der vorausgegangenen Woche hatte man in Mrs Thayers Hörweite immer wieder flüstern hören, die Ortsgruppe werde sie »schon bald« zum Ehrenmitglied der Kappas ernennen. Diese große Ehre war bisher nur wenigen Hausmüttern auf dem Campus zuteil geworden, die zum Dank für ihre wundervolle Art von den Mädchen in ihrer Obhut zum »Ehrenmitglied« in der jeweiligen Verbindung gewählt worden waren. Das kam bei Kappa Gamma Pi natürlich nicht in Frage, doch Kat und ihre Freundinnen hatten das Gerücht in die Welt gesetzt, um Mrs Thayer zu falschen Hoffnungen zu verleiten und ihr Selbstgefühl zu steigern.

Die britische Schreckschraube. Die kriegt, was sie verdient.

Ohne zu ahnen, dass alle ihre Schützlinge – mit Ausnahme einer, die jedoch machtlos war – sie verachteten, hatte Mrs Thayer sich für den Empfang herausgeputzt, trug ihr Kostüm aus stahlblauem Bouclé-Wollstoff, das ihr so stramm auf den Hüften saß wie der Schlafrock um das Würstchen, dazu die üppigste ihrer seidenen Rüschenblusen, eine Perle als Anstecknadel, Perlen als Ohrringe – dazu das tapfere Dauerlächeln. Ob die Frau spürte, wie schnell ihre Zeit – trotz der Gerüchte, man werde sie »schon bald« zum Ehrenmitglied ernennen – ablief? Tick-tick-tick wie die Kaminuhr? Ich lächelte aufs Geratewohl in ihre Richtung und sah, dass sich ihr Blick in dem Moment verschleierte, als sie tat, als sähe sie mich nicht. Aus einer Ecke des Raumes schauten DEBBI JACKSON, JOAN »FAX« FAXLANGER und eine noch ältere, noch fülligere Ehemalige nachdenklich zu mir herüber. Eine Kappa-Miene war das nicht: nachdenklich. Ich sah, wie sich ihre klebrigen Lippen bewegten, sah ihre empörten Blicke.

Eine Jüdin? Wer?

Eine Jüdin? Hier?

Wo?

Die?

Ich erschauerte, schwitzte unter den Armen. Ein Aphorismus Nietzsches, den ich für übertrieben und melodramatisch gehalten hatte, schoss mir durch den Kopf wie ein Stromstoß. *Nicht ihre Menschenliebe, sondern die Ohnmacht ihrer Menschenliebe hindert die Christen von heute, uns – zu verbrennen.* Und dennoch schenkte ich unbeirrt endlos weiter Earl Grey in zarte Porzellantassen aus. Könnte mich mein Philosophieprofessor, der an meinem Verstand gezweifelt hatte, jetzt nur sehen! Selbst wenn die Hälfte der weiblichen Bevölkerung des Bundesstaates New York nach einem Erdrutsch wie durch eine Schleuse in diesen Raum und an diesen Tisch gespült werden würde, ich würde immer weiter Tee ausschenken. Ich hatte entschieden, dass es im Leben nur darauf ankam, sich Dinge in einer bestimmten Reihenfolge einzuprägen und sie parat zu haben: Wörter, Gesten, das Lächeln, das Händereichen. Das Leben war nicht das, was die großen Philosophen in ihrer Einsamkeit gelehrt hatten, es ging nicht darum, wie sich das Wesentliche auf Theoreme, Aussagen, Syllogismen und Schlüsse zurückführen ließ, sondern darum, die richtigen Phrasen im richtigen Moment auszusprechen. Vielleicht war das Leben gar keine so ernste Sache? Nicht wert, dass man dafür starb?

Das eigene Leben hergegeben für eine Tochter. Bin ich diese Tochter?

Da kam Mrs Thayer an wie ein Schiff, das Schlagseite hat. Je älter die Kappas, desto mehr schienen sie sie zu mögen. Die Jüngeren waren weniger überzeugend in ihrer Zuneigung. Hier saßen die Frauen, die Mrs Thayers Gehalt zahlten, die Frauen, von deren Launen und Wohlwollen ihre Stellung abhing. Während die Zahl der Gäste immer noch zunahm, war man Zeuge geworden, wie Mrs Thayer gierig gesüßten, sahnigen Tee getrunken und mit ungehöriger Lebhaftigkeit Gebäckstücke verdrückt hatte; die Krümel lagen wie Perlen auf ihrem Busen. Obwohl sie sich unter die Gäste mischte und peinlich darauf achtete, keines der alten bekannten Gesichter zu übersehen, galt ihr eigentliches Interesse den Speisen und Getränken. Ihre Augen glänzten. Diese Frau liebte Süßes, das war Mrs Thayers Geheimnis. Eines ihrer Geheimnisse. Sie war eine gierige, ängstliche Frau, die sich eng einschnürte, um ihre Gier in Grenzen zu halten und zu kaschieren. Außerdem trank sie heimlich, wie man immer öfter tuscheln hörte. *Hast du Thayers Atem gerochen? Sie bildet sich ein, sie kann es mit Pfefferminz überdecken.*

Mrs Thayer kam jetzt zielstrebig auf mich zu. Unter dem Vorwand, ein Tablett in die Küche zu tragen, wich ich ihr aus, stieß mit einem fülligen, warmen Leib zusammen und hätte beinahe das Tablett fallen gelassen, und obwohl ich schnell nachfasste, ging eine Tasse zu Bruch. Eine ältere Kappa nahm mir mit bissigem Lächeln geschickt das Tablett ab, ich trat zur Seite und glaubte, dass meine Pflichten für heute vorbei seien. Ich würde nach oben verschwinden. Mich im Bad im zweiten Stock verstecken. Wütend duschen und die Gerüche von meinem Körper waschen, meinen Körper mit einem geliehenen Apparat rasieren, mir sauber und ohne Reue die Halsschlagader aufschneiden, mir das schändliche Haar schamponieren. Würde mir Watte in die Ohren stecken und zum Dritten oder vierten Mal David Humes *Untersuchung über den menschlichen Verstand* lesen, überzeugt davon, dass die Lektüre mein Leben verändern würde. Doch am Fuß der Treppe stand unsere wachsame Ortsgruppenvorsitzende, drehte mich am Ellbogen herum und marschierte mit mir in den summenden Bienenkorb des Wohnzimmers zurück, wo eine Ehemalige gerade eine vereinfachte Version der »Rhapsody in Blue« spielte. Ich wurde ein paar lächelnden Ehemaligen vorgestellt, die, wie es hieß, »gute Gedichte« sehr mochten – oder waren es »gute Gerichte«? – und schüttelte ihnen die Hände, fröhlich lächelnden Frauen, die nicht recht wussten, worüber wir sprechen sollten, bis die kecke, einsfünfzig große, blond toupierte TONI ELLIS, 1952 PLATTSBURG NY, mich fragte, ob es mir hier im Haus gefalle, ist das nicht ein herrliches altes Gemäuer, so viel Tradition, haben Sie schon das Gespenst gesehen? – und ich in meiner Konfusion nicht sicher war, ob ich richtig gehört hatte, und deshalb lächelte und nickte. Dann prasselten weitere Fragen auf mich ein, und wir sprachen ein paar verwirrende Minuten lang vom »Kappa-Gespenst« (von dem ich sicher schon gehört, das ich aber sofort abgetan hatte, denn in meiner rationalen Vorstellungswelt war kein Platz für solchen Unsinn). Es sollte sich dabei um die Witwe des Millionärs handeln, die früher im Haus gelebt hatte und 1938 gestorben war, und ich hörte mich sagen, ich mit meiner Herkunft könne mit Aberglauben nichts anfangen, und rang mir das Geständnis ab, dass ich befürchtete, gar nicht zu Kappa Gamma Pi zu gehören, zu einer christlichen Verbindung, meine Anwesenheit bei dieser Zusammenkunft sei aufdringlich, die älteren Mitglieder lachten schrill, als hätte ich etwas Witziges gesagt. Vielleicht lag es an meinem Gesicht, denn andere wollten immer glauben, meine Äußerungen seien witzig gemeint. TONI ELLIS fragte, warum ich mich für aufdringlich hielte, und ich erwiderte: »Ich bin keine Christin, und Kappa Gamma Pi nimmt doch nur christliche Mädchen auf, keine jüdischen, und auch keine Negerinnen –, oder?« Ich geriet ins Stocken, so entgeistert sahen die Frauen mich an. »Natürlich, eine Negerin kann Christin sein, aber das genügt wahrscheinlich nicht, wenn sie Kappa-Kandidatin werden möchte, oder?« Inzwischen wollte ich mich nur noch verständlich machen – es spielte keine Rolle mehr, was ich sagte oder ausdrücken wollte. LUCI ANNE REEVES, 1959 AMHERST NY, war so perplex, dass sie sich Tee auf den Busen ihres altrosa Kaschmirkostüms kleckerte.

Wir waren eine Insel der Konsternierten inmitten eines Meers festlicher Stimmen und unschuldiger Fröhlichkeit. Mir fiel keine Entschuldigung ein. Ich fühlte ja auch keine Schuld, nur Trotz. Trotz! Wischte mir mit dem Handrücken über die Augen – und schmierte mir dann grünen Lidschatten auf die Wangen! Machte kehrt und ließ die Ehemaligen mit offenen Mündern stehen, mein Herz klopfte wie an dem Tag, an dem ich aus der Gasse hinter der Bäckerei verjagt worden war, oder an dem Tag, als der Schäferhund mich angebellt und den Rasen seines Herren verteidigt hatte. Ich stakste in Absatzschuhen davon, atmete keuchend wie ein ausgepumpter, geschlagener Boxer, den seine Beine, ohne dass er wusste, wie, durch unzählige Runden getragen hatten. Ich sah voraus, dass ich binnen kurzem – einer Woche sogar – aus Kappa Gamma Pi ausgeschlossen sein würde. Meine schockierten Kommilitoninnen würden eine Dringlichkeitssitzung einberufen, eine nach der anderen aufstehen und mich mit vor Kühnheit bebender Stimme anprangern und eine Wahl abhalten, an deren Ende – ein einmaliges Vorkommnis in der Geschichte der Kappas – eine Studentin des zweiten Studienjahres *deaktiviert* sein würde.

Das alles sah ich klar voraus. Fast hörte ich, wie sich das Gewisper zu verächtlichem Lärm steigerte. *Sie war nie eine von uns. Lügt, um Kandidatin zu werden, und hat dann noch nicht mal so viel Anstand, die Lüge durchzuhalten.* Ich sah voraus, dass man mich deaktivieren würde, aber nicht, weil ich jüdische Vorfahren hatte (ich war ja wirklich zu einem Viertel »Jüdin«), sondern weil die Kappas, Meisterinnen der Blendung, keine in ihrer Verbindung haben wollten, die kein Geschick zum Blenden hatte. Sie wollten keine, deren Mutter nicht bloß gestorben, sondern entstellt war. Wollten kein Bauernmädchen aus Strykersville, New York, wollten keine, die ein Stipendium ergattert und trotz Notendurchschnitt Eins ihren Kommilitoninnen nicht ständig beim Studium geholfen hatte – und das nur wegen eines Nervenzusammenbruchs. Eine solche Egoistin wollten sie nicht. Sie wollten keine, die Ausschlag hatte wie eine Leprakranke. Die bei der Verbindung mit dreihundertzweiundzwanzig Dollar in der Kreide stand (für Gebühren, Abgaben, Strafen) und gerade mal so die monatliche Rechnung für Kost und Logis bezahlen konnte. Die ihre Kleidung bei Sears kaufte und nur A-Körbchen trug. In meiner Verzweiflung wusste ich aber (denn so verzweifelt, erregt, erniedrigt ich auch war, war ich doch klug genug, zu überlegen, wie ich meine schlimme Lage zu meinem Vorteil nutzen konnte), dass ich, bei Kappa Gamma Pi förmlich *deaktiviert*, abermals einen Platz in einem Studentenwohnheim bekommen konnte. Vielleicht hatte ja die Betreuerin Mitleid mit mir und traf Vorkehrungen. Dann würde ich in eine der bescheideneren Unterkünfte für die finanziell benachteiligten Stipendiatinnen einziehen, die am anderen Ende des Campus lagen, weit entfernt von den Verbindungshäusern, und würde glücklich sein – und wenn schon nicht glücklich, dann müsste ich wenigstens nichts vortäuschen, was vielleicht dasselbe ist.

Dann geschah dies.

Ich konnte nicht nach oben fliehen zur *Untersuchung über den menschlichen Verstand*, denn auf der Treppe verstellte mir ein Mädchenschwarm den Weg, und ich fand mich im Salon wieder und stieß blind die Tür zu Mrs Thayers Privaträumen auf, als bäte mich mitten in dieser ganzen Verwirrung unsere britische Hausmutter zu sich. *Komm herein, meine Liebe. Du kannst dich bei mir verstecken.* Rasch machte ich die Tür hinter mir zu. Hatte mich jemand gesehen? Ich hatte gerade etwas so Leichtsinniges, dem mir vorgeschriebenen Verhalten so eklatant Zuwiderlaufendes getan, dass ich im ersten Moment selbst nicht glauben konnte, dass ich hier war: auf tabuisiertem Boden. Mag sein, ich lächelte, wie ein Kind bei Gefahr lächelt. Tief atmete ich Mrs Thayers unverwechselbaren Duft ein: das Gemisch aus Lavendel, Haarspray, Deodorant und etwas Teigig-Süßem wie Backwerk. Ich war sehr aufgeregt. Bekam kaum Luft. Mir war klar, dass Spinoza sein ganzes Leben lang nicht so unbesonnen gehandelt hatte, ohne jede Vernunft, ohne Gedanken an die Folgen seines Tuns. Trotzdem war mein Leichtsinn vorherbestimmt, wie der Schluss eines Syllogismus vorherbestimmt ist durch seine Prämissen. *Alles menschliche Leben ist tautologisch. Ein organischer Syllogismus.* Wie alle anderen erstaunlichen Einsichten, die ich seit der Philosophievorlesung am Vormittag gehabt hatte, schoss mir auch diese durch den Kopf wie ein Stromstoß und verflüchtigte sich wieder.

Mit den Augen eines staunenden Kindes schaute ich mich in Mrs Thayers Wohnzimmer um, wie sie es nannte. Jetzt, wo die Frau nicht da war, wirkte es enttäuschend klein. Und gar nicht so attraktiv, sondern eng und bedrückend mit den vielen »weiblichen« Dingen. Hier das rosa Samtsofa (auf dem Platz zu nehmen ich – im Unterschied zu Freddie, Lulu, Kat und anderen – nie aufgefordert worden war), da zwei verblichene Polsterstühle im Queen-Anne-Stil, Wedgewood-Figürchen, bestickte Kissen, ein chinesischer Paravent vor einer Wand, Reproduktionen nebliger oder im Halblicht blass wirkender Landschaften von Constable. Neugierig betrachtete ich auf einer Kommode, was ich für Fotos von Mrs Thayers Familie hielt, schlichte, ernst und würdevoll wirkende Schwarzweißaufnahmen, die aus einer Zeit noch vor meiner Mutter stammten und hoffnungsvolle, verlorene Menschen einer untergegangenen Ära zeigten. Hatten diese Menschen etwas erkennbar Englisches – »Britisches« – an sich? Ich sah es nicht. Die meisten waren hellhäutig, sahen ganz normal aus, nur zwei oder drei hatten dunkles Haar und einen dunkleren Hautton und erinnerten mich beklemmend an mich selbst. (»Jüdisches Blut?«) Ich betrachtete ein 1919 datiertes Foto, auf dem ein etwa sechsjähriges Kind (Agnes Thayer?) steif zwischen einer fülligen, nicht sehr sorgfältig hergerichteten Frau und einem Mann, dünn wie eine Bohnenstange, mit herabhängendem Schnurrbart und abfallenden Schultern irgendwo im Freien zu sehen waren. Falls das Mrs Thayers Eltern waren, lebten sie längst nicht mehr. Die kleine, zu früh erwachsen gewordene Agnes in ihrer strengen Kleidung schaute besorgt in die Kamera. Ein zweiter, lebendiger wirkender Schnappschuss zeigte Agnes als vielleicht Sechzehnjährige, ein Mädchen, das man nicht hübsch nennen würde (zumindest nicht in Amerika in den Sechzigern), aber gut aussehend, vollbusig, das, die Hände in die breiten Hüften gestemmt, kokett in die Kamera blickte. *Hier bin ich, seht mich an. Ich bin erblüht.* Ein Mädchen in extravaganter Aufmachung, mit langem, ausgestelltem Rock, Bolerojäckchen und Männermütze auf dem Kopf, ein Mädchen, das gut von sich dachte oder wenigstens so gesehen werden wollte. Allerdings hatte es nicht bedacht, dass es vor einer schmuddeligen, bröckligen Ziegelmauer posierte, im Hintergrund Wäsche auf einer Leine. Glänzende Pfützen auf der Erde wie nach einem Frühlingsschauer. Jahrzehnte war es her, dass diese Pfützen getrocknet waren! Ich nahm das gerahmte Foto in die Hand, um es genauer zu betrachten, und mein Blick trübte sich feucht. *Wir hätten Freundinnen sein können. Meine ältere Schwes-*

ter. Noch faszinierender war ein hell koloriertes, cremeweiß gerahmtes Hochzeitsfoto mit Agnes Thayer als Braut, als reife Braut von über dreißig, die ein seltsam schimmerndes weißes Satinkostüm mit breiten Schultern und ein keckes Hütchen mit Schleier trug. Dicht neben ihr, den Arm um ihre Taille gelegt, stand ein groß gewachsener, spindeldürrer jungenhafter Mann in einem dunklen Anzug, schlicht wie der eines Bestattungsunternehmers, die weiße Nelke im Knopfloch wie ein hervorstehender Knochen. Das war Mr Thayer, der »Offizier der amerikanischen Armee«, auf den Mrs Thayer so oft anspielte. Er strahlte etwas Dünkelhaftes aus – er war jünger als Agnes gewesen! Er hatte ein schmales Pferdegesicht, schütter werdendes Haar, abstehende Ohren und ein schiefes, charmantes Lächeln. Ein großer Junge, der oft stammelte, aber lieb war, »gescheit«. Was hatten diese beiden gemeinsam? Unter den verächtlichen Kappas galt es als ausgemacht, dass unsere Hausmutter keine Kinder hatte. War dieses Paar zur Kinderlosigkeit verurteilt gewesen? Und wussten sie es auf dem Foto noch nicht? Es gab mir einen Stich vor Wehmut, als ich die Aufnahme betrachtete. Agnes Thayer und ihr junger Mann hatten einander so geliebt, dass sie geheiratet hatten, und selbst wenn ihre Liebe sich aufgezehrt oder als Täuschung erwiesen hatte, war es, als dieses Foto gemacht wurde, doch Liebe gewesen. Die hatte mit seinem Tod geendet. Das war jetzt lange her, und die lächelnde Braut, Witwe, Hausmutter in Amerika, bei einer Verbindung von Studentinnen, von denen die meisten sie hassten und hämisch auf ihre Entlassung hinarbeiteten. *Wärst du bloß so klug gewesen, Agnes, nicht nach Amerika zu kommen!*

Sorgsam stellte ich die Fotografie wieder genau dahin, wo sie den feinen Staubspuren auf der Kommode nach gestanden hatte. Ich wollte den gefährlichen Ort jetzt verlassen und – stieß stattdessen die Tür zu Mrs Thayers Schlafzimmer auf! Vielleicht glaubte ich, durch den Hinterausgang zu entwischen, wo mich niemand sehen konnte außer vielleicht der Küchengehilfe. Hier roch es intensiv nach dem Lavendel des Körperpuders, noch stärker aber nach verdorbenem Essen, süß. Wie klein und voll gestopft dieses Zimmer war! Nicht größer als mein Zimmer daheim in Strykersville. Beherrscht wurde der Raum von einem hohen Doppelbett mit einem Überwurf aus blauem Satin und einer Spiegelkommode mit noch mehr Fotos, darunter mehrmals Mr Thayer in reiferen Jahren und mit Hängebäckchen. Der Mann war fast kahl, trug eine randlose Brille und lächelte angestrengt in die Kamera. *Lass mich in Ruhe, ja? Ich bin ganz zufrieden als Toter.* Ich wusste, ich sollte gehen, ich zitterte ob der Dreistigkeit meines Tuns, und doch, seltsam, ich schaltete das Licht an, öffnete die Schranktür, atmete das zugleich salzige und süße Gemisch eines Duftsäckchens ein. Bestaunte Mrs Thayers Kleidung auf den Bügeln, die mir so vertraut war wie meine eigene. Sie hatte nur wenige Sachen, eng zusammengequetscht in dem kleinen Schrank, putzte sich für uns so geschmackvoll, so mutig heraus, mit Schals und anderen »Accessoires«. Ich berührte den Ärmel eines beigefarbenen Jerseykleids mit gesmoktem Mieder, hob es an mein Gesicht. Eine angstvolle Erregung überkam mich, so als habe Mrs Thayer selbst die Hand gehoben und mich angefasst. *Warum hast du mich nie gemocht? Mich abstoßend gefunden? Warum kann ich nicht diejenige sein, die den* Punch *liest? Hast du denn nie gemerkt, wie sehr ich dich bewundert habe? War ich für dich immer nur Luft, eine Blenderin?*

Dann durchwühlte ich die Schubladen der Kommode. Strümpfe, Unterwäsche, ein fleischfarbenes elastisches Korsett, das unter meiner Hand nachgab, als sei es lebendig. Der Lavendelgeruch nahm mir den Atem. In einer unteren Schublade entdeckte ich in einem Versteck einen Stapel Luftpostbriefe. Naiv, wie ich war, faszinierte es mich, wie sich das hauchdünne blaue Papier zu einem Rechteck auffaltete. Die Altjungfernhand der Schwester in Leeds, die verblassende blaue Tinte. *Liebste Agnes*, las ich, den

Brief ins Licht haltend, mit zusammengekniffenen Augen. *Es interessiert dich vielleicht* – ich konnte die verflixt kleine, enge Schrift nicht entziffern – *im letzten Monat* – wieder unentzifferbar – *in ihren letzten Tagen war sie heiter, nach diesen Jahren, die die Hölle waren & hat auch kein einziges Mal von dir gesprochen.* Die Worte berührten mich, und ich faltete den Brief schnell wieder zusammen, als wäre er besonders kostbar, und legte ihn in die Lade zurück. Ich zitterte jetzt sehr, konnte aber nicht aufhören mit dem, was ich da tat. *Du amerikanisches Mädchen!* Ich zog eine Schrankschublade auf, und eine leere Flasche rollte nach vorn – Gordon's Gin. Ich sah eine bunt geschmückte Blechdose mit der Aufschrift FORTNAM & MASON, hob den Deckel und entdeckte ein halbes Dutzend eingewickelter Toffees. Entdeckte einen Riegel Nougatschokolade in Stanniol. Ich brach mir ein Stück ab, probierte, und von der konzentrierten Süße brannte mir der Mund. Ich hätte von mir selbst zwar behauptet, dass ich inzwischen erwachsen bin und Süßigkeiten nicht mehr mag, brach mir aber trotzdem noch ein Stück des alten Schokoriegels ab und dann das Dritte. Der Speichel lief mir im Mund zusammen wie kribbelnde Ameisen. Ich zog die nächste Schublade auf – hier hatte Mrs Thayer ihren Gin versteckt, ihren Wein, ihren Bourbon, insgesamt ein halbes Dutzend Flaschen, alle etwa halb voll. Mit der Wucht eines alten, bittersüßen Traums stand mir plötzlich das Bild meines Vaters vor Augen, der allein bis in die Nacht im Haus meiner Großeltern am Küchentisch saß, während es sonst überall im Haus schon dunkel war. Es war noch in seinen jüngeren Jahren, obwohl sein Haar schon schütter, sein Blick schon niedergeschlagen und seine Hand schon entstellt war. Unrasiert, in Unterhemd und schmutziger Arbeitshose saß er da, die Ellbogen auf der verblichenen Tischdecke, eine Flasche Whisky und ein Glas neben sich, eine Camel brannte zwischen seinen gelben Fingern, das Deckenlicht warf tiefe Schatten über sein nachdenkliches, aber irgendwie friedliches Gesicht. Ich begriff: *Wo er ist, dorthin kann ihm niemand folgen.* Doch diese Erkenntnis hatte auch etwas Friedvolles. Denn es war sinnlos, meinem Vater – oder meiner Mutter – dorthin folgen zu wollen, wohin sie gegangen waren. Ein Kind stand barfuß und in einem Flanellnachthemd in dem dunklen Flur, schaute sehnsüchtig. Eine von Sehnen erfüllte Kindheit. Jetzt, in Agnes Thayers nach Lavendel und Gin riechendem Schlafzimmer, ging mir auf, was für ein Trost im Trinken liegen musste, im Betrunkensein: für sich, absolut einsam. Ich hatte nie verstanden, dass Alkoholismus eine Krankheit der Seele ist, ein Versteck, eine Zuflucht unter immergrünen, schneebeladenen Ästen. Man kroch darunter, und niemand konnte einem folgen.

»Du! – Was machst du hier! Wie kannst du es wagen!«

Erschrocken drehte ich mich um und sah, dass Mrs Thayer in der Tür hinter mir stand und mich mit aufgerissenen Augen ungläubig ansah. Sie war ebenfalls den Kappa-Festlichkeiten entflohen, war von hinten in ihre Wohnung gekommen. Eine ganze Weile war ich wie gelähmt, wie eine Woge Schmutzwasser schlug der Schreck über mir zusammen, aber ich fühlte mich auch erleichtert, denn jetzt war es zwischen uns aus – oder doch fast. Mrs Thayer ging zum Schrank und schob die Laden mit solcher Kraft zu, dass die Flaschen aneinander schlugen. Zorn, Abscheu und Angst standen ihr ins Gesicht geschrieben. »Du verdammtes schreckliches Ding. *Du krankes abscheuliches Ding!* Raus aus meinem Zimmer, raus! Raus!« Doch als ich mich an ihr vorbeidrücken wollte, griff Mrs Thayer nach mir, packte mich, klammerte sich an meine Arme und fing an zu weinen. Ich roch den Dunst ihres angestrengten Atems. Ihr gepudertes Gesicht war tränenüberströmt, die Bäche waren wie Salz in dem verkrusteten Puder. Ich wollte etwas sagen, doch meine Kehle war zugeschnürt. Ich war hilflos wie ein Kind, saß entsetzt in der Falle. In meiner Not wollte ich fliehen, indem ich über Mrs Thayers Bett kroch, doch sie hielt mich fest in den Armen, die dicklich waren, schlaff, dabei aber erstaunlich stark, hielt mich, hielt mich und weinte zornig – »ausgerechnet du! Unter all diesen Teufelinnen! Die Einzige, der ich vertrauen konnte! In dieser Hölle die Einzige! Und jetzt das! Wie konntest du nur! Mich so zu hintergehen! Du bist doch nur eine Schachfigur in diesem verteufelten Spiel. Lauf, lauf um dein Leben!« Mrs Thayer hatte hysterisch die Stimme erhoben, ihre Worte waren sinnlos, denn noch während sie mir weinend riet, mein Leben zu retten und wegzulaufen, presste sie mich an sich. Wir waren zwei Schwimmer, die gemeinsam untergehen; sie hatte die Arme so eng um mich geschlossen, dass ich Angst hatte zu ersticken. Ich rang mit ihr, schluchzte und fluchte, für eine Frau ihres Alters entsetzlich heftig, ich entkam ihrer Umklammerung in dem Moment aber nicht. Ich spürte, wie der Wahnsinn mich verließ und auf Mrs Thayer übergriff, ohne dass ich hätte angeben können, wer sie war: Sie war nur sie, die Frau, die nach Puder, süßem Wein und verschwitzter Verzweiflung roch und sich an mich klammerte. Sie weinte hemmungslos, stieß ihren Kopf gegen meinen, und auf einmal war ich zu schwach, um mich noch zu wehren, und gab allen Widerstand auf. Mein Gesicht war verzerrt wie das eines kleinen Kindes, aber ich konnte nicht weinen, meine Tränen waren ausgetrocknet, ich war ein Kind, trotzig, ein Kind, das bestraft worden ist. Mein Herz war gebrochen. In der Tür hinter dem Bett tauchten wie in einem Albtraum entgeisterte, gebannte Gesichter auf – meine Kommilitoninnen. Zuerst waren es nur wenige, dann drängten sich weitere herein, dann noch mehr. Erstaunt funkelnde Augen, turmhoch frisierte Köpfe schoben sich heran wie die von Kobras. Offene Münder, feucht glänzend, empört. Die erste Reihe wurde von der zweiten geschoben, die auch etwas sehen wollte. Kappas! Ihre aufgeregt zischenden Stimmen erhoben sich wie die Winde, die über unsere eisbedeckten Hügel wehen. *Was ist los? Was ist passiert? Was machen die beiden da? Ist das – die Jüdin?*

II. Negerfreundin

1

Ich werde die menschlichen Handlungen und Begierden genau so betrachten, als handle es sich um Linien, Flächen oder Körper.

Spinoza, *Ethik*

Die Gefahr, sich im Winter zu verlieben.

2

... die Stimme der Logik, der Vernunft, der Gewissheit, die Stimme der Ironie, schmeichelnd; eine verführerische Stimme, eine arrogante Stimme, jung, impulsiv, eine Stimme, manchmal zögernd, unsicher, eine Stimme, die provozierte, verärgerte, belegt wie die gebleckten Zähne eines angreifenden Hundes, eine kluge Stimme, eine Stimme wie *Jetzt hörst du mir mal zu, jetzt sag ich dir was*, eine bescheidene Stimme, eine Stimme, die Bescheidenheit nachäffte, eine Stimme, scharf und grausam wie die Klinge eines Messers, eine Stimme wie warme Butter, eine Stimme, leise und kehlig wie eine Posaune, eine Stimme, verletzt, traurig, die Stimme des Schmerzes, die Stimme des Verlangens, die Stimme der Wut, eine Stimme, zäh und verschlagen wie eine glitzernde Schlange, die man erspäht, eine Stimme, die ich mir für mich gewünscht hätte, wäre ich als *Mann* zur Welt gekommen und nicht als *Frau*, eine Stimme, die ich mir für mich gewünscht habe, obwohl ich *nicht* als Mann zur Welt gekommen bin, sondern als Frau, eine Stimme, die mir so tief ins Bewusstsein gedrungen war, dass sie im ausgehenden Winter meines zweiten Jahres an der Universität in meinen lebhaftesten, wildesten und anstrengendsten Träumen auftauchte.

3

Von Anfang an trügerisch: Er wohnte in einer ganz gewöhnlichen Gegend. Ich begriff schnell, dass ich seine Höhle aufgespürt hatte: eine Wohnung, nach hinten hinaus, im ersten Stock eines flachen dreigeschossigen, gräulich-weißen und mit Stuck verzierten Wohnhauses in der Chambers Street 1183 in Syracuse. In dem »gemischten« Viertel, das sich an den Komplex protziger Universitätskrankenhäuser anschloss, im schroffen Schatten neuer, schäbig-schicker Hochhäuser und mehrgeschossiger Parkhäuser, einer Gegend mit kleinen Läden, beschämt dreinblickenden Holzhäusern, in Zimmer für Studenten aufgeteilt, die meisten davon dunkelhäutig und ausländisch. *Hier kann es nichts Schönes geben und also weder Schmerz noch Hoffnung.*

Die Chambers Street war einer der steilsten Hügel in Uninähe, hier parkten die Wagen zur Sicherheit mit zum Bordstein eingeschlagenen Rädern. Das Pflaster war rissig, voller Schlaglöcher und mit Müll übersät. Die von der Holländischen Ulmenkrankheit befallenen Bäume am Straßenrand hatte man bis auf die Stümpfe abgesägt. Trotzdem war die Chambers Street faszinierend und romantisch. Sie war ein Teil meiner Vorstellungswelt geworden. Sie ging mir nicht aus dem Kopf, war wie ein Tintenfleck auf etwas Weißem, die Fassade des stuckverzierten Hauses Nr. 1183. Es war kein schönes Gebäude, ihm fehlte sogar die gedämpfte Melancholie der traumartigen Stadthäuser auf den Bildern von Edward Hopper. Es war ein ganz funktionales Gebäude, ein reiner Zweckbau. Das Schild neben dem Vordereingang hing – wie zum Zeichen seiner Vergeblichkeit – unverändert die ganze Zeit dort: WOHNUNGEN ZU VERMIETEN. IM HAUS FRAGEN. Mein scharfes Auge registrierte eine Reihe total verdreckter und verbeulter Blechmülltonnen am Straßenrand, ein Holzdach, das aussah, als sei es löchrig, eine rissige Betonmauer, die zum Hauseingang führte, sich aber auch an der Seite des Gebäudes entlang bis nach hinten erstreckte, wo man über eine Außentreppe in den ersten Stock gelangte, die Stufen aus unbehandelten Brettern, darüber ein behelfsmäßiges Dach. Diese Treppe stieg er manchmal hinauf.

Dieses Viertel, sagte ich mir, *ist für mich bloß eine Durchgangsstation. Ich habe eine wahre Bestimmung.*

In diesen Monaten streifte ich überall herum, war ruhelos, eine Streunerin. Zum University Place ging ich allerdings nicht. Ich war von den Kappas geheilt. War für immer von meiner Kappa-Sehnsucht geheilt. Meine Wanderungen, aufs Geratewohl und scheinbar improvisiert, führten mich häufig an den östlichen Rand des weiten Campusgeländes, obwohl mein Wohnheim in der anderen Richtung lag. An manchen Tagen kam ich zweimal am Haus Nr. 1183 in der Chambers Street vorbei, was sich vielleicht noch erklären ließ, an manchen jedoch sogar dreimal, und dafür gab es nun wirklich keinen vernünftigen Grund mehr. Also ging ich schnell, mit schlechtem Gewissen vorüber, den Blick abgewendet vom Gegenstand meines Interesses. Ob er zu Hause war, erfuhr ich nur dadurch, dass in seinem Fenster Licht brannte, und ob in seinem Fenster Licht brannte, erfuhr ich wiederum nur dadurch, dass ich um das Haus herum nach hinten ging, in der Dunkelheit oder in der Dämmerung, dabei hieß es, junge Frauen sollten allein nicht in diesen Teil von Syracuse gehen. (Einmal hielt ein Streifenwagen am Straßenrand an. Seine Insassen starrten mich ausdruckslos an, während ich nach einem Blick und einem ängstlichen Lächeln in ihre Richtung schnell weiterging: *Ich bin ein gutes Mädchen, ich bin Studentin, verhaften Sie mich nicht.*) In der Nähe seines Hauses herumzulungern war riskant, denn er konnte auf dem Heimweg sein und mich erkennen, und wenn er mich erkannte, merkte ich es vielleicht nicht, denn er, der so diskret und arrogant war, würde es mich nicht merken lassen, falls er mich erkannt hatte, und so konnte ich nicht in Erfahrung bringen, ob ich mich in seinen Augen bloßgestellt hatte oder ob er vielmehr gar nicht Notiz von mir genommen hatte, und blieb unwissend. Manchmal, wenn ich auf dem Bürgersteig einen Mann kommen sah, flüchtete ich in das mit Abfall übersäte Gässchen, manchmal just das neben dem Haus mit der Nummer 1183, und war dann gezwungen, direkt neben der Außentreppe vorbeizugehen und geriet so von einem Augenblick zum nächsten in Versuchung, diese Treppe hochzusteigen, oder mich auf die unteren Stufen zu setzen, als wäre ich hier zu Hause. Gewöhnlich betrat er das Gebäude von vorn, ich vermutete, um seine Post mitzunehmen, denn im Hausflur gleich hinter der Tür waren zwei Reihen ramponierter Blechbriefkästen, die Namen darauf mit Klebeband befestigt. Doch wenn ich kein Glück hatte, und etwas anderes konnte ich ja nicht voraussetzen, denn vielleicht verdiente ich es ja so bei meinem Benehmen, ging er vielleicht gleich hinten hinein, denn die Außentreppe diente der Bequemlichkeit von Mietern wie ihm, die in den oberen Stockwerken nach hinten hinaus wohnten. Er war ein Mieter wie alle anderen im Haus, die meisten dunkelhäutig, mit einem stets blitzenden Lächeln und Augäpfeln von unnatürlich glänzender Weiße. Wenn diese jungen Männer mich sahen, blieben sie manchmal stehen und schauten, als hofften sie, dass ich sie kannte. Sie hofften, dass ich einen Grund hatte, da zu sein, wo ich war, und dass dieser Grund mit ihnen zu tun hatte. Vielleicht fesselte es sie, was man ihnen über amerikanische College-Mädchen erzählt hatte, obwohl ich sicher keinem der gängigen Klischees über amerikanische College-Mädchen entsprach. Wenn niemand da war und ich mich traute, hob ich hinter seinem Haus die Augen zu den Fenstern, die ich mit gutem Grund für seine hielt, die Fenster zur Wohnung 2D. Dass er diese Wohnung bewohnte, wusste ich von den Briefkästen im Hausflur: Auf dem für 2D stand auf schmuddeligem Klebeband mit Tinte V. MATHEIUS. Ich war neugierig, die Jalousien waren so oft bis zur Fensterbank heruntergezogen. Manchmal sah ich dahinter einen Schatten vorübergehen, die flüchtige Silhouette eines Mannes, kaum erkennbar, und doch wusste ich, dass ich auf die Vorstellung von *V. Matheius* blickte und nicht auf den Mann selbst. Ich musste an Platons Höhlengleichnis denken, daran, wie Menschen sich durch Schatten beirren lassen. Die Menschen sind durch Schatten verblendet, und doch, welchen Trost gibt es sonst? *Und er weiß nicht, das ich hier bin, dass es mich gibt. Denn ich bin für ihn unsichtbar.*

Mein nacktes Gesicht; weibliches Begehren, sonst nichts.

4

… diese Stimme.

In meinem Ethikkurs. In einem großen Hörsaal im obersten Stock eines altehrwürdigen Gebäudes, des Instituts für Linguistik. Es war nicht der Raum, in dem sich das kranke Mädchen in dem schmuddeligen Mantel, mit dem verschmierten Lidschatten und den zerbissenen Lippen ein paar Wochen zuvor zum Narren gemacht hatte, sondern ein anderer, größerer. Es war ein Ort der Hoffnung. Zum Abschluss seiner Vorlesung über Platon hatte der Professor mit großer Geste dazu aufgefordert, Fragen zu stellen. Vielleicht wollte er wirklich Fragen, hoffte darauf, auf intelligente, provokante Fragen, die die unnatürliche Stille im Hörsaal milderten. Vielleicht war er, ein Avatara des lange verblichenen Platon, auf seiner erhöhten Plattform hinter dem Podium ja einsam. Die Fragen der Frühsemester interessierten ihn weniger als die der höheren Semester und der Gaststudenten, die Leute vom Fach waren. Es belebte ihn jedes Mal sichtlich, wenn jemand aus diesem Kreis sich zu Wort meldete.

»Ja, Mr«, sagte der Professor erwartungsvoll lächelnd und sprach einen Namen, der wie »Mathe« oder »Mathes« klang. Der junge Mann, der die Hand gehoben hatte, saß hinten, außerhalb meines Blickwinkels. Wenn er sprach, was er fast in jeder Stunde tat, sah ich, wie sich die Studenten umdrehten, finster und missbilligend, aber auch mit Bewunderung, Neugier, Interesse und Unwillen zu ihm hinblickten. »... wie kann Platon denn die ›noble Lüge‹ befürworten, eine Lüge kann doch nichts anderes sein als das Gegenteil von nobel ...« Der Professor lächelte bemüht und versuchte für Platon in die Bresche zu springen. »Den *Staat* muss man als Mythos lesen, als Dialog über die Gerechtigkeit«, worauf er von hinten einwandte: »›Gerechtigkeit?‹ Wie kann es in einem totalitären Staat denn ›Gerechtigkeit‹ geben?« Die Stimme klang wie ein Musikinstrument, wie ein fein modulierendes Horn – eine Klarinette, Posaune -, respektvoll und anmaßend zugleich, durchdringend und ernst und dabei zitternd (man konnte es fast hören) vor Abscheu. Führte der Professor »Mythos, Allegorie, Parabel« ins Feld, konterte die jüngere Stimme mit »Albtraum, faschistischer Staat, Sklavenstaat«. Der Professor schaute finster, es gefiel ihm nicht, dass er die Gefolgschaft seiner Zuhörer an einen dreißig Jahre jüngeren Zwischenredner zu verlieren drohte. »Das ist ein gängiger Fehler, Mr ..., Platon wörtlich zu nehmen, während der gesamte Dialog ganz klar eine Metapher ist, ein ...« Inzwischen hörten nur noch wenige im Raum dem Professor zu, wir lauschten begeistert *ihm*.

Dieser Hörsaal mit seinen seltsamen Ausmaßen hat sich mir ins Gedächtnis geprägt. Das tun alle Orte, an denen sich unser Leben ändert. Mit seinen fünfzehn steil ansteigenden, im Halbkreis angeordneten Bankreihen hatte der Raum mehr Breite als Tiefe. Die Decke war extrem hoch und wasserfleckig; Neonlampen summten und flackerten wie jagende Gedanken. Neben dem Podium des Professors war ein über drei Meter hohes Bleiglasfenster, durch das ein schwaches Winterlicht hereindrang. Auf der stark abgetretenen Plattform schritt der Professor manchmal auf und ab, während er über Platon, Aristoteles, Thomas von Aquin, Descartes, Spinoza, Leibniz oder Locke sprach. Er war ein Mann, Anfang sechzig, der sympathisch, wenngleich ein wenig autoritär wirkte; der fast kahle Kopf wie eine Eierschale, der Mund wie zerdrückt, die Augen wässrig, aber klug, wach, in tiefen Höhlen unter struppigen grauen Augenbrauen liegend. Für sein Alter ein attraktiver Mann, dachte ich, dabei hatte ich mir vorgenommen, Ältere, die ich bewunderte, nicht nach dem Äußeren zu beurteilen. Erscheinungen, das hatten schon die griechischen Philosophen gelehrt, waren illusorisch, trügerisch. Nur die ganz Jungen und die Narren setzten ihr Vertrauen in »Erscheinungen«. Ich wollte auch nicht an meinen Vater erinnert werden, indem ich über einen Mann nachdachte, der in seinem Alter oder ein wenig älter war, meinen Vater, der in den Westen gegangen war, als folge er dem Lauf der Sonne bis hinter die dortigen Gebirgszüge und ins Nichts.

Die beiden sind doch überhaupt nicht zu vergleichen!, dachte ich und lächelte in mich hinein. Dieser gelehrte Mann und mein armer, ungebildeter, verbitterter Vater, ein Alkoholiker.

Eines Vormittags kam es nach einer Vorlesung über den philosophischen Idealismus zu einem längeren Wortgefecht zwischen dem Professor und dem sehr eloquenten und hartnäckigen jungen Mann hoch oben im Hörsaal. Ich spürte, wie sich kollektives Unbehagen über den jungen Mann breit machte, hörte selber aber fasziniert, erregt und erwartungsvoll zu. *Wer ist das?,* dachte ich, *was ist das für ein Mensch? Nicht einer von uns.* Hinter mir murmelte eine männliche Stimme: »Meine Güte, halt den Mund«, eine Zweite sagte so etwas wie: »Nigger, halt's Maul«, und beide lachten unschön. Der Professor verteidigte mittlerweile schon seine Position und sprach sehr ausführlich; er würde den ganzen Kurs bestrafen und uns länger dabehalten. *So viel Macht sollte keiner über einen anderen haben,* dachte ich. Als die Studenten schließlich gehen durften, brauchte ich lange, bis ich aufgestanden und in den Gang getreten war. Ich hatte mir immer noch nicht gestattet, nach hinten zu sehen, hatte noch nicht begriffen, dass ich verliebt war, mich in einen mir unbekannten Mann verliebt hatte, in seine Stimme, und dass Liebe eine Krankheit ist, keine herrliche Idee, wie ich gedacht hatte, sondern ein körperlicher Zustand wie Trauer.

In dieser Nacht im Februar 1963 fand seine Stimme zum ersten Mal Eingang in meinen Schlaf.

5

Du! Du bist zu allem fähig, sagte mein Bruder Hendrick einmal zu mir.

Das war auf dem Begräbnis meines Großvaters. Dabei hatte mein Bruder Hendrick, wie alle anderen in meiner Familie, keine wirkliche Vorstellung von meinen Fähigkeiten. Sie trauten mir nicht; mich umgab eine dunkle, rätselhafte Aura, ich trug das Verhängnis als Tatsache und als Möglichkeit in mir. *Er gibt ihr die Schuld. An Idas Tod. Wie wir alle.* Ich entkam ihnen, trug aber ihre Verdammung mit mir herum. Vielleicht akzeptierte ich sie. Ich war so einsam! Und doch dachte ich: *Die Einsamkeit ist der Preis, den ich zahle. Das ist nur gerecht.*

Ich war neunzehn Jahre und fünf Monate alt, als ich mich zum ersten Mal verliebte. Es schien mir ein gutes, fortgeschrittenes Alter. Wir können uns nicht vorstellen, wie es ist, älter zu sein oder klüger; wer erschöpft ist, kann sich auch nicht vorstellen, stark zu sein. Im Traum ist es ähnlich, da verstehen wir auch kaum, dass wir träumen und auf simpelste Weise entkommen könnten – indem wir die Augen öffnen. Noch mit neunzehn sah ich zu meinem Leidwesen viel jünger aus. In den ersten College-Jahren hielt man mich ständig für eine Highschool-Schülerin.

Sogar in meinen Winterstiefeln (nicht aus schickem Leder wie die meiner besser gekleideten Kommilitoninnen, sondern klobige Gummistiefel von Sears, wunderbar praktisch bei tiefem Schnee und sintflutartigen Frühjahrsgüssen) maß ich nicht mehr als einsfünfundfünfzig. Ich wog mich nie, doch während meiner »Krise«, in der Zeit, als ich aus dem Kappa-Gamma-Pi-Haus auszog, wurde ich auf der Krankenstation der Universität auf die Waage gestellt und mein Gewicht mit sechsundneunzig Pfund in den Unterlagen vermerkt. »Haben Sie aufgehört zu essen? Oder erbrechen Sie Ihr Essen wieder? Das kann doch nicht Ihr Normalgewicht sein!«, sagte die Frau missbilligend. Ich erwiderte, ich wüsste nicht, was mein »Normalgewicht« sei, mein »Normalgewicht« interessierte mich nicht, mich beschäftigten andere Dinge, dringendere, wichtigere Angelegenheiten. *Was ist der Sinn des Lebens. Ist Wahrheit möglich. Die Betrachtung des Bewusstseins, als handle es sich um Linien, Flächen oder Körper.* Ich wollte nicht darüber nachdenken, dass ich ebenfalls ein Körper und in gewisser Weise für diesen Körper verantwortlich war. (Was *ist* ein Körper denn letztlich? Laut Descartes war der Geist aus einem rätselhaften, unerkennbaren Stoff, und der Körper war aus einem vollkommen anderen rätselhaften, unerkennbaren Stoff.) In der Krankenstation zwang man mich als Akt der Buße, mich genau anzuschauen. Ich wich den ins Gesicht eingesunkenen Augen aus, betrachtete den Rest meines Körpers aber unbefangen: Die papierdünne, talgig-weiße Haut war straff über zarte Glieder gespannt, kleine Brüste, hart wie unreife Birnen, Brustwarzen, so klein wie schrumplige Erbsen, absolut nicht zu vergleichen mit den rosigen Höfen der Mädchenbrüste, die ich für »normal« hielt, den schweren, vollen Brüste anderer Mädchen, die aussahen, als seien sie bereits mit Flüssigkeit gefüllt, mit kostbarer süßer, milchiger Flüssigkeit, dem Lebenselixier schlechthin. Ich erinnerte mich daran, wie sich in der Highschool die Mädchen aus höheren Klassen im Umkleideraum lachend aus ihren Kleidern geschält, sich die Pullover in einer flinken Bewegung über den Kopf gezogen hatten, wie sie ihre Körper entblößten, während Gesichter und Köpfe gleichzeitig verdeckt waren: Man sah, dass diese Mädchen Schwestern waren, dass sie »weiblich« waren. Trotzig oder stolz oder gleichgültig standen sie da in ihren erblühenden Körpern, während ich mich verlegen abwandte. Nicht dass ich mir in meinem spindeldürren Leib unzureichend oder minderwertig vorkam – ich gehörte zu einer vollkommen anderen Art, stand ganz außerhalb ihrer Kategorie, gehörte zu der marginalen Unterart *Mädchen*.

Als ich älter wurde, gab es Verwandte, die von ferne Mitleid mit mir hatten. Ihr *Mitleid* permanent herauskehrten. Die Frauen rieten mir: *Wenn du öfter lächeln würdest, statt immer so finster zu starren.* (Was dann? Würde man mich dann lieben, so wie man die nicht liebte, die ich war?) Solche Bemerkungen trafen mich tief, auch wenn ich mir nicht das Geringste anmerken ließ. *Aber ich lächle doch, lächle dauernd. Ich lache euch ins Gesicht.*

Ich wollte ihr Mitleid, ihr Mitgefühl, ihren Trost nicht. Ich tat ihnen Leid, weil es ihnen eine gewisse Lust bereitete, Mitleid mit einer so ärmlichen, so entstellten Person zu haben, und weil ich keine Mutter hatte. Als einziges Mädchen meiner Generation in Strykersville hatte ich keine Mutter, und manchmal schien es zu meinem Entsetzen, als sei meine Mutter sogar schon vor meiner Geburt gestorben, nicht erst danach. Falls es ein solches Märchen gab, würde es auf mich passen wie der schlimmste Fluch: *Das Mädchen, dessen Mutter starb, bevor es auf die Welt kam.*

Nein! Ich erinnerte mich an Ida. Ich erinnerte mich wirklich an Ida. Und zwar an mehr als die Schnappschüsse. Jawohl.

Meine drei älteren Brüder schüchterten mich ein. Ich hatte Angst vor ihnen, und mein Geheimnis war, dass ich sie von ferne bewunderte. Ich sah immer zu ihnen auf – buchstäblich! In ihre hübschen Gesichter. Ihre unergründlichen Augen. Sie faszinierten mich, noch während ich Angst vor ihnen hatte. »Du? Was weißt du schon? *Wir* kennen uns aus.« Sie waren die Hüter der Erinnerungen; Dietrich war zwölf, als unsere Mutter starb, Fritz elf und Hendrick acht, ich dagegen war ein kleines Kind und hilflos.

Als ich das College besuchte, waren Dietrich und Fritz verheiratet und bereits Väter. Sie hatten die Farm unserer Großeltern geerbt und spezialisierten sich wie viele Kleinbetriebe im Niagara County auf Birnen, Äpfel und Pfirsiche. Hendrick war eher ein Einzelgänger, so wie ich, wir standen uns aber nie nah, er neidete mir meinen Erfolg an der Highschool, mein College-Stipendium, hatte er doch an einer Fachschule in Olean Elektroingenieurwesen studiert und seine Ausbildung selbst finanzieren müssen. Jetzt rühmte er sich seiner guten Stelle bei einer Niederlassung von General Motors in Lackawanna. Die deutlichsten Erinnerungen an meine Brüder habe ich aus der Zeit, als sie zu jungen Männern heranwuchsen. Über Mädchen und Frauen sprachen sie stets grob und verächtlich, machten ständig Witze, so als seien Mädchen und Frauen ein Witz. Von meinen Brüdern lernte ich, dass der *Mann* ganz und gar Auge ist. Seine Sexualität wird durch die Augen angefacht, er bewertet mit den Augen, urteilt rasch und mitleidlos. Manchmal, wenn sie über ein Mädchen oder eine Frau aus ihrer Bekanntschaft sprachen, rieben sich meine Brüder hämisch zwischen den Beinen. Man sah, dass Augen und Penis bei einem Mann verbunden, vielleicht sogar identisch sind, nur ist eins davon eben nicht sichtbar.

Ich begriff, dass die Sympathien eines Mannes, selbst wenn er allein ist, immer bei anderen Männern und bei seinem Geschlecht liegen. Er fühlt sich nicht in dem Maße allein, wie sich eine Frau allein fühlt. Seine rasche, unfehlbare Meinung hat er sich in der Kindheit gebildet, und er teilt sie mit allen. Er verfügt über die Fähigkeit, mit den Augen anderer zu sehen, nicht bloß mit seinen eigenen.

Ich erwartete kein Mitleid von diesen Augen. Mit dreizehn hatte ich gelernt, ihrem erbarmungslosen Blick auszuweichen.

Ich verstand, dass mein Körper nicht liebenswert und dass also auch ich nicht liebenswert war. War nicht mein eigener Vater mit einer Miene leichten Ekels vor mir zurückgeschreckt? Als ich dreizehn war, begannen mir quasi über Nacht unter den Achseln feine Haarbüschel und dichte Locken auf der Scham zu sprießen. Meine dünnen, aber muskulösen Beine, unverhältnismäßig lang für meinen Rumpf, waren auf einmal mit einem fedrigen Flaum bedeckt, den ich während meiner Highschool-Zeit und meines Lebens bei den Kappas nicht abrasieren mochte, wie es die anderen Mädchen mit so viel Aufwand taten. Wenn ich schwitzte, war mein Geruch stark und scharf, es hatte etwas sehr Geheimnisvolles, Befriedigendes. Es gefiel mir, dass ich mich in ein fuchsartiges Tierchen verwandeln konnte und einen Tiergeruch hatte. Als ich aus Strykersville fortgegangen war und erlebte, was es heißt, allein zu sein, ohne Familie, die einen festlegte, unter unzähligen Fremden, die weder meinen Namen noch mein Gesicht kannten, geschweige denn wussten, wo ich wohnte oder wessen Tochter oder Enkelin ich war, begann ich meinen Körper für unsichtbar zu halten, für etwas, das ich in Kleidern verstecken sollte. Es war ein Körper, der ständig davor zurückschreckte, *gesehen*, *festgelegt* zu werden, ein Körper, über den meine Brüder und andere Männer nicht johlen konnten, weil sie ihn nicht sahen, ein Körper, von dem die großen toten Philosophen, die ich verehrte, sich nicht voller Abscheu abwenden würden. Es war ein Körper im Dienste des Geistes.

Mit achtzehn schnitt ich mir spontan die Haare ab. Das war im Sommer nach dem Highschool-Abschluss und meiner Abschiedsrede, eine Woche nachdem mein Vater, heimgekommen nach jahrelanger Abwesenheit, wieder übergangslos verschwunden war und nur ein vages »Wir bleiben in Verbindung« von sich gegeben hatte. Mein Haar, dick und drahtig, verfilzte schnell, es war wie Tierhaar geworden, wie ein Pelz. Dunkelbraun und stumpf, nur stellenweise von helleren braunen oder roten Strähnen durchzogen, die es lebendiger machten, lastete es schwer auf meinem Rücken, und es lastete mir auch auf der Seele. Wenn ich es kämmen wollte, traten mir Tränen in die Augen vor Verärgerung und Schmerz. Fuhr ich mit einer Bürste durch, sprang sie mir aus der Hand und fiel zu Boden. Auf der Straße schauten alle auf mein Haar: Männer und Jungen, aber auch Frauen und Mädchen. Ich bildete mir etwas darauf ein und schämte mich gleichzeitig sehr dafür, und so schnappte ich mir eines feuchtheißen Sommernachmittags die große Schneiderschere meiner Großmutter, mit der sich sogar so dicke Stoffe wie Filz schneiden ließen, lief in mein Zimmer und legte los: Erst langsam, dann aber mit immer größerer Lust, beinahe selbstgefällig – *klick! klick!* –, verfehlte nur knapp meine Ohren. Mit jedem gierigen Klicken der Schere fühlte ich mich leichter, freier. Und mit jedem Klicken der Schere lachte ich wie ein aufsässiges Kind. Ich warf die abgesäbelten Strähnen weg, als wären sie Müll. Ich bereute es nicht, ich schwor, mir niemals wieder so etwas aufzubürden.

Wie es der Zufall wollte, musste ich wenige Tage später zum Begräbnis meines Großvaters. Er war in der prallen Sonne mit dem Traktor draußen gewesen und hatte einen Herzinfarkt erlitten und war gleich darauf gestorben. Schlimmer als die Trauer war für die Familie der Schock. Mein Großvater und meine Großmutter hatten sich zwar schon lange voneinander entfremdet, lebten aber selbstverständlich weiter zusammen und schliefen sogar im selben Bett. Zu meinem Haar, fransig kurz geschnitten, ausgerechnet zu einem Zeitpunkt, in dem andere uns sehen und über uns urteilen, sagte sie bloß: *Das sieht dir mal wieder ähnlich.*

Die Trauerfeier wurde in der lutherischen Kirche abgehalten. Hier hatten meine Großeltern, vor allem meine Großmutter, die Gottesdienste besucht. Sie war eine stoische Frau, die das Leben und ganz sicher auch den Tod ohne jede Sentimentalität betrachtete, aber trotzdem »Christin« sein wollte wie ihre Nachbarn, wie die meisten Amerikaner. Aber man musste nicht nur Christ sein, sondern auch einer Kirche angehören, und für Deutschstämmige bot sich die lutherische Kirche natürlich an. Außerdem war ihre Schwiegertochter Ida auf dem Kirchhof begraben, gewissermaßen als Versprechen, dass wir Übrigen auch den Weg dorthin finden würden. Ich musste mich schwarz kleiden, lieh mir ein plumpes schwarzes Nylonkleid von meiner Tante, das mir etliche Nummern zu groß war. Es störte mich nicht, mich, ein mürrisch dreinblickendes Gör von achtzehn, das wie dreizehn aussah, erschrocken war über das Unglück meines Großvaters. Ich wollte nicht darüber nachdenken, wollte nicht an den Tod denken, ans Sterben, nicht daran, dass er an einer Stelle unweit von Idas Grab begraben werden sollte, auf einem Friedhof, der nicht mehr war als ein Feld, ein Ort, im Grunde bloß für hohes Gras und Unkraut geeignet. Die Frauen aus meiner Verwandtschaft starrten mich entsetzt an. *Wie konntest du nur! Deine Haare!* Die Tante, deren Kleid ich trug, sagte: *Lass es mich wenigstens noch ein bisschen in Form schneiden.* Ich wandte mich kalt ab. Ich hatte nicht die Absicht, mich zu rechtfertigen. Meine Brüder sahen mich an und zuckten mit den Achseln. Das bestätigte nur, was sie sowieso vermutet hatten: Ich war verrückt, war ein Monster; wenn ich ans College ging, würde es bloß noch schlimmer mit mir werden. Bis wir den Friedhof verließen, stupste mich mein Bruder Hendrick immer wieder an und sagte mit fast bewunderndem Unterton: *Du! – du bist zu allem fähig. Jetzt, wo du wirklich hässlich bist, fühlst du dich sicher großartig, oder?*

6

VERNOR MATHEIUS.

Wie oft habe ich in diesem Winter wie in Trance VERNOR MATHEIUS mit mitternachtsblauer Tinte auf Notizblätter geschrieben, wie oft VERNOR MATHEIUS mit dem Fingernagel in mein Fleisch geritzt: auf der weichen Innenseite meines Unterarms, in die Handfläche. VERNOR MATHEIUS. Schon der Klang der Silben wie eine von fern herangetragene Melodie, die man sich sofort merkt, auch wenn man sie nicht versteht. VERNOR MATHEIUS VERNOR MATHEIUS: Mit der inneren Stimme im Beisein anderer gesprochen, noch während ich lächelte, nickte, mich ganz normal mit anderen unterhielt, die keine Ahnung hatten, woran ich eigentlich dachte, wie gleichgültig sie und ich mir sogar selbst waren. VERNOR MATHEIUS: Was für ein seltsamer, wundervoller Name! wie schön, wie unvergleichlich! VERNOR MATHEIUS: Wie in einem Märchen des Rätsels Lösung, man musste den Namen oder seine Bedeutung erraten, um sein Leben zu retten, um die hübsche junge Prinzessin zu werden, seine Braut.

Ich wagte nicht, mich bei anderen aus meinem Ethikkurs über ihn zu erkundigen. Der so eloquente, streitlustige Student aus der hinteren Reihe war eindeutig eine »Persönlichkeit« – jeder kannte ihn oder nahm ihn wahr. Ich hatte Angst, Fremde könnten ihm stecken, dass ich mich für ihn interessierte. Sie würden in meine Richtung lächeln: *Siehst du die da? Die hat nach dir gefragt.*

Wenn unser Professor jetzt seinen Namen aussprach – ja, Mr Matheius? – verstand ich genau. Es war mir unbegreiflich, dass ich mich früher verhört hatte.

Ich suchte den Namen in einem Vorlesungsverzeichnis und fand auf die Weise die Adresse in der Chambers Street. *So leichtsinnig bist du nicht, dass du da hingehst,* sagte ich mir.

7

Es war an einem Vormittag im März, als ich Vernor Matheius zum ersten Mal anzusprechen wagte. Ungebeten und unwillkommen trat ich ein in das Leben eines Fremden. Ich konnte nicht anders.

Du bist zu allem fähig. Das war jetzt eine Prophezeiung, war Ermutigung, keine Beleidigung.

Ich war inzwischen nicht nur einmal, sondern mehrere Male in der Chambers Street gewesen. War am Haus vorbeigegangen, hatte mich in der Gasse herumgedrückt, mich in den Hausflur vorgewagt und die Briefkästen unter die Lupe genommen, hatte die Fenster an der Rückseite des Hauses betrachtet. Ich war ohne Scham, ohne Hoffnung. Denn zu der Zeit glaubte ich nicht, je mit Vernor Matheius in Kontakt zu kommen; es genügte, aus der Ferne über ihn nachzudenken.

Trotzdem war ich im Hörsaal auf einen anderen Platz gewechselt. Ich saß jetzt weiter hinten auf einem Platz, an dem ich mich unauffällig umdrehen und ihn anschauen oder in seine Richtung sehen konnte. Wenn er sprach, wandten sich viele aus dem Kurs zu ihm um, darunter auch ich. Ich glaubte nicht, dass ich nur auf mich aufmerksam machen wollte, ich war kein Highschool-Mädchen mit Liebeskummer.

An diesem Vormittag stieg ich atemlos und voller Hoffnung ein paar Minuten vor Vorlesungsbeginn die drei Treppen zum Hörsaal hinauf. Der Professor war noch nicht da. Der Raum, den ich betrat, schien zu schlingern, auf Schwindel erregende Weise zu kippen oder auf dem Kopf zu stehen wie ein Spiegelkabinett auf einem Jahrmarkt, denn was, wenn *er* schon da war und mit blitzenden Brillengläsern zufällig einen Blick auf mich warf? (Denn in meiner Vorstellung blitzten seine Brillengläser immer.) Meistens war Vernor Matheius nicht so zeitig da. Ich war absichtlich vor ihm gekommen, damit ich mich auf meinen neuen, strategisch gut gewählten Platz am Ende einer mittleren Reihe setzen konnte. Praktisch über Nacht war der Unterricht vom intellektuellen zum emotionalen Abenteuer geworden. Genauso hatte ich mich als Kind gefühlt, wenn ich in Strykersville im YMCA-Schwimmbad auf dem hohen Brett stand: Ich wollte springen, hatte es fest vor, war erregt von der Aussicht, hier herunterzuspringen, hatte aber auch Angst, hörte, während ich ganz nach vorn trat, Arme und Kopf hob, die Knie einknickte, das böse Stimmchen, das *Lass! Hinterher wird es dir Leid tun!* sagte. Aber auf dem hohen Brett konnte man nicht kehrtmachen.

Vielleicht vierzig Studenten saßen im Ethikkurs, zumeist in den vorderen Reihen, ein paar auch im Hörsaal verstreut. Vernor Matheius saß allein in der letzten Reihe unter einer Wanduhr, vielleicht nur zufällig, denn wer gern auf die Uhr sah, hätte diesen Platz nicht gewählt. Es war eine jener altmodischen Uhren, wie man sie häufig in Institutionen findet, mit schlichten schwarzen Ziffern und schwarzen Stunden- und Minutenzeigern und einem sich bewegenden dritten roten Zeiger vor leerem Mondgesicht. Als Kind hatte ich solche Uhren an den Wänden von Klassenräumen gesehen. Das unaufhaltsame Voranschreiten der Zeit. Mein Herzschlag. Die Herzschläge aller Anwesenden. Und jetzt sah ich auch die Uhr, wenn ich Vernor Matheius sah.

Sein Gesicht. Heimlich, von der Seite, betrachtete ich dieses

Gesicht. Für mich war es schön wie eine Mahagonischnitzerei, für ein anderes, gröberes Auge mag es hässlich gewesen sein. Es war kein beruhigendes Gesicht. Es war faltig, ja sogar mitgenommen vom vielen Denken. Vom körperlichen Akt, von der Muskelarbeit des Denkens. Vom Denken als Leidenschaft. Es war ein Gesicht, das, obwohl eigentlich noch jung, aussah wie das eines Mannes von Anfang dreißig, als sei es nie jung gewesen. War maskenhaft. Eine breite, flache Nase mit großen Nasenlöchern, die wie ins Fleisch gebohrt wirkten. Ein Kopf, der zu groß schien für die schmalen, etwas abfallenden Schultern. Die Augen hinter einer Akademikerbrille verborgen, außer, er setzte sie unvermittelt ab und rieb sich mit Daumen und Zeigefinger der rechten Hand den Nasenrücken. Es gab mir einen Stich, wenn ich Vernor Matheius ohne seine Brille sah. Sein Gesicht wirkte auf einmal nackt, exponiert.

Ein Neger. »Neger.« Ein Wort, ein Begriff, der mich inzwischen ebenfalls faszinierte.

Vernor Matheius hatte »negroide« Züge. Vernor Matheius war, streng rassisch oder rassistisch gesprochen, ein »Neger«. Seine Haut hatte die Farbe feuchter Erde, manchmal war sie stumpf und ohne Schimmer, an anderen Tagen wieder war sie schimmernd und glatt, hatte einen zwischen Kupfer und Kastanienbraun changierenden Ton. Ich stellte mir diese Haut heiß vor. (Ganz anders als meine blasse, von der Kälte aufgesprungene Haut, die sich kalt anfühlte, meine Fingerspitzen oft regelrecht eisig.) Vernor Matheius hatte unverkennbar Negerhaar: Dunkel, irgendwie ölig, eine krisselige Wolle und sehr kurz geschnitten; sein Kopf sah wunderbar hart und entschlossen aus, wie ein Kunstwerk.

Da mich seine Stimme, seine Art zu sprechen und seine offensichtliche Intelligenz angezogen hatten, stand Vernor Matheius Rasse für mich nicht im Vordergrund. Falls ich ihn früher schon einmal im Institut für Linguistik oder irgendwo auf dem Campus oder in der Stadt gesehen hätte, wäre mein Blick, wie ich meinte, über ihn hinweggegangen, und mein Gehirn hätte ihn als *Neger* eingeordnet, jetzt aber war die Tatsache seiner Rassenzugehörigkeit (falls »Rassenzugehörigkeit« eine Tatsache ist) für mich nicht bemerkenswerter als seine anderen Eigenschaften. Im Gegenteil, diese anderen Eigenschaften waren bemerkenswert, weil es seine waren. Vielleicht hielt ich sie – nach der primitiven Logik der Frischverliebten, die fürchtet, ihre Verstandeskräfte seien geschwächt – nicht für bemerkenswert und wertvoll an sich, sondern nur als Eigenschaften von Vernor Matheius.

In der Philosophie bekommt man beigebracht, zwischen Wesentlichem und Unwesentlichem zu unterscheiden, und auch in der Persönlichkeit eines Menschen, so sagt man, gibt es wesentliche und unwesentliche Eigenschaften. Vernor Matheius jedoch war für mich eine so eindrucksvolle Gestalt, war für mich etwas völlig Neues, dass ich bei ihm Unwesentliches – wie es andere Menschen an sich haben – nicht erkennen konnte. (Mein eigenes Leben schien mir eine willkürliche Folge von Nebensachen.) Ich hätte die Tatsache, dass er Neger war, nicht separat von seinen sonstigen Eigenschaften betrachtet. Schön, das gehörte dazu, war das Erste, das einem ins Auge sprang, aber es definierte ihn nicht, noch legte es ihn fest.

Genauso wenig wie mich die Tatsache bestimmte, dass ich eine Weiße war, eine Arierin. Was hieß das schon?

Wenn Vernor Matheius Neger war und es nichts Unwesentliches in seiner Persönlichkeit gab, hatte er sich dafür entschieden, ein Neger zu sein. Anders als ich, die ich mich weder für meine Hautfarbe noch für irgendetwas in meinem Leben entschieden hatte.

Das glaubte ich! Denn ich vergötterte den Mann bereits, der all das war, was ich nie sein würde, ja mir nicht einmal vorstellen konnte, zu sein.

Vernor Matheius und der Professor warfen sich angeregt die Bälle zu. Man sah, dass sich der Professor geschmeichelt fühlte von der Aufmerksamkeit, die dieser brillante junge Mann ihm schenkte, zugleich aber wie ein Mann mittleren Alters, der mit einem vierzig Jahre Jüngeren Tennis spielt, darauf bedacht war, nicht ins Hintertreffen zu geraten. Sie sprachen über den »Idealismus«, der als Begriff der Philosophie etwas ganz anderes heißt als im normalen Sprachgebrauch; »Idealismus« vs. »Realismus«, der höchst differenziert vorgetragene Idealismus von Immanuel Kant im Vergleich zum weniger differenziert vorgetragenen Realismus Platons. Führte der Professor X an, konterte Vernor Matheius sofort mit Y, nicht unverschämt, aber doch fast, und mit einer Leichtigkeit, die dem Älteren unbehaglich war und kleine Wellen der Heiterkeit im Hörsaal auslöste. Der Professor wand sich sichtlich, bemerkte seinen Schnitzer, seine Autorität war in Frage gestellt worden, wenngleich nur spielerisch; er hatte seine Autorität abgegeben, wenngleich nur für einen Augenblick, und musste sie wiedererlangen, oder er verlor den Respekt der Studenten – so jedenfalls kam es ihm, der vor Eitelkeit bebte, vor. Sein Gesicht unter dem glatt am Kopf anliegenden, links gescheitelten, ergrauendem braunen Haar war rot geworden. Der Mann sah plötzlich aus, als sei seine Haut erschlafft oder als habe er zu schnell zu viel abgenommen. An der philosophischen Fakultät, eine der stärksten an unserem geisteswissenschaftlichen College, genoss der Professor vielleicht das höchste Ansehen von allen, er hatte an der Universität von Edinburgh studiert, seine Bücher erschienen bei anerkannten Universitätsverlagen, seine Buchrezensionen im *Times Literary Supplement*. (Eine englische Zeitung, die Mrs Thayer nicht abonniert hatte.) Sogar in seinen Kursen für die Erstsemester saßen als Gasthörer oft ältere Studenten. Und trotzdem spürte er den Stachel von Vernor Matheius respektlosem Denken und sagte knapp und kühl: »Mr Matheius, Ihre Sophistereien sind langsam nicht mehr amüsant.« Der nachgiebige Vater schilt den Lieblingssohn also doch, was zeigt, dass der letztlich doch weniger geliebt wird, als er glaubt.

Ich sah den Schmerz und die Demütigung in Vernor Matheius Gesicht. Sah, dass er sich verschloss, so als balle er die Faust. Mit flinker, grober Geste schob er seine Brille hoch, sank auf seinem Platz zusammen und schob die Unterlippe vor. Eine dicke, fleischige Unterlippe. Seine Haut war so dunkel, so ohne Glanz oder Schimmer, dass man sich nicht vorstellen konnte, wie es war, wenn er errötete. Nach einem Moment peinvollen Schweigens murmelte Vernor Matheius höflich: »Entschuldigen Sie, Sir.«

Wir anderen schauten weiter, entzückt und schadenfroh.

Sogar ich, die ich für Vernor Matheius entflammt war, empfand die kleine gemeine Genugtuung.

Und dachte: *Er ist im Innersten verletzt. Auch er.*

Es war, als hätte ich, die Augenzeugin dieser Verletzung, die Hand dabei im Spiel gehabt.

Nach dem Unterricht stand ich im Gang neben seiner Bankreihe, als sich Vernor Matheius, groß, schlaksig, die Schultern leicht abfallend, leise eine verächtlich klingende Melodie pfeifend, an den hoch geklappten Sitzen vorbeischob und auf den Gang trat. Er sah mich nicht. Er hatte mich noch nie gesehen. Er machte den Eindruck, als hätte er noch nie auch nur einen der Frühsemester im Raum wahrgenommen. Sie waren ihm gleichgültig. Ich wollte – was? Ihm mein Mitgefühl bekunden? Obwohl ich doch wusste (natürlich wusste ich das!), dass Vernor Matheius Mitgefühl nicht wollte, von niemandem und schon gar nicht von mir. In meinen Ohren toste es. Der Fußboden schlingerte. Selbstverständlich traute ich mich nicht ihn anzusprechen – »Vernor.« Ich hatte kein Recht auf diesen Namen, ich hätte diesen Namen gar nicht kennen dürfen. Einen Moment lang starrte ich ihn an, unfähig, ein Wort herauszubringen. Schon die körperliche Anwesenheit des Mannes brachte mich in Verwirrung, seine Größe. Er überragte mich um mehr als Haupteslänge, strahlte eine starke, pulsierende

Hitze aus, als schwitze er in seinen Sachen, als sei seine dunkle Haut blutheiß. Von nahem war seine Haut derber und dunkler als in meiner Vorstellung. Seine Augen hinter den schmutzigen Brillengläsern waren feucht und funkelten. Er hatte ein weißes Hemd an und sogar einen Schlips um, beides sehr verknittert und nicht sehr sauber, zwängte sich mit mühsam aufgebrachter Würde in seine dicke Lederjacke und band sich mit hastigen, ungeduldigen Bewegungen seinen roten Wollschal um, als wolle er sich in seinem Zorn selbst erwürgen, die Finger erstaunlich lang, die Hände eher schmal und an den Handflächen sonderbar blass-rosa, als wären sie dort sehr weich, ja sogar zart. Ich sah, dass er nur aus dem Hörsaal hinauswollte. Mit jemandem sprechen, der Zeuge seiner öffentlichen Demütigung war, war das Letzte, was er gewollt hätte. Und trotzdem hielt ich mich an seiner Seite, stammelte Worte, die ihn trösten sollten, sah mich zu meinem eigenen Erstaunen schüchtern die Hand ausstrecken, um seine zu berühren – *seine* Hand! Traute mich im letzten Moment aber doch nur, den schmutzigen Ärmelaufschlag seiner Jacke anzufassen, denn hätte ich seine Haut berührt, hätte er meine Hand reflexartig abgeschüttelt aus reiner Nervosität. Ich lächelte die ganze Zeit, bemühte mich zu lächeln, brachte aber bloß ein starres grässliches Grinsen hervor, suchte mit seiner Sehnsucht und meinem Entsetzen Trost und Schutz ausgerechnet beim Verursacher meines Entsetzens. *Ich kann dich lieben, ich bin diejenige, die dich lieben kann. Ich bin die, deren Identität einzig darin besteht, dass sie dich lieben kann.*

Vernor Matheius sah mich an. Es war, als habe er etwas vernommen, zwar nicht mein schüchternes, geistloses Gestammel, meine gut gemeinten Wörter, Nachahmungen von Trostworten, die ich selbst aus dem Munde anderer Frauen oder Mädchen gehört hatte, sondern mein verzweifeltes *Ich, ich kann dich lieben.* Er hatte gesehen, nicht gespürt, dass meine Finger flüchtig seinen Ärmel gestreift hatten, dass ich ihn beinahe berührt hätte. »Ja? Was ist?«, sagte er und schaute mich immer noch an, als hätte ich ihn belästigt, machte im nächsten Moment aber schon auf dem Absatz kehrt, ließ mir grob keine Zeit für eine Antwort, wenn ich denn eine gehabt hätte, erstieg die Stufen zum Hinterausgang und war aus dem Hörsaal verschwunden.

Und trotzdem: *Ich habe es getan, habe dich berührt. Jetzt kennst du mich.*

Anders als meistens folgte ich Vernor Matheius an diesem Vormittag nicht aus dem Gebäude und über den verschneiten Platz, ich folgte ihm gar nicht. Benommen, fast wie weggetreten ging ich die Treppe ins Erdgeschoss des Hauses hinunter. Die Korridore, die Treppenhäuser des Instituts für Linguistik waren um diese Zeit, kurz vor elf Uhr, voller Menschen. Ich flüchtete mich in die Anonymität. *Jetzt weißt du, wer ich bin. Die Verbindung ist hergestellt.* Ich konnte gar nicht glauben, dass ich so kühn gewesen war, mich das getraut hatte, dass ich es wirklich getan und nicht bloß geträumt hatte. Mit mir gingen andere Kursteilnehmer die Treppe hinunter; wir kannten uns vom Sehen, allerdings nicht mit Namen, und sprachen dennoch mit kindlichem Eifer über den Dämpfer, den der brillante »Mr Matheius« erhalten hatte, sogar ich, die bewunderte wie er sprach, lächelte, war gierig darauf bedacht, das Gespräch am Laufen zu halten. Ein Junge mit scharf geschnittenen Zügen, einer der älteren Jurastudenten, sagte grinsend: »Math-e-ius – was bildet der sich eigentlich ein?«, und ein Zweiter rief erregt: »Komisch, nicht, dass ein Neger sich überhaupt für solches – Zeug interessiert!« Ich widersprach nicht, hörte so gespannt zu, dass ich vielleicht sogar den Eindruck erweckte, ihre Meinung zu teilen. Denn einen Menschen, den wir hoffnungslos lieben, verraten wir auch gern: Jede Verbindung zu ihm ist erregend.

Sogar zu hören, wie der brillante Vernor Matheius abschätzig und grob als »Neger« bezeichnet wurde, war – erregend.

Ich fand mich im Kellergeschoss des Hauses wieder, wo es weitere Unterrichtsräume gab, enge, schwach beleuchtete, bedrückende Räume hinter niedrigen Fluren, in denen es im Winter immer nach nasser Wolle und Gummischuhen roch und in denen ständig dicker Zigarettendunst stand. Ganz am Ende des Gebäudes befand sich eine Damentoilette, die ich, da sie stets leer war, oft benutzte. Ein übler Gestank nach Abwasser und Desinfektionsmitteln drang hervor. Es war ein Raum, der älter schien als das darüber aufragende, selbst schon alte Gebäude, tief in die Erde gegraben und mit nur einem Fensterchen, das ein schwaches, verbrauchtes Licht spendete. An diesen trostlosen Ort erinnere ich mich so genau wie an alle anderen aus dieser Zeit und frage mich, ob die Träume, die mich so aufwühlen und aus denen ich morgens erschöpft, aber auch seltsam erfrischt erwache, so als *wäre ich in die Hölle, diesen so quälend irdischen Bereich, hinabgestiegen und hätte es überlebt*, nicht von diesem Raum handeln. Denn hier konnte ich mich verkriechen, an diesem Ort unerklärlicher Schande und Traurigkeit konnte ich weinen. Hier konnte ich die Toilette aufsuchen und an einer altertümlichen Kette ziehen, worauf sich zögernd und rumpelnd Wasser aus einem unter der Decke angebrachten rostigen Behälter in ein noch rostigeres Becken ergoss. Hier konnte ich besorgt prüfen, ob ich endlich doch meine Periode gekriegt hatte – was nur selten vorkam, nicht öfter als zwei-, dreimal im Jahr und nie lange dauerte, allerdings bei meinen zwanzig Pfund Untergewicht schmerzhaft war. *In bestimmten entscheidenden Punkten war ich keine richtige Frau, und das machte mir Angst, freute mich andererseits insgeheim aber auch.* Ich war erstaunt über mein Gesicht in dem wasserfleckigen Spiegel über dem Waschbecken – lächelte ich etwa? Ich hatte bei Vernor Matheius etwas getan, was ich in meinem ganzen Leben noch nie getan hatte: hatte einen mir unbekannten Mann angesprochen, hatte gewagt, ihn zu berühren, hätte beinahe seine Hand berührt, seine Haut, hatte ihn gezwungen, sich mir zuzuwenden, mich wahrzunehmen, hatte direkt zu ihm gesprochen und ihm ein Mitgefühl bekundet (»Er hat das nicht so gemeint, es war eine unüberlegte Äußerung, er bewundert dich sehr, außerdem – Sophist sein ist nichts Schlimmes, Protagoras war Sophist und Sokrates im Grunde auch«), das echt war, das ich wirklich empfand, auch wenn ich atemlos davon sprach, schließlich hatte ich spontan gehandelt, vollkommen unvorbereitet, wie man losrennt, um jemanden anderes vor einem Unheil zu bewahren.

Es kam mir fast so vor – und dieser Eindruck wurde im Laufe der Zeit immer stärker –, als hätte Vernor Matheius mich buchstäblich zu sich gezogen; ich hatte nicht die Kraft, ihm zu widerstehen.

Solche unfreiwilligen Handlungen haben etwas Unschuldiges.

»Aber dabei musst du es jetzt belassen. Du darfst ihm nicht mehr nachlaufen.«

Dies sprach meine eigene Stimme. Ich starrte in das blasse, dort vor mir im Spiegel schwebende Oval und war so glücklich! – das Gesicht auf dieser Seite des Spiegels, mein lebendiges Gesicht, tat mir weh vor Glück. Ich fieberte, ich berührte meine Lippen mit den Fingerspitzen, ich küsste meine Fingerspitzen, die Vernor Matheius am schmutzigen Ärmel seiner Jacke berührt hatten. Ich würde nie wieder schlafen können. Ich hätte auf der Stelle sterben mögen, so glücklich war ich. Dieser Spiegel, mit Wasserspritzern und mit korrodiertem, aus seinem Innern an die Oberfläche getretenem Blei gesprenkelt: Wie viele Generationen von Mädchen mochten im Laufe des Jahrhunderts seit der Errichtung dieses Gebäudes schon in seine Tiefen geschaut haben, nichts als Sehnsucht in ihren Augen, diesen Generationen von Frauenaugen? Unsere Spiegelbilder verflossen in eines wie auf dem sumpfigen Grund eines Teichs oder eines gemeinsamen Grabs.

Und trotzdem lächelte ich, lächelte – war glücklich.

8

»Du läufst mir doch nicht etwa nach?«

Seine Stimme, nicht gereizt, sondern frech und spöttisch – die Stimme von Vernor Matheius, der unvermittelt auf dem Bürgersteig stehen blieb und sich zu meiner Blamage plötzlich zu mir umdrehte, sodass ich keine Zeit hatte, mich zu verdrücken. Ich hatte mir eingebildet, ihm mit diskretem Abstand zu folgen, und mich dicht neben anderen Leuten gehalten, als gehörte ich zu ihnen. Bisher hatte er, während er pfeifend dahinschlenderte, kaum mehr als einen flüchtigen Blick über die Schulter geworfen, und so war ich ihm von der Universitätsbibliothek über den Hof des Gebäudes und einen steilen Hang hinab zum College Place gefolgt, von dort weiter zur Allen Street, einem Einkaufsviertel mit Fastfood-Restaurants, Buchhandlungen und Lebensmittelläden, von dort weiter zur University Avenue und die entlang bis auf Höhe der Krankenhäuser. Ich hatte es nicht eilig, Vernor Matheius zu überholen, und wenn er seinen Schritt verlangsamte, verlangsamte ich meinen. Er musste mich irgendwie bemerkt oder die Intensität meines Blicks, mit dem ich ihn fixierte, gespürt haben. Jetzt war er am Bordstein stehen geblieben, hatte sich umgedreht und lachend gesagt: »Du läufst mir doch nicht etwa nach?« Es sollte spielerisch klingen, kokett, wie ein Witz, der Witz aber war, dass er keinen Witz machte, sondern genau wusste, dass ich ihm gefolgt war, aber nicht ganz sicher sein konnte, nicht hundertprozentig sicher (wir kannten schließlich beide Humes unwiderleglichen Einwand gegen die Kausalität). Sicher bestand die Möglichkeit, dass ich ihm gefolgt war, was ich natürlich nicht zugeben konnte, weil es zu peinlich gewesen wäre. Was hätte Vernor Matheius auch erwidern sollen? Also musste ich protestieren, was ich wie nach einer Ohrfeige mit brennendem Gesicht auch tat. »Oh, nein, nein – ich – ich gehe bloß hier lang.«

»Und wohin genau?«

Fieberhaft suchte ich nach einem glaubwürdigen Ziel – das Büro des studentischen Gesundheitsdienstes war nur einen Block entfernt. Ich müsse dort etwas abgeben, sagte ich.

Vernor Matheius biss sich vor gespielter Enttäuschung auf die Unterlippe. »Dann ist es bloß Zufall, hm?«, sagte er von seiner Höhe herab.

»Ja – Zufall.«

»Wie die Atome und der leere Raum, so ungefähr, ja?«

Demokrit war ein Philosoph der griechischen Antike und berühmt für ein einziges Axiom: *In Wirklichkeit gibt es nur Atome und leeren Raum.* Ich war nicht sicher, ob er zu den Sophisten gehörte, gewiss aber zu denen, die die Rätsel des Lebens gleich zu Beginn einer philosophischen Untersuchung geschickt in handliche Einzelteile zerlegt hatten, wie es philosophischer Brauch war: Das Leben entweder auf jämmerlich kleine Teilchen zu reduzieren oder zu ungeheurer, erdrückender Größe aufzublähen, bis es, so oder so, unerkennbar wurde.

Ich lachte verlegen und widersprach nicht. Jetzt gingen wir gemeinsam die University Avenue entlang, überquerten gerade eine breite, sehr windige Stelle, als die Ampel ein gelbes DON'T WALK! zeigte.

Ich war überwältigt und irritiert von Vernor Matheius Nähe,

von seiner Stimme, die in meinem Kopf ständig präsent war und mir in den Ohren dröhnte, seiner Größe, den spöttisch blickenden skeptischen Augen, seinem gewohnten Grinsen, bei dem man die nicht ganz ebenmäßigen gelben Raubtierzähne mit der auffälligen Lücke zwischen den beiden vorderen Schneidezähnen sah. Sicher dachte er: *Ich durchschau dich, Mädchen, bild dir bloß nichts ein, deine Haut ist durchsichtig*.

Hinterher dachte ich lange darüber nach, wie schnell, wie unwiderruflich ich, als Vernor Matheius mich einmal erblickt hatte, aus der Unsichtbarkeit getreten und sichtbar geworden war. Einen Moment lang war ich noch in meine Konzentration auf ihn versunken, war anonym gewesen, im nächsten war ich schon gezwungen, zu sprechen, zu handeln, zu *sein*: musste rasch improvisieren und mir etwas ausdenken wie in einem Spiel, bei dem das beteiligte Paar blitzschnell aufeinander reagieren muss, beim Badminton etwa (da hatte ich an der Highschool Turniere gewonnen). Ich musste in allem, Körperhaltung, Mimik, Bewegung der Augen, Hände und Beine, mit dem raschen Tempo dieses Mannes mithalten. Es überraschte mich selbst, wie ich mich präsentierte – es war eine Offenbarung. Als stünde ich auf einmal im grellen Scheinwerferlicht und müsste wohl oder übel mitspielen.

Ja, du durchschaust mich, du weißt Bescheid. Das alles ist sicher schon früher passiert.

Seit dem Vormittag, an dem der Professor ihn beleidigt hatte, war Vernor Matheius nicht mehr zur Vorlesung gekommen. Mit einem Mal fehlte er – für immer. Am hinteren Ende des Hörsaals war die Reihe, in der er gesessen hatte, war das Pult unter der Uhr, an dem er wochenlang gesessen hatte. Doch jetzt war er nicht mehr da und würde auch (erkannte ich betrübt) nicht wiederkommen, so oft ich auch, als hätte ich neuerdings einen nervösen Tic entwickelt, während der Vorlesungen über die Schulter nach hinten, nach der Uhr blickte. Die Stunde zwischen zehn und elf wollte jetzt kein Ende mehr nehmen und war sinnlos geworden. Die europäische Ethik war enttäuschend öde ohne Vernor Matheius, der die Vorlesung belebte! Ich war nicht die Einzige, die es als Verlust empfand. Sogar die Studenten, die ihn heftig abgelehnt hatten, bedauerten seine Abwesenheit, am meisten jedoch der Professor, der mir traurig vorkam und gealtert, wenn er von seinen Unterlagen ablas, seine Brille zurechtrückte und sich räusperte. In dem harten Licht des Bleiglasfensters sah sein faltiges, wettergegerbtes Gesicht ungeschützt aus. Wie ich schaute er häufig zu dem leeren Pult unter der Uhr. Ich sah den Professor finster an und kritzelte in mein Notizbuch: *Da siehst du, was du angerichtet hast, du lächerlicher alter Mann. Alles nur aus Eitelkeit.*

Ich hatte keine andere Wahl, ich musste etwas dazu sagen, dass er nicht mehr in die Vorlesung kam, es wäre unnatürlich gewesen, wenn ich dazu geschwiegen hätte, doch Vernor Matheius zuckte gleichgültig mit den Achseln und sagte: »Ich war nicht eingeschrieben, sondern nur Gasthörer. Ehrlich gesagt, so viel hat es mir nicht gebracht.« »Es ist ohne dich«, erwiderte ich zögernd, »jetzt sehr still«, und er sagte: »Ich war aufdringlich, glaub ich«, und ich sagte schnell: »Oh, nein, gar nicht«, und er wieder: »Doch, ich glaub schon. Ich rede immer zu viel«, worauf ich vehement sagte: »Nein. Du hast Leben in die Vorlesung gebracht.« Bei diesen Worten machte Vernor Matheius ein seltsam saugendes Geräusch mit den Zähnen, ein spöttisches Geräusch, das ich noch nie gehört hatte, aber als Ausdruck starken Zweifels verstand, und da sagte er auch schon mit einem Seitenblick auf mich: »Aha, ohne mich ist es tot, hm?«, Ich war durch die Logik seiner Worte in die Enge getrieben und konnte nur noch sagen: »Ja.«

Vernor Matheius begleitete mich nicht zum studentischen Gesundheitsdienst, das Büro lag lediglich in der Richtung, in die wir (zufällig) beide gingen. So gingen wir eben miteinander die Straße entlang, wer uns sah, hätte uns für ein Paar halten können, ein gemischtrassiges Paar, von denen es nur wenige an der Universität gab, denn die Zahl der nichtweißen Studenten war gering. Ich hatte eine Sporttasche bei mir und war ständig besorgt, ich könnte Vernor Matheius damit in die Seite stoßen, wollte die Tasche aber auch nicht auf die andere Seite nehmen, denn damit hätte ich den Puffer zwischen uns entfernt, was er vielleicht missverstand oder nur zu gut verstand. Wir sprachen nicht mehr, Vernor Matheius hatte wieder zu pfeifen begonnen. Mir war schon öfter aufgefallen, dass er vor sich hin pfiff, wenn er über den Campus ging und sich zwischen langsameren Grüppchen von Studenten hindurchschlängelte, die sich jedes Mal wie Moleküle zu teilen schienen, um ihn, den Schnelleren, passieren zu lassen. Er hatte beim Gehen die Stirn in Falten gezogen und lächelte in Gedanken, doch seine Augen waren in ständiger Bewegung, waren ständig unruhig – man sah, dass ihm nichts entging. Wie groß er war! Einssechsundachtzig oder gar einsneunzig, und schmal, wie eine Messerklinge, sein schöner Kopf unverhältnismäßig groß für die Schultern und den Rumpf, so als könne sein restlicher Körper nicht mit seiner Intelligenz Schritt halten. Seine linke Schulter hing leicht herab, als habe er sie sich einmal verletzt; er hielt sich, als wolle er Schmerz vermeiden, aber empfand keinen, im Gegenteil, er war in Hochstimmung, pfiff durch seine fleischigen, violett-rötlichen, gespitzten Lippen. In meiner Naivität kam ich gar nicht auf die Idee, mich zu fragen: *Habe ich Anteil daran, dass der Mann so fröhlich ist? Ist ein fröhlicher Mann unweigerlich sexy?* Er hatte seine schmutzige marineblaue Wollmütze mit weißem Sternenmuster, die aussah wie handgestrickt, tief ins Gesicht gezogen; der rote Schal, gleichfalls angeschmutzt, lag um seinen Hals und flatterte im Wind; die kakifarbene Lederjacke war offen, der Reißverschluss kaputt; seine Hände waren trotz minus 20 Grad bloß – er hatte seine Handschuhe verloren. Vernor Matheius gehörte zu den älteren, immer getriebenen Studenten, die ständig in ihre eigenen Gedanken versunken oder von einem rätselhaftem Drang beseelt sind, sodass sie sich nicht richtig anziehen können. So, glaube ich, hat man mich auch gesehen, denn auch ich hatte meine »äußerliche Erscheinung«, das »gepflegte Äußere«, wie man so sagt, lange vernachlässigt – auch wenn ich mich in den letzten Wochen bemüht hatte, etwas zu verbessern. *Wie macht man sich bemerkbar für jemanden, der nicht einmal weiß, dass es einen gibt?*

Am Gebäude des Gesundheitsdienstes verabschiedete sich Vernor Matheius mit einem Winken, ohne seinen Schritt zu verlangsamen oder sein Pfeifen zu unterbrechen, und ich ging blicklos hinein zu meiner erfundenen Erledigung, wanderte fünf, zehn Minuten auf den Fluren hin und her, bevor ich das Gebäude wieder zu verlassen wagte, und als ich es tat und hinaustrat auf die University Avenue, in den hellgrauen, windigen Märztag, stand dort zu meiner Überraschung Vernor Matheius und wartete.

Sein Mund lächelte mich an, die Zahnlücke blitzte pfiffig, und er sagte: »Na, alles erledigt?«

9

Mit achtzehn war ich aus Strykersville, New York, weggegangen, ohne zu wissen, wer ich war oder wer ich sein könnte, ich wusste nur, wer ich nicht war und niemals werden wollte: Alles das, was ich bis dahin gekannt hatte. In Syracuse bastelte ich mir aus willkürlich ausgewählten Teilen eine Patchwork-Persönlichkeit wie die Quilts, die meine Großmutter aus verschiedenartigen Stoffresten zusammennähte. Man fragt nicht, woher die Flicken stammen, denkt nur an deren geschickten Einsatz.

Von meinem Bruder Dietrich (der direkt nach der Highschool zu den Marines gegangen war, bevor er später auf die Farm zurückkehrte) hatte ich mir abgeschaut, wie man sich mit Würde hält, von meinem Geschichtslehrer an der Highschool, wie man Aussagen anderer in Frage stellt, ohne grob zu sein (obwohl ich es manchmal war), von Lynda, meiner besten Freundin an der Highschool, wie man »gut« ist, »großzügig«, ohne in den Augen anderer töricht zu erscheinen, von der erwachsenen Tochter des Pfarrers der lutherischen Kirche die Masche, andere mit großen Augen bewundernd anzusehen, aber so, dass es aufrichtig wirkte – und das, obwohl meine Augen von Natur eher klein und verhangen waren. Von meinem Vater stammte mein skeptisches

Zweifeln, das Misstrauen, das der Verlierer jedem gegenüber empfindet, der mehr Geld besitzt oder auch nur zu besitzen scheint als er selbst. Von meinem Vater stammte aber auch ein gegensätzlicher Impuls, denn er hatte eine Schwäche für Kartenspiele und fürs Glücksspiel überhaupt, was auf Leichtsinn und auf Optimismus schließen ließ. Die Philosophie des Spielers ist einfach: *Es besteht wenig Hoffnung, dass es gut läuft, warum dann nicht alles auf eine Karte setzen?*

In Syracuse entdeckte ich so viele neue Modelle. Zumindest Möglichkeiten.

Meine fähigsten, überzeugendsten Professoren (es waren ausschließlich Männer), Mitbewohnerinnen aus dem Wohnheim, in dem ich das erste Jahr verbracht hatte, Mädchen, die ich nur dem Namen nach kannte, eine Reihe von Kappas – sie alle schauten mich jetzt, wenn sie mich auf dem Campus sahen, mit unverhohlener Abscheu an. (Einige besonders erfinderische Kappas hatten fantastische Gerüchte über meine angeblich »angeborene Lepra«, meine »gemischtrassige Familie«, meine »widerliche« Art, mich anzuziehen, verbreitet. Ich, eine »Egoistin«, hätte ihnen nicht beim Studium helfen wollen, hätte vor den Augen der Ehemaligen, »in aller Öffentlichkeit einen Nervenzusammenbruch« hingelegt. Letzteres der wirklich unverzeihliche Lapsus.) Meine so genannte Persönlichkeit war immer eine Maske gewesen, die ich nervös nestelnd angelegt und mit unsicheren, irritierten Fingern wieder abgenommen hatte. Sie wechselte je nach den Umständen, geriet ins Rutschen wie ungesicherte Ladung im Bauch eines Schiffes. An der Highschool hatte ich immer wieder verzweifelt versucht, »nett«, zu sein, »normal«, »wohlgelitten«, »beliebt«. Als ich im letzten Jahr zur stellvertretenden Klassensprecherin gewählt wurde, zog ich panisch meine Kandidatur zurück. Ich konnte nicht erklären, dass die so heiter wirkende, gute Klassenkameradin, die sie in das Amt gewählt hatten, nicht ich war, sondern ein Experiment, mit dessen Durchführbarkeit ich nicht gerechnet hatte.

Der Charakter, den ich mir zusammensetzte, hatte nie lange Bestand. Wie schlampig genähte Quilts fiel ich ständig auseinander. Manchmal war der Einbruch nur kurz, ausgelöst durch ein jähes Hereinbrechen von Erschöpfung, Ekel und Schlaflosigkeit, nach dem ich verblüfft, aber gereinigt wieder aufstand, andere Male aber – und solche Vorfälle wurden häufiger –, war es ein ernsterer Absturz und schloss eine Phase manischer, nervöser Aktivität ein, gefolgt vom körperlichen Zusammenbruch. Ich sagte »Grippe« dazu oder »Mononukleose«, wie die unter Frühsemestern beliebte Krankheit hieß, war dann so schwach, dass ich nicht aus dem Bett aufstehen, weder lesen noch schreiben, noch zusammenhängend denken konnte; es rumorte in meinen Eingeweiden und ich hatte Durchfall, obwohl ich kaum etwas zu mir nahm, ich verlor den Appetit, mein Körper war heiß vor Fieber und mein Kopf heiß vor Schmerz. Trotzdem hatte ein solcher Kollaps etwas Tröstliches, war eine herbe, bittere Lust, denn ich musste zwanghaft immer wieder denken: *Jetzt weißt du, wer du bist, jetzt weißt du's.* Kahl und einfach und schön wie schimmernde weiße Knochen, von denen alles Fleisch abgenagt worden ist. *Jetzt weißt du es.* Dennoch lebte ich in Angst vor dem Tag, an dem ich endgültig und unwiderruflich zerbrechen und weder die Kraft noch den Willen, weder den Glauben noch die Hoffnung haben würde, mich noch einmal neu zusammenzusetzen.

Ich zweifelte nie daran, dass die von mir bewunderten anderen stabil und aus einem Guss waren, nicht Flicken und Stückwerk wie ich. Ich zweifelte nie an ihrer natürlichen Überlegenheit, nur an meiner Fähigkeit, ihnen nachzueifern. Aber es gab auch immer wieder welche, denen ich mich verwandt fühlte. Eines Tages – Vernor Matheius war da schon nicht mehr da – hatte der Professor im Ethikkurs mit mühsam aufgebrachter Kraft über das »ewige Problem von Gut und Böse« – der »Tragödie der menschlichen Doppelnatur« – gesprochen, darüber, wie große Denker, Augustinus, Spinoza, Kant, Hegel, diese Frage behandelt hatten, und mir ging auf, wie hohl die Stimme des Mannes klang, wie stockend, wie belanglos dies alles ohne Vernor Matheius Erwiderungen war. Das Winterlicht aus dem Bleiglasfenster neben dem Podium des Professors fiel so grausam auf den alternden Mann, dass es aussah, als sei seine Haut dabei, zu zerbröseln, als lösten sich seine tapferen, hoffnungsvollen Augen in Wasser auf. Ich hörte die Stimme des Mannes, wie er sie wahrscheinlich selbst hörte, und mich überkam ein Sturm verwirrender Gefühle für ihn, Mitleid, denn der Kreis seines Lebens begann sich zu schließen. Selbst wenn Vernor Matheius noch in unserer Mitte gewesen wäre, hätte es nicht mehr viel bedeutet.

Um Vernor Matheius Aufmerksamkeit auf mich zu ziehen, musste ich mich zuerst einmal für ihn sichtbar machen, attraktiv. Ich begriff, dass ich mich neu würde erfinden müssen. Ich kaufte in Secondhandläden in der Stadt ein, wählte Kleider aus, die ich selbst nicht hätte tragen mögen oder zu tragen gewagt hätte: Eine limonengrüne Wildlederjacke in einem Stil, der passé war, nur leicht abgeschabt an Ärmelsäumen und Ellbogen, eine gekräuselte langärmelige rote Seidenbluse, die an meinem schmalen Leib aussah wie eine Explosion, einen karierten wollenen Rock, der mir einige Nummern zu groß, aber aus erstklassigem Stoff war, ein schmales, sehr sexy aussehendes schwarzes Seidenkleid mit V-Ausschnitt und nach unten versetzter Taille, an dessen Rock der Saum aufging. Von Wühltischen, die mit $3 – $5 gekennzeichnet waren, zog ich einen Pullover, einen hauchdünnen Schal und einen silberfarbenen Gürtel aus Metallgliedern. Jedes dieser Stücke war viele Male im Preis herabgesetzt worden, die Wildlederjacke zum Beispiel von fünfundneunzig Dollar auf dreiundvierzig Dollar und schließlich auf neunzehn Dollar, garantiert ein Schnäppchen. Es war hochwertige Kleidung, die ich mir neu niemals hätte leisten können, und ich konnte sie mir eigentlich auch als Schnäppchen nicht leisten und musste mir Geld von Mädchen aus meinem Wohnheim leihen, auch wenn ich befürchten musste, es nicht zurückzahlen zu können – ich war leichtsinnig geworden, schamlos. Um mein Haar, das ungleichmäßig herausgewachsen war und in wirren und unsauberen Locken über die Schultern fiel, musste ich mich ebenfalls kümmern: Es musste geschnitten, in Form gebracht, »gestylt« werden. Eines Samstagvormittags fand ich mich in einem Friseursalon wieder, wo ich zwölf Dollar dafür ausgab und verblüfft das vollkommen verwandelte Mädchen im Spiegel betrachtete, während die Friseuse (eine stark geschminkte, glamouröse Frau in dem Alter, in dem meine Mutter, lebte sie noch, jetzt gewesen wäre) fröhlich sagte: »Schon besser, was?«

10

»›Anellia‹ – komischer Name. Nie gehört.«

Mit dem für Skeptiker typischen Stirnrunzeln sprach Vernor Matheius den Namen aus, als gäbe es ihn gar nicht.

Ich sagte nichts, und der Moment ging vorüber.

In dem schummrigen Café sprach Vernor Matheius fast ausschließlich über Philosophie. Das war seine wahre Leidenschaft. Ein so heftiges Interesse, eine solche Konzentriertheit erregte mich, denn es ging mir genauso oder doch ähnlich. Ich misstraute inzwischen allem, was bloße Emotion war, flüchtig und ephemer. Der Welt verrutschender, zerbrechender Masken, der Welt der Rauchwolken meines Vaters, die an die Decke des alten Bauernhauses meiner Großeltern schwebten, der Welt, in der die Zeit allein von der Uhr abhängt. Mich reizte, dass ich mit Vernor Matheius eine Sprache gemeinsam hatte. Eine Religion gemeinsam hatte. Beinahe so, dachte ich, *als wären wir ein Paar. Ein Liebespaar.* Vernor war in diesem Café gut bekannt und hatte offenbar nichts dagegen, wenn andere vertraulich seinen Namen nannten. In meinen Ohren klang es aufregend und wunderbar, wenn andere, mir fremde Menschen, einfach »Vernor« riefen und Vernor Matheius dann lächelte und ihnen zuwinkte. Wir saßen unter einer Wand aus gehämmerten, graphitgrau gestrichenen Blechplättchen an einem klebrigen Tisch. Vernor bestellte für uns beide Kaffee, einen sehr starken, schwarzen Kaffe mit einem Bittermandelaroma, wie ich noch keinen getrunken hatte. Wie ein Schuss mitten ins Herz raste das Koffein durch meine Adern, mein Puls schlug schneller, sogar in meinen Pupillen begann es zu pochen. *Als wären wir. Ein Liebespaar.* Schon vor langer Zeit hatte ich mir streng eingehämmert, dass sexuelles Verlangen etwas Unpersönliches ist; es mag zwar den Anschein haben, ist aber nicht so; sexuelles Verlangen ist das Verlangen der Natur, sich blindlings zu reproduzieren.

Vernor Matheius erkundigte sich nicht weiter nach meinem Namen oder nach meiner Familie. Mit einer Stimme, die mir in meiner nervösen Erregung aggressiv und verführerisch zugleich vorkam, fragte er mich über Philosophie aus; es kam ihm komisch vor, dass »ein Mädchen wie du« sich zur Philosophie hingezogen fühlte, das sei doch »bei Mädchen selten«. Er sprach über Aristoteles, Descartes, Leibniz, Spinoza. Für Wittgenstein und Cassirer hatte er ein besonderes Faible. »Die universellen Strukturen und Wirkungsweisen« – das war, so Vernor, das Einzige, womit es sich zu beschäftigen lohnte. Als er sich am College eingeschrieben hatte, geschah dies ursprünglich mit dem Ziel, Lehrer zu werden, er hatte jedoch zu seiner Empörung feststellen müssen, wie hohl und primitiv die Kurse waren, tödlich langweilig. Daraufhin hatte er das College wieder verlassen und war in ein Priesterseminar eingetreten, hatte gehofft, etwas über Gott zu lernen, über den Weg zu Gott, um den Menschen vielleicht dadurch zu dienen, dass er ihnen half, ihn zu finden, hatte zu seiner noch größeren Empörung dort jedoch nur einen menschlichen, konfusen und widersprüchlichen Gott gefunden – »Jahwe«, den kollektiven Albtraum der Menschheit. Und so war er ans College zurückgekehrt und hatte sich für geisteswissenschaftliche Fächer eingeschrieben, merkte aber bald, dass er Geschichte nicht mochte.

»›Geschichte‹ ist doch nichts als pure Zufälligkeit, ein Chaos aus Unglücksfällen.« Die meisten davon waren blutiger Natur, Geschichte, das hieß meist Krieg, war ein bestürzendes Zeugnis menschlicher Grausamkeit, einer Grausamkeit, verstärkt noch durch Unwissenheit. Die Menschen waren nicht vernünftiger als Ameisen unterschiedlicher Rassen, Glaubensbekenntnisse und Sprachen; unablässig kämpften die einen darum, die anderen zu beherrschen, kämpften um bloße Ameisenhügel. Politik ist doch nichts als fanatisches Eigeninteresse und Aggression, sogar die derzeitige Bürgerrechtsbewegung – Vernor sprach das Wort *Bürgerrechtsbewegung* ganz neutral und distanziert aus, als sei es ein Ausdruck aus einer fremden Sprache – lenke nur ab von der eigentlichen philosophischen Frage: Zu erkennen, was *ist*. »Jedes Jahr, jeder Moment muss allen anderen vollkommen gleich sein«, sagte Vernor düster, als riete er mir dringend, gerade das nicht zu tun, was Philosophen von Berufs wegen eigentlich sollten: Widersprechen. »Die Wahrheiten, auf die es *wirklich* ankommt, können nur überzeitlich sein.« Die Emphase in Vernor Matheius Stimme! Einer Stimme, die verführte, die flehte. Einer Stimme der Logik, der Vernunft, der Gewissheit. Einer Stimme wie eine zärtliche Berührung, die mich so entwaffnete, dass ich den Kaffeebecher mit beiden Händen umklammerte. Vernor Matheius großer Kopf, der dunkle Teint seiner Haut, die Augen mit den hellen Halbmonden über der Iris. Sein warmer, strenger Körpergeruch, vermischt mit dem schärferen Kaffeegeruch, rauschte mir durch die Adern, und ich begann in meinen auffälligen Kleidern zu schwitzen. Ich würde zu meinem Job in der Cafeteria zu spät kommen. Ich würde überhaupt nicht mehr in der Cafeteria ankommen, obwohl ich ganz ruhig dachte: *Ich kann gehen. Ich kann aufstehen und gehen. Jederzeit.*

Dann waren wir irgendwie draußen. Ich musste blinzeln vor Kälte, Tränentropfen klebten an meinen Wimpern. Vernor Matheius führte mich – wohin? Darüber mussten wir doch gesprochen haben. Er musste doch einen Vorschlag gemacht haben, zu dem ich ja gesagt hatte. Mit welch seltsamer Vertrautheit er mich am Ellbogen meiner Wildlederjacke angefasst hatte. Wir kamen zur Chambers Street. Verließen den vereisten Bürgersteig. Unpassenderweise fiel mir Chris ein, meine Kappa-Kommilitonin, von der das Gerücht ging, sie sei betrunken und immer sehr bereitwillig – verliebt, wie man wohl annehmen musste – im Wohnheim der Studenten mit nach oben gegangen. Was dort oben dann passierte, wie viele Männer Sex mit ihr gehabt hatten, wusste niemand, Chris selbst hinterher auch nicht, sie wollte es auch nicht wissen. Sie war vom College abgegangen und verschwunden. Ich hatte doch gar keinen Grund, an Chris zu denken! *Ich bin nicht Chris! Ich bin keine Kappa.* Aber wenn ich etwas mehr Abstand zwischen mich und Vernor legen wollte, umfasste seine Hand meinen Ellbogen nur noch fester.

»›Annul-ia‹? So heißt du?«

Da – das Haus mit dem weißlich-grauen Verputz. Ich sollte dieses Haus gar nicht kennen. Ein starres schiefes Lächeln klebte mir im Gesicht. Ich war sicher, dass ich es so gewollt hatte, obwohl ich nicht wusste, was genau ich da eigentlich gewollt hatte, wozu ich mit Vernor Matheius übereingekommen war, als er im Café den Namen »Anellia« gesagt und mich über den klebrigen Tisch hinweg angesehen hatte. *Frei zu gehen, mich abzuwenden. Zu rennen.* Als wir die Treppe hinaufstiegen, die Treppe, die ich gar nicht kennen sollte und auch nicht zu kennen schien, die Treppe meiner Träume, eine Außentreppe aus groben Holzplanken mit einem Dach, ansonsten aber der Witterung ausgesetzt, mit Stufen, die bereits zu faulen begannen und leicht wackelten, ging Vernor Matheius dicht hinter mir. Ich dachte: *Er treibt mich, wie ein Hund Schafe treibt* und musste lachen bei dem Gedanken. Vernor Matheius witzelte nervös über sein »Quartier« – er sei »ein Mann des Untergrunds, der an die Oberfläche gekommen war« – und umfasste urplötzlich mit eisig kalten

Fingern mein rechtes Bein knapp unterhalb des Knies. Es waren flinke, kräftige, derbe Finger, und ich versuchte sie abzuschütteln, als handelte es sich um ein Spiel. Es war ja auch eins, wir benahmen uns, als sei es ein Spiel, alberten und lachten. Ich dachte: *Er würde mir nicht wehtun – oder?* Der Gestank von Abfall stieg mir in die Nase, der Geruch verfaulenden Holzes. Ich machte den Mund auf, brachte aber nichts heraus, die Wörter hatten sich verfangen. Ich musste gehen, ich kam schon zu meinem Job in der Cafeteria zu spät, ich hatte kein Geld, war schrecklich arm und würde meine Schulden, insgesamt siebenundachtzig Dollar und fünzig Cents, den Mädchen niemals zurückzahlen können, das war so ausgeschlossen, dass ich ihnen auch zehntausend Dollar hätte schulden können. Alles das konnte ich nicht aussprechen, ich konnte nicht sagen, dass ich ihn liebte, aber Angst vor ihm hatte, dass ich noch nie mit einem Mann oder einem Jungen so zusammen gewesen war; ich hatte Angst, schwanger zu werden, die Vorstellung, »schwanger« zu werden, ängstigte mich, obwohl ich sexuell vollkommen unerfahren war. Ich konnte Vernor Matheius Willen, dem spielerischen Umfassen meines Beins am Knie, keinen eigenen Willen entgegensetzen; wie in einem Traum können wir dem unergründlichen Willen des Traums keinen eigenen Willen entgegensetzen. Möglicherweise (dachte ich) war das, was jetzt geschehen würde, bereits geschehen; in der Philosophie war ein isomorphes, zeitlich und räumlich symmetrisches Universum theoretisch denkbar, ein streng determiniertes Universum, das sich vorwärts und rückwärts bewegen konnte. In einem solchen Universum konnte man keinen eigenen Willen zur Geltung bringen, für etwas verantwortlich gemacht zu werden, wäre ungerecht. Und deshalb stieg ich jetzt die Außentreppe des Hauses in der Chambers Street Nr. 1183 hinauf, wie ich es mir erträumt hatte, und trotzdem war es nicht die gewünschte Erfüllung meines Traums, ich hatte Angst, und mir war schlecht, ich zitterte heftig, als fröre ich, der bittere schwarze

Kaffee, von dem ich nur zwei oder drei Schluck getrunken hatte, stieg mir beißend in die Kehle. *Die grüne Wildlederjacke hat mich hierher geführt,* dachte ich. *Das lächelnde Lippenstift-Mädchen im Spiegel,* dachte ich. Ich biss mir auf die Lippen, um nicht zu lachen. *Genau das tut ein hübsches Mädchen, wird Zeit, dass du das erfährst. Genau das macht ein Mädchen, wenn es »begehrt« wird. Das wird mit einem »begehrten« Mädchen gemacht.*

Vernor Matheius nestelte hektisch am Schlüssel, wollte die Tür zur Wohnung 2D öffnen, bevor uns jemand sah. Ausnahmsweise einmal wortlos.

11

Die Grenzen meiner Sprache bedeuten die Grenzen meiner Welt.
Ludwig Wittgenstein

Und jetzt: wie einsam.

Wie allein, und wie einsam.

Während ich früher gleich um sieben bei Öffnung in die Cafeteria des Wohnheims ging, ein Tablett nahm, mir mein Frühstück holte und mich allein an einen Tisch setzte, an dem ich vor mich hin träumen und lesen konnte, fühlte ich mich jetzt, da ich in Vernor Matheius verliebt war, extrem allein, empfand die Einsamkeit als beängstigenden körperlichen Schock, dass ich nicht allein sein konnte und in meiner Verzweiflung ständig die Gesellschaft von Menschen suchte, die ich kaum kannte, von oberflächlich plappernden gutmütigen Mädchen, die ich vorher gering geschätzt und mit denen ich nichts gemeinsam hatte (wie ich glaubte). Es war, als wiederhole sich der Albtraum der Kappas, unter denen ich unbedingt »Schwestern« hatte finden wollen. In Wahrheit aber suchte ich ja gar nicht die Gesellschaft dieser Mädchen, sondern die von Vernor Matheius, den ich, wie ich fürchtete, niemals wiedersehen würde. Sogar wenn ich mit anderen zusammen und (vorübergehend) in Sicherheit war, konnte ich mich nicht auf sie konzentrieren, sondern dachte natürlich an ihn, nur an ihn und grub mir die Fingernägel, *Vernor*

Matheius Vernor Matheius schreibend, ins weiche Fleisch meines Unterarms.

Mein Cafeteria-Lachen schepperte wie auf dem Boden aufschlagende Münzen, meine Stimme war schneidend. Doch kaum waren meine »Freundinnen« gegangen, erstarb das Lächeln auf meinen Lippen, das im Grunde nur ein Zucken gewesen war, und der manische Funke in meinen Augen erlosch wie eine Lampe, die ausgeschaltet wird. Allein, allein. Ich tauchte ein in die Leere, wie ein einsamer Schwimmer im eiskalten Wasser hinausschwimmt, denn alle Schwimmer sind in solchen bitteren Seelenlandschaften ja einsam.

Eine der Älteren hatte mir etwas am Gesicht angesehen, Schmerz, Demütigung, verzweifelte Hoffnung, was immer, und stand, auf mich wartend, draußen vor der Cafeteria. »Hast du etwas? Du wirkst irgendwie so«, sagte sie zögernd, taktvoll, freundlich, wollte sich nicht einmischen, »so traurig.« Ich war erstaunt, fühlte mich bloßgestellt. Ging sofort in die Luft. »Ich bin nicht traurig. Nicht im Geringsten. Wie kommst du dazu, so was zu sagen? Ich hab doch gelacht, oder?«, erwiderte ich gekränkt. Brach dabei jedoch in Tränen aus. Meine Kommilitonin, ein großes, breitschultriges Mädchen, dessen Namen ich nicht kannte oder im Moment nicht parat hatte, stand so, dass sie mich vor den neugierigen Blicken der anderen schützte. Die heißen Tränen flossen mir über die Wangen, mir lief die Nase: War das Leidenschaft, war das Liebe – *das*? Aufgebracht wie eine ältere Schwester fragte sie ganz pragmatisch: »Ist es wegen einem Kerl?«, und nannte mich bei meinem Namen, sagte nicht »Anellia«, sondern meinen richtigen, gewöhnlichen Namen, den, unter dem mich alle kannten. Ein *Kerl*! Als hätte sie die Hand ausgestreckt und mich grob gekitzelt – wegen einem *Kerl*! Dieses Jargonwort, so gewöhnlich, so platt – *Kerl*! War denn Vernor Matheius mit seiner Arroganz, seiner Brillanz, mit der Macht, die er über mich besaß, bloß ein *Kerl*? Ich hatte keine Zeit, diesen revolutionären Gedanken aufzunehmen, obwohl er mich hätte retten können; ich betrachtete meine Wohltäterin als meine Feindin, wich vor Abneigung zurück und stammelte: »Ich finde so eine Frage nur – ärgerlich. Ich weiß nichts von dir, und du – du weißt schon gar nichts von mir.«

Nach diesem Wortwechsel mied ich die Cafeteria. Ich aß in meinem Zimmer oder ließ die Mahlzeiten ganz aus.

Ich war so einsam, dass ich sterben wollte. Aufhören wollte zu existieren. Denn er hatte mich abgewiesen, abgelehnt, weggeschickt, er hatte mich nicht geliebt, ja nicht einmal Liebe mit mir »gemacht«. Meine Angst hatte sich als grundlos erwiesen, als verächtlich; ich selbst war verächtlich. Er hatte mich weggeschickt, kaum dass wir seine Wohnung betreten hatten. Das war das Geheimnis meiner Verletzung durch einen *Kerl*.

Was für eine Erinnerung an Vernor Matheius Wohnung, die ich nur kurz gesehen hatte, nur wenige Minuten ... Regale voller ordentlich eingeräumter Bücher, eine schmale Liege mit einem offenbar hastig darüber gebreiteten Überwurf aus dunklem Kord, ein platt gedrücktes Kissen in einem weißen, nicht sehr sauberen Bezug, die Fenster ohne Gardinen, die kaputte und schmutzige Jalousie, die ich schon draußen, vom sicheren Hof aus, gesehen hatte. *Und jetzt bin ich hier, bin mit Vernor Matheius in der Wohnung 2D, wie ist dieses Wunder geschehen? Und wenn es geschehen ist, ist es eigentlich ein »Wunder«?* Unter meinen Füßen spürte ich bloße, stark abgetretene Dielenbretter, auf denen ein schmutziger gewebter Teppich in einem schwer erkennbaren fleischigen Grau wie bei manchen Formen von Schimmel lag. Der Boden selbst war uneben, war so schief wie die Böden im alten Bauernhaus meiner Großeltern, unter dem die Erde an manchen Stellen abgesunken war, als sei sie gleichgültig, zornig. Eine Spielzeugmurmel, probeweise auf einen solchen Boden gelegt, würde sofort davonrollen, bis sie an einer Wand ein Hindernis fand. Am anderen Ende des Zimmers befand sich eine kleine Nische mit einer kleinen Arbeitsplatte und einem Ausguss, so winzig, dass man meinen konnte, er sei für ein Kind bestimmt; ein Minikühlschrank stand auf dem Fußboden. Die Luft in der Wohnung war abgestanden, roch nach Zigarettenrauch, Kaffee, Bratfett, roch säuerlich, nach Mann und schmutzigen Kleidern und Bettwäsche. Mir blieb die Luft weg, so stickig war es in dem Raum, ich war ganz benommen; vielleicht betrat ich gerade verbotenes Terrain, war schockiert über meine Dreistigkeit. *Genau das macht ein Mädchen, wenn es »begehrt« wird, das wird mit einem »begehrten« Mädchen gemacht.* Lächelnd bestaunte ich den Schreibtisch, das ordentlichste und beste Stück in der spärlich möblierten Wohnung. Er hatte die Aura des Heiligen, des Rühr-mich-nicht-an, wie ein Altar, an der Wand daneben hingen die Abbildung einer Sokrates-Büste mit blinden, ausgesparten Augen, und die Abbildung eines unerschütterlich wirkenden Mannes mit Perücke, Descartes, wie ich meinte. Der Schreibtisch selbst vermittelte den Eindruck von Festigkeit und Charakter, war so anders als die kleinen, verbeulten Aluminiumschreibtische von der Universität. Dieser bestand aus einem langen Holzbrett, das auf Aktenschränken ruhte, was eine wunderbar große Fläche von vielleicht einsfünfzig mal einsdreißig ergab, die womöglich sogar unauffällig geteilt war, denn die gestapelten Bücher, Zeitschriften und Papierstöße waren der Größe nach sortiert: Die höchsten hinten, die niedrigsten vorn, die Buchrücken zur schnelleren Orientierung nach außen gedreht. Eine Tonschale war mit Bleistiften und Kulis und stark abgenutzten Radiergummis gefüllt, eine tragbare Olivetti stand mitten auf dem Tisch, so, dass vor dem Stuhl eine freie Fläche blieb. An den Spuren auf der Tischplatte sah man, dass diese Schreibmaschine schon unzählige Male vor- und zurückgeschoben worden war. Ein Bogen Papier war eingespannt, auf dem, eng geschrieben, ein Absatz stand:

Die Behauptung, Philosophie sei der »Kampf gegen die Verhexung unseres Verstandes durch die Mittel unserer Sprache« & diese Behauptung, aufgestellt mit den Mitteln von Syntax & Inhalt & Formen unserer Sprache . . . ,

den ich später als Kommentar zu einer Aussage im Frühwerk von Ludwig Wittgenstein identifizieren sollte.

Vielleicht sprach Vernor Matheius ja durch den Pulsschlag in meinen Ohren zu mir, vielleicht aber auch nicht, vielleicht bedeutete er mir, mir beim Ausziehen meiner Jacke behilflich sein zu wollen, vielleicht aber auch nicht, vielleicht nestelte er an seiner Schaffelljacke, die seine große, schlaksige Gestalt umhüllte wie eine schützende Rüstung, vielleicht aber auch nicht. *Er wird mich anfassen. Jetzt geschieht es.* Nervös begann er an einer Jalousie zu zerren, und das zerschlissene Material gab nach; »Scheiße!«, murmelte er, und das Wort, dieser mechanisch ausgestoßene geistlose Kraftausdruck hörte sich an wie von einem anderen gesprochen, nicht von Vernor Matheius ausdrucksvoller Stimme. So als stünde hier ein anderer, gewöhnlicherer und daher praktischer veranlagter Mann als Vernor Matheius und fluchte über eine kaputte Jalousie. Ich hatte es aber nicht genau gehört, oder hatte es gehört, aber nicht bewusst wahrgenommen, mit pochendem Herzen las ich zum zweiten Mal die auf strahlend weißem Papier getippte rätselhafte Passage, als enthielte sie eine allein an mich gerichtete geheime, verschlüsselte Botschaft, deren Sinn sich womöglich nicht einmal ihrem Verfasser ganz erschlossen hatte. In dem Moment wurde mir klar, dass ich Vernor Matheius hatte atmen hören. Ein Atmen, das wie Keuchen war. Wie das Keuchen eines Hundes. Und ich roch seine Unruhe, die heiße Angst, die von seinem Körper aufstieg. »Warum bist du mit mir hierher gekommen?«, gesprochen von einer groben, harten, sehr männlichen Stimme, die wie Sandpapier klang, das über raues, splittriges Holz gleitet, einer ängstlichen Stimme, einer verächtlichen

Stimme, nicht von der musikalischen, verführerischen Stimme des Hörsaals, nicht der Stimme von Logik, Vernunft, Gewissheit, Ironie, nicht der Stimme von Vernor Matheius, wie ich sie in meinen Träumen vernommen hatte, sondern der Stimme eines Fremden, eines x-beliebigen Menschen. Sprachlos sah ich ihn an, er runzelte die Stirn so stark, dass die Brille auf seiner Nase verrutschte und ich die Augen hinter seinen Brillengläsern nicht mehr sah, sondern nur noch das darin gespiegelte Licht. (Kaum hatten wir das Zimmer betreten, da hatte Vernor schon eine Deckenlampe eingeschaltet, die Schatten über unsere Gesichter warf, entsetzt blickten wir einander aus tief in den Schädeln liegenden umschatteten Augenhöhlen an.) »Schau, Anellia«, sagte er, »du möchtest es doch gar nicht, und ich möchte es auch nicht.« Wir waren beide noch in Straßenkleidung, ich hatte die grüne Wildlederjacke noch nicht aufgeknöpft, und Vernors schwere Schaffelljacke wirkte noch energischer als auf der Straße. Und doch berührte er mich, schubste mich mit den Zeigefingern beider Hände sacht in Richtung Tür, schloss sie flink auf, öffnete sie, murmelte mit erstickter Stimme: »Irgendwann, ein andermal, Anellia, Wiedersehen«, und ich stand unvermittelt draußen, in einem zugigen Flur, der zur Treppe führte, stolperte blind dieselbe wacklige Stiege hinunter, die nur wenige Minuten zuvor ein anderes Mädchen kühn, zitternd erstiegen hatte. Ich wusste nicht, was und warum, wusste nicht, ob ich tief verletzt oder in Wahrheit erleichtert war, gerettet wie jemand, der aus einem reißenden Fluss gezogen worden ist und kraftlos, erschöpft und benommen am sicheren Ufer liegt: Gerettet. *Es ist noch nicht passiert.*

12

Er hat Anellia zu mir gesagt, hat sich meinen Namen gemerkt.

Von Vernor Matheius Tür verjagt wie ein streunender Hund, und trotzdem hatte ich nicht die moralische Kraft, mich von ihm fern zu halten. Je heftiger er mich wegschob – *du willst das doch gar nicht!* –, desto heftiger zog es mich zu ihm hin. Ich konnte an niemand anders denken. Ich wollte an niemand anders denken. In meiner fiebrigen Sehnsucht fühlte ich den zornigen Druck seiner Finger auf meinem Arm, sah das hochmütige dunkle Gesicht, den verärgerten, beunruhigten Blick. *Nicht, Anellia, du willst das doch gar nicht.*

Es war eine Bitte. Es war ein Befehl. War eine Anweisung, an sich selbst und an mich. Und zwar nicht aus Prinzip, sondern instinktiv.

Dann begann ich, wie in der Logik, die Wahrscheinlichkeiten zu ermitteln: Es war möglich, jedenfalls war es nicht unmöglich, dass Vernor Matheius mich eines Tages doch liebte.

Oder mir gestattete, ihn zu lieben.

»Anellia« – ein rätselhaft klingender Name, der mir spontan über die Lippen gekommen war, als hätte Vernor Matheius mich so genannt und nicht ich mich selbst.

Denn jeder, der dich liebt, erfindet dich neu. Gibt dir einen neuen Namen. Der alte wird vollkommen ausgelöscht. Zum Verstummen gebracht.

Mein eigentlicher Name war so alltäglich, so gewöhnlich, dass ich zu fürchten begann, er klinge, laut ausgesprochen, bloß komisch. Schon seit meiner Kindheit hatte ich mir gesagt: *Mit einem anderen Namen wärst du ein anderer Mensch.*

Mich beunruhigte aber, ob ich, als ich mit neunzehn meinen Geburtsnamen ablehnte, nicht unweigerlich auch meine Mutter Ida ablehnte. Sie hatte mir meinen Namen schließlich gegeben.

»Anellia« – komischer Name. Noch nie gehört.

Tja. Du kanntest mich bisher ja auch nicht.

Ich ging nicht mehr in die Chambers Street, sondern schlau, wie ich war, in das schmuddelig-romantische Café. Dort, in den Wolken aus Zigarettenrauch und Kaffeedünsten, trug ich die grüne Wildlederjacke mit ihrem überlebten Glamour, den hauchdünnen, perlweißen Schal. Ich hatte mir das Haar frisch gewaschen und so lange gekämmt, bis es glänzte, meine schmalen spröden Lippen waren durch den grellroten Lippenstift wie verwandelt. Ich war nicht ich, sondern Anellia, die die Blicke Fremder auf sich zog. Anellia war eine hübsche Studentin mit einem schmeichelhaften Interesse am Schachspiel: »Oh, nein, ich spiele nicht! Ich sehe nur gern guten Spielern zu.« Wie es der Zufall wollte, spielte Vernor Matheius eine Partie mit einem niederländischen Chemiker, mit dem er sich (nahm ich an) oft zum Schach im Café traf, und so konnte er, wenn er es wollte, genauso über mich hinwegsehen wie ich über ihn. Ein junger Mann freundete sich mit mir an, brachte mir Kaffee mit, offerierte mir eine Zigarette; leise tuschelnd bewunderten wir einige Schachspieler. Als der junge Mann Vernors Namen erwähnte, fragte ich unschuldig: »Wer ist das?«, und mein neuer Freund sagte: »Ein Philosophiestudent, Doktorand, angeblich ein brillanter Kopf, aber …«, begleitet von einer nicht ganz eindeutigen Geste, die was besagen sollte? Dass Vernor zu brillant war oder nur den Eindruck erweckte, brillant zu sein? Dass er in gewisser Hinsicht exzentrisch war? Wenn man fast überall, wo man sich befindet, der einzige Dunkelhäutige ist, und dann so tut, als sei das nicht für jedermann erkennbar, das erfordert schon eine gehörige Portion Selbstbehauptung, die allerdings mit Exzentrik verwechselt werden kann. Und so sagte ich spielerisch-frotzelnd zu meinem neuen Bekannten, wie Anellia es gesagt haben könnte: »Egal, jedenfalls ist er wunderschön.«

Fast alle in dem Café rauchten. Es war die Zeit, in der man rauchte, war die Zeit träumerischer Rauchwolken. Auf vergrößerten Fotos blickten unsere Helden, die Aushängeschilder des »französischen Existenzialismus«, unsere säkularen Heiligen Camus, Sartre, de Beauvoir von den Wänden des Cafés durch die romantisch wabernden Rauchwolken auf uns herab, Zigaretten in den Händen oder im Mundwinkel klemmend. Ich brachte das nicht fertig, verabscheute Tabak, die Vorstellung, mir die Lungen zu verunreinigen, erfüllte mich mit Ekel, wusste ich doch mit der Gewissheit der Fatalistin, dass meine Lungen empfindlicher waren als die anderer, zäherer Menschen als ich. Trotzdem war ich nicht unempfänglich für die Erotik des Rauchens. Einen billigen Leinwandglamour hatte es schon, ich musste es zugeben. Vernor Matheius zündete sich eine Zigarette an, abgelenkt von einem Zug, den sein Gegner gerade gemacht hatte. Er zog vor Konzentration die Stirn in Falten, kniff die Augen zusammen, löschte, lässig mit der Hand wedelnd, das brennende Streichholz und warf es in Richtung eines Aschenbechers; ich sah im Geiste meinen Vater endlos seine Zigaretten rauchen, sah meinen unglücklichen, betrunkenen Vater zu einer Lampe an der Decke des alten Bauernhauses hinaufblinzeln und töricht grinsen. Einmal hatte er es geschafft, sich in dieser seltsamen Haltung selbst zu fotografieren, hatte den Auslöser der alten Kamera, einer Brownie Hawkeye, so eingestellt, dass es nach drei Sekunden klickte. Warum diese komische Pose, für wen war dieser Schnappschuss gedacht? *Zeugte er von einem Menschen, den ich nicht gekannt hatte?* Vor meinem Weggang ans College hatte ich heimlich einmal in den Erinnerungsstücken meiner Großmutter gestöbert und nach weiteren Zeugnissen meines verlorenen Vaters gesucht, aber nichts gefunden, was ich nicht schon viele Male gesehen hatte. Ich überlegte, ob Vernor Matheius Recht hatte mit seiner Behauptung, dass wir keine persönliche Identität haben, weil wir keine persönliche Geschichte haben, dass alles »Persönliche« abgestreift, abgelehnt werden muss. Während ich hier insgeheim Vernor zusah, fiel mir auf, dass seine Gesichtszüge schärfer, härter waren als in meiner Erinnerung. Die Gläser seiner Schuljungenbrille funkelten vor böser Intelligenz. Abermals spürte ich mit leichter Benommenheit den Druck seiner Finger auf meinem Arm. *Ich bin die Einzige von diesen Leuten, die er berührt hat. Nur mich hat er vertraulich berührt.*

Naiv betete ich, Vernor Matheius möge seine Schachpartie gewinnen, denn: *Wenn er gewinnt, sieht er begeistert hoch und ist mit sich zufrieden, dann sieht er mich und lächelt, und in dem Moment wird Anellia aufgefordert, teilzuhaben an diesem Glück.* Wenn er verlor, würde er, wie ich zu wissen meinte, mürrisch lächelnd ein paar Worte zu seinem niederländischen Schachpartner sagen, ihn für sein Spiel loben, seines verächtlich abtun und einfach gehen, ohne jemanden anzusehen. Dann würde er von Anellia keine Notiz nehmen, oder sie wäre, falls doch, ein Grund mehr, dass er sich selbst verachtete und floh. Doch Vernor und sein stämmiger Gegner waren beide so gute Spieler, dass die Partie kein Ende nahm. Beide hatten zwar nur noch wenige Figuren, überlegten vor ihren Zügen jedoch minutenlang, und ich musste Viertel vor elf gehen. Hinterher konnte ich gar nicht glauben, dass ich zweieinhalb Stunden meines Lebens in dem Café vergeudet hatte wie eine kleine, dünne, schwach leuchtende Kerze, übersehen und unbemerkt. Wenn es eines Beweises dafür bedurft hätte, dass mein Verstand mich im Stich ließ, so war das einer, und trotzdem bedauerte ich bloß, dass ich das Ende der Partie, die für Vernor Matheius ja gut ausgehen konnte, nicht mit eigenen Augen würde sehen können.

»Vernor, gute Nacht.«

Diese Worte wagte ich aber doch zu flüstern, gerade so laut, dass Vernor Matheius sie hören konnte, wenn er sie hören wollte, oder sie überhören konnte, wenn er sie überhören wollte, und als ich zur Tür ging, sah ich, dass er aufblickte und mir nachsah, zwar mit finsterer Miene und ohne zu lächeln oder mich zu erkennen, aber auch nicht verärgert oder ablehnend.

Atemlos vor Aufregung rannte ich in mein Wohnheim.

Er hasst mich nicht. Eines Tages wird er mich lieben.

Das Drama solcher sich plötzlich eröffnenden Aussichten. Die undurchsichtige Welt reißt unerwartet an einer Stelle auf, und durch die Lücke übergießt uns die leuchtende, blendende Sonne mit Wärme.

In der Universitätsbibliothek beobachtete ich Vernor Matheius oft aus diskreter Entfernung. Wo so viel Geschäftigkeit herrscht, kann man leicht andere beobachten, ohne Risiko oder ohne großes Risiko. Ich hatte ja viele Gründe, die Ebene drei zu durchstreifen, wo die Werke aus den Sachgebieten Philosophie, Religion und Theologie standen. Schon bevor ich Vernor Matheius kannte, hatte ich stundenlang in einem überfüllten kleinen Leseraum, in dem nur ein langer, schmutziger Tisch und ein halbes Dutzend Stühle standen, in philosophischen Zeitschriften gelesen. Dort saßen in der Regel die graduierten Philosophiestudenten. Man erkannte sie sofort: Manche waren älter, abgekämpft, bärtig, wurden schon grau, als seien sie schon lange, seit Jahrzehnten, Jahrhunderten, auf der Suche nach der Wahrheit, die Gesichter gefurcht wie Erde in der Trockenzeit. Ich fand nichts aufregender als Zeitschriften aufzuschlagen, in denen ethische, philosophische und metaphysische Fragen abgehandelt wurden, selbst eine Publikation von Thomas von Aquin faszinierte mich. Nachdem ich mich in Vernor Matheius verliebt hatte, verlockte mich der Zeitschriftenleseraum allerdings nicht mehr so stark. Vernor Matheius nahe zu sein war jetzt aufregend genug, ich wusste auch, welcher Tisch aus der Reihe von fünfzehn gleichartigen, für die graduierten Studenten reservierten, ihm zugeteilt war. An diesem entscheidenden Abend trug ich einen blassgelben Angorapullover und einen karierten Faltenrock, der mir um die Hüften rutschte, so sehr war er mir zu weit. Trotzdem war er (fand ich) schick – andere hätten wohl adrett gesagt. Ich glaubte, attraktiv zu sein, und die Spiegel versicherten mir, dass mein immer leicht fiebriges Gesicht zu einem attraktiven Frauengesicht geworden war. Zwar hatte ich mir die Haare seit Tagen nicht gewaschen, aber ich hatte es so provozierend gekämmt, wie es mir meine Kappa-Kommilitoninnen einst beigebracht hatten. Ich hatte auch meinen Gesichtsausdruck verändert und stellte eine ernste Miene zur Schau, weder frömmelnd düster noch aufreizend fröhlich. Als hätte eine besänftigende Stimme mir versichert: *Du bist es wert, geliebt zu werden, du bist weder ein Clown noch eine Närrin, du wühlst nicht im Müll herum und bietest dich diesem Mann auch nicht schamlos an wie eine Hure, ohne eigentlich zu wissen, wie man das macht.* Dreizehn Tage war es her, dass Vernor Matheius mit mir in seine Wohnung gegangen war und mich binnen fünf Minuten wieder weggeschickt hatte. Dreizehn Tage der Scham, Reue, Demütigung und Hoffnung, einer Hoffnung, erfleht wie ein geprügelter Hund, der vor Lust winselt, wenn sein Herrchen nur da ist. Dreizehn Tage lang war ich in einem Bett aufgewacht, schmal wie ein Sarg, manchmal so erschöpft und mit so schwerem Herzen, dass ich mich kaum erheben konnte, andere Tage aber wieder so erfrischt und so manisch, dass mein Puls raste. *Er macht mich so glücklich. Nur weil es ihn gibt, gibt es mich auch.* In diesem Zustand extremer nervlicher Anspannung konnte ich schreiben; die äußere Schicht meiner Haut war abgeschält, mich schmerzte jetzt sogar die über mich hinwegstreichende Luft und hielt mich wach.

Eines Tages sollte ich die Fieberträume dieser Zeit in den formalistischen Prosastücken verarbeiten, das mein erstes Buch werden sollte, damals noch so fern wie eine viele Lichtjahre entfernte Galaxie.

Ich ging zwischen den Lesetischen entlang. Da, Vernor Matheius Platz. Doch als Vernor zu mir aufblickte, war es, als hätte ich gar nicht damit gerechnet, ihn zu sehen. Ich, in meinen adretten Sachen und mit rosa Lippenstift, lächelte ihn erst an, als er mich anlächelte. Das Lächeln sprang zwischen uns über wie ein Funke.

Seine Stimme war leise, knirschte ein wenig. »Anellia – du? Was tust du so spät hier?«

Seine Augen mit den wunderschönen, unnatürlich großen Wimpern schauten ganz offen, blitzten angestrengt hinter der Schuljungenbrille, als träten die Pupillen aus den Augenhöhlen hervor. Ihm war anscheinend klar (oder?), dass ich ihn gesucht hatte, und trotzdem schickte er mich nicht weg, sagte nichts Abweisendes, und ich dachte leichtfertig: *Er erbarmt sich meiner, weil ich ihn so brauche.* Wie das Herrchen doch noch innehält und seinem Hund den Fußtritt nicht verpasst, weil er in den schimmernden Hundeaugen eine Liebes- und Leidensfähigkeit entdeckt, größer als der Wunsch des Herrchens, Schmerz zuzufügen. Ich sah, wie Vernor den karierten Faltenrock betrachtete, einst der Besitz eines amerikanischen Mädchens, das von seinen Eltern so geliebt worden war, dass sie es mit Geschenken überhäuften. Ich sah, wie Vernor den Angorapullover betrachtete, der meine schmale Brust eng umschloss wie ein Kinderpulli, was er vielleicht auch gewesen war. Glücklich lächelnd: *Hier bin ich! Lass mich dich lieben!, weis mich nicht zurück!, sonst sterbe ich,* erzählte ich Vernor Matheius mit ruhiger Stimme, dass ich oft hier arbeitete, dass dies mein Lieblingsort in der Bibliothek sei, seit ich ihn im ersten Studienjahr entdeckt hatte.

»Vor allem der Zeitschriftenraum. Kaum war ich das erste Mal hier reingegangen und hatte, ich glaube, es war das *Journal of Metaphysics*, gesehen, da wusste ich, hier gehöre ich hin.«

Vernor lachte. Er hatte keinen Grund, an meinen Worten zu zweifeln, tat aber so, als zweifele er doch daran. Er klappte das dicke Buch zu, das er las, einen Kommentar zu Wittgensteins *Tractatus logico-philosophicus*, und schob es zur Seite.

13

»Es ist spät, ich bring dich«, sagte Vernor. Und fügte als Information hinzu: »Heim, zu dir.«

»Das ist nicht ›bei mir‹. Ich wohne bloß dort.«

»Überall wohnt man bloß. Das ist das Wesentliche daran.«

Wir verließen gemeinsam die Bibliothek. Ein nasskalter Wind wehte uns entgegen. Kein Wind für Gefühle. Kein Wind für Liebe. Dieser Wind kam mir gelegen, er weckte in Vernor Matheius Beschützerinstinkte. Er sah mich fragend von der Seite an, neugierig. Berührte mich aber nicht.

Theoreme fielen mir ein, ein Schwall von Wörtern, Bemerkungen, die Vernor zum Lächeln oder zum Lachen bringen konnten. Doch meine Kehle war wie zugeschnürt. Mein Herz klopfte so schnell wie manchmal im Schlaf.

Ich hatte Wittgenstein gelesen. Es gibt keine philosophischen Probleme, nur sprachliche Missverständnisse. Stimmte das? Falls ja, warum musste dann so ausführlich darüber geschrieben werden? Ich konnte nachvollziehen, warum Vernor eine solche Philosophie reizvoll fand. Die spartanisch war, rigoros. Kaum zu überbieten in ihrer Skepsis. Obwohl: Philosophen sollten immer skeptisch sein. (Das ist sonst ja niemand: Die meisten Menschen sind gläubig wie große Kinder, bereit, an jeder Brust zu nuckeln, die ihnen hingehalten wird.) In Gegenwart eines Mannes wie Vernor Matheius war es das Klügste, nur wenig zu sprechen. Man merkte ihm an, dass er nur eine Frau lieben konnte, die wenig sprach, denn durch Sprechen werden wir verletzlich, exponieren wir uns. Am Schweigen gefiel ihm, dass er es nach Lust und Laune brechen konnte. Nach langer Pause sagte er: »Du bist ein komisches Mädchen, Anellia. Aber das weißt du ja. Sag mir nur eins: Was willst du?«

»Was ich will? Vom Leben? Oder ...«

»Nein. Von mir.«

Da. Es war heraus.

Sexuelle Anspielungen, Frotzeln – das gab es bei uns nicht. Obwohl (ich registrierte es ja, hilflos) der Mann seinen Körper stolz vorführte, ungezwungen, mit leicht schräg gehaltenem Kopf. Vernor begann wieder leise zu pfeifen, es war klar, dass sich Ältere damit herrlich provozieren ließen. Dazu vielleicht noch ein Augenrollen. Die großen weißen Kulleraugen eines Negers. Die Stirn unter der handgestrickten, tief ins Gesicht gezogenen Mütze war gefurcht. Der Untertitel zu seinem Gesicht könnte lauten: STECKBRIEFLICH GESUCHT.

Ich war überrascht. Konnte es aber nicht zeigen. Ich nahm mir vor, meine Besessenheit von diesem Mann zu ergründen wie ein Problem: ein intellektuelles Problem, das uns beide faszinierte. Wir studierten schließlich Philosophie, hatten uns beide der Suche nach der Wahrheit verschrieben, wollten aufräumen mit Legenden und Ausflüchten. Was ist Philosophie, wenn nicht das unablässige Erfinden und »Lösen« von Problemen? Mir war klar, dass Vernor Matheius eigentlich fragte: *Was willst du von mir, was glaubst du von mir kriegen zu können? Und was glaubst du umgekehrt mir geben zu können?*

Dem Kalender nach war es Anfang April. Doch stellenweise lagen noch schmutzige Schneereste, die wie Styropor aussahen.

Wir gingen, den Kopf zum Schutz vor dem Wind gesenkt, gingen schweigend. Vernor Matheius hatte mir eine Frage gestellt, die ich nicht oberflächlich beantworten wollte. Genau genommen war ich sogar um eine Antwort verlegen. Vernors Pfeifen war beides, kameradschaftlich und das Mittel, Distanz zu wahren. Der Wind umtoste uns wie sich überschlagende Gedanken. Ich musste lächeln, als mir einfiel, dass der potenzielle Angreifer aus dem Park sein Bild von mir würde ändern müssen, wenn er mich jetzt sah. Und die Kappas, wie wäre es mit denen?

Ohne mich zu fragen und ohne selbst etwas zu sagen, steuerte Vernor Matheius mit mir eine Kneipe in der Allen Street an, die Downy's hieß. War das sein Ernst? Würden wir zusammen in diese laute, überfüllte Campus-Kneipe gehen – wie ein Paar? Vernor Matheius einen Kopf größer als diese kleine zierliche Weiße an seiner Seite? In der verräucherten Kneipe fielen wir sofort auf, es war nicht zu übersehen, dass einige Gäste ihre Aufmerksamkeit auf uns richteten, es war ein Reflex, geschah instinktiv, war nichts Persönliches. Und natürlich nahm Vernor Matheius keine Notiz davon. Er war es gewöhnt, gesehen, womöglich sogar angestarrt zu werden. War es gewöhnt, *sichtbar* zu sein.

Er lotste mich in den hinteren Teil des Raums. An einen kleinen Tisch in einer Ecke. An den holzgetäfelten Wänden hingen orangefarbene Syracuse-Fähnchen und laminierte Zeitungsseiten: DIE SYRACUSE WARRIORS HEIZEN CORNELL EIN. Ich war noch nie in dieser bei den Kappas sehr beliebten Kneipe gewesen, und als Vernor zum Tresen ging, um Getränke für uns zu holen, sah ich, dass ich beobachtet wurde, dass die Blicke mehrerer Kappas, die mit ihren Freunden hier waren, über mich hinweggingen. *Oh, mein Gott. Seht mal. Mit wem die hier ist.* Trotz regte sich in mir, das Gefühl, mich rechtfertigen zu müssen. Sie hatten gewusst, dass ich schlimm war, und das war der Beweis.

Vernor Matheius kam schließlich mit zwei Glas Bier wieder. Er hatte am Tresen warten müssen, die Kneipe war voll. Schließlich wurde er aber doch bedient. Und kam zu unserem Tisch zurück. Mein erster Schluck Bier – als hätte ich mir den Mund verbrüht. Der feuchte bittere Geruch. Ich dachte an meinen verschwundenen Vater. Ihm war der Alkohol ein süßes Gift gewesen. Vernor Matheius trank und lachte, seine großen weißen Zähne blitzten: »Weißt du, woran ich bei dieser Kneipe immer denken muss?« Ich schüttelte den Kopf, beugte mich nach vorn, um ihn besser zu hören. Der Tisch unter meinen Ellbogen war aus Holz, zwei groben dunklen, matt schimmernden Brettern, über und über bedeckt mit eingeschnitzten Initialen, mit Tinte geschriebenen Sprüchen und Brandlöchern. »An Schopenhauer. Der Wille. Der Triumph des Willens.« Er wies auf den vollen Raum, auf den Rauchschleier, durch den schrille Stimmen und Gelächter drangen. Ich sagte zerknirscht, ich wisse nicht viel über Schopenhauer, und Vernor Matheius zuckte mit den Achseln, als überrasche ihn das gar nicht. Er war der geborene Lehrer oder Prediger. Hatte er nicht gesagt, er habe ein Priesterseminar besucht? Er begann über Schopenhauer und dessen »Streit« mit dem anderen Philosophen zu erzählen, der lehrte, dass das Individuum bloß eine Erscheinung war und nicht das Ding an sich, trotzdem musste er Schopenhauer beipflichten, dass der Mensch beim Kampf, beim Sex, in der Fortpflanzung nur die Gattung nachäffe – »Der unaufgeklärte Mensch«, heißt das. Mit vierundzwanzig hatte die Philosophie ihm die Augen geöffnet, wie ein Skalpell, wie ein Eispickel, sie war das chirurgische Instrument, mit dem man Probleme analysieren, gliedern, krankes Gewebe ausschneiden und verstehen kann. Ich lauschte fasziniert. Ich hatte noch nie jemanden so leidenschaftlich sprechen hören. Und zwar zu *mir*. Wäre ich nicht schon in Vernor Matheius verliebt gewesen, dann hätte ich mich jetzt, binnen weniger Minuten, in ihn verliebt. Ich war ihm ganz verfallen, war gebannt von seiner Stimme, seiner Intelligenz, der Klarheit seiner Überzeugung, ihrer Sachlichkeit.

Vernor Matheius Stimme inmitten des Kneipentumults, der um diese Stunde am größten war. Er habe sich so »nach einem geistigen Leben« gesehnt, sagte er, nach der Klarheit »furchtloser, lodernder Gedanken«, die in die Düsternis von Zeit und Geschichte hineinleuchteten. »Eher soll die ganze Welt untergehen, als dass ich einer Lüge Glauben schenke«, wie Bertrand Russell sagte, der ursprünglich Wittgensteins Mentor war, dann jedoch sein Rivale und Gegner wurde. Als Vernor verstummte, fiel mir keine Erwiderung ein, ich wollte lächeln, konnte es aber nicht, so überwältigt war ich von ihm. Ich fühlte mich wie ein Schwimmer, der sich in einen Fluss gewagt hat, ohne zu wissen, wie schnell der Grund abfällt und wie stark die Unterströmung ist. Vernor Matheius sah meine Verblüffung und sagte, es sei doch ein Witz, dass ihm, der zum Unterrichten ausgebildet worden war, die Geduld dazu fehle, zumindest bei Studenten. Er würde nicht als Lehrer enden, wenn er sich anders durchschlagen konnte. Wittgenstein zum Beispiel sei eine Zeit lang Gärtner gewesen, Handarbeit sei ein guter Ausgleich für zu viel Denken. Außerdem sei es ihm egal, wie arm er sei, er, Vernor Matheius, sei es gewohnt, arm zu sein; seine Eltern seien beide schon lange tot, seine Familie sei überall verstreut, er selber habe nicht die Absicht zu heiraten, schon gar nicht, Kinder in die Welt zu setzen. Er sei nicht im Geringsten interessiert, seine kostbaren Gene weiterzugeben oder etwa die Spezies Homo sapiens fortzusetzen. »Die kommt auch zurecht, wenn der hier keinen Beitrag leistet.«

Wie traurig, war mein erster Gedanke.

Sagte aber: »Ja, verstehe.«

Aus irgendeinem Grund lachte er, und ich hoffte, nicht über mich, und lachte mit. Vernor Matheius lachte gern, hatte aber nicht oft Anlass dazu, denn das Philosophiestudium regt nicht an zum Lachen, zur Heiterkeit. So wie der erdige Geruch des Todes in philosophischen Betrachtungen über Endlichkeit und Tod nicht vorkommt, kommt auch das Lachen nicht vor; Philosophie ist eine düstere, nüchterne Profession. *Ich werde ihm helfen zu lachen,* dachte ich. Eine Eingebung, die Folge eines Augenblick der Fröhlichkeit. Einiger zaghaft getrunkener Schlucke Bier. Dem Unterdrücken eines Würgereflexes. Ja, ich würde diesen Mann zum Lachen bringen; ich wollte keine der Frauen sein, die das Lachen eines Mannes zum Verstummen bringen, statt es zu steigern, wollte keine der Frauen sein, die das *Frausein* zu ihrem Lebensinhalt machten. Prompt sagte ich zu Vernor, was die reine Wahrheit war: Ich sei derselben Meinung, wollte auch nicht heiraten, wollte auch keine Kinder haben. (Aber stimmte das? Ida hatte geheiratet, hatte Kinder bekommen.) Vernor lachte gleichgültig und sagte, er habe noch kein »weibliches Wesen« kennen gelernt, das nicht mütterlich gewesen sei. »Im Herzen. Wenn man so weit vordringen kann. Oder weiter südlich.«

Aufgeregt sagte ich: »Es gibt Ausnahmen.«

»Ausnahmen bestätigen die Regel nicht. Sie widerlegen sie nur.«

Ich konnte ihm nicht folgen, hob unsicher lächelnd mein Glas. Vernor trank seins aus, ging sich ein neues Bier holen. Ich saß da, dachte benommen über seine Worte nach. Hatte er mich gelobt? War ich für ihn eine Ausnahme?

Ein Paar, von jetzt ab. Als solches wahrgenommen.

Mich schmerzte die Erinnerung daran, dass meine Kommilitoninnen im Kappa-Haus immer nur »Nigger« gesagt hatten. Nicht aus Gemeinheit oder Boshaftigkeit, sondern ganz sachlich. Einer der jungen Männer, die dort als Bedienungshilfen gearbeitet hatten, war ein Neger, für sie also ein »Nigger«. Mädchen bestimmter Kategorien waren bei christlichen Verbindungen automatisch ausgeschlossen: »Nigger«, »Juden«.

Ich, nur zum Teil Jüdin, kam rein.

Und da war Vernor Matheius. *Ich bin, wer ich bin, ihr legt mich nicht fest mit eurer Sprache, keiner von euch.*

Als er an den Tisch zurückkam, schlug Vernor einen ganz

anderen Ton an, als habe er vom Tresen in meine Richtung geschaut und als habe ihm der Anblick missfallen. Auf einmal war er feindselig, wollte wieder wissen, was ich von ihm wollte, was ich mir einbilde, ihm nachzulaufen – »Hey, red dich nicht raus. Du läufst mir nach.« Mir stieg die Hitze ins Gesicht, ich konnte mich nicht rechtfertigen, konnte nicht sagen, dass er mich anzog, dass es nicht mein eigener Wille war, hingezogen zu werden. Ich konnte nicht sagen: *Aber ich hatte mich schon in deine Stimme, in dein Denken verliebt, bevor ich dich überhaupt sah.* Denn das wäre anmaßend gewesen, er hätte nur verächtlich gelacht. Er blickte mich finster an. Das sollte vielleicht besagen, ich sei naiv. Unerfahren. Zu vertrauensselig. »Manche Männer würden dich ausnutzen, das ist dir ja wohl klar, Anellia, so gescheit, wie du bist.« Ich vernahm es, war entzückt davon, wie *Anellia* aus Vernor Matheius Mund klang, hatte dieser Aussage nichts entgegenzusetzen, denn es war eine Aussage, die sich nicht widerlegen ließ. Es gefiel mir, dass ich mir selbst als Problem präsentiert wurde, das gelöst werden musste. Mein Gesicht brannte vor Verlegenheit und Freude, es war wie früher das gutmütige Hänseln meiner Brüder, ganz genauso; dass ich überhaupt wahrgenommen wurde, gab mir einen Kick. Ich war dankbar für das geistlose fröhliche Gelächter in dem lauten Downy's. Ausgeschlossen, das mit meiner Stimme zu übertönen. Schüchtern lächelte ich Vernor Matheius an. *Ja, aber ich liebe dich. Das ist das Problem, auf das sich alle anderen Probleme zurückführen lassen.* Als hätte er meine Gedanken gehört, schaute Vernor wieder finster. Er nahm seine Brille ab und putzte die Gläser mit einem Taschentuch. Sein Gesicht auf einmal so nahe, ich sah ganz perplex die Fältchen in der öligen dunklen Haut unter den Augen, die tief liegenden Augenhöhlen, die Wimpern, lang wie die eines Kindes, die auffällig breite Nase, die (dachte ich, ohne zu denken) in einem weißen Gesicht wie entstellt gewirkt hätte. Als Vernor Matheius die Brille wieder aufsetzte und die Drahtbügel hinter die Ohren klemmte, sah es wieder aus, als blicke er finster, nehme er mich deutlicher wahr.

Wortlos stand er auf. Ich folgte ihm sofort.

Nicht wissend, was mich als Nächstes erwartete, folgte ich Vernor zur Tür, während er sich die Jacke überstreifte und die Wollmütze ins Gesicht zog. Mir half er nicht in den Mantel, nicht aus Grobheit (da war ich sicher), sondern weil er nicht daran gedacht hatte. Es war Zeit, dass wir gingen, ergo war es Zeit, dass wir gingen. Der eigentliche Vorgang, uns den Weg durch die Menschen bis zur Tür zu bahnen und hinauszugehen, war zweitrangig.

An der Tür aber fiel ich ihm wieder ein; er blieb stehen und ließ mir den Vortritt. Abermals spürte ich seine Finger leicht auf meiner Schulter, fühlte vage, dass er mich antrieb, ungeduldig mit mir war. Damals kam ich noch nicht auf den Gedanken: *Das ist eine Geste, mit der er mich öffentlich als seinen Besitz vorführt. Auch wenn gar niemand hersieht. Dabei möchte mich Vernor Matheius gar nicht haben, weder sexuell noch auf irgendeine andere Weise, er möchte nur seinen Anspruch öffentlich bekunden, durch eine Besitzergeste.* Ich spürte die uns folgenden missbilligenden Blicke und trat lachend hinaus in die Kälte, in einen feuchten Wind, der einem ins Gesicht schlug, wenn man ein bisschen benommen war, fröhlich. Ich hatte damit gerechnet, dass sich Vernor Matheius in der Allen Street von mir verabschieden würde, doch er begleitete mich bis zu meinem noch einige Blocks entfernten Wohnheim, einem alten Ziegelbau, so nichtssagend wie ein alter Schuh. Wir wechselten kein Wort, mir fiel nichts Vernünftiges ein, was ich hätte sagen können oder mich zu sagen hätte trauen wollen, und Vernor Matheius schien ebenfalls um Worte verlegen zu sein, denn es gibt Probleme, so verzwickt, dass sie womöglich unlösbar sind. Vor dem beleuchteten Eingang zu Norwood Hall sagte er schließlich: »Ich komm nicht mit rein. Ich sag hier Gute Nacht. Du sollst nur wissen, Anellia, ganz neu bist du mir nicht.« Er lächelte über meine perplexe Miene. »Ganz n-neu? Wieso?« »Ich hab dich mal gesehen«, sagte er ausweichend. »Ist schon eine Weile her. Du hast im Abfall hinter der Bäckerei in der Mohawk herumgewühlt.« Vernor lachte über meine Bestürzung. Wie lange er schon überlegt hatte, ob er mir das sagen sollte, die Frage kam mir erst später. Mir brannte das Gesicht vor Scham, ich konnte mich nicht rechtfertigen.

»Ich hoffe, du wühlst nicht bei mir herum.«

Vernor ging. Er wusste, dass ich entsetzt stehen bleiben und ihm nachsehen würde. Andere Mädchen gingen mit ihren Begleitern an mir vorbei, ich nahm sie gar nicht wahr. Dort überquerte Vernor Matheius in seiner Schaffelljacke mit großen Schritten die Straße, ging von mir fort, ohne sich umzudrehen und nachzuschauen, wie ich ihm nachsah.

Ja, aber ich liebe dich, ich schäme mich für gar nichts.

14

Mit vierzehn wollte ich unabhängig sein, Geld verdienen. Damit ich wie meine Brüder sagen konnte, *ich arbeite, ich habe einen Job*. Wenn mein Vater anrief und mit mir sprechen wollte, hätte ich ihm von *meiner Arbeit, meinem Job* erzählen können. Die Arbeit auf der Farm und im Haus meiner Großmutter zählte nicht, ich bekam dafür weder Geld noch das bisschen Respekt, das Geldverdienen einem einbringt. Daher half ich in Strykersville einigen, nach den dortigen Maßstäben wohlhabenden Frauen im Haushalt. Es waren anstrengende Jobs, oft ganztags, die mir eine ebenfalls in unserem Ort lebende Großtante meines Vaters herablassend und aus Mitleid mit unserer dezimierten Familie verschaffte. Eine der Frauen, für die ich eines Samstags im Juni vor Beginn der Sommerferien arbeitete, war Mrs Farley, die Frau des Arztes. Bei ihr ging ich mit Staubsauger, Besen und Mopp durch das ganze Sieben-Zimmer-Haus, einen Bau im Kolonialstil. Die Farleys wohnten in der Myrtle Street, der renommiertesten Straße von Strykersville. In diesen Häusern war ich noch nie gewesen, und jetzt klopfte mein Herz vor Beklommenheit, aber auch vor Bewunderung und Neid. Einige meiner Mitschüler wohnten in diesem Viertel, aber ich hatte mich noch nie so deutlich wie jetzt gefragt, was es wohl für einen selbst bedeuten mochte, hier zu wohnen, *als gebe es ein Recht darauf, hier zu wohnen.*

Dass sie in der Myrtle Street wohnte, trug Mrs Farley mit stolzgeschwellter Brust zur Schau wie eine Henne ihre Brustfedern.

Während ich im Haus arbeitete, sah ich den *Gärtner* der Farleys draußen arbeiten. Genau genommen war es kein Gärtner, sondern ein Neger von etwa fünfzig Jahren, der einen Buckel hatte und kaffeebraun war wie Joe Louis. Der Mann hatte auch etwas von der vorsichtigen, wachsamen Art eines Boxers, zog beim Gehen immer die Schultern leicht hoch, als sei ihm wie Louis die Selbstverteidigung in Fleisch und Blut übergegangen. Ich sah ihn aus der Küche, ich sah ihn aus dem oberen Stock, aus dem Waschhaus und von der Hintertür; er grub Mrs Farleys Blumenbeete um und jätete Unkraut, sah mich aber nicht, schaute kein einziges Mal zum Haus, arbeitete in der Sonne, ganz bei sich wie jemand, dem bewusst ist, dass man nicht ihn sehen wird, wenn man flüchtig hinschaut, sondern bloß den Gärtner.

Mrs Farley war eine nörgelige, wachsame Arbeitgeberin. Schon frühere Putzhilfen hatten es ihr nicht recht machen können, und sie würde, das wusste sie bereits, auch mit mir nicht zufrieden sein. Sie hatte Angst, dass ich ein Stück ihres Wedgewood-Services oder ein Porzellanfigürchen zerbrechen könnte, schaute mit wütender Miene zu, als ich, bereits eingestaubt, im Wohnzimmer saß und gelangweilt Silber polierte, Besteck, Kerzenhalter, lächerliche kleine Sahnekännchen und Zuckerdöschen, *Erbstücke*, wie Mrs Farley stolz berichtete. Wie gut hätte sie mit ihrer Begeisterung für derlei Dinge zu Mrs Thayer gepasst! Trotzdem hatte ich nichts gegen Mrs Farley, bis zu dem Tag jedenfalls nicht, an dem ich aus ihrem schmallippigen Mund den Ausdruck *Negerfreunde* gehört hatte. Sie sagte nicht *Niggerfreunde*, das hätte eine Frau mit ihrem Dünkel niemals getan. Sie sagte *Negerfreunde*, und zwar als Kommentar zu einer Radiomeldung vom Vormittag, dass Weiße, die in Georgia einen Schwarzen ermordet hatten, von der nur aus Weißen bestehenden Jury freigesprochen worden waren, was vereinzelte Proteste von Kirchenvertretern und Politikern nach sich gezogen hatte.

Und das eben waren in Mrs Farleys Wortschatz die *Negerfreunde*. In Strykersville gab es nur wenige Neger, »ziviler Ungehorsam« war in unserem County unbekannt. In der nicht weit entfernten Stadt Buffalo hatte es vor Jahren, nach dem Zweiten Weltkrieg, »Rassenunruhen« gegeben, aber in Strykersville drohten keine Rassenkonflikte, und so sagte Mrs Farley in leicht verwundertem Ton *Negerfreunde*, wie jemand vielleicht über einen anderen spricht, der gern in Abfall oder Müll wühlt. Wie aus der Pistole geschossen erwiderte ich, ganz die kecke Highschool-Schülerin: »Christen sollen aber doch *alle Menschen* lieben, oder, Mrs Farley?« Ihre Bemerkung hatte mir einen richtigen Stich versetzt, ein Gefühl, in meiner Erinnerung verbunden mit dem Gestank des Silberputzmittels und dem ekligen, schmierigen Gefühl der Gummihandschuhe, die ich trug, mit dem verblüfften Ausdruck von Mrs Farley, die mich mit halbem Lächeln ansah, als sei sie nicht sicher, ob ich einen Scherz machte. Sie bekam rote Flecken im Gesicht und war sichtlich gekränkt, während ich weiter wie wild einen dunkel angelaufenen Löffel bearbeitete und mir, als sie mich ansah, vorstellte, wie ich den Löffelstiel in einen Riss in der Tischplatte klemmte und den Löffel verbog und dabei die Platte des hübschen polierten Rosenholztischs kaputtmachte – doch das tat ich natürlich nicht. Ich sagte auch nichts mehr. Vielleicht hatte mich mein Mut schlagartig wieder verlassen. Mrs Farley ging hinaus, und als sie das nächste Mal das Wort an mich richtete, war sie kurz angebunden und höflich, aber kühl. Falls sie überlegt hatte, ob sie Sympathie für mich aufbringen konnte, für das arme Bauernmädchen, dem die Mutter fehlte, so war es damit vorbei. Ich hatte sie beleidigt, und womöglich hatte ich ihr auch Angst gemacht. Denn ich durfte nie wieder für fünfundachtzig Cent die Stunde das Sieben-Zimmer-Haus der Farleys in der Myrtle Street putzen.

Und darüber war ich froh. Sagte das auch der Großtante meines Vaters. Sie erwiderte verärgert, ich würde in Strykersville keine Putzjobs mehr bekommen. Mrs Farley habe nämlich verbreitet, ich arbeite schlampig und sei nachlässig und arrogant. »Sie sagt, du bist vorlaut.«

Das stimmte: Ich war vorlaut gewesen. Damit tat ich mir keinen Gefallen, und ihr hatte ich auch keinen getan.

Negerfreund. Niggerfreund. Der damals gebräuchliche Ausdruck gilt als unsagbar obszön. Genauso wie das verächtliche Wort *Schwanzlutscher*, das nur Männer und nur als Bezeichnung für andere Männer verwendeten, und zwar unter Gleichgesinnten, die einander verstanden, eben weil sie *Männer* waren und keine *Schwanzlutscher*, die nur wie Männer aussahen, aber keine richtigen waren. Eine Frau hätte man nicht als *Schwanzlutscherin* bezeichnet, obwohl das Tun (ich hatte nur eine verschwommene, mich ekelnde Vorstellung davon) nicht auf Männer beschränkt war. Würde man eine Frau *Niggerfreundin* nennen? Es liebten ja doch viele Frauen einen Neger. Mir war nicht entgangen, dass die meisten gemischtrassigen Paare aus einer weißen Frau und einem schwarzen Mann bestanden. War ich jetzt eine *Negerfreundin*, gar eine *Niggerfreundin*? Ich, für die Vernor Matheius Hautfarbe nicht wichtiger war als die Farbe seines Hemds oder die Farbe seines leuchtenden roten Schals?

15

Ungefähr eine Meile vom Campus entfernt gab es nordöstlich der Ortschaft Auburn Heights eine Oneida Creek genannte Schlucht, über die eine Brücke aus rohen Holzplanken führte. Die Brücke war ungefähr fünfzehn Meter breit, die Schlucht zehn Meter tief. Jedes Mal, wenn ich dort hinunterblickte, überkam mich ein Schwindel, der direkt von den Kanten und Spalten in dem zerklüfteten Gestein auszugehen schien. Diese Fußgängerbrücke wurde von der Stadt unterhalten und führte in ein Waldstück, in dessen Mitte ein hoher Wasserturm stand, der von der anderen Seite der Stadt auch auf einem Fahrweg zu erreichen war. Wenn ich Zeit hatte, ging ich in diesem Winter oft auf dem Berg spazieren, um meine Gedanken zu ordnen, um Vernor Matheius aus meinen Gedanken zu vertreiben, mich in Träumen von Vernor Matheius zu verlieren. Zwanghaft rief ich mir jedes Detail unserer Gespräche ins Gedächtnis und sah, in der Erinnerung noch deutlicher als in der jeweiligen Situation, jede Nuance seines Gesichts vor mir. Wenn ich aus meiner Trance dann wieder aufwachte, fand ich mich auf der Brücke wieder, umklammerte das Geländer und sah in die unter mir gähnende Schlucht. Auf dieser Fußgängerbrücke musste ich jedes Mal an zwei Menschen denken: an Vernor

Matheius und an Ida. Der Zusammenhang zwischen beiden war ein Rätsel. Der Zusammenhang zwischen beiden war der schreckliche Verlust, den ihr Tod für die Welt bedeutete: einer davon eine Möglichkeit, der andere Tatsache. An kalten Vormittagen stiegen feine Nebelschwaden aus der Schlucht auf, wie ein geheimnisvoller Atem. Diese dunstigen Säulen zu betrachten war so, als schaute man ins Leere. *Zwischen einem und keinem liegt eine Unendlichkeit.* Dies schrieb Nietzsche liebevoll über Schopenhauer. Es ist die größte Liebeserklärung und die tiefste Trauerbekundung, die ich je gelesen habe.

Im April erwachte das Flüsschen aus seiner Eisstarre. Tosendes schwarzes Wasser schoss am Grunde der Schlucht dahin wie ein wilder Blutstrom. *In diese Richtung sollte ich mich wenden*, dachte ich. *Der Zukunft zu.* Wäre ich zufällig hinabgestürzt, hätte ich gern gewusst, in welche Richtung es meinen Körper tragen würde.

16

Anstelle des verführerischen Todes – ein Wunder.

An einem schönen milden Aprilnachmittag, an dem nur ab und zu einmal ein paar Regentropfen fielen, sah ich Vernor Matheius in geringer Entfernung vor mir den unbefestigten Weg zu der Fußgängerbrücke am Oneida Creek hinaufgehen – oder bildete mir ein, ihn zu sehen. Ich war ganz durcheinander vor Aufregung, denn ich war nur zufällig hier, aber Vernor Matheius musste, falls er mich sah, ja denken, ich sei ihm nachgelaufen, oder? Dabei war ich unschuldig (oder glaubte das wenigstens). Eine Woche war es her, dass wir zusammen im Downy's waren, und ich hatte mir geschworen, dass ich den Mann nicht mehr verfolgen, ihm nicht mehr *nachlaufen* würde wie ein verknalltes Schulmädchen. Dabei war ich ein verknalltes Schulmädchen und konnte mir nicht vorstellen, dass ich jemals wieder etwas anderes sein würde, wie wir ja auch den Würgegriff des Ekels oder die Ermattung eines Fieberwahns nicht einmal durch die Vorstellung eines anderen Zustands abschütteln können. Ich hatte mir geschworen, mich nie wieder zu demütigen und Vernor Matheius zu verärgern oder in Verlegenheit zu bringen, hatte mir gesagt, ich müsse warten, bis er mich ruft oder mich anspricht, und wusste zugleich, als wäre es mein Todesurteil, dass er mich niemals rufen und niemals ansprechen würde. Zugegeben, ich war noch ein-, zweimal in das Café gegangen und hatte mit Erleichterung gesehen, dass Vernor Matheius nicht unter den Schachspielern saß. Und da ich in der Bibliothek arbeitete, hatte ich mich auch oft im zweiten Stock aufgehalten, aber – wie ein frühchristlicher Asket, der allen weltlichen Freuden entsagt – die Nähe der für die graduierten Studenten reservierten Lesetische gemieden und wusste also auch nicht, ob Vernor Matheius wirklich an seinem Tisch, dem siebten neben dem Gang, saß. Und, ja, ich wurde schwach und ging auch ein-, zweimal an dem Wohnhaus in der Chambers Street 1183 vorbei, doch nur zuzeiten, in denen Vernor Matheius unmöglich dort gewesen sein konnte, und ich blieb auch nicht stehen und sah offen zu dem Haus hin, geschweige denn, dass ich mich auf den Hof gewagt hätte. Es war also reiner Zufall, dass Vernor Matheius und ich zur selben Zeit zu der Schlucht gekommen waren. In der Gegend hatte ich ihn noch nie gesehen, und ich hatte ihm gegenüber auch nicht erwähnt, dass ich dorthin ging. (Wenn ich ein Leben außerhalb meiner ständigen Beschäftigung mit Vernor Matheius gehabt hätte, hätten weder er noch ich ein solches Detail der Erwähnung wert gefunden.) Ich sah ihn die Fußgängerbrücke betreten, sah ihn mit gespitzten Lippen pfeifen. Er trug einen zerknitterten steingrauen Sportmantel, der ihm um die Schultern sehr eng war, als sei er aus ihm herausgewachsen, und eine rostrote Hose mit Bügelfalte. Er verlangsamte seinen Schritt, als merke er gerade, wo er sich befand: hoch oben in der Luft auf einer im Wind schaukelnden Fußgängerbrücke. Er schirmte die Augen, war in die Aussicht vertieft. Weiter nördlich erhob sich ein kleiner Berg. Grauer Stein, gefurcht und gefältelt, türmte sich dort wie zu einem rätselhaften Zweck. Ich sah, wie Vernor Matheius sich an das Geländer lehnte und nach unten blickte, sich über das Geländer beugte und nach unten blickte, und es durchfuhr mich schreckhaft: *Was, wenn er hinunterstürzt?* Mit einem

Mal hatte ich Angst und trat auf die Brücke. Mir war klar, dass das ein Fehler sein, dass er denken könnte, ich sei ihm gefolgt, aber ich konnte nicht anders. Ich sagte mir, ich könnte ja hinter ihm vorbeigehen, als hätte ich ihn gar nicht bemerkt (er kehrte mir schließlich den Rücken zu, unter normalen Umständen müsste ich ihn nicht erkennen). Und wenn er mich bemerkte – oder eben nicht –, war unsere Begegnung rein zufällig. Doch mein Herz klopfte so heftig, dass die Brücke zu vibrieren schien! *Ich werde nichts sagen, Nein. Werde mich nicht zu erkennen geben.* Der Wind rüttelte uns durch, als spotte er unser. Vernor Matheius beugte sich über das Geländer und hielt seine Brille mit beiden Händen fest, als fürchte er, sie könne hinunterfallen, er würde mich gar nicht bemerken ... doch da war wohl mein Schatten über ihn hinweggestrichen, und instinktiv, reflexhaft, wie man halt auf einer zehn Meter hohen, über eine Schlucht führenden Brücke hinter sich schaut, blickte Vernor Matheius mich an – ich sah sein besorgtes Gesicht, seine gefurchte Stirn, dachte naiv: *Er traut der Welt nicht!* War noch nicht fähig zu der Einsicht: *Er traut der Welt der Weißen nicht.* Doch im Rausch des Augenblicks hatte keiner von uns Zeit für solche Überlegungen; unsere Blicke trafen sich, das Erkennen flammte in seinen Augen auf wie ein Streichholz. »Anellia. Du schon wieder.«

Der Wind fuhr mir durchs Haar. Ich zog mir eine Strähne aus dem Mund. Vernors Blick fiel auf meine Taille, meine Hüften, Beine und Knöchel und hob sich mit maskuliner Lässigkeit wieder, ruhte auf meinen Brüsten und meinem Gesicht, als hätte ich mich auf der Brücke postiert, wenige Schritte von ihm entfernt, um auf diese Weise begutachtet zu werden. Ich trug den Metallgürtel mit den Medaillons, ein geripptes schwarzes Wolloberteil mit langen, schmal auslaufenden Ärmeln und einen schwarz-lavendelfarben gemusterten Rock aus einem gecrashten indischen Stoff, der mir locker bis auf Oberschenkelmitte fiel. Ich hatte die Sachen in einem Secondhandladen gekauft, sie sahen aus wie eine

Kostümierung. »Ich – ich komm manchmal hierher. Es ist so ...« *schön* hier, wollte ich sagen, aber das natürliche, abgenutzte Wort blieb mir in der Kehle stecken. Genauso wenig brachte ich: *Ich bin dir nicht gefolgt, Vernor. Außer in Gedanken. Dafür kann ich doch nichts* heraus. Er schien sich über mich zu amüsieren. Vielleicht lehnte er mich ja nicht ab. Zwischen uns war die Erinnerung an das letzte Mal, als wir miteinander gesprochen hatten, auf dem Bürgersteig vor meinem Wohnheim. Zwischen uns stand die demütigende Erinnerung an das erste Mal, als Vernor mich gesehen hatte.

Damals wühlte ich in einer Mülltonne!

Jetzt aber lächelte Vernor, lächelte mich an, und in seinem Ausdruck lag immer noch etwas von Reserviertheit und Groll. Wir sprachen – worüber? Alltägliches. Mein Herz, das so lächerlich gehämmert hatte, begann ruhiger zu schlagen. Noch vor wenigen Augenblicken hatte ich an den Tod gedacht, doch diese Grübeleien waren auf einmal wie weggeblasen. *Zwischen einem und keinem liegt eine Unendlichkeit.*

Vielleicht dachte ich ja auch, dass ich in meiner etwas unbeholfen exzentrischen Zigeuneraufmachung wieder *hübsch* war. *Begehrt* werden würde.

Vielleicht dachte ich ja auch, dass ich die Folgen dieser Kostümierung tragen würde, was immer sie sein mochten.

Zehn Meter über dem tief im Gestein rauschenden schwarzen Blutstrom, als stünde die Zeit still.

In Vernor Matheius ging eine Veränderung vor, eine kaum merkliche, aber entscheidende Veränderung, eine Belebung, obwohl er vorsichtig blieb, sogar nervös. Der Klang seiner Stimme veränderte sich, wurde höher, als sie sonst war, seine Stirn kräuselte sich mehr als sonst beim Sprechen. An diesem Mittag hatte es vor der Kapelle der Universität eine Demonstration von Bürgerrechtlern gegeben. Die hiesigen Zeitungen verunglimpften sie zwar als das Werk von »Agitatoren, die von außerhalb stammen«, aber die *Daily Orange*, die Studentenzeitung, berichtete ausführlich und mit Sympathie darüber. An dem windigen Frühlingstag, an dem ein geisterhafter Regenbogen am blaugewaschenen Himmel stand, hatten sich auf dem Rasen Stimmen erhoben, beunruhigende Stimmen, wo sonst keine waren. Sie hatten die Studentenschaft und die Lehrkräfte gespalten, ein Teil war verärgert, der andere jedoch begeistert; einige Lehrveranstaltungen waren abgesagt worden, damit die Studenten teilnehmen konnten, die meisten jedoch fanden planmäßig statt. Ich sah mehr schwarze Gesichter, als ich an der Universität vermutet hatte, außerdem einzelne Personen, die erkennbar keine Studenten, sondern Organisatoren waren. Ich war von einem Zimmer ins andere gelaufen, als ich die Sprecher hörte, laute Stimmen, unterbrochen von Applaus und gelegentlichem Johlen und Buhen. Natürlich wusste ich von der Bürgerrechtsbewegung im Süden, wusste, dass Martin Luther King Jr. und viele der mit ihm Demonstrierenden während eines friedlichen Marsches in Birmingham, Alabama, verhaftet worden waren und Schlimmes hatten durchmachen müssen, hätte auf Befragen jedoch nicht angeben können, ob die Regierung der Vereinigten Staaten die Rechte derer schützte, die die Bürgerrechte verteidigten, oder das Recht der Behörden von Alabama, diese Menschen einzusperren. Zwei Wochen zuvor war eine andere Demonstration auf dem Campus weniger friedlich verlaufen, zu der sich ungefähr dreißig Mitglieder von SANE versammelt hatten, einer Gruppe, die für den Stopp aller Atomwaffenversuche eintrat, allesamt Studenten älterer Semester, Weiße, die provokant schlecht gekleidet waren und deren Demonstration von Jüngeren durch laute Zwischenrufe gestört worden war. Verbindungsstudenten entrissen ihnen ihre Plakate und zerstörten sie, beschimpften die Demonstranten als »Kommunisten« oder »Leichtgläubige«; die Campus-Polizei vertrieb sie schließlich mit der Drohung, alle in Gewahrsam zu nehmen, vom Platz. Ich war an dem Tag zu spät gekommen, fand nur noch ein auf dem Boden liegendes Plakat mit der Aufschrift VERBIETET DIE BOM-

BE! RETTET DIE MENSCHHEIT! und wollte es schon mitnehmen, doch jemand entriss es mir und zerfetzte es. Die Bürgerrechtsdemonstration war von den »Studenten für gewaltfreien Protest« organisiert worden, war besser besucht und fand auch mehr Anklang als erwartet. Ich suchte in der Menge, die sich vor den Stufen zur Kapelle versammelt hatte, nach Vernor Matheius, ahnte aber, dass ich ihn nicht sehen würde, denn öffentliche Zurschaustellung vereinbarte sich nicht mit den unauffälligeren, komplexeren Strategien der Philosophie zur Veränderung der Welt. Auf der Fußgängerbrücke über den Oneida Creek spürte ich jetzt, dass ich dieses Thema besser ruhen ließ, die Ereignisse auf dem Campus besser nicht ansprach. Ich kannte mich in Zeitgeschichte und Politik nicht gut aus, denn ich las selten Zeitung und sah nie fern; wie Vernor Matheius beschäftigte mich die geistige Welt. Auf diese Distanziertheit hätte ich stolz sein können, doch an diesem Tag hätte ich gern ein Plakat getragen und die Bürgerrechtler unterstützt, denn die Demonstranten kamen mir bewundernswert vor, sie waren couragiert und sprachen sich klar für ihre Sache aus, während ihre Gegner verbittert und hässlich waren. Ich merkte, dass Vernor nichts davon hören wollte. Er lehnte mit dem Rücken am Geländer, die Arme ausgestreckt. Es war ein ziemlicher Schock, den Mann bei Tageslicht, im Freien zu sehen, seine gelblich gefärbten Augäpfel, seine schmutzigen Brillengläser. Er wirkte so jugendlich, so fahrig. Er erzählte von seiner Arbeit, von einem neuen Problem bei seinen Forschungen. Er hoffte das klassische Problem des »ontologischen Beweises« aus rein linguistischer Perspektive angehen zu können. Der junge Wittgenstein hatte es ihm angetan, der aufwühlende, revolutionäre *Tractatus* – »Es ist fast schon ein alter Hut, von Wittgenstein fasziniert zu sein. Aber so einen wie den gibt es nicht noch einmal.« Ich schloss die Augen und sah das platt gedrückte Kissen auf Vernor Matheius Bett, konnte mir seinen Geruch vorstellen, den Duft seines Haars. Ich wusste nicht mehr, ob ich das Kissen und das Bett wirklich einmal gesehen hatte, oder ob Vernor mich so schnell aus seiner Wohnung gescheucht hatte, dass ich nichts gesehen haben konnte und es mir deshalb ausmalen musste. Wie sehr es mich jetzt in Vernor Matheius Arme zog, wie gern ich das Gesicht an seinen Hals schmiegen wollte. *Nein: Du darfst nicht. Du stößt ihn nur ab.*

Vernor sah mich zittern, sagte: »Ist dir kalt, Anellia?«, und ich bejahte. Es stimmte ja auch: Die Sonne war hinter den Wolken verschwunden und ging allmählich unter. Dem Kalender nach war zwar schon Frühling, doch hoch oben in der Schlucht war die Luft noch winterlich kühl. Vernor Matheius bewegte den Arm, als wolle er mich schützen; es war eine Aufforderung, mich unter seine Achsel zu schmiegen, doch ich blieb wie gelähmt stehen, war unsicher. Komischerweise fragte er: »Bist du deshalb hier?«, und ich hörte mich ja sagen. »Ich finde, das ist ein gefährlicher Ort, Anellia. Weißt du, dass es hier gefährlich ist?« Er sah bei diesen Worten in die Schlucht hinab, schaute finster, aber zufrieden. Matt sagte ich: »Ja, es ist gefährlich. Hier sind schon Leute hinuntergesprungen.« Vernor zog seinen Mantel aus und legte ihn mir über die Schultern. Es war die intimste Geste, zu der es bisher zwischen uns gekommen war, und ich musste fest schlucken, war im Innersten gerührt. Unter dem Mantel trug Vernor eines seiner langärmeligen weißen Hemden, das zerknittert war, als habe er es schon tagelang an. *Das ist die platonische Idee des weißen Hemds. Es ist kein Gegenstand, der Hemd heißt.* Er hatte keine Frau, die für ihn wusch, bügelte und kochte, das war mir klar, ich an seiner Stelle hätte auch keine gewollt. Aber wie dankbar war ich, dass Vernor Matheius nicht verheiratet war, denn als ich anfangs im Hörsaal über die Reihen der Fremden hinweg sehnsüchtig zu ihm geschaut hatte, war mir, als habe an seiner Hand ein Ehering geblitzt. Doch er trug keinen Ehering, überhaupt keine Ringe, ja nicht einmal eine Armbanduhr – er sei ja schließlich kein Sklave der Zeit. »Ich bin kein Naturmensch«, sagte er. »Ich finde, die

Natur wird überschätzt. Der Natur wendet man sich zu, wenn das Denken versagt. Aber ich komme gern hierher, wenn ich Zeit habe. Weil es ein gefährlicher Ort ist. Die Brücke gefällt mir, ich sehe gern durch die Spalten zwischen den Brettern. Der Wind bringt sie so schön zum Schaukeln. Ich hab mir hier draußen schon grässliche Erkältungen eingefangen. Ich bin gern allein hier, weil ich weiß, der Mensch hat einen Trieb, über ein Geländer wie dieses zu springen, einen Todestrieb, dem ich niemals erliegen werde. Sich zu beherrschen, nicht zu erliegen, so etwas gefällt mir, und ich weiß, dass ich ihm nicht erliege. Es gefällt mir, zu wissen, was ich machen werde und was nicht. Wenn ich es machen will.« Ich hielt mich am Revers seines Mantels fest, der mir viel zu groß war, war überwältigt von Vernor Matheius Nähe und der vertraulichen Art seines Sprechens. »Du hast Recht«, sagte er, »es sind schon Leute von dieser Brücke gesprungen. Aber darüber wird nichts berichtet. Denn das Sterben, vor allem das sinnlose, ist ansteckend. Jedes Jahr ›begeht‹ eine bestimmte Anzahl von Menschen Selbstmord, wie man so sagt, als erfüllten sie eine statistische Voraussage, obwohl keiner dieser Menschen vom anderen oder von der Statistik weiß. Es gefällt mir, zu wissen, dass ich, Vernor Matheius, nicht zu diesen Menschen gehören werde; ich bin nicht berechenbar in meinen Handlungen, das liegt nicht in meiner Natur.« Ich ertrug es kaum, ihn so sehr zu lieben, konnte bloß stammeln: »Nein, V-Vernor, das liegt nicht in unserer Natur.« Hatte ich mich früher schon einmal getraut, ihn »Vernor« zu nennen? Er schaute mich an, umfasste mein Gesicht mit beiden Händen. Ich war ihm ein Rätsel, und er war sich nicht schlüssig, ob das Rätsel es wert war, gelöst zu werden. In diesem Moment betrat jemand die Brücke und kam herüber, wir spürten seine Schritte, sein Gewicht; komischerweise war mir klar, dass Vernor Matheius nicht auf die Störung reagieren würde, jedenfalls nicht auf normale Weise. Vernor Matheius ließ sich nicht stören, wenn ein Fremder zufällig in seine Privatsphäre eindrang.

Der Fremde kam näher und ging dicht neben uns vorbei, ein Mann in einem weiten Pullover, der nur einen flüchtigen Blick auf uns warf. Vernor achtete nicht auf ihn, so als existiere dieser Mensch gar nicht; Vernor küsste mich, aber nicht auf die Lippen – das wäre ein warmer, feuchter Kuss gewesen, ein sehnsüchtiger Kuss, einer, der etwas versprach –, sondern auf die Stirn, direkt unter meinen Haaransatz, wo die Kälte meiner Haut sich mit der Kälte seiner Lippen traf.

»›Anellia.‹ Hast du dir den Namen auch irgendwo herausgeklaubt?«

17

Ich bin kein Mann, auf den eine Frau zählen kann, ich bin kein Mann, der geliebt werden möchte.

Genauso wenig, wie es in Vernor Matheius Natur lag, berechenbar zu sein, genauso wenig lag es in seiner Natur, bei seinem Wort genommen zu werden. Selbst wenn es mit noch so viel Vorbehalt gegeben war. Es lag nicht in seiner Natur, in Routine zu verfallen, nicht mal bei Nebensächlichkeiten. Beispielsweise »Anellia« abzuholen, wenn die Bibliothek abends schloss, und mit mir über den um diese Stunde fast menschenleeren Campus zu gehen, im romantischen Frühling, wenn sogar der feine, federleichte Regen den Duft des Neuen hatte. Manchmal aber fasste er nach meiner Hand, meiner bloßen Hand, drückte meine Finger so fest, dass ich, von ihm unbemerkt, zusammenzuckte, und sprach von seiner Arbeit, seinen Ideen. Ständig stand er kurz vor einem »Durchbruch«, was das ontologische Problem betraf, Wittgenstein und die Sprache. Doch Treffen mochte er nicht einmal einen Tag im Voraus planen. Sie mussten zufällig stattfinden, zumindest musste es so scheinen. So konnte es zum Beispiel sein, dass er mich anrief, um sich mit mir im Café zu verabreden, aber wenn ich nicht da war, hinterließ er keine Nachricht, nicht mal seinen

Namen. Ein-, zweimal die Woche ging er zum Schachspielen ins Café, aber auch nicht an bestimmten Tagen, sodass sich seine Schachkumpels nie auf ihn verlassen konnten. Wenn sie mich sahen, fragten sie manchmal, ob Vernor auch käme, und ich musste ihnen mit einem Lächeln sagen, dass ich keine Ahnung hatte. »Vernor Matheius allein weiß, wo er ist, und nur Vernor Matheius weiß, wohin er geht.« Trafen wir uns zufällig, schien Vernor sich jedoch wirklich zu freuen, mich zu sehen. Vielleicht war ich für ihn ja so etwas wie die Fußgängerbrücke geworden, nicht gefährlich, aber eine nicht genauer bestimmbare Möglichkeit. Er fragte mich, ob ich Zeit hätte, mit ihm essen zu gehen, als hätte ich für Vernor Matheius nicht immer Zeit. Dann gingen wir in ein düsteres italienisches Restaurant in der Nähe des Krankenhauses, Vernors Hand auf meiner Schulter, als benötigte ich Führung. Oder wir gingen ins Downy's, setzten uns an einen hinteren Tisch und unterhielten uns leise wie alle anderen Paare. *Wenn die anderen uns als Paar sehen, sind wir auch eins,* sagte ich mir. Allerdings wurden wir außer im Café, unter Vernors Freunden, dauernd mit Neugier oder Feindseligkeit angestarrt – immer von Weißen. *Sind die ein Liebespaar? Diese zwei?* Dabei muss es zu der Zeit in Syracuse auch noch andere gemischtrassige Paare gegeben haben, ganz sicher sogar. (Ich sah allerdings nur selten mal eins.) Aber Vernor Matheius hatte etwas Auffälliges, Provozierendes an sich. Und vielleicht sah ich zu jung aus.

An den meisten Tagen sah ich Vernor nicht. Das war das Entscheidende solcher Tage, wie fehlender Schlaf das Entscheidende bei einem ist, der unter Schlaflosigkeit leidet: Tage ohne Vernor Matheius waren für mich sinnlos. Ich war dann nur gereizt.

Ich hab dich doch gewarnt: lieb mich nicht. Nimm dir gar nicht erst vor, mich kennen zu wollen.

Mich kennen, das ist sowieso nicht zu schaffen.

Identität ist etwas Innerliches. Das Ich eines Menschen ist in seinem Innern, da könnt ihr anderen es nicht beurteilen.

18

Die Sinnlichkeit übereilt oft das Wachstum der Liebe, so dass die Wurzel schwach bleibt und leicht auszureißen ist.

Nietzsche, *Jenseits von Gut und Böse*

Eines Abend überquerten wir Hand in Hand in der Stadt eine schmale Straße, als ein Auto, voll besetzt mit betrunkenen Jugendlichen, angerast kam und direkt auf uns zusteuerte. Die Insassen des Wagens waren keine Studenten, sondern junge Weiße aus der Stadt, die sich von unserem Anblick provoziert fühlten und »Nigger!« schrien, »Nig-ger!«, »Niggerhure!«. Eine gellende Autohupe, Dosen, die nach uns geworfen wurden und aus denen uringelbes Bier spritzte. Ich erinnerte mich mit einem Schauder daran, dass Vernor meine Hand nicht losließ, sondern im Gegenteil fester fasste. »Sieh nicht hin. Dreh dich nicht um. Die existieren gar nicht.« Vernor sagte es laut und wütend, wir gingen schnell den Bürgersteig entlang und bogen in eine Seitenstraße. Das Auto war weg, der Vorfall war vorüber, das Bier hatte uns verfehlt. Ich war zu schockiert, um Angst zu haben, und begann erst jetzt zu zittern. Vernor zitterte ebenfalls, sagte aber erst wieder etwas, als wir kurz darauf die Holztreppe zu seiner Wohnung hinaufgingen. Immer noch meine Hand haltend, murmelte er: »Bleib ein bisschen bei mir.« Es war weder eine Frage noch eine Aufforderung, sondern eine Art Feststellung. Ich sagte ja. In der Wohnung brannte eine einzelne Lampe. Vernor sagte ruhig: »Anellia, zieh dich aus.«

Im selben Ton leiser, unterdrückter Wut nestelte er an seiner Hose, zerrte ungeduldig an seinem weißen Hemd, warf seine Sachen auf einen Stuhl. Ich kam mit dem Ausziehen nicht nach, meine Finger taub und gefühllos, und er drehte sich wortlos zu mir um, drückte mir die Daumen in die Schulterblätter, schien mich beinahe hochzuheben, atmete mir heiß und hektisch ins Gesicht, schob mich zu seinem Bett in einer dunkleren Ecke des Zimmers, seinem hastig gemachten Bett mit der in der Mitte durchhängenden Matratze und dem platt gedrückten Kissen, von dem ich so viele Male in lächerlichem Sehnen geträumt hatte. Ich atmete den starken Geruch von Vernor Matheius fettigem Haar ein, den Geruch seines erhitzten Körpers, der dunklen Halsbeuge, seiner behaarten Achselhöhlen, seines flachen Bauches, seines Unterleibs und seiner Füße. Er presste zum ersten Mal seinen Mund auf meinen, als wolle er mich zum Schweigen bringen: Sein Mund war größer, voller, fleischiger und fordernder als meiner, seine Zunge schob sich unvermittelt in meinen Mund, schneller, als ich meinen öffnen konnte, um sie aufzunehmen: Vernor Matheius wollte nicht, dass ich ihn nahm, er wollte, dass ich mich von ihm nehmen ließ, seine Zunge das Werkzeug seiner kalten, entschlossenen Wut, denn die johlenden weißen Jugendlichen in dem schnellen Auto waren fort, und nur ich war noch da. Panik überkam mich, nahm mir den Atem, ich konnte Vernor Matheius nicht küssen, denn sein Mund malträtierte meinen, und seine Finger malträtierten, kneteten, quetschten und streichelten meinen Körper. Ich war völlig erschlafft und leistete keinen Widerstand, schmeckte seine riesige Zunge, die biersaure Spucke seines Munds, der hungrig war, wie unter Schmerzen stöhnte, und ich dachte benommen: *Jetzt geschieht es endlich: Er wird mich lieben.* Ich spürte seinen großen, blutgefüllten Penis an meinem Bauch, er war wie etwas Lebendiges, drängte, forderte. Ich wollte »Vernor, ich-ich liebe dich« flüstern, wie ich es in solchen erotischen Fantasien getan hatte, die magischen Wörter meiner Fantasien,

Wörter, die eine aufdringliche, plumpe, schamlose Handlung in eine zu verwandeln vermochten, die von tiefer Bedeutung war, in ein Gebet, das etwas zu heiligen vermochte, worüber nur grob, gefühllos und verächtlich gesprochen wurde, wie meine Brüder es getan hatten, mit Lachen, mit Witzen, mit Zeichen, die Mädchen nicht verstehen sollten (deshalb durfte ich mir nicht anmerken lassen, dass ich sie verstand); doch meine Kehle war wie zugeschnürt, ich bekam keine Luft zum Sprechen, und Vernor hörte nicht, wollte nichts hören – es war nicht der Moment für Worte von mir. *Er will dich vögeln. Mehr nicht.* Er kniete mit hoch gezogenen Schultern über mir, sein schmaler Brustkorb hob und senkte sich unter seinem schweren Atmen, die Knochen zeichneten sich unter der straffen, schweißglänzenden Haut ab. Ich hätte die glitzernden Schweißtropfen mit der Zunge ablecken wollen, doch ich konnte nicht, Vernor presste mich mit seinem Gewicht auf das Bett, eine Hand drückte meine Schulter nach unten, und ich konnte ihn kaum berühren, konnte nicht nach ihm greifen, nicht den Arm um seinen Hals legen. Genauso hektisch, wie er seine Sachen ausgezogen und sie beiseite geworfen hatte, hatte er seine Brille abgesetzt. Seine Augen lagen tief in ihren Höhlen und funkelten. Ohne Brille war er ein Mann, den ich nicht kannte, die fliegenden Fäden des uringelben Biers hatten uns beide besudelt, obwohl sie uns nicht getroffen hatten, das *Nig-ger!* der hässlich johlenden weißen Männer war mit im Zimmer, während wir miteinander rangen, sodass Vernor Matheius etwas brummte, was sich wie *Nig-ger!*, wer ist ein *Nig-ger* anhörte. Er berührte mich zwischen den Beinen, wo noch kein Mann mich berührt hatte, meine Haut zog sich zusammen wie vor plötzlicher Kälte, seine Finger waren flink, ungeduldig, bohrten, wo mein Körper sich verschlossen hatte. Hilflos vor Angst hatte ich mich verschlossen, zu meiner Bestürzung hatte ich mich verschlossen, obwohl ich Vernor Matheius ja lieben wollte. Obwohl ich mich für ihn öffnen wollte, konnte ich nicht; ich hörte ihn fluchen, hörte ihn lachen, sein Lachen klang zischend wie ein Fluch. *»Du –!«* Als gäbe es keinen schlimmeren Fluch. »Großer Gott – *du.*« Vernor Matheius erbarmte sich meiner und ließ von mir ab. Er würde mich doch nicht zwingen. Über mir kniend, hielt er seinen Penis und brachte sich mit schnellen, geschickten Handbewegungen zuckend zum Höhepunkt; sein Gesicht verzog sich wie ein unwillkürlich krampfender Muskel, seine Augen waren getrübt, sodass er mich nicht, ja gar nichts sah. Dann sackte er neben mir zusammen, stieß mit dem Kopf an meinen. Ich biss mir auf die Unterlippe, brachte es aber trotzdem fertig, »Vernor, ich l-liebe dich« zu sagen.

Vernor schwieg. Rührte sich nicht. Atmete in langen, unregelmäßigen Stößen. Durch meine feuchten Wimpern hindurch betrachtete ich seinen langen Körper, der in einem zerwühlten Bett hier neben mir lag: die langen, muskulösen Beine und meine blassen Beine daneben. Ich konnte nicht sagen: *Verzeih*, ich wusste, er würde nur lachen. Der Zorn in seinem Lachen wäre verheerend. So lagen wir still ein paar Minuten, in denen nur Vernors Atem zu hören war, der allmählich ruhiger wurde, aber immer noch hart klang, zischend, Ausdruck seiner seelischen Verzweiflung, der Seele, die in seinem Körper gefangen war, der Seele, die nur vermittels des Körpers dingfest gemacht – und besudelt – werden kann.

»Kannst dich waschen. Es ist da hinten.«

Es war eine Anweisung, nicht herrisch oder unfreundlich, aber bestimmt. Vernor war auf den Beinen und wieder ruhelos. Seine ungeschützten Augen wichen mir aus. Sogar meinem Gesicht, meinem Körper, der blass und unwirklich im Zwielicht vor ihm schimmerte, in einem Zimmer, das nicht mehr oder nicht mehr ausschließlich seins war. Wortlos, wie ein getadeltes Kind hob ich meine Sachen auf, die verstreut, verloren auf den blanken Dielenbrettern lagen, meine Kostümierung, die ihren Zweck, zu verzaubern, erfüllt hatte, bis ihre Zauberkraft erschöpft war. Und sie hatte sich schlagartig erschöpft, auf so grobe Weise. Als ich mich bückte und den Gürtel mit den silbernen Medaillons aufhob, die leise wie wertlose Münzen klimperten, fragte ich mich zum ersten Mal, wem dieser schöne, völlig unpraktische Gürtel gehört haben mochte, wer mein verlorener Zwilling war, ein Mädchen mit Taillenweite 50. Sie war bestimmt inzwischen erwachsen. Falls sie noch lebte.

Ich betrat Vernor Matheius winziges Bad, suchte tastend nach einem Lichtschalter. Über dem Waschbecken ging eine nackte 40-Watt-Birne an. Aus dem Spiegel des Badschranks sprang ein verstörtes weißes Gesicht hervor, das ich anfangs gar nicht erkannte, ein Gesicht, das fahl war und zugleich irgendwie triumphierend strahlte. *Er hat mich geliebt. Wollte Liebe mit mir machen. Wir waren beide nackt. Unsere Körper.* Daran ließ sich nicht rütteln, auch wenn er mich für immer fortschickte. Die Badtür war aus billigem Holz, hatte sich verzogen und schloss nicht mehr richtig. In dem kleinen Raum befanden sich ein schmutzstarrendes Waschbecken, eine Toilette und eine Duschkabine, deren eingerissener Plastikvorhang mit Klebeband repariert worden war. Über dem Spülbecken hing das Foto eines nachdenklich und düster blickenden, nicht mehr ganz jungen Mannes mit dunklem lockigen Haar, einer schmalen herrischen Nase und schmalen Lippen. Ich erkannte Ludwig Wittgenstein, die »durchdringenden« dunklen Augen, die militärische Haltung; er hatte einen Tweedmantel an, und sein Hemdkragen war offen. Er hielt einen Bambusstock mit beiden Händen auf Hüfthöhe vor seinem Körper. Wittgenstein hatte dem Wahnsinn nicht nachgegeben und auch nicht Selbstmord verübt, allein das war, wenn man das Schicksal anderer aus seiner Familie bedenkt, ein Triumph. Ich konnte nachvollziehen, warum der Philosoph für Vernor Matheius ein Held war: Er hatte sogar die Voraussetzungen seiner scheinbaren Bestimmung verneint und sich als reiner, körperloser Intellekt neu erfunden. Erst ein, zwei Herzschläge später ging mir auf, dass Vernor Wittgensteins Foto über seinem Toilettenbecken aufgehängt hatte, sodass er, was er zwangsläufig oft tat, über seinen Helden beim Urinieren, im Stehen, nachdachte, in einer Geste, unterwürfig und blasphemisch zugleich.

Neben dem Waschbecken stand ein Regal, in dem zwei ordentlich aufgeräumte, aber nicht sehr saubere Handtücher lagen. Dazu ein Waschlappen, schon ganz steif vom vielen Benutzen. Ich dachte: *Vernor Matheius hat diese Sachen hier hingelegt, er konnte nicht voraussehen, dass ich sie mir genau ansehen würde.* In meiner Aufregung war das ein beruhigender Gedanke. Vernor konnte nicht vorher wissen, dass ich, ein Eindringling, mich in seinem winzigen Bad säubern, das stellenweise ausgeschlagene weiße Porzellanbecken mit der Seife auf dem Rand unter die Lupe nehmen würde, die Toilette samt schlecht passendem Spülkasten, abgeschabter Klobrille und schmutziger Schüssel, in der das Wasser schwappte, als hätte es jemand berührt oder als schwanke das Haus. Und da war der blassgrüne Duschvorhang aus dem Billigladen, praktischerweise mit Klebeband, durchaus mit Sorgfalt, geflickt, und ich sah Vernor Matheius vor mir, wie er die Aufgabe in Angriff genommen hatte, mit derselben Präzision und Hartnäckigkeit, mit der er Philosophie studierte. Die Duschkabine selbst war so schmal und niedrig, dass ich mich fragte, ob Vernor überhaupt aufrecht darin stehen konnte. (Natürlich musste er in die Knie gehen, wenn er duschen wollte.) *Vernor Matheius konnte unmöglich voraussehen, dass ich diese Dinge inspizieren würde.*

Ich wusch mich, schäumte die Seife in meinen Händen auf, weil ich weder Vernors Waschlappen noch eins seiner Handtücher benutzen wollte. Ich wusch mich zwischen den Beinen und auf dem Bauch, wo noch ein durchsichtiges Klümpchen seines feuchten Samens klebten. Mit Staunen und Furcht dachte ich daran, wie der Samen eines Mannes aus seinem Körper herausschießt, als wolle er einen Abgrund überbrücken, ganz ähnlich den Samenklümpchen eines Baumwollstrauchs, die ja auch über weite Räume verbreitet werden sollen. Ich war begeistert von dieser neuen Vertrautheit zwischen uns, die nicht rückgängig zu machen war, obwohl ich wusste, dass Vernor mich ihretwegen vielleicht nun zurückwies. Ich hielt es auch für möglich, dass ich schwanger geworden war, selbst wenn sein Samen nicht in meinen Körper geschossen war. Unwahrscheinlich, aber ich hielt es für möglich. *Jetzt sind wir ein Liebespaar.*

Nun, da Vernor Matheius mit mir Liebe gemacht hatte, wie unvollständig auch immer, empfand ich eine neue Zärtlichkeit für meinen Körper. Die hohle Hand beim Waschen zwischen meinen Beinen, staunte ich über die stachligen, drahtigen Haare, jedes Einzelne so deutlich erkennbar wie das Fleisch, das sie bedeckten. Es war ein Teil meines Körpers, über den ich noch nicht länger nachgedacht hatte, nicht aus Scham, sondern aus Gleichgültigkeit, Ungeduld, denn was kümmern mich meine Genitalien, was sagt mein Geschlecht schon über mich aus? Jetzt aber empfand ich eine neue Zärtlichkeit für mich, denn Vernor Matheius hatte mich lieben wollen, hatte mich sogar geliebt: Wir waren auf ewig verbunden. Ich trocknete mich mit Toilettenpapier ab. Zog mich anschließend in dem engen Kabuff an, weil mir klar war, dass ich bekleidet vor Vernor Matheius treten musste. Der Gürtel mit den Silbermedaillons war schwierig zu schließen, meine Hände zitterten. Aber ich glaubte nicht, dass ich noch verärgert war oder noch Angst hatte. Und als ich ins Zimmer zurückkam, saß Vernor wie vermutet am Schreibtisch, an dem so bewunderten Schreibtisch, zweimal so groß wie mein eigener, unter den feinen, asketischen Gesichtern von Sokrates und Descartes. Er war ebenfalls wieder vollständig bekleidet, hatte das langärmlige weiße Hemd bis oben zugeknöpft. Seine Hemden waren aus Baumwolle, er würde sie in eine Reinigung bringen müssen, wenn sie gewaschen und gebügelt werden sollten, aber er verzichtete darauf, weil es nicht anders ging. Er hatte sich wohl schnell am Spülbecken in der Küche gewaschen. Hatte den Geruch unserer Körper abgewaschen. Den Schweiß, den Samen. Meine Verzweiflung. Sein Gesicht sah wie verbrannt aus, als habe er es fest geschrubbt. Die runden Brillengläser funkelten. Er war wieder der Alte, Vernor Matheius.

Zum Schutz vor mir hatte er sich eine Zigarette angezündet. Hatte sich die Olivetti nach vorn gezogen, als unterbräche ich ihn mitten in der Arbeit. Ein Bogen Papier war eingespannt, ein Stapel handschriftlicher Notizen lag daneben. *Hier ist er am glücklichsten. Er braucht dich jetzt nicht.* Vernor hatte oft davon gesprochen, dass er nachts arbeitete, dass er nach ein, zwei Stunden Schlaf aufwachte und erfrischt, mit neuen Ideen, belebt und erregt wieder an die Arbeit ging. Schon beim Gedanken an eine solche Methode wurde ich müde. Ich ging nicht zu ihm, spürte, dass ich Abstand halten musste. Dabei hätte ich ihn so gern berührt, hätte die Arme um seinen Hals gelegt, wie es Liebende ohne weiteres tun, hätte ihn so gern geküsst, auf die Wange, den fleischigen Mund, hätte so gern den Kopf an seinen warmen Hals gelegt, seinen Geruch noch einmal eingeatmet, das Gemisch aus Hefe, Mandeln und Öl, das von Vernor Matheius Körper ausging. Aber natürlich wagte ich das nicht. Denn er wäre ja vor mir zurückgeschreckt. Sogar mein über ihn hinwegstreichender Schatten hätte an seinen Nerven gezerrt. Daher sagte ich ruhig: »Gute Nacht, Vernor«, ging zur Tür, riegelte sie auf, öffnete sie. Ich wollte nicht, dass er sich verpflichtet fühlte, mich zu meinem Wohnheim zu bringen oder sich gar von seinem Schreibtisch wegzubewegen, wollte nicht, dass er auch nur einen Funken schlechten Gewissens hatte, wollte nicht, dass er spürte, was ich dachte; ich hatte ja kein Recht, so zu denken. Ich wollte ihn nicht provozieren und unsere Liebe gefährden.

Mein Verhalten überraschte ihn offenbar. Er schaute mich an, als ich mich zum Gehen wandte und erst an der Tür leise und schüchtern, sodass er es, wenn er wollte, hören, aber auch überhören konnte, flüsterte: »Vernor, ich liebe dich. Gute Nacht.«

Ich floh. Ich war schon halb die Treppe hinunter, als ich Vernor hörte, der mir protestierend nachrief: »Verdammt, du *liebst* mich nicht. *Du kennst mich doch gar nicht.«*

19

Der Mann im Schlaf. Der Ausdruck seines Gesichts war nicht Ruhe, sondern Qual, Schmerz. Die Stirn war tief gefurcht, der Mund zu einer Grimasse verzogen. Unter den geschlossenen Lidern zuckten die Augäpfel. Ein Schauer zog über seine dunkle, schimmernde Haut hinweg wie eine sich kräuselnde Wasseroberfläche. *Wenn ich ihn doch hässlich fände, unattraktiv. Wenn ich ihn ansehen könnte wie eine, die ihn nicht liebt.* Ich war ein Kind, das sich die Finger verbrennt, Schmerz willkommen heißt, Schmerz sucht, nicht glaubt, dass es Schmerz gibt. Ich versuchte mir mein Leben ohne Vernor Matheius als dessen Zentrum vorzustellen. Mein Leben ohne die Liebe, die ich für ihn empfand.

Ein Loch im Herzen, durch das die trostlose Kälte des Universums pfeifen kann.

Wenn Vernor Matheius neben mir schlief – ein seltenes Privileg – und ich ihn im Schlaf betrachtete, kam es mir seltsam vor, dass es eine andere Kategorie von Menschen gab, zu denen ich theoretisch ebenfalls gehörte – Weiße –, die den unbegreiflich vielschichtigen Vernor Matheius auf einen flüchtigen Blick hin als *Neger* abtaten. Was für ein Wahnsinn!

Ich kam zu der Überzeugung, dass ein unreflektiertes Leben,

ein Leben ohne permanente Selbsterforschung, bei der man alle überkommenen Denkweisen, Vorurteile, seinen »Glauben«, auf den Prüfstein stellt, Wahnsinn war. Wir in unserer Zivilisation sind von Wahnsinn umgeben, halten uns aber selbst für aufgeklärt.

Im Mai dieses Jahres fiel in unserer windgepeitschten nördlichen Stadt oft kalter Regen, der war, als würden einem Nägel ins Fleisch getrieben. Die morgendliche Freude über den Sonnenschein war mittags verflogen, wenn sich Donnerwolken über dem Lake Ontario zusammenzogen wie eine Artillerie, nach Süden zogen und sich über unseren Köpfe ergossen. Große, bläulich-dunkle, bis zum Bersten gefüllte Wolken. Das Schwellen der Natur. Das Bersten der Natur. Die Haut meines Geliebten glühte heiß. Seine Augen blickten weg. Er sagte: *Ich habe niemanden, keine Eltern, keine Brüder, keine Schwestern. Ich habe keinen Gott. Ich bin nur im Denken zu Hause. Meine Gedanken sind mein Zuhause.* Und als ich fragte: *Ist es da nicht einsam, Vernor?*, sagte er schlicht. *Nein. Einsam ist es hier.*

20

»Anellia! Betrachten wir das mal. Du willst mir weismachen, dass du dich bei einer ›Studentinnenverbindung‹« – er sagte es mit Verwunderung und Hochmut – »beworben und nicht gewusst hast, dass die bestimmte Personen diskriminiert? Juden, ›Neger‹.«

Es war eine Betrachtung, so rau wie Sandpapier. Vernor Matheius fuhr mir hämisch mit Sandpapier über die bloße Haut.

Ich sah auf meine Füße. Sah zu Boden. Körniger Kies, vermischt mit Erde. Ich versuchte mich zu erinnern: Hatte ich es gewusst? Was hatte ich gewusst? Die, die ich ein Jahr zuvor, vor Vernor Matheius, gewesen war – jetzt war sie für mich eine Fremde. Ich hatte keinen Respekt für sie, konnte sie in ihrer Ahnungslosigkeit bloß bedauern. Leise sagte ich, wie ein Kind mit schlechtem Gewissen: »Ich würde meinen, ich habe es nicht gewusst.«

»Nicht gewusst! Wie ist das möglich?«

Wie es möglich war? Meine hitzige, übereilte, unreflektierte Tat.

»Ich – ich glaubte es nicht zu wissen.«

»Aha! Du kommst der Sache schon näher, Mädchen. Du *glaubtest*.«

Und Vernor lachte herzlich, schüttelte den Kopf. Wie ein Lehrer, verärgert und entzückt von seinem besten Schüler. Als strichen seine Finger über meinen Körper, kitzelten und taten mir ein bisschen weh. Mein Körper gierte nach seiner Aufmerksamkeit, wie ein junger Hund danach giert, gestreichelt zu werden. Das war Vernor Matheius, ausgelassen, in sokratischer Stimmung. (Denn alle Philosophen sehnen sich danach, ein Sokrates zu sein, auch die, die ihn und seine absonderlichen Theorien völlig ablehnen.) Es gefiel ihm sehr, dass Anellia, die so klug, ein so kluges kleines Mädchen war, oft so dumm sein konnte.

Warum hatte ich ihm davon erzählt? Von meiner schäbigen Kappa-Vergangenheit? Meiner jämmerlichen Kappa-Vergangenheit? Vielleicht hatte ich geglaubt, es amüsiere ihn, dass man mich fast einstimmig aus der Ortsgruppe ausgeschlossen hatte – mit nur einer Stimmenthaltung. (Wessen Stimme war das? Ich sollte es nie erfahren. Oh, es war unfair, mir nur diese erstaunliche Tatsache mitzuteilen und nicht mehr.) Man hatte mich aus der Ortsgruppe und aus dem amerikanischen Dachverband von Kappa Gamma Pi ausgeschlossen. Als ich Vernor davon erzählte, sagte ich nicht, dass ich verzweifelt um die Entlassung nachgesucht hatte. Ich hatte Informationen über das korrekte Vorgehen eingeholt, hatte Briefe an ranghohe Mitglieder, an den nationalen Vorstand und an die für die Studentinnen zuständige Betreuerin gesandt (die auf solche Verfahren großen Einfluss hatte) und erklärt, mich aus der Verbindung zurückziehen zu wollen. Ich konnte Vernor nicht sagen, dass ich nie die anderen Kappas dafür verantwortlich gemacht hatte, dass ich so schlecht dazupasste und bei ihnen tief unglücklich war. Das war allein meine Schuld. Ich war die Anomalie inmitten ihrer verblüffenden, kopflosen, hell lodernden weiblichen Normalität. Wenn ich mich durch einen Zauber in eine wahre Kappa hätte verwandeln können, hätte ich in meiner Verzweiflung womöglich ja dazu gesagt. Trotzdem hätte man mich wegen meines läppischen Außenseitertums nicht ziehen lassen, aber ich hatte Dokumente unterzeichnet, die ich nicht verstanden hatte, rechtsgültige Verträge, wie sich herausstellte. Ich, die ich in meinem ganzen Leben noch nie solche Dokumente unterzeichnet hatte, hatte sie mit verschleiertem Blick nur überflogen, hatte mir nicht die Zeit genommen, auch nur eine Zeile gründlich zu lesen. Einer nationalen Studentinnenverbindung beizutreten war ein mutiger Akt, durch den man bindende finanzielle Verpflichtungen einging – das hatte ich nicht gewusst. In den Briefen, in denen ich um meine Entlassung nachsuchte, hatte ich erklärt, ich sei *jüdischer Abstammung* und habe *nicht die Wahrheit über mich gesagt*. Ich hatte erklärt, ich sei mit der Mitgliedschaft finanziell überfordert, schulde der Verbindung schon jetzt fast dreihundert Dollar, würde unter den unverletzlichen Regeln der Gemeinschaft zwangsläufig nur weitere Strafen für versäumte Zusammenkünfte anhäufen, sodass meine Schulden weiter stiegen, könne andererseits aber nicht Kappa-Mitglied sein und auch nicht die Universität besuchen, wenn ich zu den Zeiten, in denen Zusammenkünfte angesetzt waren, nicht arbeitete und so *ad infinitum*, bis man mich aus meiner Verpflichtung entband oder ich starb.

Wollen Sie mit Selbstmord drohen?, fragte man alarmiert zurück.

Und so warfen sie mich hinaus: einstimmig. Mit einer mysteriösen Enthaltung. Ich wünschte, es wäre Dawn gewesen. Sie hatte mich ja auch zum Beitritt verführt mit der (nicht unvernünftigen) Hoffnung, ich würde den Notendurchschnitt des Hauses heben.

Mrs Thayer hatte man ebenfalls aus ihrem Arbeitsvertrag entlassen. Kalt und routiniert, unmittelbar nach dem Empfang der Ehemaligen.

Von Agnes Thayer erzählte ich Vernor Matheius nicht. Ich dachte nicht mehr an Agnes Thayer.

Nicht die Wahrheit, sondern die Zwecke, für die wir die Wahrheit einsetzen. Was wir tun im Dienste der Begierden.

Wir waren zur Brücke über den Oneida Creek unterwegs. Es war ein Tag für einen solchen Spaziergang, selbst Vernor Matheius gab es zu. Er war in einer seltsamen Stimmung, hatte gute Neuigkeiten, berichtet in der Universitätszeitung: Vernor Matheius war einer von vier Doktoranden, denen von der National Endowment for the Humanities ein Forschungsstipendium zuerkannt worden war, mit dem er im Jahr darauf seine Doktorarbeit fertig stellen konnte. Als ich ihm gratulierte, verfinsterte sich seine Miene, und er wich meinem Blick aus. Natürlich freute er sich, aber schien seine Freude nicht gutzuheißen, musste herausfinden, was der Grund für diese kleine, zaghafte Freude war: Begeisterung über den öffentlichen »Erfolg« als Wissenschaftler, etwas, das nur mit der »Karriere« zu tun hatte, nicht mit dem Streben nach Wahrheit. Besonders peinlich war ihm gewesen, dass die Professoren der philosophischen Fakultät ihm gratuliert und ihm die Hand geschüttelt hatten, als freue dieser Zufallstreffer sie auch, was ihn zwang, sein Bild von ihnen zu revidieren. »Ach, Vernor«, sagte ich. »Hör auf. So was nennt man totalen Rückschritt.«

Ziemlich ernst erwiderte er: »Genau das ist es auch. Nächste Woche werde ich dreißig Jahre alt.«

Ich sah hier keinen Zusammenhang. Ich konnte ihm nicht sagen, dass ich ihn für älter gehalten hatte.

An diesem milden Mainachmittag in den Bergen oberhalb der Universität war Vernor wieder ausgelassen. Ich hatte mich inzwischen daran gewöhnt, dass seine Stimmungen ständig wechselten wie der Himmel über dem Lake Ontario. Er hielt sich für stabil, für immer gleich, sah sich als eine Person wie Kant, nach der man die Uhr stellen konnte, zumindest im Temperament, wenn schon nicht im Verhalten. Hielt sich für jemanden, der sich wie Wittgenstein ausschließlich dem Denken gewidmet hatte. Dabei war er unbeständig und sprunghaft wie das kapriziöseste Kappa-Mädchen. Ich hatte Angst vor ihm. Ich bewunderte ihn.

Vernor hatte beim Gehen den Arm um meine Schulter gelegt

und zog mich an sich, eine schwierige Art zu gehen. Wir lachten, ich hatte ihn mit meiner Kappa-Geschichte schließlich amüsieren wollen. Ich hätte Vernor Matheius nichts aus meinem Leben erzählt, von dem ich nicht meinte, es könnte ihn amüsieren. Während meines kurzen Zusammenbruchs nach dem Rauswurf aus der Verbindung, als ich einen Tag und eine Nacht mit Fieber in der Krankenstation der Universität gelegen hatte, träumte ich in einem Wachtraum von der Klinik in einem Vorort von Buffalo, in die meine Mutter (wie mir Jahre zuvor einmal jemand aus meiner Verwandtschaft erzählt hatte) nach ihrer Krebsoperation zur Chemotherapie gegangen war. Dieses Gebäude, alt, herrschaftlich und einschüchternd, mit einem halben Dutzend Säulen am Ende einer breiten Steintreppe, einem blauen Schindeldach, so dunkel, dass es aussah wie nass, und mit einer von Efeu überwucherten Fassade, war das Gegenstück des Kappa-Hauses: das Original. Von einer solchen Einsicht, die mich traf wie ein Schlag ins Gesicht, hätte ich Vernor Matheius nicht erzählen können, der in gehobener Sokrates-Laune gerade sagte: »Also, Anellia, ausgerechnet du musst zugeben, dass du nicht nachgedacht hast.« »Stimmt«, sagte ich, »ich habe nicht nachgedacht, Vernor, aber aus Versehen.« »Wie das?« »Ich hatte mir Schwestern gewünscht. Ich war so einsam, weg von daheim« – dabei war ich daheim ja mein Leben lang einsam gewesen –, »und ich hatte geglaubt, mir Schwestern zu wünschen, eine Familie, die mich gern hatte.« »Aber du kanntest diese Mädchen doch gar nicht.« Ich räumte es ein. »Du wolltest«, sagte Vernor, »von Menschen gemocht werden, die du gar nicht kanntest? Warum?« »Ich hab sie bewundert«, sagte ich matt. »Aus der Ferne. Einige von ihnen.« »Worauf beruhte diese Bewunderung denn?«, wollte Vernor wissen. Wie jeder, der auf Sokrates hereingefallen ist, sah ich, in welche ungünstige Lage ich mich manövriert hatte, kam aber nicht heraus. »Na ja, sie sahen gut aus. Hatten Charakter. Sie waren ganz anders als ich.« »Du meinst, sie sahen gut aus? Waren sexy?« Ich war verlegen und antwortete nicht gleich. Sagte schließlich: »Ja, manche schon.« »Aber waren sie intelligent? Hast du sie respektiert, weil sie intelligent waren?«, bohrte Vernor weiter, und ich verneinte lachend. »Und diese Mädchen, legten sie Wert auf Intelligenz?«, und ich sagte, unter seinem schweren Arm schon unangenehm schwitzend: »Ich glaub nicht, nein. Außer, wenn die Intelligenz ihnen irgendwie nützlich sein konnte.« »Inwiefern nützlich?«, fragte Vernor, und ich sagte, noch verlegener geworden: »Manchmal baten sie mich, einige jedenfalls, ihnen beim Studium zu helfen, ihre Arbeiten durchzusehen oder ihnen welche zu schreiben – ab und zu.« Vernor lachte leise, als hätte er das alles längst vermutet, hätte gesehen, was ich in meiner Blindheit nicht gesehen hatte. »Du, Anellia, wolltest, dass dich Menschen ›gern haben‹, die du gar nicht kanntest. Menschen, die nicht viel wert sind und auch nichts Besonderes geleistet haben. Die Rassisten sind, Fanatiker. Sag mir, warum.«

Ach, warum hörte er nicht auf? Seine Stimme war leise, rau, verführerisch, grausam und zärtlich zugleich, war die Stimme, die ich anfangs in meinen Träumen von einem Unbekannten am Rande meines Gesichtskreises gehört hatte, die Stimme des Mannes, der meine erste Liebe war, der als Erster in meinen straff gespannten Körper eindrang. Die Stimme, die ich mein ganzes Leben lang hören sollte wie das Flüstern meines Bluts. *Die erste Liebe überwindet man nie. Nach der ersten Liebe liebt man nie wieder auf diese Weise.*

Ich schwieg. Vernor tat sich keinen Zwang an. »Du warst diejenige, die sie angelogen hat, Anellia. Du hast geheuchelt, hast dich als jemand ausgegeben, der du nicht warst. ›Anellia‹ – die, die es nicht gibt.«

Das war kein Vorwurf, sondern eine Feststellung. Ich hatte Vernor eines Abends zwar meinen richtigen Namen gesagt, doch er nannte mich weiter »Anellia« – wohl weil er sich nicht die Mühe machte, einen anderen zu lernen.

Wir hatten den Weg verlassen, waren im Park. Stimmen ertönten in der Nähe, doch Vernor schien sie nicht zu hören. Wieder nahm er mein Gesicht zwischen seine Hände, drehte meinen Kopf, hatte mich im »Visier«; seine kräftigen Daumen umrahmten meine Augen, zogen die Haut an den Augenwinkeln straff. Ich wich reflexartig zurück, wollte mich befreien – was, wenn er mir seine Daumen in die Augen drückte, was, wenn er mir die Augen eindrückte? Ich wusste natürlich, dass Vernor Matheius mir nicht die Augen eindrücken würde, geriet aber trotzdem in Panik, wollte mich losreißen, war aber auch schon von seiner leisesten Berührung, seiner Nähe, der Vertrautheit seines Blicks sexuell erregt. Die Drohung dieser kräftigen Daumen. Es war, als stünde ich vor einer hohen Flamme: Mit Willenskraft konnte man ihr nicht widerstehen. »Warum bist du mit mir hierher gegangen? Was hast du vor?«, sagte Vernor. Seine Worte klangen scherzhaft, aber seine Miene war konzentriert, als habe er alle Gesichtsnerven angespannt. Er lotste mich noch weiter weg von dem Weg. Trotzdem waren wir in der Öffentlichkeit, die Sonne schien hell. Ich stolperte wie betäubt. Begriff mit einem Schlag, was wir tun konnten. Empfand die Distanz, die zwischen uns und diesem Ort lag, der Natur, der Welt außerhalb des Geflechts menschlicher Sprache, außerhalb der Philosophie. Das war die Verwirrung, von der Wittgenstein sprach; *Verwirrung* war das unausweichliche Schicksal derer, die einen Gedanken fassen wollen. Vernor Matheius zerrte mit seinen Daumen an meinen Augen. Dass er mir körperlich überlegen war, verlieh ihm Autorität. Mir wurde plötzlich klar, wie es einem Raubtier gelingt, seine Beute zu Boden zu werfen: Die Beute erschlafft wehrlos, wenn sich das starke Maul um sie geschlossen hat, wenn klar ist, dass es kein Entrinnen gibt. Über uns schwatzten Eichelhäher wie Affen in einem Dschungel.

21

Der Ausweg. Der Fliege zu zeigen, wie sie aus der Flasche herausfindet, war die lebenslange Hoffnung Ludwig Wittgensteins. In Wahrheit wollen Menschen aber gar nicht aus der Flasche heraus; wir sind gefangen, gefesselt in der Flasche, deren gläserner Mantel uns streichelt und tröstet. Der gläserne Mantel der Flasche bildet die Grenze unserer Erfahrung und unseres Sehnens. Die Flasche ist unsere Haut, unsere Seele; wir sind an die Verzerrung unseres Blicks durch das Glas gewöhnt; aber auch ohne die Glasbarriere würden wir nicht klar sehen wollen; ohne die Glasbarriere würden wir ebenfalls keine frischere Luft atmen. Außerhalb der Flasche könnten wir weder überleben …

… noch uns in der gläsern hallenden Sprache der Flasche sagen, dass es so ist.

22

Wie das jüdische Volk, von seinen Feinden verfolgt, die Geschichte und das zufällige Naturgeschehen moralisch deutete und sogar Unwetter und geologische Unglücke als Folgen des Bösen im Menschen ansah, so neigen auch wir in Zeiten emotionaler Verzweiflung dazu, jedes Geschehen moralisch zu betrachten. Wir glauben nicht mehr an Zufälle und halten an der Vorstellung fest, es geschehe alles nach einem Plan. Wir können nicht akzeptieren, dass wir das uns Widerfahrende nicht verdienen; wir wollen lieber einen zornigen, launischen Gott anstatt gar keinen. Wie Kinder wollen wir beeinflussen, was sich nicht beeinflussen lässt; wir flehen darum, gnädig behandelt zu werden. Werden abergläubisch. Verlieren den Boden unter den Füßen, treiben in den Wahnsinn.

Als ich in Vernor Matheius verliebt war, konnte ich mir nicht vorstellen, dass ich ohne Vernor Matheius leben könnte. Für mich hatte sie die Klarheit einer mathematischen Regel, die Vorstellung, ein Leben ohne Vernor Matheius wäre so kaputt und leer, dass ich es nicht aushalten könnte. Das war, als ich zwanzig Jahre alt wurde und die Kindheit endgültig verließ, die Zeit, in der es mir (manchmal!) so vorkam, als könnte Vernor Matheius mich zumindest auch ein klein wenig lieben, als wäre das immerhin möglich; die Zeit, in der ich durch die Welt ging, als sei ich aus Glas, so zerbrechlich, dass es jeden Moment zerspringen konnte; die Zeit, in der ich begriff, dass meine Euphorie, mein Kummer, meine Angst, meine Hoffnung Symptome des Wahnsinns waren. Trotzdem konnte ich mein Verhalten nicht ändern, wollte ich mein Verhalten nicht ändern, denn das hätte bedeutet, meinen Wahnsinn aufzugeben und damit die Hoffnung, Vernor Matheius könnte mich ebenfalls lieben, abzulassen von der Flasche mit der darin gefangenen Fliege: hätte meinen Tod bedeutet.

Ich war überzeugt, dass das Band zwischen Vernor Matheius und mir eine von meinem wie von seinem Willen unabhängige Kraft war, das uns beide verzehren würde wie ein Buschfeuer. Daher musste ich jeden meiner Blicke, jeden Gesichtsausdruck, jedes meiner Worte, jede meiner Gesten, wie beiläufig sie auch waren, kritisch unter die Lupe nehmen. Ich beoachtete mich ständig. Beurteilte mich ständig. Von Kind an wusste ich, dass es so etwas gibt, gut sein, anständig, tugendhaft, tadellos, hatte mich aber nicht besonders darum gekümmert, denn das Schlimmste war ja bereits geschehen – meine Mutter war gestorben. Als Kind konnte ich nichts anderes denken als: *Der Tod meiner Mutter ist mir geschehen*; es war schwierig zu denken, dass der Tod meiner Mutter ja *ihr* geschehen war. Daher sagte ich mir jetzt, dass ich, wenn ich gut, anständig, tugendhaft, tadellos war, Vernor Matheius Liebe als Lohn erhielt, und wenn nicht, dann nicht. Es gab keinen Gott, der über ein solches Verhalten wachte, weder einen jüdischen Gott noch den Gott der Lutheraner aus der Kirche in Strykersville. Aber das war ja auch nicht nötig. Ich wurde immer abergläubischer: So wie das Menschengeschlecht in der Kindheit glaubte, die unsichtbare Welt sei von Geistern und Dämonen bevölkert, die die Angelegenheiten der Menschen besessen verfolgten, so glaubte ich in meiner Liebe zu Vernor Matheius auch, mir stünden unsichtbare Kräfte zur Seite oder entgegen, die ich ständig besänftigen müsse. Ich konnte sie nicht ignorieren oder widerlegen, konnte nicht riskieren, mich gegen sie aufzulehnen, musste mich gegen spontanes Wunschdenken wappnen. Als junges Mädchen hatte ich es zum ersten Mal erfahren: *Wenn du etwas möchtest, dann tritt genau das nicht ein.* Der Gedanke etwa, *Vernor ruft mich heute Abend an, wir werden uns in seinem Bett lieben,* war die sichere Gewähr dafür, dass genau das eben nicht geschah. Meine Gedanken hatten keine Macht über mein Schicksal, aber meine Gedanken waren allwissend. Wie war das möglich? Und doch war es so. Um diese aussichtslosen Wünsche in Schach zu halten, musste ich mein gesamtes Verhalten rigoros kontrollieren. Wenn ich las oder arbeitete, voll und ganz auf das geistige Problem konzentriert, war ich in Sicherheit, in relativer Sicherheit; mein Lerneifer war nie größer, mein Wille nie stärker gewesen. Mir war ja auch klar, dass Vernor Matheius nur eine intelligente Frau akzeptieren konnte, eine Frau, deren wissenschaftliche Leistung seiner eigenen in Nichts nachstand. Daher meine Motivation, meine guten Noten. Wenn der Mann, den ich liebte, Wittgenstein bewunderte, musste ich über Wittgenstein in Erfahrung bringen, was ich nur konnte. Und wagte trotzdem nicht zu denken: *Er wird mich um meiner Intelligenz wegen lieben, etwas anderes bleibt ihm gar nicht übrig.*

Ich musste »gut« sein. Ich lächelte viel, war lieb, höflich, geduldig, freundlich. Auch wenn es mich bis zur Erschöpfung anstrengte. Auch wenn es mir das Herz brach. Auch wenn ich sterben, mich auslöschen, mich befreien wollte von meiner kranken, strahlenden Liebe zu Vernor Matheius, ohne Liebe sein wollte.

Hast du was? Hast du was mit deinem Gesicht?, fragte mich jemand. Ein Mädchen aus Norwood Hall, offenbar meine Freundin. Ich war verletzt, war zornig; ich starrte sie an, die Augen glänzend vor Tränen, die wie Glasscherben waren. *Was redest du da? Was ist mit meinem Gesicht?*, und sie, die nur freundlich hatte sein wollen, sagte verlegen: *Dein Gesicht sieht manchmal steif und starr aus, dein Lächeln ist ganz schief, bloß auf einer Seite.*

23

»Anellia, leg dich hin.«

An dem Tag hatte er es schließlich gesagt. War zum ersten Mal als Liebhaber in meinen Körper eingedrungen.

Wir hatten uns im Gras geliebt, unbeholfen, wild, auf der weichen Erde, als wir miteinander an einen Punkt gekommen waren, an dem uns die Worte fehlten. *Nur das! Das!* Adern traten an Vernors Hals hervor, an seiner Schläfe; er atmete hechelnd, als renne er, als kämpfe er; seine kräftigen Finger umfassten meine Schenkel, als er in mich eindrang, kneteten, drückten mein Fleisch, das noch Tage später blau marmoriert war. Ich schrie nicht auf vor Schmerz, obwohl ich noch nie solchen Schmerz gefühlt hatte; rief nicht: *Oh Vernor, ich liebe dich!*, weil ich wusste, er erwartete es von mir. Er hatte nichts ausgezogen, hatte nur seine Hose aufgemacht, mit flinken, geschickten Fingern meinen Rock hochgezogen, den Schritt meiner Unterhose zur Seite geschoben, war in mich geglitten. *So, so und so! Und fertig.* Vernor sprach kein Wort, als er mich liebte, und sprach kein Wort, als er fertig war; stieß zum Schluss nur einen leisen, lang gezogenen Seufzer des Erstaunens aus, einen Laut, der hilflos klang, sogar ungläubig. Dann sackte er auf mir zusammen, als seien wir zusammen aus großer Höhe abgestürzt, ohne zu wissen, welche Verletzungen wir davongetragen hatten. Ich war stolz, dass ich mich nicht gewehrt hatte, nicht zusammengezuckt war vor Schmerz; der Schmerz war eine hell lodernde Flamme, in die ich mich willig stürzte; ich wurde in die Erde genagelt, geschlagen, getrieben; über mir, am Himmel, drehte sich alles wie wild, aber ich hätte *Himmel, Wolke, Schmerz, Liebe* nicht einmal stammelnd herausgebracht.

24

Wir sind uns unbekannt,
wir Erkennenden.
Nietzsche

Jetzt waren wir ein Liebespaar, jetzt würde ich ihm vertraut sein. Jetzt konnte es Schweigen zwischen uns geben. Das Schweigen, das uns zu vergessen gestattet, dass ein anderer in der Nähe ist, überhaupt existiert.

Wenn Vernor angeödet, deprimiert oder ruhelos war, wenn die Philosophie ihn enttäuschte und der Fluss seiner Gedanken stagnierte wie brackiges Wasser, das er förmlich schmecken konnte, dann wollte er ein Mädchen, wollte er den Körper einer Frau, wollte – mit Glück – Anellia. *Los, sing für mich.* Und griente mich an wie ein Totenschädel. Unrasiert. Feuchte Raubtierzähne. Nicht einmal sonderlich weiße oder sonderlich ebenmäßige Zähne. Ich wollte protestieren, wie kam er darauf, dass ich singen konnte? Verwechselte er mich mit jemandem? Vernor starrte mich dann an wie ein Pascha und sagte: *Sing, Mädchen. Du kannst dein Leben retten, wenn du das richtige Lied singst.* Barfuß auf den Dielenbrettern in Vernors Wohnung stehend (die schmutzigen Jalousien halb herabgezogen, das Fenster nach oben geschoben, damit etwas Luft hereinkam), sang ich, was mir aufs Geratewohl einfiel. Schloss die Augen und sang, die Texte nur unvollständig im Kopf, Songs, die ich als Kind im

Radio gehört hatte, Songs über die ungestillte, schamlose weibliche Sehnsucht nach Liebe, und Vernor lachte und klatschte laut: *Schneller, Mädchen! Mehr Beat! Beweg deinen dünnen weißen Arsch.* Ich lachte mit, denn es war lustig; aus meinem Mund quollen wirre Songfetzen hervor, Reminiszenzen an meine Qualen im Kappa-Haus, die schlichten, einen verrückt machenden Melodien des Kingston Trios, die manche Mädchen ständig geträllert hatten, und der Pop-Calypso

Hey c'mon Kitch let's go to bed
I gotta small comb to scratch ya head

bei dem Vernor in noch lauteres Lachen ausbrach. So ein idiotisches Zeug zu hören, einen solch dämlichen Mist, zumal es ja ein schwarzer Calypso aus der Karibik war, in einer verflachten, verfälschten Variante und so komisch, dass ich es gleich noch einmal sang

Hey c'mon Kitch let's get to bed
I gotta small comb to scratch ya head

während Vernor schon aufstand, mich packte und mit einem Ausdruck, fast schon zärtlich, an sich zog.

»Anellia, manchmal überraschst du mich.«

Das Verlangen, das im Blick eines Mannes aufflackert wie eine Flamme.

Wie eine plötzlich aufflackernde Flamme: das Verlangen in den Augen eines Mannes.

Wenn er angeödet und deprimiert war. Wenn er (er gab es offen zu) in einer seiner Scheißstimmungen war.

Zwei verschiedenen Stimmungen: die angeregte und die

Scheißstimmung. Er pendelte zwischen den beiden hin und her wie ein Affe an Stangen.

Er wollte eine Abhandlung darüber schreiben: *Die Epistomologie des Angeregten und des Beschissenen: Prolegomenon zu aller künftigen Metaphysik.*

Vernor Matheius lehnte Stimmungen prinzipiell ab. *Stimmungen*: Gab es so etwas bei Descartes, Spinoza, Kant? *Stimmungen*, eine Kategorie geistiger Erfahrung, die in seriösen philosophischen Untersuchungen nicht vorkam. Ergib dich einer *Stimmung* – schon bist du kein Philosoph mehr, sondern bist beschädigt, reduziert. Wie ein Geiger, der seine Violine zerschlägt. In solchen *Stimmungen* verachtete Vernor Matheius sich selbst und kannte sich nicht, was ich, die Mitfühlende, wenn auch meist schweigende Beobachterin bemerkenswert fand.

Angeödet und deprimiert! Und der Frühling so üppig, so reich an Gerüchen, sogar die Nachtluft in der Stadt so frisch, dass ich am liebsten stundenlang spazieren gegangen wäre. Aber bei Vernor stagnierte der Gedankenfluss, und er konnte keine Schlagzeilen sehen, schob die einzelnen Seiten der Syracuser Zeitung fort, die auf einem Tisch im Café oder dem Restaurant, wo wir uns trafen, liegen geblieben waren, wollte nichts wissen von den Bürgerrechtsmärschen, die in Alabama, in Georgia, in Mississippi begannen, von den Angriffen der Polizeihunde, den vom Ku-Klux-Klan geworfenen Bomben, den verhafteten Aktivisten. Vernor wünschte ihnen Glück, hoffte, sie würden siegen, sagte aber, er hätte keine Zeit für Politik, für Aktionen, nicht mal für das Nachdenken darüber. *Die Zeit ist ein Stundenglas und läuft nur in eine Richtung,* sagte er. Ich sagte nicht: *Ich finde, sie sind sehr mutig, manche sogar regelrecht leichtsinnig, wenn sie so in der Gegenwart leben, in der Geschichte,* denn diese Gedanken hatten sich noch nicht in meinem Kopf gebildet, die Worte dafür waren noch nicht da.

Die Liebe zu einem Ding ist Barbarei (sagte Vernor einmal zu mir, gab dem Aphorismus aber einen persönlichen Dreh) *denn noch verächtlicher ist die Lust, und noch verächtlicher als die Lust ist gewohnheitsmäßige Lust, ist Sucht.* Der eigentümliche Drang des Körpers, im Fleisch eines anderen zu schwelgen. Als ließe sich im Fleisch eines anderen Erlösung finden, Sinn, die eigene Identität. Das bereitwillige Sich-Ergießen warmen Samens, welches Versprechen darin liegt. (Selbst wenn es vereitelt wird wie durch Vernors Technik, der nur auf meinem Bauch kam und nicht in mir oder sich ein Kondom über seinen erigierten, pulsierenden Penis zog.) Das gewohnheitsmäßige Trinken (ja, Vernor gab es zu, er trank mehr, als er wollte). Und das Rauchen (ja, Vernor rauchte auch mehr, eine stinkende, schmutzige und teure Sucht, die zu überquellenden Aschenbechern führte, außerdem stand ständig ein bläulicher Dunst in der Wohnung). Wenn seine Gedanken stagnierten. Wenn er in einer seiner Stimmungen war. Das sollte er nicht (er wusste es!) Anellia vorwerfen, der armen, lieben Anellia, die ihn liebte, ihn, der Liebe gar nicht verdiente, nicht einmal Respekt. Wenn es mit seiner Arbeit nicht lief, wenn er zu Unrecht gelobt wurde (etwa von seinem Doktorvater, einem Professor, zwanzig Jahre älter als er), obwohl es mit seiner Arbeit nicht gut lief, und jetzt noch dieses Stipendium, das ihn nur in seinem Gefühl, mit der Arbeit nicht voranzukommen, bestärkte! Gut, seine Arbeit genügte den Anforderungen, seine Ideen waren von gewisser Originalität (falls es das gibt, gewisse Originalität), aber es war nicht die revolutionäre Abhandlung, die er hatte verfassen wollen. Wenn er den Glauben an sich und die Philosophie als überindividuelle Wissenschaft verlor; wenn er der *philosophischen Verwirrung* verfiel, dem tragischen, ätzenden Wittgenstein, für den das Aufwerfen rätselhafter, unlösbarer Fragen eine Strategie war, um seinen Selbstmord hinauszuschieben (von seinen vier Brüdern hatten sich drei das Leben genommen), so wie die nächtens von Scheherazade erzählten Märchen nichts anderes waren als eine Strategie, die Ermordung der Märchenerzählerin hinauszuschieben. Wenn er den Glauben an die Philosophie verlor und sogar an den Begriff *Glauben*, wenn er alle verachtete, die ihn bewunderten, wenn er mich verachtete, weil ich ihn bewunderte, wenn er sich selbst dafür verachtete, bewundert zu werden, wenn das sexuelle Verlangen eines Mannes nichts anderes war als eine gewöhnliche Sucht, das schiere körperliche Bedürfnis eines Mannes – im Grunde eine Schwäche der Vorstellungskraft –, das er schon vor Jahren im Priesterseminar überwunden zu haben glaubte und das jetzt zurückgekehrt war. War es nicht wie eine Krankheit? Dieses Verlangen nach Anellia, an deren richtigen Namen er sich nicht erinnern wollte, das Verlangen nach dem dünnen, blass schimmernden Körper, dem Körper einer Weißen, in den er fiel wie in einen grenzenlosen Traum? Er zog mir die Kleider aus, als sei ich ein Kind, das man ausziehen muss. Musterte mich wissenschaftlich-objektiv, seine Nickelbrille zurechtrückend. Manchmal geschah es scherzhaft, spielerisch, doch hinter dem Spielerischen trat eine seltsame Nüchternheit zutage, ähnlich der des Philosophen aus dem Mittelalter, der staunend in die Betrachtung eines Schädels auf einem Holzschnitt vertieft ist. Vernor schob meine Arme weg, wenn ich mich verstecken wollte, verlegen geworden unter seinem prüfenden Blick.

Tu nicht so, Anellia. Dafür ist es zu spät.

Er flüsterte Wörter, die nicht für meine Ohren bestimmt waren, zornige Liebkosungen oder Obszönitäten, Flüche; seine Stimme rau, brüchig, nicht wiederzuerkennen, nicht die einst geliebte, sondern die Stimme hilflosen, wütenden Begehrens, die Stimme gestauter Gedanken, eine Stimme, erstickt von Verlangen und von der Verachtung des Verlangens. Oft jedoch schwieg Vernor ganz und gar und traute sich offenbar nicht, mich anders zu berühren als jemand, der seinen Besitz, sein Eigentum prüft. Dann strich er mit den Daumen über die schmale Ader an meinem Haaransatz, umfasste mein Gesicht mit beiden Händen, die Daumen gefährlich nahe an meinen Augen. *So wunderschöne Augen, Anellia*, auch das verwundert gesprochen, denn in den ersten Wochen unseres Verhältnisses hatte er mich kaum wahrgenommen. Anfangs war es, als sei er (aber konnte das sein) blind für mich und daher ignorant, irregeleitet. Er sagte: *Wie kannst du mir denn vertrauen! Ich könnte dir doch plötzlich die Augen eindrücken,* aber natürlich (natürlich!) vertraute ich ihm; ich wand mich zwar, protestierte aber nie, wenn er meine Brüste knetete, als wolle er Flüssigkeit aus ihnen herauspressen, wenn er meine blauen Schenkel drückte, meine kleinen Pobacken mit den Händen umfasste, während er mich mit groben, hektischen Stößen zu lieben begann und flüsterte, was er nicht laut sagen mochte: *Deine enge, geizige kleine Möse, deine Haut, die Farbe deiner Haut, sie sind mir widerlich, weißt du das denn nicht? Weißt du das denn nicht? Nein?,* während er sich in immer schneller werdendem Rhythmus in mich hineinbohrte. *Wie kannst du mich lieben? Dich von mir vögeln lassen? Wie kannst du dich so erniedrigen?* Ich hätte niemals zu sagen gewagt: *Aber ich liebe dich,* wie ich es in meinen Träumen so oft sagte: *Aber ich liebe dich*. Mein Liebhaber bedeckte meinen Mund mit seinem, um meine Worte zu ersticken, wenn seine Lust größer wurde, mahlte er mit den Lippen und Zähnen auf meinen, stöhnte und fluchte. Ich wagte nicht zu schreien, wenn ich die sexuelle Lust in mir aufsteigen spürte, schnell und unbemerkt, wie ein unsichtbarer Luftzug eine Kerze zum Flackern bringt, wenn eine überwältigende, alles auslöschende Empfindung zwischen meinen Beinen hervorbrach. Er wollte nicht, dass seine Nachbarn mich schreien hörten; wenn er die Finger um meinem Hals schloss, wollte mich nicht schreien hören, wenn er mir in den Mund spuckte, der ihm hässlich vorkam beim Orgasmus, wie ein klaffendes Fischmaul, er wollte mich nicht schreien hören, stopfte mir meinen kleinen Mund mit seiner Zunge, stopfte mir meinen kleinen, würgenden Mund mit seinem Schwanz – mein trockener Mund, darin seine riesige Zunge, mein trockener Mund, darin sein riesiger Schwanz. Er ergoss alles, was er eifersüchtig für sich behalten hatte, in mich, ich sollte ersticken daran, sollte untergehen, tat es aber wimmernd, sagte beinahe: *Großer Gott,* sagte beinahe meinen Namen, sagte beinahe: *Ich liebe, liebe dich*, als würden ihm Wörter entrissen, die verboten waren, so wie ihm sein milchiger Samen entrissen wurde im alles auslöschenden Moment des Orgasmus, der immer so viel stärker ist, als man erwartet hat, sagte dann beinahe: *Ich liebe dich, Anellia*. Er bohrte seine spinnenartigen Finger in meinen Rücken, meine Hüften und Pobacken, sodass die Abdrücke noch tagelang zu sehen waren, frühere Abdrücke überlagerten; lag auf mir, den Rücken gespannt wie einen Bogen, und sackte, fast schluchzend und von Sinnen bei diesem Sturz, auf mir zusammen, vergrub das Gesicht, seinen stöhnenden Mund, seine Zähne an meinem Hals, presste sein heißes Gesicht zwischen meine Brüste, die wund waren, schmerzten, meine Brustwarzen steif vor Erregung und Angst, lag erschöpft in meinen Armen, besiegt, und ich streichelte das geliebte Haar, sein verfilztes, fein gelocktes, fettiges Haar, das nur ich streicheln durfte, umfing seinen schweren, wohlgeformten Kopf, den nur ich umfangen durfte. Die Gedanken meines Liebhabers kamen jetzt in langsamen, gemächlichen Wellen, die Brandung hatte sich gelegt und lief in Wellen aus, in warmen, flachen Wellen. Ich sah seitlich von oben, denn ich hielt ihn ja, in sein Gesicht, sah die flatternden Lider, das Leben in diesen Lidern, das Leben des Auges, sah, was es sah, sah die Gedanken unter diesen Lidern. Ich begriff, dass wir einen anderen nur in diesem intimen Moment kennen, uns selbst nur in diesem intimen Moment, einem anderen so nahe, kennen. Die Nacktheit Liebender ist die Nacktheit von Mutter und Kind, die Nacktheit Liebender ist diese erste Nacktheit, oder sie ist nichts, und deshalb töten Liebende auch dafür, töten, um sie zu erleben und sie abzuwehren. Als der Sturm in Vernors Seele abflaute, seine Lider ruhiger wurden und er döste, begann ich, nach dem Liebemachen, schließlich leise und ruhig zu sprechen, erzählte meinem Geliebten von Dingen, die ich nie gesehen, mir nur vorgestellt hatte. Von einem leuchtend blauen Meer, das sich in der Sonne kräuselte, von einem außergewöhnlich breiten, weißen Strand, wie ich nie einen erlebt hatte, mit einem Sand, so fein wie Puderzucker, von dem ich in die Brandung rannte und mir den Fuß aufschnitt an einer Muschelschale, bemerkenswert korallenrot, und meine Mutter, die hinter mir herlief, mich auf die Arme nahm und mich küsste, als ich, zuerst mehr vor Überraschung als vor Schmerz, zu weinen begann, obwohl der Schmerz sich dann gleich einstellte, in meinem Fuß pochte, und meine Mutter mit mir ging, das verletzte Füßchen wusch und küsste und es wieder heilte. Ich erzählte ihm von meiner Mutter, die sich, eigentlich noch ein junges Mädchen, auf eine Reise gemacht hatte: Ich sah sie auf den Wellen, hundert Meter vom Ufer entfernt, allein in einem kleinen Ruderboot, allein mit einem Ruder, was war dem vorausgegangen? Warum war meine Mutter so weit weg? Und warum schrie ich am Ufer nach ihr, nach meiner Mutter, die wunderschön aussah, liebevoll, dabei konnte ich ihr Gesicht gar nicht genau erkennen, das so zart war (vielleicht sind alle Gesichter so) wie Reispapier, das kaputtgehen, zerreißen konnte, fast aus Versehen. Ich erzählte Vernor von meinem Vater, dessen Körper ich nie richtig wahrgenommen hatte, weder im Leben (wie es mir schien) noch im Tod, von dem Mann mit hochrotem Gesicht und schwerem Herzen, von der Last dieses vergrößerten, schweren Herzens, dabei hatte er einmal ein hübsches Gesicht gehabt, ein Gesicht, ganz anders als Vernors holzschnittartiges Gesicht; das Gesicht meines Vaters schien überhaupt keine Knochen zu haben, nur Muskeln, Knorpel und Fett, war wie eine absichtlich verwischte Kohlezeichnung. In der Schule hatte ich meinen Vater einmal mit Kohlestift gezeichnet, aus dem Gedächtnis, und hatte die Zeichnung mit nach Hause genommen und den anderen gezeigt. Sie waren überrascht über mein Können, hatten das Blatt meinem Vater gezeigt, der lachend und kopfschüttelnd sagte: *Da hast du mich ja erwischt*, ein Ausdruck, den ich nicht verstand. An dem Abend hatte er die Zeichnung noch einmal sehen wollen und sie dabei zerrissen. Den Schock, den Schmerz werde ich nie vergessen – als zerreiße mein Vater sein eigenes Gesicht –, auch nicht sein zorniges Lachen, als er es tat. Doch als ich damals weinte, waren meine Tränen unaufrichtig, denn ich hatte gewusst, dass ich das nicht hätte tun dürfen, das Gesicht meines Vaters nicht hätte zeichnen dürfen. Es ist ein Übergriff, das Gesicht seines Vaters zu reproduzieren, wenn man dabei zu viel zeigt. Und trotzdem schien er mich gern zu haben, damals, am Tag meines Schulabschlusses. *Lass dich nicht von Arschlöchern unterbuttern.* Ich erzählte meinem Geliebten, wie ich auf dem Land manchmal nachts aufwachte und den Tod im spätherbstlichen Wind in den Maisfeldern hörte, ihn ins Bauernhaus meiner Großeltern kommen hörte, das zu klein war, um ihn draußen zu halten. Ich lag wach in meinem Bett, hatte solche Angst, dass ich nicht zu atmen wagte, und hörte unten den Tod über die knarrenden Dielenbretter gehen, betete, dass der Tod an mir vorbeiging, an mir und den anderen im Haus, meinen drei großen Brüdern, meinen Großeltern und, wenn er da war, meinem Vater: Ich begriff, dass alle, die leben, in solchen Momenten ganz still liegen vor Todesangst, darauf warten, dass der Tod vorbeigeht oder dass er einen anderen holt, so wie es in einer von Raubtieren verfolgten Viehherde nur den einen instinktiven Wunsch geben muss: *Nimm einen anderen! Nimm einen anderen, nicht mich!* Das war ein Geheimnis, über das die Erwachsenen nicht sprachen, war ein Geheimnis, das die Kinder kannten und die Erwachsenen vergessen hatten, ein Geheimnis, von dem die großen Philosophen nicht sprachen, weil es so einfach war, auf der Hand lag; ein Geheimnis, das gewahrt blieb.

Von diesen und anderen Dingen erzählte ich meinem Geliebten Vernor Matheius, wenn er in meinen Armen lag, verschwitzt, ermattet, ruhig, für den Moment beruhigt, Vernor Matheius, warm, schwer, widerstandslos in meinen Armen, die Augen geschlossen, das Gesicht verschlossen. Zärtlich streichelte ich ihm das Haar, den Kopf, die Schultern, die Arme. Es war das große Glück meines Lebens, Vernor Matheius in den Armen zu halten, Vernor Matheius, einst eine körperlose Stimme in einem Hörsaal, und ich dachte: *Nur das, was wir nicht verdienen, rechtfertigt unser Leben.* Denn ich glaubte, Vernor Matheius nicht zu verdienen. Wusste, dass ich Vernor Matheius nicht verdiente. Ich teilte verlegen mit ihm sein schmales Bett, dessen dünne Matratze in der Mitte durchhing wie der gebrochene Rücken eines Lasttiers, den von unseren Körpern feuchten Laken entstieg der Geruch unseres Schweißes, der Geruch von Vernors Haaren, Achseln und Füßen, der Geruch seines milchigen Samens in dem Kondom, das von seinem geschrumpften Penis hing. Vernor Matheius war bedrückt nach seinem sexuellen Triumph, der für ihn eins war mit der sexuellen Niederlage, und so teilten wir sein unbequemes Bett und diese Stunde oder Stunden. Den Schlaf aber teilten wir nicht, Träume teilten wir nicht, denn wohin es Vernor Matheius im Schlaf trieb, war mir unbekannt, konnte ich nicht erahnen, während ich in oberflächlichem Schlummer trieb wie Schaum auf dem Wasser, ein wenig versank, wieder aufstieg und neu versank, noch etwas tiefer, meine schlafenden Finger im Haar des Mannes, und schließlich doch fest schlief, in dem Wissen, dahin, wo er war, konnte ich ihm nicht folgen.

25

Und was war in diesen Monaten mit dem Teil meines Lebens, der nicht Vernor Matheius war? Was war mit der unermesslich großen Welt, die nicht Vernor Matheius war? Was war mit der jungen Frau, in deren Körper ich lebte, die aber nicht Anellia war, sondern ein ganz anderer Mensch? Welche Verbindung bestand da, was sah sie mit skeptischem Blick, hatte sie keine Zukunft, keine Hoffnung? Gab es keine andere Möglichkeit?

Ja. Und nein.

26

Das Wort Neger kam ihr nicht über die Lippen. Man sah, wie sie auf das Wort zusteuerte und davor zurückschreckte. Man sah ihre Pupillen wie Eispickel blitzen, während sie das Wort *Neger* in Betracht zog, aber schnell wieder verwarf und mit gespielter Besorgnis sagte: »In welcher Beziehung stehen Sie denn zu diesem ... diesem Angehörigen einer anderen Rasse?« Sie hatte es schließlich ausgesprochen, mit angehaltenem Atem, niedergeschlagenen Augen, der Nachahmung von weiblichem Anstand und Schicklichkeit, und ihr Bulldoggengesicht, das sie, ihrem natürlichen Hautton widersprechend, pfirsichfarben gepudert hatte, blickte finster. »Wenn ich nicht irre, ist er Doktorand der Philosophie und etliche Jahre älter als Sie, nicht? Ich habe beunruhigende Äußerungen vernommen, ich meine Dinge vernommen, die zur Beunruhigung Anlass geben, Miss –«, gefolgt von meinem Namen, dessen zwei Silben sie gleichermaßen betonte, wie um zu verstehen zu geben, dass man einen so offensichtlich fremdländischen Namen nicht begreifen könne. Sie sprach mit stoischer Würde, man merkte, dass sie eine hohe Meinung von sich und ihrem Amt – sie war die für die Studentinnen zuständige Betreuerin – hatte und dass sie es nicht leicht nahm. Es verschlug mir beim Zuhören vor

Verblüffung die Sprache, mir fiel keine Erwiderung ein. Es war lange her, dass ich einmal *Ich hasse dich* murmelnd von meiner Großmutter weggerannt war – und vielleicht hatte die alte Frau das auch gehört, vielleicht auch nicht –, so etwas konnte ich doch jetzt, mit zwanzig und als Stipendiatin der Universität, nicht tun. Es gab mir einen Stich vor schlechtem Gewissen, als ich dachte: *Sie weiß es, sie weiß, was wir zusammen gemacht haben, woher kann sie das wissen?* Ich war ins Büro der Betreuerin bestellt worden, mitten an einem meiner vollsten Arbeitstage, zwischen Seminaren und meinem Aushilfsjob (inzwischen in der Cafeteria). Ich hatte keine Zeit nachzudenken oder gar etwas zu befürchten, dachte sowieso fast nur noch an Vernor Matheius und mein Studium, für mich untrennbar verbunden, denn mein Verstand war geschärft, ich wollte ja Vernor Matheius Brillanz nacheifern. Ich schrieb meine Arbeiten, als wolle ich sie ihm zur Begutachtung vorlegen, war bis zur Besessenheit auf eines konzentriert, was ja auch befriedigend ist, selbst wenn es die Konzentration war, mit der ein Drahtseilkünstler einen Abgrund überquert. Dieser Abgrund war der Tod, war meine zum Scheitern verurteilte Liebe zu Vernor Matheius. Also hatte ich gar keine Zeit zu überlegen, mich zu wappnen gegen diesen unerwarteten Angriff. Benommen und gedemütigt saß ich da und hörte mit wachsendem Groll der Betreuerin zu, die mir in vorwurfsvollem Ton einen Vortrag hielt, mit einer Stimme, geübt im Tadeln, Schelten, Beschimpfen, Zurechtweisen junger Frauen, einer Stimme, die zitterte vor Macht und vor unaussprechlicher Freude über ihren Besitz. *Es ist nur zu Ihrem Besten,* sagen solche Stimmen immer. *Sie sind in einem Alter, wo man oft nicht weiß, was gut für einen ist.* Ich war im Verlauf des Semesters schon öfter ins Büro der Betreuerin bestellt worden, und jedes Mal war es eine schmerzliche Pein. Ich hatte darum gebeten, aus der Tyrannei von Kappa Gamma Pi befreit zu werden, doch die Frau lehnte den Wiederaustritt einer Studentin aus einer Verbindung kategorisch ab, ganz gleich, was oder wie dringlich das Anliegen der Betreffenden war. Offenbar verfügte die Universität nicht über genügend Unterbringungsmöglichkeiten für Studenten älterer Jahrgänge, und die Verbindungshäuser schlossen da eine Lücke. Diese praktische Tatsache wurde jedoch nicht erwähnt. Man kleidete alles in Begriffe wie *Engagement, Loyalität, vertragliche Verpflichtungen, Gelöbnis*. Der oberste moralische Grundsatz lautete: *Wie man sich bettet, so liegt man,* doch so direkt und ehrlich hätte die Betreuerin das niemals gesagt. Bei diesen qualvollen Unterredungen hatte ich sie davon überzeugen müssen, dass ich die Kappas wegen einer finanziellen Notlage und meiner anderen Moralauffassung verlassen wollte. Es genügte jedoch nicht, dass die Kappas mich ablehnten und schnitten (und, wie ich wusste, ihr gegenüber schon bekundet hatten, dass sie mich loswerden wollten), es genügte nicht, dass ich mich elend fühlte und ihnen ganz entfremdet hatte, es genügte nicht, dass ich nicht, wie ich fälschlich angegeben hatte, Episkopalin war, sondern »jüdisches Blut« in mir und mich als Nicht-Christin in eine christliche Verbindung eingeschlichen hatte – ich musste auch belegen, dass ich aus finanziellen Gründen nicht weiter Mitglied sein konnte und bereits Schulden hatte, ich musste Unterlagen über meine finanzielle Lage beibringen, die peinlichste darunter eine notariell beglaubigte Bankauskunft, musste mich dafür rechtfertigen, dass ich arm war. Dass ich trotz meiner Probleme immer noch Stipendiatin war, benutzte die Frau gegen mich. Ich bekam doch weiter gute Noten, und meine Professoren bescheinigten mir durchweg ausgezeichnete Leistungen, wie konnte ich da behaupten, Kappa Gamma Pi schade meiner wissenschaftlichen Arbeit? *Sie, eine junge Frau mit überdurchschnittlicher Begabung, fühlen sich nicht verpflichtet, ihren Kameradinnen aus der Verbindung zu helfen? Wäre das nicht großzügig und selbstlos?* Mit solchen Fragen quälte mich die Betreuerin und labte sich daran, reduzierte mich auf meine Erschöpfung, hätte mich fast zum Weinen gebracht. Ich aber hatte mir geschworen, mich nicht zum Weinen provozieren zu lassen, und wir beide wussten, dass sie meiner Bitte um Entlassung stattgeben musste, dass die anderen Kappas bereits geschworen hatten, mich auszuschließen, und ich also keine von ihnen mehr war.

Und jetzt, wenige Monate später, saß ich wieder im Büro der Betreuerin. Es war ein Witz, die Beziehung zu einem Angehörigen *einer anderen Rasse* vorgehalten zu bekommen, wenn man seit drei Tagen nichts von dem Betreffenden gehört hatte. Und nach allem, was ich wusste, würde ich nichts mehr von Vernor Matheius hören. Wir waren unschön voneinander geschieden. Vernor, mal wieder tief bedrückt, machte sich nicht einmal die Mühe, aus dem Bett aufzustehen, sondern lag nackt da, einen Arm über der Stirn, und starrte an die Decke. Als ich aus dem Bad kam und mich unsicher zum Gehen fertig machte, sagte Vernor mit hämischem Spott: *Schopenhauer hat gesagt, das Leben ist ein Kampf gegen den Schlaf, den wir schließlich verlieren.* An diesem Vormittag hatte ich unsere unausgesprochene Abmachung verletzt und war zu Vernor nach Hause gegangen, beunruhigt, weil ich schon drei Tage nichts von ihm gehört hatte. Ich fand, ich müsse gehen und riskieren, seinen Zorn auf mich zu ziehen. Er hatte gesagt, er würde mich anrufen, wenn er mich sehen wollte, und ich wusste (meinte es zu wissen), dass er mich bestrafen wollte, weil ich mich bewundernd über die vom Studenten-Komitee für Gewaltfreiheit organisierten Proteste auf dem Campus geäußert und Vernor nicht zugestimmt hatte, der von Politik, Aktionen, Geschichte nichts wissen wollte. Ich hatte ihn enttäuscht, und er wollte mich bestrafen, aber ich hatte mich trotzdem zu ihm getraut, als wisse ich das alles nicht. Er war auch zu Hause gewesen, hatte mich hereingelassen, und wir hatten uns schließlich, wenngleich nicht ganz befriedigend, geliebt, und ich war wieder gegangen und hatte die folgenden drei Tage, weil ich wieder nichts hörte, auf dem Seil über dem Abgrund verbracht, bemüht, nicht abzustürzen. Als die Betreuerin mich dann zu sich bestellte, hatte ich keine Wahl und musste hin. Die Frau verfügte über die Macht, mich der Universität zu verweisen – zumindest hatte man mich das glauben lassen. Sie war eine Frau von Mitte fünfzig mit großem, wogendem Busen und einem dick pfirsichfarben gepuderten Gesicht, einem Gesicht, das Wissen oder Ahnungslosigkeit vorspiegelte, wenn gerade das Gegenteil vorlag, einem Gesicht, schadenfroh und hämisch, das nie mütterlich gewesen war. »Dieser Student, dieser – Mann aus ganz anderen Verhältnissen«, sagte sie mit vorgetäuschter Besorgnis, während sie mich mit ihren kugelrunden Augen fixierte, »haben Sie sich mal ernsthaft überlegt«, und verstummte wieder, um zu überlegen, »weiß Ihre Familie von Ihrem Benehmen ... in meiner Position bin ich ja dafür verantwortlich ...« Ich hörte zu, und meine Scham und mein Zorn wurden immer größer. Anscheinend hatte die Beraterin aus dem Wohnheim mich verpetzt, aber warum? Und wie hatte sie von Vernor Matheius erfahren? Der Zorn auf mein Gegenüber wurde so groß, dass ich schon selber Angst davor bekam. Aus Vernor Matheius verspanntem Körper hatte sich Zorn – das leise Rumoren, der beschleunigte Puls –, der pochende Beat des Zorns auf mich übertragen, und ich dachte: *Sie hält weiße Haut für etwas Heiliges, und die hast du beschmutzt, und damit auch sie*. Sie wartete darauf, dass ich mich verteidigte, aber ich saß nur da und schwieg eigensinnig. Der Ton der Betreuerin wurde noch schärfer, sie überflog mit ernstem Blick die aufgeschlagen vor ihr liegende Mappe und sagte missbilligend: »Das ist ja nicht das erste Vorkommnis, Miss ... Ihre unglückliche Erfahrung bei Kappa Gamma Pi, Ihre ›konfliktreiche Beziehung zu Kommilitoninnen‹, ›Probleme beim Zusammenarbeiten mit anderen‹, Ihre ›soziopathischen Tendenzen‹ – und da machte ich doch den Mund auf, unterbrach sie, schneidend wie Vernor Matheius: »Verzeihung, sagten Sie – ›soziopathisch‹? Haben Sie wirklich ›soziopathisch‹ gesagt?«, woraufhin die Frau sich kerzengerade aufrichtete und ihr Bulldoggengesicht rot anlief. »Ich fürchte ja, uns liegt eine solche Beschwerde vor, die Betreffende hat ›soziopathische Tendenzen‹ angegeben, ›unfähig, sich anzupassen‹, ›ungebrochener Widerstand‹...« »Sie haben kein Recht, mir nachzuspionieren«, sagte ich schnell. »Ich kann mich mit einem Mann treffen, wenn ich das will, kann einen Mann lieben, wenn ich das will, das können Sie nicht verhindern!« Die Betreuerin runzelte die Stirn bei meinen barsch, so unweiblich hervorgestoßenen Worten und erwiderte: »Das reicht jetzt. Ich werde einen Vermerk über Ihr Benehmen machen müssen«, und ich sagte zitternd: »Was geht es Sie an, ob ich mich mit einem Mann treffe, der schwarz ist? Wenn ich einen Mann liebe, der schwarz ist? Das geht doch keinen etwas an!« Die Frau sah mich an, als hätte ich etwas Obszönes gesagt; sie war es sicher nicht gewöhnt, dass ihr junge Studentinnen in ihrem Büro widersprachen. »Miss, jetzt sind Sie zu weit gegangen. Einen solchen Ton lasse ich mir nicht bieten. Sie –«, aber ich war schon von meinem Stuhl aufgesprungen, hatte mir die auf ihrem Tisch liegende Mappe geschnappt und sagte: »Verfassungsrechtlich ist es mir erlaubt, Vermerke über mich einzusehen«, und die Betreuerin war so perplex, dass sie nichts erwidern konnte, und ihr gepudertes Gesicht sich auflöste vor Schock und Schauer, als ich die Mappe überflog, die Abschriften meiner Noten aus drei Semestern enthielt, fotokopierte Formulare, Empfehlungsbriefe und Testergebnisse von der Highschool, eine Kopie der Urkunde über das staatliche Stipendium, das ich als Auszeichnung erhalten sollte – *still, für ihr Alter sehr reif, hochintelligent*; Einschätzungen von meinen Hochschullehrern – *brillant, aber noch sehr jung, unreif – eine herausragende Studentin, mit Kritikfähigkeit begabt (oder gestraft)*; und diese Beurteilung, verfasst in der steilen Handschrift Agnes Thayers, die ich sofort erkannte: *Ein eigenwilliges, unangenehmes, unattraktives Mädchen, zuweilen grob und soziopathisch, unfähig, sich anderen anzupassen, ohne Respekt vor Älteren. KANN KEINE EMPFEHLUNG AUSSPRECHEN. NICHT GEEIGNET.* Die Worte verschwammen vor meinen Augen, während ich erstaunt darüber nachsann, wie aufgeregt Mrs Thayer bei diesem Vermerk gewesen sein musste, doch jetzt erhob sich die Betreuerin mühsam von ihrem Schreibtisch, eine korpulente, keuchende Frau mittleren Alters, die, obwohl viel größer als ich, Angst vor mir zu haben schien, mir, einem Mädchen mit wilden soziopathischen Tendenzen – was würde ich wohl als Nächstes tun? Ich brachte all meine Beherrschung auf, legte die Mappe wieder auf den Schreibtisch zurück und sagte: »Wie können Sie es wagen, mir nachzuspionieren, Sie und Mrs Thayer! Sie wissen doch, wie verstört sie war, Sie wissen doch, was mit *ihr* geschehen ist! Wenn ich in einen Mann verliebt bin, der ...«, doch da geriet ich ins Stocken, wusste nicht recht, wie ich von Vernor Matheius sprechen sollte, jedes Wort, mit dem ich ihn, einen einzigartigen Menschen, einer Kategorie, einer Klasse zugeschlagen hätte, war ja falsch, nein, schlimmer als falsch, war ein Verrat. Selbst neutral von ihm zu sprechen, war hier, unter diesen Umständen, ein Verrat, und so sagte ich: »Wenn ich in einen Mann verliebt bin, geht Sie das gar nichts an, egal, wer er ist oder woher er kommt. Sie haben kein Recht, mich zu demütigen. Ich bin zwanzig Jahre alt, bin erwachsen! Mein Freund Vernor Matheius gehört zur amerikanischen Bürgerrechtsbewegung, und wir werden Sie verklagen, Sie und die Universität, wenn Sie diese rassistische Verfolgung nicht beenden. Wir kennen unsere Rechte als amerikanische Staatsbürger!« Und mit diesen Worten stürmte ich, ganz benebelt von meinem Gerechtigkeitsdrang, aus dem Büro der Betreuerin und durch ihr Vorzimmer, vor meinem geistigen Auge ein vages Bild ihrer verblüfften Miene, rannte begeistert die Treppe der Erie Hall hinunter und konnte, so aufgewühlt, wie ich war, nur denken: *Wenn Vernor mich eben gehört hätte! – dann würde er mich lieben, oder?* Konnte in lächerlichem Triumph nur denken: *Das bin ich also – eine Soziopathin! Krank, eine Gefahr für die Gesellschaft! Das bin – ich!?*

Ich rannte. Die Leute drehten sich nach mir um. Ich weinte

nicht, mein Gesicht leuchtete vor Rechtschaffenheit. *Krank! Krank!* Es war ein Begriff aus der Biologie, ein hilfreicher Terminus; noch nie hatte ich mich so stark gefühlt, war meiner so sicher. *Vernor Matheius und ich: gefährliche Kranke.* Ich spürte den Kick des Gesetzlosen, des Ausgestoßenen, dessen, der verachtet und tabuisiert wird. Meine Haut war zwar »weiß«, eine Tarnfarbe, die ich mein Leben lang tragen konnte wie die Kleider, mit denen ich mich kostümierte, wie ich mein »Frausein« mit mir herumtrug. Was andere als Schwäche ansahen, würde ich als meine Stärke vor mir hertragen. Ich strahlte regelrecht vor Selbsterkenntnis! Überquerte eine breite, leicht abfallende Wiese, die aufgeweicht war vom Regen der letzten Tage; der Nachmittag lag im Zwielicht, dunkle Regenwolken verdeckten die Sonne und schimmerten mit eigenartigem Glanz wie ein Regenbogen. Ich weidete mich an meinem *Anderssein*, von dem niemand (nicht einmal Vernor Matheius) jemals erfahren würde. Böen eines nach Schwefel riechenden Winds. Donnergrollen. Und plötzlich wehte von einer Hecke neben der Musikschule ein betörender Fliederduft zu mir herüber, und ich sah im Geiste die zerzausten Fliederbüsche vor mir, die hinter der verfallenen Scheune meines Großvaters wuchsen. Erschauernd holte ich tief Luft, rannte durch den Regen, bespritzte mir die Beine mit Schmutz, bespritzte mir die bloßen weißen Beine, und lachte, mein Gesicht glänzte vor Lach- und Zornestränen. *Das bin ich also – eine Negerfreundin, eine gefährliche Kranke. Ich.*

27

Ich verlor Vernor Matheius gegenüber kein Wort über meine Unterredung mit der Betreuerin. Ich hatte aber nicht mehr den Mut, mit kindlichem Eigensinn weiter zu glauben, dass er mich lieben würde, wenn er davon wüsste. Hatte, was uns betraf, keinen Mut mehr.

War es denn so? Hätte Vernor Matheius mich geliebt oder gar bewundert, wenn er von dem Gespräch gewusst, es zum Beispiel zufällig mitgehört hätte? Oder hätte es ihn verletzt, empört, wütend gemacht, dass ich seinen Namen in den Mund nahm? Mich – übrigens das erste Mal, das ich jemandem von ihm erzählte; es sollte auch das letzte Mal sein – mit *meinem Freund Vernor Matheius* brüstete?

Aber ich habe ihm ja nichts erzählt, er hat es nie erfahren.

Von da an schikanierte die Betreuerin mich auch nicht mehr. Jedenfalls bemerkte ich nichts dergleichen. Die Drohung, sie zu verklagen und mich auf die »Bürgerrechte« zu berufen, war mir zwar spontan eingefallen, kam aber nicht aus dem luftleeren Raum. Es war genau die Waffe, mit der man sich zu dieser Zeit der bürgerrechtlichen Reformen und eines radikal geänderten Denkens in Bezug auf Rasse, das Individuum und bürgerliche

Freiheiten gegen eine College-Angestellte verteidigte. Die Betreuerin hatte in dem Jahr keinen Grund mehr, mit mir zu sprechen, und das sollte auch in den zwei Folgenden, die ich noch an der Uni verbrachte, so bleiben. Ironischerweise wurde ich – im Rückblick ein unglaublicher Zufall – als Sprecherin bei der Abschiedsfeier für den Absolventenjahrgang 1965 ausgewählt und hielt eine flammende Rede zum Thema Bürgerrechte. Bei der Verleihung der akademischen Grade gratulierten mir der Rektor der Universität und eine ganze Reihe von Mitarbeitern aus der Universitätsverwaltung herzlich, darunter natürlich auch die Betreuerin. Sie, eine der wenigen Frauen, die an der Feierstunde teilnahmen, war inmitten so vieler großer, vornehm wirkender Männer die Verkörperung weiblicher Unsicherheit mit ihrem zu stark gepuderten geröteten Gesicht und dem wenig schmeichelhaft mit einer Klemme an ihrem graubraunen Haar befestigten Barett. Sie spitzte die Lippen, als ich auf sie zuging, fixierte mich mit ihren kleinen feuchten Augen, als habe sie Angst, ich könnte plötzlich etwas Grobes, Zynisches, Abfälliges sagen, das ihre männlichen Kollegen dann ebenfalls hörten. Doch unser Wortwechsel, der zugleich unser Abschied war, verlief freundlich. Vielleicht war ich noch ein bisschen nervös und aufgeregt, ein bisschen high von meiner Ansprache und dem ihr folgenden Applaus, denn ich lächelte jeden an, ohne mein Gegenüber richtig wahrzunehmen, merkte nur, dass die Betreuerin vor mir stand, eine Frau wie ein schwarzes Zelt, merkte, dass meine feste kleine Hand von ihrer weichen, schlaffen Hand geschüttelt wurde und dass beide Hände kalt waren, als seien sie blutleer. Lächelnd sagte die Frau: »Glückwunsch, meine Liebe. Sie haben die Erwartungen erfüllt, die Sie anfangs erweckt haben«, und ich erwiderte: »Danke. Und auf Wiedersehen.«

Aber das sollte erst kommen, in einer zwei Jahre späteren Zukunft. In einer Zukunft, die selbst ich mit meiner blühenden Fantasie mir nicht vorstellen konnte.

28

Ich bin kein Mann, auf den sich eine Frau verlassen kann. Ich bin ein Mann, der nicht geliebt werden möchte.

Aber: lieb mich.

Ich wollte meinen Geliebten überraschen, wollte ihn glücklich machen. Denn was den von uns Bewunderten glücklich macht, macht uns selber ebenfalls glücklich, was nicht, nicht; andernfalls ist das Universum leer, von unbegreiflicher Schwärze.

Wie oft hatte ich bei Streifzügen durch Buchhandlungen schon Bände gesehen, die Vernor Matheius sehr interessieren würden, und mir eingebildet, sogar für ihn stehlen zu können. Für mich selbst hätte ich das nicht getan: kritische Ausgaben der Werke von Leibniz, Hegel, Heidegger, einen neuen Kommentar zu Wittgenstein, eine Neuübersetzung der Dialoge Platons, Biografien von Kierkegaard und Jaspers, Ernst Cassirers Essays über das Mythische der Sprache. Jedes Mal, wenn ich eines dieser kostbaren, teuren Bücher in der Hand hielt, dachte ich: *Wie glücklich würde es Vernor machen, dieses Buch zu besitzen.* Und schob den Gedanken beiseite. *Was für ein durchsichtiges Spiel! Du möchtest bloß, dass der Mann dich liebt.*

Ich habe kein einziges Buch gestohlen. Obwohl man mich als Soziopathin bezeichnet hatte, habe ich nie gestohlen, nicht für

Vernor Matheius und genauso wenig für mich. Ich war stolz, dass ich nie so weit gesunken war, und vermochte mir nicht vorzustellen, wie Vernor reagieren würde, wenn er erfuhr, dass jemand Bücher für ihn stehlen würde – denn dass mir das Geld fehlte, sie zu kaufen, wusste er ja. Er hatte häufig geäußert, er verachte jede Form von Unredlichkeit, besonders intellektuelle Unredlichkeit; er hielt nichts von aufgewärmten Ideen in der Philosophie, und er hielt nichts von Kleinkriminalität jeder Art.

»Als Kleinkrimineller ist man auch ein Kleingeist.«

Leisten konnte ich es mir zwar nicht, kaufte manchmal aber doch spontan ein Geschenk für Vernor. Ich hatte sie bisher noch nicht erlebt, die Kette von Glücksgefühlen, wenn man ein Geschenk für jemanden kauft, den man liebt. Dieser Adrenalinstoß! *Ich bin diejenige, die dieses Geschenk kaufen kann. Nur ich – was für ein Privileg!*

Es waren Schätze aus dem Billigladen. Ich hatte die Geduld, Kisten voller Ramsch zu durchsuchen, und entdeckte einen hübschen alten Füllfederhalter, schwarz mit goldener Klemme, der noch schrieb, ein paar Manschettenknöpfe aus Jade-Imitat mit Sphinxminiaturen darauf, einen Briefbeschwerer aus Kristall (mit ganz feinen Rissen, immer noch sehr hübsch), der zugleich eine Lupe war. Zu seinem dreißigsten Geburtstag schenkte ich Vernor eine Seidenweste mit einem eleganten Hahnentrittmuster auf rauchgrauem Untergrund. Als er die Schachtel auswickelte und öffnete, nahm er die Weste zuerst nicht aus dem Seidenpapier heraus, sondern starrte nur darauf, und ich war gleich beunruhigt, ob ein solches Kleidungsstück vielleicht ein zu persönliches Geschenk war und ihn beleidigen würde, doch dann griff Vernor danach, zog sie über und betrachtete sich mit kritischem Blick in seinem einzigen, über der Schlafzimmerkommode hängenden Spiegel. »Hmm. Nicht übel.« Die Weste stammte aus einem Geschäft in der Innenstadt von Syracuse, das Kommissionsware verkaufte, war mehrmals heruntergesetzt und zuletzt mit neun

Dollar und fünfundneunzig Cents ausgezeichnet. Ich fand sie wunderschön, der alte Schnitt, die kleinen schwarzen Holzknöpfe, eine Weste für einen Herrn, eine Weste für Vernor Matheius. Er lachte, als ich ihm erzählte, sie stamme aus einem Secondhandladen; das Etikett war sorgfältig herausgetrennt. »Ich wette, der, dem die mal gehört hat, ist jetzt tot, und *ich* trag sie auf.« »Ist doch nur logisch«, sagte ich, »du lebst ja.« Vernor lachte wieder und fragte mich nicht zum ersten Mal, warum ich ihm Dinge mitbrachte. »Du hast doch gar kein Geld, Anellia.« Ich überhörte das und sagte stolz: »Du siehst sehr gut aus in deiner Seidenweste, Vernor, sie ist wie für dich gemacht.« »Ich seh nicht sehr gut aus, sie ist nicht wie für mich gemacht, und ich brauche auch bestimmt keine Weste«, erwiderte Vernor nörgelnd, »aber vielen Dank, Anellia.« Lächelte mich an, und ich jubelte innerlich.

»Ein besonderer Anlass. Ich muss dir nämlich etwas sagen.«

Vernor trug die seidene Weste mit Hahnentrittmuster unter seinem grauen Flanelljackett, das ihm um die Schultern so eng saß, als er mich zum ersten Mal in ein gutes, teures Restaurant in die Stadt, ins Brass Rail, zum Essen ausführte. Er war frisch rasiert, und sein Gesicht wirkte mit den Flächen und scharfen Kanten wie geschnitztes Ebenholz. Seine Haare, seit einiger Zeit nicht geschnitten, bildeten ein wolliges Halbdunkel um seinen Kopf; ein Bügel seiner Brille war zerbrochen, und er hatte die Stelle mit Tesaband geklebt, was seinem Gesicht etwas Wildes, aber trotzdem Gelehrtes verlieh. Er sah gut aus, auf ironische Weise todschick, trug die Weste, das Jackett, ein fettig aussehendes dunkles Halstuch, eine dunkle Hose mit verunglückter Bügelfalte und braune, arg abgetragene wasserfleckige Lederschuhe. Ich trug ein schwarzes Seidenkleid im Stil der vierziger Jahr, das ein Eigenleben zu haben schien, eine eigene Identität: ausgestellter Rock, lange, schmale Ärmel, ein V-Ausschnitt, so tief herabgezogen, dass ein Stück meines schmalen blassen Brustkorbs und die Ansätze meiner blassen Brüste zu sehen waren; das Kleid hatte einen Stoffgürtel, der sich schon nach außen rollte, sodass man seine Unterseite sah. Die frühere Besitzerin dieses Kleides (denn ich hatte es natürlich secondhand gekauft) hatte eine noch schmalere Taille gehabt als ich. Der Gürtel hatte ziemlich gelitten, als jemand mit grobem Werkzeug zusätzliche Löcher hineingestanzt hatte, um ihn noch enger ziehen zu können. Vernor fand das Kleid »erotisch«, meinte, es rieche »nach Graberde«. Dazu trug ich eine dünne mattgoldene Kette, die meiner Mutter gehört hatte – das jedenfalls hatte meine Großmutter, die das Stück nicht wollte, mir erzählt, als ich ein junges Mädchen war. Vor Aufregung hatte ich auf meiner empfindlichen Haut an manchen Stellen Ausschlag bekommen, doch mein Gesicht strahlte. Ich hatte dick Make-up aufgelegt, sogar Rouge, meine Augen glänzten wie die einer Wahnsinnigen. *Das ist der glücklichste Tag meines Lebens,* dachte ich. Doch konnte ich diesem Glück trauen? Ich war schrecklich gespannt darauf, was Vernor mir beim Essen erzählen wollte; ich hatte bei seiner beiläufig gemachten Bemerkung so getan, als hätte ich sie nicht gehört, hatte ausweichend und erschrocken weggesehen.

Es war schon gewagt, dass wir beide, Vernor Matheius und ich, uns öffentlich zeigten: beide fein gemacht, er mit seinem holzschnittartigen Gesicht, ich mit meinem strahlenden Gesicht, er in seinen zusammengewürfelten Sachen und ich in meinem hexenhaften Seidenkleid. Wie Magnete zogen sich unsere Blicke auf dem Weg zum Restaurant an, auf den Bürgersteigen, beim Überqueren von Straßen: Ich fragte mich, ob Vernor endlich etwas über mich, über uns sagen wollte. Manchmal gingen wir Hand in Hand, streckenweise aber schien mich Vernor vollkommen vergessen zu haben, doch als die schicke Fassade des Brass Rail auftauchte, in das meine Kappa-Kommilitoninnen von ihren Eltern zum Essen ausgeführt wurden, hielt Vernor mir die Tür auf. Ich ging aufgeregt hinein, als träten wir auf eine Bühne oder in eine Fallgrube. Vernor hatte einen Tisch bestellt, und als der Kellner mit finsterem Blick in seinem Buch nachsah, zwinkerte Vernor mir zu und sagte, ich sähe genauso aus; wie was?, fragte ich nervös zurück, und Vernor sagte: »Wie die junge Schriftstellerin, die ihr erstes Manuskript verkauft hat.« Es gab mir einen Stich vor Enttäuschung, denn ich hatte geglaubt, er würde etwas anderes sagen.

(Der Anlass für unsere Feier war, dass ich, ein unverhoffter Glücksfall, eine Kurzgeschichte bei einer angesehenen Literaturzeitschrift untergebracht hatte; die erste Fassung dieser Geschichte hatte ich, als ich kaum noch Schlaf fand und unglücklich und verzweifelt war, im Keller des Kappa-Hauses geschrieben; die Geschichte war komisch, sogar von drastischer Komik, war ein Ausflug in den Wahnsinn, als die Flammen des Wahnsinns schon um meine Füße, meine Hände, mein Haar züngelten. Als ich Vernor die Neuigkeit schüchtern überbrachte, sah er mich mit unverhohlener Verblüffung an, pfiff anerkennend und sagte, bei mir »überrasche ihn gar nichts«. Ich wartete darauf, dass er mich bat, die Geschichte lesen zu dürfen, doch das tat er nicht.)

Der Oberkellner in seinem Smoking führte uns durch den kühlen, gedämpften Raum an unseren Tisch, und wie eine sich durch das ganze Restaurant fortpflanzende Welle folgte uns nicht Gemurmel, sondern eine plötzliche Lautlosigkeit, ein kollektives Atemanhalten. Mit einer Miene, so steif und düster wie ein Bestattungsunternehmer, platzierte der Oberkellner uns am hintersten Ende des Raumes neben dem Gang zu den Toiletten an einem kleinen, immerhin aber hübschen, mit einer brennenden Kerze und einer kleinen Vase mit Nelken geschmückten Tisch. Das Licht in dem schönen Raum war so, dass man meinte, sich unter Wasser zu befinden. Wir hatten uns kaum gesetzt, als Vernor über den Tisch nach meiner Hand griff, sie hob, was er noch nie getan hatte, und mir einen Handkuss gab, eine Geste, die wohl spielerisch sein sollte, theatralisch, mich aber trotzdem rührte, verlegen machte, denn ich sah, dass die anderen Gäste uns beobachteten, den Blick aber, wenn ich hinschaute, sofort abwandten. Es dauerte eine Weile, bis unser Kellner kam, von dem ich, ohne recht hinzusehen, eine riesige Speisekarte entgegennahm. Es kam zu einem Wortwechsel über unsere Kerze, die ausgegangen war; Vernor bestand darauf, dass sie wieder angezündet wurde. Ein Paar an einem Tisch in der Nähe starrte uns offen an: Beide waren mittleren Alters, sehr gut gekleidet und (natürlich) weiß. Ich begann, weiße Haut als etwas Bedrückendes zu empfinden: Dieses Weiß war allgegenwärtig, denn im Brass Rail waren nur Weiße, abgesehen von den Servierhilfen in ihren weißen (blendend weißen!) Uniformen – das waren Schwarze. (Sie sahen standhaft über uns hinweg, würdigten uns während der ganzen, peinigenden Mahlzeit keines Blickes.)

Sie! Schämen Sie sich denn gar nicht, vermeinte ich die Frau am Nachbartisch und unseren mechanisch sich bewegenden Kellner murmeln zu hören und dachte: *Nein! Ich schäme mich nicht*. Es dauerte wieder eine Weile, bis unsere Getränke kamen, Wein für Vernor, ein Club Soda für mich (weil ich noch nicht volljährig war), aber Vernor ließ sich nicht anmerken, ob er registrierte, dass wir beobachtet wurden. Er war der Vernor Matheius, wie ich ihn aus den Campuskneipen und -cafés kannte, wo er zu anderen gar nicht hinsah, er war der Vernor Matheius, wie ich ihn aus dem Oneida Park kannte, wo er mich ein paar Meter von einem öffentlichen Weg entfernt geliebt hatte, er war der Vernor Matheius, wie ich ihn aus dem Hörsaal kannte, nur dass er an diesem Abend oft lachte, manchmal sogar laut. Er wirkte sehr entspannt, und ich lachte mit ihm zusammen, obwohl sein Lachen etwas Gezwungenes, Hektisches hatte. *Was weiß ich eigentlich von diesem Mann,* dachte ich. *Ist er nicht eigentlich ein Fremder?* Doch es war erregend, mit einem solchen Fremden zusammen zu sein. Denn den größten Teil der Mahlzeit hindurch stellte Vernor mir spielerisch-sokratisch seine Fragen; es war ein unnachgiebiges Bohren, bei dem ich an grobes Kitzeln denken musste; ich lachte und zappelte, eine gerötete Stelle unter meinem Kinn machte sich unangenehm bemerkbar. Vernor sprach in eloquentem Professorenton gerade so deutlich, dass seine Worte bis zu den anderen Tischen drangen, erst über Heideggers *Sein und Zeit*, diesen »unübersetzbaren Text«, den er auf Deutsch las. Bei Heidegger ist die Sprache selbst von signifikanter Bedeutung, dabei besteht das Paradox (war das Vernors Argument oder sagte Heidegger das selbst?) der Sprache doch gerade darin, dass es keine einzelne Sprache geben kann, nur Sprachen. »Das tragische Paradox ist, dass jeder von uns eine Sprache spricht und hört, die anders ist als die aller anderen«, erwiderte ich unbeholfen, »aber im Allgemeinen verstehen sich die Menschen trotzdem oder kommen zumindest miteinander zurecht«, worauf er sagte: »Woher weißt du das? Die Annahme, dass man ›versteht‹ und ›zurechtkommt‹, könnte eine Täuschung sein.« Danach sprach er über Platons berühmtes Höhlengleichnis, mit dem ich mich zwar beschäftigt hatte, ohne jedoch auf die Deutung gestoßen zu sein, die Vernor kannte, und kam von da auf die »Höhle«, der er entsprungen war, auf seine »Vorfahren« – Vernor Matheius, der bis zu diesem Augenblick keine persönliche Geschichte, keine »Vorfahren« zu haben schien. Ganz nüchtern und sachlich berichtete er, dass seine Familie, soweit er es hatte ermitteln können, Afrikaner waren, die, als Sklaven nach Nordamerika gebracht, großes Glück gehabt hatten. Man hatte sie in den achtziger Jahren des achtzehnten Jahrhunderts in den Norden verkauft, nach Connecticut, wo die Sklaverei 1784 abgeschafft wurde, sodass sie in der Geschichte seiner Familie keine wesentliche Rolle spielte. Den Namen »Matheius« hatte Vernors Urgroßvater angenommen, weil er ihn (so die familiäre Überlieferung) auf einem Grabstein gesehen hatte. Er sei daher, sagte Vernor, schon mit einer *freien* und nicht mit einer *Sklavenseele* geboren worden, redete aber so, als hätte ich ihm insgeheim widersprochen und müsse vom Gegenteil überzeugt werden, lächelte, trank einen Schluck Wein und sagte schließlich aggressiv: »Warum soll ich mein Leben lang anderen zuliebe ein ›Neger‹ sein? Ich hab Besseres zu tun.« Ich war bewegt, weil Vernor mir diese Dinge anvertraute, bis zu dem Abend hatte er nur in vagen Andeutungen über sich selbst gesprochen und sich auch nie nach meinen familiären Umständen erkundigt. Er hatte sich zwar für die Fächer interessiert, die ich belegt hatte, für das, was ich las und schrieb, aber nicht dafür, wer ich war, und ich hatte es ihm auch nicht erzählt, denn *wer ich bin* hat mich immer viel weniger interessiert als *wer ich werden kann*. Ich fragte Vernor, von wo in Afrika seine Vorfahren gekommen seien, und er sagte nach kurzem Zögern: »Aus Dahomey – einem Land, über das ich praktisch nichts weiß, nicht mal, wo es liegt.« Das kam mir unwahrscheinlich oder unnatürlich vor, aber ich wollte mit Vernor Matheius nicht streiten. Er wechselte das Thema, und wir sprachen jetzt über Familie und Identität im Allgemeinen, als begriffliche Vorstellung; mir fiel ein, dass Vernor, seit ich ihn kannte, Syracuse nie verlassen hatte, nie davon gesprochen hatte, mal nach Hause zu fahren; es hatte ihn auch niemand besucht, und soweit ich wusste bekam er weder private Post noch Anrufe. Er hatte zwar ein paar Bekannte an der philosophischen Fakultät, Professoren und Kommilitonen, die wie er promovierten, und die luden ihn ab und zu nach Hause ein, aber natürlich erwiderte Vernor solche Einladungen nicht, es wurde von ihm auch nicht erwartet. Er hatte einmal zu mir gesagt, sein Zuhause sei in seinem Denken, und ich begriff jetzt, dass es wohl wirklich so war. Er war in seinen Gedanken zu Hause, und dort lebte nur einer. »Der Mensch ist frei, eine Identität zu wählen, indem er sich für einen gedanklichen Weg entscheidet, der andere Wege ausschließt«, sagte Vernor. Und wiederholte die untypische Geste und griff über den Tisch nach meiner Hand, drückte mir die Finger, als sei ich langsam und störrisch, als müsse ich gedrängt werden, mich dem anzuschließen. »Ich geb mir Mühe, das zu glauben«, sagte ich, und Vernor sagte ernst: »Aber nicht genug, Anellia. Sogar Wittgenstein hat daran gearbeitet *zu denken*. Das ist kein Zeitvertreib wie Essen, Reden, Kopulieren.« Diese Bemerkung tat mir weh, und das sollte sie auch, aber Vernor sprach schon weiter: »In deinem Denken, Anellia, enttäuschst du mich.« »Entschuldige, Vernor«, woraufhin er mit gequältem Lächeln seine großen Zähne entblößte und sagte: »Anellia, ich möchte dir etwas sagen.« Ich wusste, eine gute Neuigkeit konnte das nicht sein, noch während ich dachte: *Du hast dir wohl eingebildet, du verdienst gute Neuigkeiten? – von wegen! Das ist der Abschied.* Wir hatten gegessen, ohne zu schmecken, was wir aßen. Vernor hatte für uns beide bestellt, das preiswerteste Gericht auf der sehr teuren Karte, Huhn, trotzdem würde die Rechnung astronomisch ausfallen. Schon dass Vernor mit mir ins Brass Rail gehen wollte, in ein Restaurant, das er normalerweise verabscheute, war eine Ironie. Ich musste fragen, worauf er hinauswollte, wie die Person in einer Parabel von Kafka grausamer Weise aktiv an ihrer Hinrichtung mitwirken muss, doch die Worte blieben mir im Hals stecken wie das Gericht, das ich aß oder essen wollte. Im Professorenton sagte Vernor: »Nein, besser, du könntest mir etwas sagen.« Ich hob die Augen, um zu fragen: Was denn?, und er sagte: »Was willst du von mir, Anellia?«

Was ich von Vernor Matheius wollte!

Ich dachte darüber nach. Lächelte vielleicht sogar ein bisschen. Eine junge Frau in einem schwarzen Seidenkleid mit einem Ausschnitt, der ihre bleiche, glatte Brust entblößte, eine weiße junge Frau, auf die ein schwarzer Mann in grauem Jackett und Seidenweste, mit einem fettigen dunklen Tuch um den Hals und einem scharf geschnittenen Gesicht ernst und belehrend einredete. Ich hoffte, wie eine Frau zu klingen, die geübt war im Verführen. Die für die anderen, uns heimlich beobachtenden Gäste im Lokal aussah wie eine geheimnisvolle Frau. »Nur bei dir sein, Vernor. Wenn –« Er drückte meine Finger noch fester, als habe er Mitleid mit mir, keine Geduld. Als schwinge er ein Stück Kreide und entwickle im Kurs »Einführung in die Logik« gerade einen Syllogismus an der Tafel. »Anellia, dazu ist keine Gelegenheit.« Es klang wie eine Bemerkung über das Wetter, wie eine Tatsache, die sich von selbst versteht, die nicht angezweifelt werden kann, an der sich aber auch nichts ändern lässt. Er wählte wie immer seine Worte, als habe jedes seinen Preis. Er war sparsam mit Worten, nahm sie sehr genau. Er trank seinen Wein aus, die dunkelrote Flüssigkeit, von der er mir nicht zum Probieren angeboten hatte. Mir tat der Mund weh von dem ungewohnten Lächeln, der öffentlichen Vorführung von Lächeln; in meinen Ohren toste es wie die Meeresbrandung in einem nur bruchstückhaft erinnerten Traum, und ich hörte Vernors restliche Worte nicht. Seine dunkle Faust umschloss beschützend meine Hand, hob sie leicht, sodass er mit dem Handrücken über meine linke Brust streifte; die Berührung schockierte mich, und ich spürte, wie meine lächerlichen, armseligen Brustwarzen in dem Kleid einer Toten steif wurden, dabei war es eine Geste, die trösten sollte, nicht erregen, nicht einmal einschüchtern; es war nichts Sexuelles daran außer dem Umstand, dass sie öffentlich geschah, und das war ihm womöglich ja nicht einmal bewusst. Trotzdem spürte ich die Blicke der Fremden auf uns, kalt und zornig, hatte nicht die Kraft, sie auszuhalten, und zuckte unter Vernors beiläufiger Berührung zurück. *Auch das ist ein Leben: Diese winzigen Momente der Empfindung, des Gefühls,* dachte ich. *Aber kann ich so ein Leben führen? Bin ich stark genug?* Unser Kellner war verschwunden, er war schon lange nicht mehr an unseren Tisch gekommen, er hatte die Rechnung fertig gemacht und sie auffällig neben Vernors Ellbogen gelegt; jetzt ragte der Oberkellner in seinem Smoking majestätisch über uns auf, sah mit einem missbilligenden Stirnrunzeln auf uns nieder und erklärte mit ein paar flüchtig hingeworfenen Worten, dass unser Tisch ab neun Uhr für andere Gäste reserviert und dass diese Zeit bereits überschritten sei; wir müssten so schnell wie möglich gehen, die Rechnung könne vorne beglichen werden. Mit gespieltem Verständnis riss Vernor die Augen auf und sah den Oberkellner an, einen Mann in den Fünfzigern mit einem langen, dicklichen Gesicht und unverschämten Augen; fast sah es so aus, als wolle Vernor protestieren, doch dann schwieg er, schob nur energisch seinen Stuhl weit zurück und stand so plötzlich auf, dass der Oberkellner zurücktreten musste. Vernor, ein Mann wie eine lange Messerklinge, ein Mann mit dunklen, wie gemeißelten Zügen und mit geballten Fäusten, hatte aber nicht drohen wollen. Ich war ebenfalls schnell aufgestanden, wollte bloß noch raus aus diesem schrecklichen Lokal, denn das Brass Rail war klimatisiert und hatte eine Temperatur, geeignet für Männer in Anzügen, aber nicht für Frauen in dekolletierten Kleidern, ich hatte die ganze Zeit gefroren. Vernor nahm meine Hand, zog mich mit und sagte mit eisiger Höflichkeit zu dem Kellner: »Schön. Wir gehen, und Sie brauchen nicht zu denken, dass wir noch mal wiederkommen.«

Schon gingen wir durch das Lokal, die anderen Gäste sahen uns fragend an: War das ein Streit? Zwischen dem Oberkellner und diesem arroganten Schwarzen? Ich möchte uns klar sehen, aber es ist alles verschwommen, in einen barmherzigen Nebel getaucht, wie in einem Traum, der sich auflöst: Die graue Seidenweste, das schwarze Seidenkleid, ein Gesicht, starr vor Zorn, ein Gesicht, entsetzt vor Peinlichkeit. *Kann ich so ein Leben führen? Bin ich stark genug?*, dachte ich noch einmal, als ich vor dem Brass Rail wartete, während Vernor Matheius die Rechnung beglich.

Später, in Vernors Bett, zwischen den Laken, die nach unseren Körpern rochen, in Vernors Armen, die mich nicht umfingen, sondern locker hielten und wiegten, wie man ein kleines Kind tröstet, versuchte ich meine Tränen zu unterdrücken, denn nichts ist so banal, so banal und vergeblich, wie in den Armen des

Geliebten zu weinen, als Vernor mit ungewohnter Zärtlichkeit sagte: »Hab ich dich nicht gewarnt, dass ich kein Mann bin, auf den eine Frau sich verlassen kann? Hm?« Und, noch zärtlicher, hinzufügte: »Ich wünschte, ich könnte dich so lieben, wie du es verdienst, ein Mädchen wie du, aber ich kann nicht, weißt du, ich kann nicht, und ich hab dich doch nie belogen oder dir etwas vorgemacht, Anellia, oder?« So ernst wie eine Todesnachricht, und trotzdem bettelte ich: »Vernor, ich kann so sehr lieben, dass es für uns beide reicht. Gib mir eine Chance!« Mein lächerliches Make-up zerlief bereits auf meinem blassen Gesicht, mein Haar, am Nachmittag frisch gewaschen und auf Hochglanz gebürstet, war zerdrückt, als sei ich aus dem Schlaf erwacht. Und Vernor sagte leise und entschieden: »Anellia, vielleicht solltest du jetzt gehen. Vielleicht sollte das aufhören.«

Ich verhielt mich still, sehr still, hörte nichts.

Ganz rein und klar werden, aber wie? Ein Nichts werden, abgenagte weiße Knochen. Und dann bin ich frei.

29

Am 12. Juni 1963, drei Tage nach unserem Abend im Brass Rail, betrat ein junger NAACP-Aktivist namens Medgar Evers die geschichtliche Bühne. Medgar Evers wurde beim Betreten seines Hauses in Jackson, Mississippi, von einem weißen Rassisten in den Rücken geschossen. Sogar Vernor Matheius, der Nachrichten mied wie einen schlechten Geruch, hörte davon.

Scheiße. Scheißkerle.

Mit Vernor ging es bergab, wenn ihm so ein gewöhnliches Schimpfwort, man konnte schon sagen, ein Klischee, über die Lippen kam.

Er trank mittlerweile schon am frühen Nachmittag. Um die Mittagszeit. Er stand spät auf und schleppte sich, fertig und noch alkoholisiert vom Abend zuvor, zum Schreibtisch, versuchte zu arbeiten; trank Bier, den billigsten Wein, ein entsetzliches Gesöff, wollte nicht aus dem Haus gehen, ja sich nicht einmal waschen oder frische Sachen anziehen. Er fieberte, hatte keinen Appetit. Jetzt drohte das Verdrängte über ihm zusammenzuschlagen. *Bleib mir fern* hatte er mich gewarnt, doch ich hielt mich nicht daran. Ich nutzte seine Krankheit, seine Schwäche aus, stieg täglich – manche Tage zweimal – die Außentreppe an der Rückseite seines Hauses hinauf, fand seine Tür verschlossen und brachte ihn, so sehr ich auch bettelte, nicht dazu, mich hereinzulassen, oder aber wurde, wenn er die nach außen gehende Tür doch aufstieß, von ihr getroffen – dann stieg mir ein Geruch aus Niederlage und Wut in die Nase, sodass ich instinktiv am liebsten geflohen wäre, hartnäckig aber trotzdem blieb. *Warum? Warum kommst du her, wenn ich dich nicht haben will?,* lautete Vernors stumme Anklage. Woraufhin ich stumm bettelte, seine verschwitzte, ungewaschene Hand nahm und mir an die Wange drückte. *Ich habe es dir doch gesagt. Ich kann so sehr lieben, dass es für uns beide reicht.*

Den ganzen langen Winter hindurch und bis in den Frühling hinein ging im Norden des Bundesstaats New York die Grippe um. Vernor hatte sich gerühmt, dafür nicht anfällig zu sein, war aber schließlich doch krank geworden und sagte im Scherz, das Essen im Brass Rail sei vergiftet gewesen. Binnen einer Woche hatte er so stark abgenommen, dass sich sein Brustkorb wie eine Schaufel unter seinem schmutzigen Shirt abzeichnete, wenn er auf dem Rücken lag. Seine Wangenknochen traten deutlich hervor, seine Augen waren eingefallen und glänzten böse wie die eines Halloween-Kürbis. Ich hatte Sorge um ihn. Ich hatte Angst, er könne aus purem Trotz die Nahrungsaufnahme verweigern, wie wir es in meiner Kindheit auf dem Land manchmal von Einsiedlern hörten, die im Winter nicht genug zu essen hatten oder so arm, so stolz, so eigensinnig oder so verwirrt waren, dass sie die Nachbarn nicht um Hilfe baten. Über den sofort zum Märtyrer gewordenen Medgar Evers, dessen Mörder namentlich nicht genannt wurde, sagte Vernor: *Das passiert, wenn man sich in die Geschichte einmischt: Die Geschichte zermalmt einen unter der Ferse ihres Stiefels.* Diese Äußerung schien ihn zu freuen.

Es gab Tage, an denen er irre redete, es gab Tage, an denen er wie wild schwadronierte und fluchte; einmal, als ich mit dem Schlüssel, den er mir gegeben hatte, aufgeschlossen hatte, sah ich schockiert, dass er in Rage Bücher und Zettel auf den Boden geworfen und die Fotos von Sokrates und Descartes heruntergerissen hatte. In dem stinkenden kleinen Bad sah es aus, als habe er auf das Foto von Wittgenstein mit dem rätselhaften Bambusstöckchen uriniert. Beim Versuch, die Jalousien herunterzuziehen, hatte er sie aus der Halterung gerissen, und sie hingen, einige Lamellen zerbrochen, schief vor den Fenstern. Da ich sie nicht reparieren konnte, nahm ich sie ab. Auf dem Boden lagen Glasscherben, Zigarettenkippen, Asche, in dem Zimmer stank es nach Bier und billigem Wein, Rauch und verbrannten Fasern. Die Bettwäsche hatte Brandflecke, und ich hatte Angst, Vernor könnte nachts das Bett in Brand setzen und sich und die anderen Hausbewohner abfackeln.

Erlaube mir, dass ich dich liebe. Lass dich von meiner Liebe heilen.

Vernor Matheius verstand mich sehr genau. Er bekam einen Hustenanfall und legte, am Küchentisch sitzend, den Kopf auf den Arm.

Die Schreibmaschine stand auf seinem voll gemüllten Schreibtisch hinten an der Wand. Die Tapete war stellenweise abgeschabt. Ein Bogen Papier sah aus, als habe er ihn aus der Maschine herausgerissen; auf dem mit XXX bedeckten Blatt war nur noch ein Absatz zu lesen:

> *Axiom: wenn (nach LW) dem Zeichen des Satzes eine projektive »Beziehung« zur Welt zuzuerkennen ist, folgt hieraus dann nicht, dass die Benutzung des sinnlich wahrnehmbaren Zeichens (Laut- oder Schriftzeichens etc.) des Satzes die Projektion einer möglichen Sachlage ist? (siehe LW,* 3.11)

Ich verstand, das LW Ludwig Wittgenstein sein musste, der Sinn der übrigen Erörterung, offensichtlich ein Teil von Vernors Dissertation, erschloss sich mir nicht. Ich traute mich auch nicht, danach zu fragen – es hätte Vernor nur wütend gemacht, dass ich seine Papiere durchsah. Meine Aufgabe bestand darin, ihn zu versorgen, und das tat ich mit Kraft, Entschlossenheit und Humor. Ich würde nicht krank werden, sondern seine Krankenschwester sein, und dann würde er begreifen, dass ich ihn liebte und nicht über ihn urteilte, denn über Kranke urteilt man nicht, man pflegt sie, bis sie wieder gesund sind, pflegt sie, bis ihr Verstand wieder in Ordnung ist, bis sie wieder die Alten sind. Ich kaufte für Vernor ein und machte ihm in seiner Wohnung etwas zu essen. Am schlimmsten Tag hatte er keinen Appetit, Essen ekelte ihn an, und er konnte nur Suppe zu sich nehmen, eine dünne Brühe, in die ich feine Gemüsestreifen geschnitten hatte. Ich summte und lächelte beim Kochen in seiner winzigen Küche vor mich hin. Es gibt ein europäisches Märchen, in dem einem Mann ein Liebestrank in sein Essen gemischt wird; die junge Frau, die ihn liebt, mischt ihr Blut in sein Essen, er isst es und verliebt sich unsterblich in sie. Ich musste lächeln bei dem Gedanken, dass ich mir heimlich mit einem Messer in den Finger schneiden und ein, zwei Tropfen meines Bluts in Vernors Suppe fallen lassen könnte; meine Fantasie ging mit mir durch, ich glaubte, so etwas Bizarres tatsächlich getan zu haben. Vielleicht habe ich es auch wirklich getan, aber mit so plumpem Wunschdenken richtete man bei Vernor Matheius nichts aus. Ich konnte schon stolz sein, wenn er überhaupt aß, was ich zubereitet hatte. Ich überredete ihn, eine Scheibe Vollkorntoast zu sich zu nehmen, überredete ihn, ein halbes Glas Orangensaft zu trinken, setzte mich zu ihm an den kleinen Küchentisch wie eine Mutter und sah ihm beim Essen zu. Vernors Gesicht war eingefallen und schmal, er sah aus, als hätte er großen Kummer, einen Kummer, der von Zorn nicht zu unterscheiden war, einen Zorn, der von Kummer nicht zu unterscheiden war. Sein Unterhemd triefte vor Schweiß, er saß mit hängenden Schultern da, die festen kleinen Muskeln traten an seinen Oberarmen hervor; das Kinn war bedeckt von hässlichen schwarzen Stoppeln. Es war faszinierend, jeden seiner Atemzüge zu sehen. Wenn ich ihn stützte, ihm beim Aufstehen oder Gehen half, bestürzte mich sein unruhiger Herzschlag, ich bekam Panik, dachte, er sei womöglich ernstlich krank, doch wenn ich ihm vorschlug, ihn zum Arzt oder in die Notaufnahme des nur einen Block entfernten Krankenhauses zu bringen, beschimpfte er mich, setzte seine Brille ab, riss den Arm hoch, legte ihn vor die Augen und beschimpfte mich. *Mir ist kotzübel, mein ganzes Gedärm rumort, verflucht, kapierst du denn nicht, dass ich dich und deine Möse nicht will, deine weiße Haut ekelt mich an.*

Ich wartete darauf, krank zu werden wie Vernor. In seinem Badspiegel schimmerten meine Augen gelb; meine Mundhöhle war mit etwas Klebrigem, eklig Süßem überzogen; Vernors Krankheit schlich sich wie etwas Klebriges, eklig Süßes in mich ein, doch ich wehrte mich nicht. Wenn er mich nicht wegschickte, legte ich mich zu ihm ins Bett und hielt seine knochige Hand; es war eine große Hand, die Gelenke traten hervor, und trotzdem war sie knochig; ich legte seine Finger um meine, damit es so aussah, als hielte er meine Hand, strich wie im Brass Rail kühn mit seinem Handrücken über meine Brust; mein Atem beschleunigte oder verlangsamte sich im Rhythmus von Vernors Atem. Wie geschnitzte Trauergestalten lagen wir nebeneinander in einer Anspannung, die, aus der Ferne betrachtet, im Auge eines neutralen Beobachters aussehen musste wie ruhige Gelassenheit: ein Paar nach der Liebe.

Warum tust du das?

Weil ich stark genug bin. Weil ich so sehr lieben kann, dass es für uns beide reicht.

In schlabberiger, schmutziger Unterwäsche lag Vernor Matheius wie ein gestürzter König zwischen schmutziger Bettwäsche auf der Couch; er rauchte Zigaretten, die ich, obwohl es mir missfiel, für ihn kaufen musste, verstreute überall Asche. Als er irgendwann im Juni, an einem Tag, an dem eine dunstige Frühsommerhitze in der Wohnung lag, aus eigener Kraft aufstand und zum Duschen ins Bad wankte, dachte ich: *Das ist die Wende, er wird wieder der Alte.* (Als ob ich Angst vor demjenigen hatte, der er dann wieder sein würde.) Sechs Tage und sechs Nächte waren seit dem Beginn seiner Krankheit vergangen, sieben Tage und sieben Nächte seit der Ermordung von Medgar Evers – und sein Mörder war noch immer nicht geschnappt, denn sein Mörder war im Süden und auch sonst überall: in der sich rasend schnell ausbreitenden Grausamkeit und Gewalt gegen Bürgerrechtsaktivisten, die im April 1968 in der Ermordung von Martin Luther King Jr. gipfelte, in dieser Zukunft, die uns ins Gesicht blies wie ein dunkler, heißer Wind. *Wenn du dich in die Geschichte hineinbegibst, zertritt dich ihr Stiefel.* Ich kam damals noch nicht auf den Gedanken: *Wenn du dich nicht in die Geschichte hineinbegibst, löscht die Geschichte dich aus,* denn zu der Zeit dachte ich nur an Vernor Matheius und seine Gesundheit. Als er im Bad war und duschte, begann ich hastig die Wohnung sauber zu machen, zog die schmutzige Bettwäsche ab, um sie in einen Waschsalon mitzunehmen. Ich hatte ein paar seiner Sachen schon früher im Waschsalon in der Nähe der Universität gewaschen, ohne dass er es gemerkt hatte, und als er mit dem Duschen fertig war, nahm ich noch seine Handtücher, nahm so viele seiner Sachen, wie er es zuließ. In einem Küchenschrank fand ich einen Besen und fegte den staubigen Boden, leerte schaufelweise Zigarettenkippen, Asche, zerknülltes Papier und vertrocknetes Essen in den Mülleimer aus, sammelte die leeren Bierdosen und Weinflaschen ein und brachte den Müll in einen Kübel hinter dem Haus. *Als wohnte ich hier. Ich wohne jetzt hier, wohnte mit Vernor Matheius in der Wohnung 2D.* Jetzt, wo Vernor mir zu vertrauen schien, konnte ich womöglich auch über Nacht bleiben. Ich hatte einen Wohnungsschlüssel und konnte nach Belieben kommen und gehen. Ich wünschte, mal einem anderen Hausbewohner zu begegnen, einer anderen jungen Frau oder einem der ausländischen Studenten aus den oberen Semestern, um einen nachbarschaftlichen Gruß mit ihnen zu wechseln. Die Mittagssonne brannte heiß, mein Haar heizte sich auf, und ich musste an Nietzsches verrückten Propheten Zarathustra und an Zarathustra und die brennende Mittagssonne denken. *Was ist dieser Mensch?,* schreit Zarathustra. *Ein Knäuel wilder Schlangen.* Trotz der Hitze war ich voller Elan, erregt; ich empfand Glücksgefühle bei so simplen körperlichen Betätigungen wie Müll wegtragen, Böden fegen und wischen. Ich sah die grinsend gebleckten Zähne derer, die mich verachteten. *Negerfreundin! Niggerfreundin!* Ich lachte und rannte wieder hinaus, wo die Tür noch so offen stand, wie ich sie gelassen hatte.

Vernor duschte immer noch. Ich stand vor der Badezimmertür, hörte durch das Rauschen des Wassers hindurch sein leises melodieloses Pfeifen und dachte: *Er ist wieder der Alte.* Machte mich daran, seinen Schreibtisch aufzuräumen, diesen Schreibtisch, den ich so bewundert hatte und der jetzt mit Papieren übersät war. Vor und neben der Olivetti lag dort alles kreuz und quer durcheinander; ich dachte, ich könnte die durcheinander geworfenen Blätter (von Vernors Dissertation?) wieder zu ordentlichen Stapeln sortieren, doch ich erkannte keine Reihenfolge und ließ es sein. Ich zog die Schublade eines Aktenschranks auf, neugierig, was sich darin befinden mochte. Diese Schränke, aus Metall, hellgrün gestrichen, aber sehr zerkratzt, hatte Vernor, wie er sich brüstete, für fünf Dollar das Stück nach einem Brand bei einem Büroausstatter aus der Konkursmasse erworben. Die Schublade war randvoll mit Aktenmappen, diese wiederum enthielten maschinenbeschriebene Blätter und Karteikarten; manche Mappen waren blitzsauber, andere jedoch seltsam beschmutzt, so als habe jemand mit Schuhen darauf herumgetrampelt. *Lass das, du solltest das nicht tun, das ist unrecht,* warnte mich ein ängstliches Stimmchen, doch was sollte es schaden, wenn ich einen Blick in die Mappen warf, mit ihren alten, vergilbenden Blättern eine reine Fundgrube? Ich sah sauber getippte Inhaltsangaben von Büchern der Bibel, darunter so schwer verständliche wie die der Propheten Jeremia und Hosea oder der Briefe des Paulus an die Philipper oder die Thessalonicher, dazu der meisten Bücher des Neuen Testamtents. In einer großen, schwungvollen Schrift, und nicht auf den ersten Blick als Vernors Hand erkennbar, standen, in Spalten aufgelistet, die Namen biblischer Figuren – *Moses, Jakobus, Josua, Elischa, Hiob, Jesus, Markus, Paulus, Maria Magdalena* – so als seien das die Namen von Menschen, die Vernor Matheius kannte. In anderen Mappen weiter hinten in der Lade noch mehr Notizen und Aufzeichnungen zu Fragen der Theologie, Philosophie, Ethik, die meisten in einer kühnen, schnellen Handschrift, nicht mehr als zwölf Zeilen pro Seite, als seien die Gedanken aus Vernors brodelndem Kopf nur so aufs Papier geflossen und kaum in Sprache zu fassen gewesen. Ich musste lächeln, als ich seine College-Arbeiten erblickte, getippte Aufsätze, zusammengehalten von rostigen Büroklammern und mit Titeln wie »Das ›Problem des Bösen‹ in Miltons *Verlorenem Paradies*«, »Der Begriff der ›Tugend‹ bei den Epikureern«, »Der Begriff ›Geist‹ bei Bertrand Russell«; wenn die Blätter mit roten Anmerkungen versehen waren, drückten sie begeisterte Zustimmung und Lob aus; Vernor Matheius hatte immer nur Einsen und Einsen mit Plus bekommen. Ich versuchte mir den jüngeren Mann vorzustellen, einen College-Schüler, der seine Lehrer zu beeindrucken hoffte, doch es war schwierig, den arroganten Vernor Matheius in einer Position zu sehen, in der er anderen unterlegen war. Gedankenlos die nächste Mappe aufschlagend, erblickte ich ausgeschnittene Seiten aus Zeitschriften und Büchern, einen Essay über Platons *Gesetze* aus der Herbstnummer 1961 des *Journal of Philosophical Inquiry*, ein Kapitel aus einer Studie zu Spinoza, ein Kapitel aus einem Buch über Kant, etliche mit Diagrammen illustrierte Seiten aus einem Essay über symbolische Logik – hatte Vernor Matheius die aus Bibliotheksbeständen entnommen? *Aber so etwas würde Vernor nicht tun. Er doch nicht.* Ganz hinten in der Lade lag eine Mappe mit mehrfach zusammengefalteten Briefen und verblichenen Schnappschüssen, manche davon Schwarzweiß-, die übrigen Farbfotos. Ich starrte auf dunkelhäutige Fremde, auf eine Familie, in ihrer Mitte ein junger, jungenhafter Vernor Matheius von sechzehn oder siebzehn, groß, dünn, lächelnd. Auf anderen Fotos war er erkennbar älter, trug einen schmalen Schnurrbart, war immer noch groß und dünn, stand aber ausdruckslos neben einer viel kleineren, drallen, glücklich lächelnden Frau mit einem Baby auf den Armen und einem vielleicht zwei Jahre alten, sich an ihren Rockzipfel klammernden Jungen. Die junge Frau, ich wusste es sofort, war Vernors Ehefrau: gut aussehend, Mitte zwanzig, mit vollen Lippen und Stupsnase; der kleine Junge war kakaobraun, hatte das schmale Gesicht mit den schönen Augen und den langen Wimpern seines Vaters. Das Foto strotzte vor Farben, war im Freien aufgenommen, auf einer Wiese, ein Holzhaus im Hintergrund, Obstbäume, Hartriegel und Forsythie, alle in Blüte. Vernor wirkte seltsam priesterlich mit seinem engen dunklen Anzug, dem langärmeligen weißen Hemd und dem dunklen Schlips – es war derselbe, den er zu seiner neuen Seidenweste im Brass Rail getragen hatte; hier auf dem Foto trug er aber keine runde Nickelbrille, sondern eine ovale aus schwarzem Kunststoff. Vernor Matheius stand ein wenig abseits von seiner glücklich lächelnden kleinen Familie und sah bedrückt in die Kamera und über sie hinaus, so als dränge es ihn schon fort aus dem Bild, als plane er seine Flucht. Mai 1959. *Er ist also verheiratet, hat geheiratet. Hat eine Familie, kleine Kinder. Hat gelogen.*

Ich wollte die Fotos zurücklegen, aber meine Hand zitterte. Einige fielen zu Boden. Als ich sie aufhob, wurde mir schwarz vor

Augen. Meine Liebe zu Vernor Matheius zog sich zusammen wie eine ausgestreckte Hand zu einer kleinen, festen Faust.

Auf einmal vernahm ich hinter mir ein Geräusch: Vernors bloße Füße platschten auf dem Boden. Ich spürte die zornigen Schwingungen seiner Schritte, noch ehe ich mich zu ihm umwandte, der halb bekleidet, in Hose und Unterhemd, auf mich zugestürzt kam. Mich am Arm packte, von dem offenen Aktenschrank wegstieß, krachend die Lade zuschob und fluchte: »Verdammt, Anellia! Raus hier, verschwinde!« Sein Gesicht war verzerrt vor Ärger und Zorn, seine Brillengläser waren beschlagen, seine dunkle Haut war noch dunkler vor Wut. Um mich zu schützen, wollte ich Vernors Hand wegschieben, und als er meine wegschieben wollte, traf er mich mit der Faust am Kopf; ich spürte, wie die scharfe, harte Kante des Aktenschranks mir in den Oberschenkel drückte, kroch blindlings halb davon, kam auf die Beine und lief zu der Tür, die neben der kleinen Küchenzeile hinausführte. Vernor folgte mir nicht, sondern schrie mir nach, als ich keuchend und schluchzend zur Treppe lief, ganz elend vor schlechtem Gewissen und vor Angst, dass er mir etwas antun würde. An der Außentreppe angelangt, hörte ich seine Stimme über mir, eine wütende Stimme, die heulende Klagelaute ausstieß. Ich presste mir die Hände auf die Ohren, um sie nicht zu hören. *Verschwinde von hier und lass dich nie wieder blicken, hörst du, du verdammtes weißes Aas.*

30

Durch den Raum umfasst und verschluckt mich das Universum wie ein Atom; durch das Denken verstehe ich die Welt.

Pascal

Unten an der Holztreppe angekommen, meine Gedanken wie ein Fliegenschwarm, der gegen ein Fliegengitter schlägt, setzte ich mich mit angezogenen Beinen hin und starrte in den Regen. Vernor Matheius hatte mich verjagt wie einen Hund, und doch saß ich, während es schon Abend wurde, immer noch auf der Holztreppe des Hauses Chambers Street Nr. 1183.

Ich hätte nicht angeben können, wie lange schon. Es war inzwischen dunkel und regnete stetig. Eine dunstige Feuchtigkeit stieg vom Pflaster auf. Mir war schlecht vor Kummer, vor Zorn, denn zornig war ich ja auch. Ich war weggegangen von Vernor Matheius Haus, war im Regen herumgelaufen und schließlich zurückgekommen; das Haar hing mir tropfend ins Gesicht, meine Sachen waren durchnässt, ich war wie vor den Kopf geschlagen. Mir war schlecht, doch ein Teil meines Hirns arbeitete wie immer. *Was hast du erwartet? Wolltest du nicht frei von ihm sein?* Aus der Ferne ertönte die tiefe Glocke des Turms der Musikschule. Sie stand auf einem Endmoränenhügel, die Chambers Street lag tiefer, lag praktisch in einer Senke, und hier war die Luft schwerer, feuchter und drückender. Die vom Pflaster aufsteigende Feuchtigkeit hatte sich zu Nebel verdichtet, und mir taten Gesicht und

Hals weh, als hätte ich geweint, erinnerte mich aber nicht daran. Tränen sind der Trick eines verzweifelten Kindes und außerdem vergeblich. *Ich werde niemals wieder weinen, niemand wird mich je wieder verletzen können,* dachte ich, und so kam es auch. Ich spürte, wie Vernor mich am Arm packte, wie seine Faust hart gegen meinen Kopf schlug, sah den Blick des Mannes abermals vor mir, seine Wut, seine Verachtung, aber auch sein schlechtes Gewissen, so etwas wie Scham. Ich hatte ihm zu tief in die Seele geblickt, als dass er mir verzeihen konnte; ich war zu weit gegangen. Er hatte mich geliebt oder hatte mich beinahe geliebt (sagte ich mir selbst), hatte begonnen sich zu erlauben, darüber nachzudenken, ob er mich, auf seine Weise, doch lieben konnte, oder er hatte sich zu erlauben begonnen, darüber nachzudenken, ob er mir ohne Ironie erlauben konnte, ihn zu lieben, und das hatte ich zerstört. Ich hatte meine schwache Glückshoffnung zerstört, hatte die Reinheit meiner Liebe zu ihm zerstört, hatte Anellia zerstört, diese Närrin. Wer einen anderen anbetet, ist immer ein Narr. Anellias nasses Haar tropfte ihr aufs Gesicht, auf die dünnen Arme; sie presste ihre mageren, muskulösen Beine an ihren zitternden Leib. Obwohl es Sommer war, waren die Luft und der Regen kalt. Es war Anellia, die am Rande der Auslöschung taumelte, die im Begriff war, von der Leere verschluckt zu werden, dem Nichts, dem süßen Nichts. Es gab ja, wie Vernor Matheius einmal mit Schärfe gesagt hatte, nichts als die Atome und die Leere am Beginn der Zeiten, die der Beginn des menschlichen Denkens und der vergeblichen Bemühung des Menschen waren, die Philosophie genannt wurde. Und bei alledem sah ich mit jäher Klarheit, was ich tun würde: Ich würde in mein Zimmer zurückkehren und die Kleider, mit denen ich mich kostümiert hatte, auf einen Haufen werfen, diese billigen, auffälligen Secondhand-Klamotten, die ich in falscher Hoffnung gekauft hatte, und mit einer Schere zerschneiden, wie ich mir einst das lange, störrische Haar abgeschnitten hatte. Sich selbst Schmerz zuzufügen tut manchmal unendlich gut, sich selbst Schmerz zuzufügen ist manchmal der einzige Weg zur Heilung; *die Wunde ausschneiden,* hatte Vernor Matheius das genannt, und das wollte ich auch so machen: so lange an dem silbernen Gürtel herumzerren, bis die Medaillons zerbrachen und zu Boden fielen. Mein Herz klopfte, so sicher war ich mir, dass ich dies alles tun würde – ohne Reue. Ich würde mich in die Geschichte begeben, wogegen Vernor sich so heftig ausgesprochen hatte, würde an Demonstrationen teilnehmen und mit anderen Sprechchöre rufen und mit selbst gebastelten Plakaten wedeln, würde mich den Atomwaffengegnern und den Kämpfern für Rassengleichheit anschließen; ich würde einen Weg finden, ein Gleichgewicht zwischen meinem intensiven Innenleben mit meinen Fragen an das Leben und die Geschichte. Ich würde furchtlos sein oder diesen Eindruck erwecken, würde furchtlos sein trotz meiner Angst, mit Negern und Weißen gemeinsam marschieren und gegen den Rassenhass meiner Rasse vorgehen; ich würde Herz zeigen, wie ich mich selbst zeigte, würde mich verletzlich zeigen, würde meine Schuld sühnen; ich würde mich noch einmal neu erschaffen, mit neuer Kraft nach all den Verlusten und der Trauer. Keine Anellia mehr. Ich würde abwarten, wer ich sein kann – nach Anellia.

Und dann ertönte über mir die Stimme von Vernor Matheius. Sie war ernst und sachlich, nicht vorwurfsvoll, aber immer noch leise vor Emotion; es war eine raue Stimme, eine verletzte, bestürzte Stimme. »Anellia, bist du das?« Pause. Ein Herzschlag. Mein Herz schlug ruhig weiter in der Gewissheit dessen, was ich tun würde und was nicht und was ich nie wieder tun würde, und ich drehte mich auf der Treppe nicht zu Vernor Matheius um. Ich hörte ihn »Großer Gott!« murmeln, hörte ihn langsam die Treppe heruntersteigen wie jemand, der gerade aus dem Schlaf erwacht ist; er atmete hektisch, hörbar. Auf der Stufe über mir blieb er stehen, ich hatte die kindische Angst, er würde mich treten; gut möglich, dass ihm das auch durch den Kopf ging, doch er sagte:

»Anellia, du solltest nicht hier sein. Du tust dir nur weh.« Ich hätte erwidern können: *Ich habe mir schon wehgetan,* schwieg aber. Vernor kam herunter und setzte sich seufzend neben mich, mit einem Seufzer wie ein Schauer. Der Mann war stocknüchtern, zitterte. Ich musste zur Seite rücken und ihm Platz machen, als sei es das Natürlichste auf der Welt, dass wir zwei hier im Dunkeln, im Regen saßen. Vernor zündete sich eine Zigarette an, blies den Rauch durch die Nase aus und sagte kurz darauf nachdenklich: »Ich habe nicht die Seele eines Schwarzen. Und da ich nicht die Seele eines Schwarzen habe, habe ich gar keine Seele.« »Ich dachte, Vernor«, erwiderte ich, »du glaubst nicht, dass es so etwas gibt, eine ›Seele‹, ich dachte, du glaubst nicht, dass Menschen eine ›Identität‹ haben.« »Tu ich auch nicht«, sagte er. »Genauso wie Farbenblinde sich unter Farben nichts vorstellen können – sie haben sie nicht erlebt.« In seinen Worten schwang Ratlosigkeit mit, und Traurigkeit, eine Traurigkeit, wie ich sie bei ihm noch nie zuvor gehört hatte. »Du hast eine Familie, nehme ich doch an. Kleine Kinder«, sagte ich, und er sagte: »Nicht mehr.« Ich fragte, was das heißen sollte, doch er zuckte mit den Achseln und schwieg. Für mich selbst überraschend, bebte meine Stimme vor Empörung – denn mein erstes Gefühl beim Anblick der drallen, lächelnden Frau auf dem Foto war Eifersucht gewesen –, als ich sagte: »Du hast Frau und Kinder verlassen? Wo? Wo sind sie? Wie konntest du so etwas tun, Vernor?« »Es geht dich nichts an, wen oder was ich verlassen habe, wer oder was ich bin. Und du oder wer auch sonst könnt von mir nichts erwarten«, erwiderte er leise. Ich erwiderte nichts, denn so war es; seine Aussage ließ sich nicht widerlegen. Ich schwieg, doch das hieß nicht, dass ich ihm zustimmte, und Vernor zog an seiner Zigarette und atmete stechenden Rauch aus, der nach schlechtem Gewissen roch. Mir schoss durch den Kopf, dass mir das nicht fehlen würde: dieser Rauch, der Zigarettengestank, die Sucht meines armen Vaters, das rätselhafte Sterben meines Vaters, diese widerliche

Liebe, die eine Sucht war – das alles würde mir nicht fehlen. Wir sahen ein Auto im Regen vorüberfahren, mit dem roten Licht auf dem Dach offenbar ein Polizeiauto, es raste durch die Chambers Street, spritzte das Wasser der Pfützen auf. Der Regen floss in Rinnsalen die Straße hinab, die von dem steilen Hügel des Universitätsgeländes kamen. Schließlich sagte Vernor mit einer tonlosen Stimme, aus der alle Arroganz verschwunden war: »Meine Vorfahren aus Dahomey waren, wie alle aus diesem Stamm, in den achtziger Jahren des achtzehnten Jahrhunderts gefangen genommen und als Sklaven nach Nordamerika gebracht worden, aber sie waren selbst Sklavenhändler. Sie hatten Leute aus anderen Stämmen gefangen genommen und als Sklaven verkauft. Dieses Geheimnis hat mir der Großvater meiner Mutter, ein Prediger, anvertraut, als ich einundzwanzig war. Das war unser Familiengeheimnis, und ich habe davon erfahren. Meine Vorfahren und ihre Vorfahren haben andere Schwarzafrikaner, Menschen aus anderen Stämmen, an weiße europäische Sklavenhalter verkauft.« Jetzt drehte ich mich zur Seite, schaute Vernor verblüfft an – aus dem Munde dieses Mannes kamen stets überraschende Mitteilungen, und immer unerwartet. Ich hatte geglaubt, ihn einschätzen zu können, aber auf so etwas wäre ich niemals gekommen. Ich hätte niemals geahnt, wie traurig seine Stimme klingen konnte, wie resigniert. So als sei für ihn ebenfalls etwas zu Ende gegangen. Doch schon kam wieder sein trockener Humor durch, er grinste mich von der Seite an und zwinkerte, als seien wir (schließlich) doch Verbündete in dieser Sache, dieser Frage, als könnten wir, wenn *Vernor Matheius* ein verzwicktes philosophisches Problem war, als Kollegen gemeinsam darüber nachdenken und es lösen, wie Studenten der Philosophie sich der logischen Analyse widmen, vereint in der Suche nach Wahrheit, der lebenslangen Aufgabe eines Philosophen. »Aber was kann man ihnen denn vorwerfen? Meinen mutmaßlichen Vorfahren?«, sagte er bitter. »Sie waren Menschen, und wie alle Menschen waren sie grausam und fremdenfeindlich und haben andere ausgebeutet. Sie waren primitive Menschen, lebten in einer Stammesgesellschaft, in der Angehörige anderer Stämme nicht als vollwertige Menschen angesehen wurden. Man kann sie töten, man kann sie als Sklaven verkaufen, man kann Völkermord an ihnen verüben wie die Deutschen im Dritten Reich, und irgendjemand spricht einen schon frei – denn es ist ja nur ›natürlich‹, ist die ›Natur‹ des Menschen, sein Instinkt. Meine Vorfahren haben ihre afrikanischen Brüder und Schwestern in die Sklaverei verkauft und eine Weile in Wohlstand gelebt, bis sich das Blatt gewendet hat und sie selbst zu Sklaven wurden. Die Handelsschiffe der Weißen fuhren von Liverpool an die Westküste Afrikas und tauschten Textilien, Waffen und andere Fracht gegen schwarze Männer und Frauen, segelten über den Atlantik nach Jamaika, wo die schwarzen Männer und Frauen gegen Zucker eingetauscht wurden, der dann nach England gebracht und dort verkauft wurde, denn die Engländer brauchten doch Zucker für ihren Tee und ihr Gebäck – was wäre schließlich die Zivilisation der Weißen ohne Zucker im Blut! Und anschließend fuhren die Schiffe wieder von Liverpool an die afrikanische Westküste und wurden mit schwarzen Männern und Frauen beladen, und so immer weiter. Es war ein einträgliches Geschäft, die Branche boomte, alle profitierten davon außer denen, die das Pech hatten, zu ›Sklaven‹ abgestempelt zu werden.« Vernor sprach mit kaum spürbarer Ironie, trug nur historische Tatsachen vor, doch jede Silbe war schneidend, jede Silbe war ein Schmerzensschrei. Ich berührte ihn zaghaft am Arm und sagte: »Du bist genauso wenig deine Vorfahren, wie ich meine bin«, doch meine Stimme klang brüchig, denn vielleicht stimmte das ja nicht, und Vernor erwiderte nüchtern: »Dann bin ich ein Niemand. Ich habe keine Ahnung, wer ich bin.« »Aber ist das denn so wichtig? Heute?« Denn glaubten wir nicht an die reine Vernunft, an die reine Logik, an eine von Gefühlen, von der Geschichte des jeweiligen Stammes freie Sprache? Ließ sich der Traum der Philosophie nicht doch verwirklichen, sogar heute? Vernor sagte, denn sogar in einem solchen Moment musste Vernor Matheius das letzte Wort haben: »Ob es so wichtig ist? Doch, ist es.« Es war ein seltsames Gefühl, zu dieser Stunde neben diesem Mann auf dieser leicht faulig riechenden Holztreppe zu sitzen und in den Regen zu schauen: Ein Paar, das zusammensaß und in den Regen schaute, die beiden wohnen oben in dem Haus, sind hinausgegangen, frische Luft schnappen, der Mann raucht, und die Frau sitzt dicht neben ihm ... Dichter Regen fegte grotesk peitschend unter den Straßenlaternen über das Pflaster hinweg. Später hörten wir den dunklen Glockenschlag vom Turm der Musikschule; es waren mehr Schläge, als ich zählen konnte, es musste Mitternacht sein. Es war seltsam, es war unheimlich und zugleich wunderschön, mich überkam regelrecht Hochstimmung an diesem Tag vor meinem zwanzigsten Geburtstag, als ich in der verregneten Nacht des 18. Juni 1963 neben Vernor Matheius auf der Treppe hinter dem schäbigen Haus in der Chambers Street 1183 in Syracuse, New York, saß.

Falls Sie vorbeigefahren sind und dieses Paar gesehen und sich gefragt haben, wer die sein mögen: Das waren wir.

III. Ausweg

1

Der Fliege zeigen, wie sie aus der Flasche herausfindet? Zerbrich die Flasche.

Es war ein Schock, als mein Bruder Hendrick anrief. Eines Abends im Juni 1965, es wurde gerade dunkel. Ich wohnte in einem gemieteten Häuschen in der Nähe von Burlington in Vermont, verbrachte den Sommer allein, vertieft in mein Schreiben. Das Telefon läutete, und am Apparat war mein Bruder Hendrick! – mit einer Neuigkeit, so unerwartet, dass ich anfangs gar nicht begriff, wovon er sprach.

Hendrick mit seiner Grabesstimme und seinem näselnden Akzent, der mir unangenehm in den Ohren klang. Ich sprach so selten mit ihm, überhaupt mit meinen Brüdern, man konnte meinen, dass ich ihnen total entfremdet war oder dass sie mich abgeschrieben und vergessen hatten. Daher erschrak ich, als ich die Stimme meines Bruders Hendrick hörte, der sprach, als müsste ich mich für etwas rechtfertigen, was ich versäumt hatte: Eine familiäre Verpflichtung, der ich nicht nachgekommen, weil ich aus Strykersville geflohen war. Eines Tages sollte meine Flucht als ein Schritt in *meiner Karriere, meiner Bestimmung* gedeutet werden. Meine Stimme wurde dünn und ängstlich, ich stammelte: »Ja, Hendrick – was ist?« Ich konnte gar nicht aufnehmen, was mein Bruder sagte. Er redete mit einer Eindringlichkeit auf mich ein, als müsse er nicht bloß dreihundert Kilometer Entfernung, sondern auch Zeit überbrücken, denn das letzte Mal hatten wir uns anderthalb Jahre zuvor gesehen, als unsere Großmutter starb und auf dem Friedhof der lutherischen Kirche beerdigt wurde. Verwirrt stand ich in der Tür des mir kaum vertrauten, gemieteten Häuschens am Rande eines Sees und versuchte mir Hendricks Erwachsenengesicht zu vergegenwärtigen, da mir völlig entfallen war, wie er als Kind ausgesehen hatte. Ich wusste, dass ich mir am anderen Ende der Leitung nicht das forsche, gut aussehende junge Gesicht denken durfte, sondern das reifere, um das Kinn herum breiter gewordene Gesicht des dreißigjährigen Hendrick, zwar der jüngste meiner Brüder, aber trotzdem nicht mehr jung. Er war zwar als Einziger noch nicht verheiratet, noch nicht Vater, war für mich aber genauso rätselhaft und unzugänglich wie die anderen. Beim Begräbnis meiner Großmutter war sein Blick über mich hinweggegangen. Darin lag eine verblüffte Zärtlichkeit, vielleicht aber auch ein leichter Groll, vermischt mit Bewunderung, denn Hendrick fand es unfair, verdammt unfair, dass ich mit einem Stipendium aus Strykersville weg und an eine angesehene Universität gegangen war und nicht er, der genauso klug, wenn nicht sogar klüger, ganz bestimmt aber besser in Mathe war und es ebenfalls verdient hätte, seine Ausbildungszeit aber mit erniedrigenden Jobs hatte finanzieren müssen. Hendrick arbeitete jetzt bei General Electric in Troy, und die wenigen Male, die wir uns in unserer neuen, peinlichen Maske als Erwachsene gesehen hatten, hatte ich das Gewicht seiner Missbilligung, seines Neids und seiner Ablehnung buchstäblich wie eine Hand gespürt, die mich fortschob. Jedes Mal, wenn ich seine funkelnden Augen sah, während er sich ein Lächeln für seine jüngere Schwester abrang, hatte ich ihn anflehen wollen: *Bitte! Bitte, hass mich nicht, Hendrick, unser Leben ist doch reiner Zufall,* wusste aber, dass eine solche Bemerkung ihn nur verärgern würde, und verärgert klang er jetzt auch am Telefon, aus irgendeinem Grund verärgert und aufgebracht: »Großer Gott! Wie raffiniert! Und wir dachten die ganzen Jahre, er ist *tot*.«

»Hendrick, was?« Ich hatte es wohl gehört, aber nicht verstanden. Ich bekam schlecht Luft. »Wer – ist tot?«

»Eben nicht. Er ist *nicht* tot, wie sich schließlich herausgestellt hat.«

»Wer?«

»Der Alte, wer sonst? Von wem rede ich denn? Wen haben wir denn als Toten nie gesehen? Weshalb rufe ich dich denn an, verdammt?«

Er meinte, wen und was hatten wir zwei denn gemeinsam? Doch bloß unseren Vater! Die Last der Erinnerung an ihn.

Ansonsten waren Hendrick und ich einander ja fremd.

Mit letzter Kraft fragte ich: »Unser Vater – lebt?«

»Aber nur noch gerade. Eine Frau hat angerufen, eine Krankenschwester oder so. Diesmal stirbt er wirklich.«

»Aber er lebt? Unser *Vater*?«

Wir hatten ihn seit Jahren für tot gehalten. Er war in den Westen gefahren. Ich erinnerte mich nicht, wie meine Brüder und ich den Mann, ewig rätselhaft und abwesend, genannt hatten, der unser Vater gewesen war, ich in meiner Jugend und meine großen Brüder, die selber so oft nicht da gewesen waren. Wir hatten nicht *Vater* gesagt, das glaubte ich genau zu wissen. Aber auch nicht *Daddy* oder *Dad*.

»Genau«, sagte Hendrick. »Er wohnt an einem Ort namens Crescent in Utah. Gut zweihundert Meilen südlich von Salt Lake City. Dort war er im Krankenhaus, aber da haben sie ihn entlassen. Sie haben ihn auf eigenen Wunsch zum Sterben rausgelassen. Ich habe nicht selbst mit ihm gesprochen, denn soviel ich weiß, kann er gar nicht sprechen. Bloß mit dieser Frau. Keine Ahnung, wer sie ist. Vielleicht sind sie verheiratet. Wusstest du, dass er sechsundfünfzig ist. Er hat irgendeinen Krebs.« Hendrick sagte das Wort im selben Ton, in dem er kurz zuvor *raffiniert* gemurmelt hatte.

»Krebs!«

Als ich ans Telefon ging, hatte ich nicht mit alarmierenden Neuigkeiten gerechnet. Nur wenige Menschen wussten, wo ich war, nur wenige hatten das Bedürfnis, mich anzurufen. Wenn ich hätte raten sollen, wer am Apparat war, hätte ich darauf getippt, dass sich jemand verwählt hatte. *Wer? Nein, leider. Unter dieser Nummer gibt es niemanden, der so heißt.*

Hendrick redete jetzt hektisch, wollte das Gespräch zum Abschluss bringen. Vielleicht hatte es ihn ja doch berührt, oder das Thema war ihm unangenehm. Er wollte mir die Telefonnummer der Frau geben, die ihn angerufen hatte, ihren Namen und ihre Adresse in Crescent, Utah, dann konnte ich sie selbst anrufen. Er konnte mir keine weiteren Informationen geben, denn er hatte keine und wollte auch keine. Ich nestelte mit Bleistift und Zettel herum, wollte, die Tränen wegblinzelnd, mitschreiben. *Er lebt! Unser Vater lebt. Er ist nicht gestorben.* Es war einer der tiefen Schocks meines Erwachsenenlebens, so wie die Nachricht von seinem plötzlichen, unerwarteten Tod einer der tiefen Schocks meiner Jugend gewesen war. Es war verständlich, dass Hendrick *raffiniert* gesagt hatte, denn solche Schocks hatten ja durchaus etwas Täuschendes und mit der Täuschung etwas Grausames.

Am anderen Ende der Leitung hörte ich ein leises, quengelndes Rufen, das von einem Kind zu stammen schien, und ein Husten. Lebte Hendrick mit jemand zusammen? Wie lebte er? Ich wusste es ja nicht. Von meinen drei Brüdern war Hendrick mir altersmäßig zwar am nächsten, aber trotzdem sieben Jahre älter, in der Kindheit eine riesige Kluft. Ich hatte keine Ahnung von seinen heutigen Lebensumständen und konnte nicht fragen. Beim Begräbnis meiner Großmutter hatte Hendrick, groß und mit finsterer Miene, sogar ein wenig abseits von seinen Brüdern gestanden und denselben leisen Groll vermittelt, als hätte der Tod der alten Frau, nicht anders als ihr Leben, nur wenig mit ihm persönlich, mit seinem Innenleben, zu tun. Meine Großmutter war keine gemüt- oder gefühlvolle Frau gewesen, sie hatte nur ihren Sohn geliebt, den Mann, der unser Vater war, und diese Liebe hatte ihren Gefühlsvorrat aufgezehrt. Vielleicht hatte er ihr ja das Herz gebrochen, hatte uns allen das Herz gebrochen; niemand sonst verfügte über die Macht, unserer Großmutter das Herz zu brechen, und niemand hatte über diese Macht verfügen wollen. Bei ihrem Begräbnis hatte mein Bruder Hendrick mich heimlich beobachtet. Sein Blick hatte mich verlegen gemacht, aber auch widerspenstig – mit welchem Recht urteilte er über mich? Wenn es den Anschein hatte, als habe ich mich in einer Welt ausgezeichnet, die er nicht hatte betreten können, war das doch nicht meine Schuld. Ich wollte mich weder schuldig fühlen, weil andere mich beneideten, noch konnte ich Gefühle des Stolzes oder der Überlegenheit entwickeln. Ich konnte mich nicht nach den Maßstäben meiner Familie beurteilen – sie kannte mich ja kaum. Beim Begräbnis sah mein Bruder mich ohne ein Lächeln an, sah mich an aus steinfarbenen Augen, die auch die meinen waren, die unseres Vaters. Wenn Hendrick lächelte, was er ja manchmal tat, war es ein kurzes, spöttisches Lächeln, und man sah, dass er herzlich sein, dass er vertrauen konnte.

Doch bevor man dieses Lächeln erwidern konnte, war es erloschen.

Wie gern hätte ich jetzt gesagt: »Ach, Hendrick, warum hat er uns das angetan, was glaubst du? Bitte leg nicht auf, sprich mit mir.«

Wie gern hätte ich gesagt: »Würdest du mich begleiten? Nach Utah? Ihn besuchen? Bevor es zu spät ist? Wir könnten doch zusammen hinfahren.« Wie gern hätte ich ihn gebeten: »Du lässt mich nicht allein fahren, nein?«

Aber ich wusste ja, wie die Antwort lauten würde. Also dankte ich Hendrick und legte auf.

2

Lass dich nicht von Arschlöchern unterbuttern.

Die unerwartete derbe Umarmung bei der letzten Begegnung mit meinem Vater, die Berührung eines Mannes, der mich seit Jahren nicht berührt hatte – sie blieb mir noch tagelang, jahrelang im Gedächtnis.

Das war vier Jahre her. Als er zur Feier meines Highschool-Abschlusses gekommen war.

Der Schock, ihn da unter den Gästen sitzen zu sehen! Ich hatte ja nicht gewusst, dass er teilnehmen würde, dass er überhaupt in Strykersville war. (Er war am Abend zuvor gekommen, hatte in einem Motel in der Stadt übernachtet.) Was meinen Vater betraf, war eines in all den Jahren meines Erwachsenwerdens einfach und klar: Wenn der Mann zu Hause war, war er zu Hause, wenn nicht, dann nicht. *Den hält es erst an einem Fleck, wenn er mal unter der Erde ist*, sagten meine Brüder immer im Scherz. Und dann saß er unerwartet in der Aula der Highschool. In einem weißen, am Hals offenen Hemd, in Hose und Jackett. Sein Haar, das, was davon noch vorhanden war, glatt nach hinten gekämmt. Die Nase flach und breit, er unrasiert. Und ich, die Sprecherin bei der Abschlussfeier, in der schwarzen Wollrobe, so leicht wie ein

Nachthemd, auf dem Kopf das steife schwarze Barett, dessen Quaste gefährlich nahe vor meinem linken Auge hing. Mit achtzehn ähnelte ich mehr einem frühreifen Jungen von dreizehn, einem dieser schlaksigen Kerle mit einem Gesicht wie ein Frettchen, die eine Bühne erklimmen, ein Podium, und sich einer fast mit Händen zu greifenden Reserviertheit des Publikums gegenübersehen, einer höflichen, gedämpften, aber doch spürbaren Reserviertheit, die Angst haben und furchtlos zugleich sind, hinaufgetragen wie Ikarus durch eine bloße Stimme, bloße Worte, durch die Kühnheit aufzutreten und durch den unbedingten Willen, etwas bisher noch nie Ausgesprochenes zu sagen, das nur auf diesem Wege gesagt werden kann. Und das Publikum wird aufgeschreckt und hört zu, applaudiert. Und hinterher der Zweifel: *Ist das wirklich geschehen? Haben sie wirklich zugehört, Beifall geklatscht? Was bedeutet Beifall eigentlich?* In dem Durcheinander aus Händeschütteln und Glückwünschen am Ende der Zeremonie hatte ich ihn auf mich zukommen sehen: Mein Vater, größer, kräftiger, körperlich präsenter als alle anderen Männer im Raum, war schnurstracks und nur leicht schwankend auf mich zugesteuert, unrasiert, der Kopf hochrot vom Trinken, die Augen blutunterlaufen, aber doch glänzend vor kämpferischem Vaterstolz. Er hatte mich geschnappt und umarmt, mir seinen heißen Raucheratem ins Gesicht geblasen und mir, unbekümmert um seine Lautstärke, geraten: *Lass dich nicht von Arschlöchern unterbuttern.*

Es ist ein Rat, an den ich mich zu halten versuchte. Auch wenn ich ihn in den Wind schlug.

3

Ich fuhr allein nach Utah. Zweitausendfünfhundert Meilen bis Crescent.

Es hieß, mein Vater habe vielleicht nur noch drei Tage zu leben, vielleicht aber auch vier Wochen. Ich hatte panische Angst, zu ihm zu fliegen, nicht wegen des Flugs an sich, obwohl ich noch nie ein Flugzeug bestiegen hatte, sondern weil ich auf diese Weise mein Ziel zu schnell erreicht hätte.

Ich war Tage und Nächte auf großen, überregionalen Highways unterwegs in einem Volkswagen, den ich mir für fünfhundertfünfunddreißig Dollar im Jahr zuvor gekauft hatte. Die Bremsen und der Schalldämpfer funktionierten nicht richtig, der Motor war laut, die Schaltung sperrig; wenn ich die Fenster nicht heruntergekurbelt ließ, wehte mir unter dem Armaturenbrett der Geruch von Kohlenmonoxyd entgegen. *Nur: Das, was man spürt, ist nicht das Gift. Das wird durch die Frischluft verteilt!* Es war ein 1959er-Modell, selbstverständlich ohne Heizung und Klimaanlage; alle Wärme, die auf meine Lunge traf, hatte zuvor das Motorgebläse passiert. Trotzdem mochte ich es gern, dieses Auto, mein erstes, war naiv genug, es zu mögen, weil es klein und ökonomisch war, diese rundlich-gedrungene Käferform (oder war es die eines

Fötus?), ursprünglich tief dunkelrot, war es infolge von Witterung und Rost mittlerweile scheckig geworden. Auf der Beifahrerseite war die Frontscheibe von feinen Rissen durchzogen, als habe es einmal einen geisterhaften Beifahrer kopfüber in die Scheibe geschleudert.

In dem gebrauchten VW durchquerte ich den Bundesstaat New York in der Breite, denn ich war ja im Norden von Vermont gewesen, als Hendrick anrief, und kam dabei fünfzig Meilen entfernt auch an Strykersville vorbei, fuhr weiter westlich am südlichen Rand des Lake Erie entlang, durch Ohio, Indiana, Illinois, den Norden von Missouri, durch Kansas und Colorado und erreichte schließlich im Osten von Utah auf der I-70 die Kleinstadt Crescent, in der 1620 Menschen lebten. *Das, die Reise meines Lebens. Ich komme rechtzeitig an!* In New York, Illinois und Colorado hatte ich die mir als Hildie Pomeroy bekannte Frau mit der sanften Stimme angerufen, um mich nach meinem Vater zu erkundigen. Die Auskünfte lauteten: »Sein Zustand ist stabil«, und: »Er erwartet Sie.« Um Geld zu sparen, schlief ich oft im Auto, nicht nachts allerdings, sondern vormittags oder nachmittags und auf belebten Rastplätzen am Highway oder auf Restaurantparkplätzen, aber nicht auf dem Rücksitz, denn ein vorbeigehender Fremder konnte ja ins Auto starren und mich mit offenem Mund, verletzlich wie ein kleines Kind, schlafen sehen. (Das war eine Vorstellung, die mich mein Leben lang verfolgte und über die ich zu schreiben versucht hatte, natürlich ohne zu wissen, wie ich das Thema anpacken, wie ich die Vorstellung, diesen merkwürdigen Umstand schlüssig darstellen sollte, dass wir selbst uns nie schlafen sehen, mit offenem Mund, verletzlich wie ein Säugling im Schlaf.) Müsste man nicht genau genommen sagen, dass wir uns überhaupt nicht sehen, überhaupt keine klare Vorstellung von uns haben? Im Spiegel erblicken wir doch nur, was wir sehen möchten oder zu sehen ertragen oder womit wir uns bestrafen. *Wir können aber auch nicht darauf vertrauen, dass andere uns sehen. Denn auch sie sehen mit ihrem unvollkommenen Blick nur, was sie sehen möchten.* Ich blieb also in meinem Auto zum Schlafen oft auf dem Fahrersitz, die Hände zum Schein am Lenkrad, damit ich, obwohl tief im Unbewussten, der Kopf auf der Rückenlehne hin- und herrollend wie der eines Schlaganfallopfers, notfalls sofort handeln, sofort fliehen konnte. Es gelang mir, mich auf öffentlichen Toiletten zu waschen, sogar die verschwitzten, klebrigen, vom Wind zerzausten Haare. Ich aß nicht oft in Restaurants, sondern kaufte mir abgepacktes Essen in Geschäften, weil das billiger war, nahm mir Trinkwasser in Pappbechern mit. Ich hatte mir eine bestimmte Summe Geld zugestanden, mit der ich bis Utah auskommen wollte, und knauserte lieber bei mir anstatt bei Benzin, Öl und Werkstätten. Schon am ersten Tag war ich, nach fast acht Stunden Fahrt, wie hypnotisiert; mir fielen die Augen zu, und ich wollte schlafen, oder genauer, träumen, ohne dafür schlafen zu müssen. Der VW war so klein, dass er im Windschatten größerer Wagen schwankte, die verächtlich fauchend an mir vorbeifuhren; sogar andere VWs segelten an mir vorbei, obwohl die Fahrer oft kumpelhaft winkten oder hupten. Mein Auto begann zu vibrieren, wenn ich schneller fuhr als fünfundfünfzig Meilen in der Stunde, und durch die offenen Scheiben hämmerte ein so starker Luftzug auf meinen Kopf ein, dass ich mir einbildete, der VW sei ich selbst oder, so krank er auch war, mein Vater. Im dichten Verkehr neigte ich weniger zu irrationalen Vorstellungen und Tagträumereien; auf dem offenen Highway zogen links von meinem Sichtfeld der Mittelstreifen, rechts die Böschungen, weite Landschaften und offener Himmel vorbei, und ich versank in den verführerischen, trügerischen Geisteszustand, der dem Schlaf vorausgeht. Es gab mir einen Stich vor Schmerz, weil Hendrick mich nicht hatte begleiten wollen; ich meinte mich zu erinnern, dass ich ihn sogar gefragt, er jedoch abgelehnt hatte. Er hatte mich nicht zurückgerufen, und ich sagte mir, dass ich das auch nicht erwartet hatte; ich hatte ja seine Nummer nicht und konnte ihn daher nicht selbst anrufen. Meine Brüder Dietrich und Fritz riefen mich aber auch nicht an, und ich sagte mir, dass ich auch das nicht erwartet hatte, ich war nicht enttäuscht und nicht verletzt. *Für sie ist er tot. Sie können einen Toten nicht so lieben wie ich.* Ich fing an, laut im Auto vor mich hin zu sprechen, denn der Wind und der Motor waren so laut, dass ich mich selbst nicht hörte; das ersparte mir Verlegenheit und Scham. Der Monolog des Ichs, das plant, was kommen soll. Denn was ist das Leben mit seinen Myriaden von Überraschungen, wenn nicht, *was kommen soll.* Ich sah meinen Vater so, wie er bei der Feier meines Highschool-Abschlusses gewesen war, nur saß er wie so oft in der Küche des alten Bauernhauses, wo er Zigaretten geraucht und bis spät in die Nacht getrunken hatte; er war bereit, mich anzusehen und mit mir zu sprechen, und ich konnte ihn alles fragen, was ich wollte, doch plötzlich bekam ich Angst und konnte nichts sagen. Denn was fragt man den eigenen Vater, wenn man eigentlich nur eine Frage hat? Zum Beispiel diese: *Ist die Zukunft der Vergangenheit vorzuziehen? Leben wir nur in der Zeit?* Ich versuchte mir ins Gedächtnis zu rufen, was Vernor Matheius über die Zeit gesagt hatte, aber ich konnte mit meiner Vorstellung nicht bei Vernor Matheius und bei meinem Vater zugleich verweilen; ich hätte nicht gewollt, dass die beiden sich kennen gelernt oder auch nur mal gesehen hätten, und so verschwand Vernor Matheius vor meinem geistigen Auge wieder. Mitten im endlosen Kansas begann ich, flaches Land schon im Schlaf zu halluzinieren, meine Traumbilder und die Landschaft waren identisch; ich entkam dem einen nicht, ohne vom anderen verschlungen zu werden; ich versank, ich ging unter, ich kam um. Mitten im endlosen Colorado begann ich, weit vor mir am Horizont Berge zu halluzinieren, Berge wie eine Fata Morgana, zart und fein wie auf japanischen Tuschezeichnungen, doch diese Berge waren keine Fata Morgana, sie verblassten nicht, sondern wurden immer deutlicher, wichen nicht mit dem Horizont zurück, sondern kamen immer näher, und plötzlich stand fest, dass die Berge am Horizont wirklich auf mich zukamen; ich fuhr ihnen auf dem Highway entgegen, und dann plötzlich umschlossen mich die Berge schon. Auf welcher Seite ich auch aus dem Auto hinaussah, überall waren Berge; ich lächelte angesichts des Unglaublichen – »Die Rocky Mountains! Es gibt sie *wirklich*!«

Der Horizont wurde noch schroffer. Die unendlichen Weiten des Mittleren Westens mit ihrem Farmland und den genügsam grasenden Rindern lagen hinter mir. In dieser ganz anderen, raueren Landschaft kamen mir selbst die Rinder anders und lebhafter vor. Die Landschaft selbst war sepiabraun, als sei sie von einer noch stärker brennenden Sonne gebleicht. In der Ferne sah ich eine Mondlandschaft aus Bergen, übersät mit Felsbrocken, vor mir seltsame Gesteinsformationen, Berge, deren Gipfel weiße Farbstreifen hatten. Hier ging einem auf, dass eine Landschaft etwas Lebendiges ist, manifestes Leben. Man nimmt Landschaften, den Atem einer Landschaft visuell auf. Im Westen konnte ich nicht mehr die junge Frau sein, die ich im Osten gewesen war. An dem mir unbekannten Ort Crescent in Utah erwartete mich ungeduldig eine junge Frau, die ich war, aber verändert, und ich war entschlossen, in Crescent, Utah, diese junge Frau zu sein. Die Tochter meines Vaters. Solche Landschaften verführen zu dem Glauben, dass das Schöne, das es gibt, in einer tiefen, verborgenen Beziehung zu einem selbst steht. Sie verführen zu dem Glauben, man sei der Erste, der das Ganze *erkannt* hat. Ich sah, dass sich Farbe und Struktur dieses wüstenartigen Hochlands mit dem schnell wechselnden Licht des riesigen Himmels veränderten, ganz anders als im Osten, wo Baumlinien den Himmel begrenzten und ihn manchmal ganz verdeckten. Meine an die perspektivisch verkürzten Landschaften und Horizonte des Osten gewöhnten Augen blinzelten angesichts der tiefen Räume des Westens. Unweigerlich tat man angesichts solcher tiefen Räume einen Blick in die Zeit, sah die riesigen Zeiträume, die vor dem Menschen lagen, seiner Geschichte, im Vorsprachlichen, bevor er daranging, die stummen Phänomene mit Namen wie *Berg, Fluss, Canyon, Hochebene, Gletscher*, mit Namen wie *Fels, Sand, Salzebene, Spitzkuppe, Tafelland, Klippe, Ödland* zu bezeichnen. Als ich den Colorado River überquert hatte und tiefer ins Grand River Valley und weiter westlich nach Utah hineinfuhr, eröffnete sich mir eine Welt der Einsamkeit und der Schönheit, und mein Herz schlug schneller vor Hoffnung. Ich hatte, in meinem kleinen, vor Erregung bebenden Auto ganz vergessen, dass ich gekommen war, um am Bett eines an Krebs sterbenden Mannes zu sitzen (und für diese Vergesslichkeit sollte ich auch bezahlen, aber nicht sofort). Ich sah Ortsnamen, die für mein Ohr so romantisch und exotisch klangen wie Poesie: *Roan Cliffs, San Rafael Valley, Sand River, Dirty Devil River, Green River, Sego Canyon, Diraes Canyon, Death Hollow, Hell's Backbone, Calf Creek Falls, China Meadows, Desolation Canyon, Dead Horse Point, Islands in the Sky*.

Und *Crescent*, wohin man mich gerufen hatte.

Vom Fahren ermüdet, begann ich mir zu sagen, dass ich in Crescent leben könnte. Ganz benommen vom Highway, vom permanenten, stumpfsinnigen Druck meines Fußes auf das Gaspedal und von der unablässig stechenden Sonne, begann ich mir die Geschichte auszudenken, dass mein Vater mich zu einem bestimmten Zweck nach Crescent gerufen hatte. Denn dass er gerade in Crescent war, konnte doch kein Zufall sein, oder?

»Daddy? Dieses Auto habe ich mir von einem Teil des Vorschusses gekauft, den ein Verleger mir für ein Buch gezahlt hat. Für eine Geschichtensammlung. Mein erstes Buch.« Ich probierte diese erstaunlichen Wörter aus, und meine Stimme begann zu zittern. Wie würde der Mann, den ich als meinen Vater kannte, aber nie *Daddy* oder *Dad* genannt hatte, eine solche Neuigkeit aufnehmen? Wäre er stolz auf mich? Oder wäre es ihm gleichgültig? Bedeutete ein Buch mit Geschichten, noch dazu so schwer fasslichen »poetischen« Geschichten, einem Mann etwas, der

Arbeiter war und, soweit ich wusste, kaum mehr als die Zeitung las, einem Mann, groß geworden in einer Familie von Bauern, die kaum lesen und schreiben konnten und auch keine Bücher besaßen, so als lehnten sie ein über das stumpfsinnige Schauen der Farmtiere hinausgehendes geistiges oder seelisches Leben ab? (Allerdings hatte im Wohnzimmer meiner Großmutter die Heilige Schrift gelegen, wie dieses verehrte Buch sich nannte; ungelesen, außer von mir, die aus Neugier und in skeptischer Verwunderung hineingeschaut hatte; ungelesen, aber auffällig platziert auf einem mit Spitzendeckchen verzierten Tisch, das Zugeständnis an Amerika und an das Christentum – also praktisch dasselbe –, das meine in Deutschland geborene Großmutter widerwillig machte; die Heilige Schrift, im Kunstledereinband, der Schnitt in den feuchten Sommern von Strykersville mit puderigen, schlecht riechenden, pilzgrauen Stockflecken überzogen.)

Kaum war ich in Utah, diesem bisher unvorstellbaren Staat, auf der viel befahrenen I-70 C Crescent, wo ich ein billiges Motel zu finden hoffte, da betete ich schon (ich, die nie an den Gott der Bibel geglaubt hatte, auch nicht an den Gott Spinozas), mein Vater möge noch so lange leben, dass er die Veröffentlichung meines Buches – auf dessen Umschlag ja auch sein Namen stehen würde – miterlebte, dass er das Buch in der Hand halten und mir sagen würde, wie schön es sei und dass er mich liebte.

4

»Doch, Erich möchte dich sehen. Aber er möchte nicht, dass du *ihn* siehst.«

Der Name meines Vaters kam dieser Fremden ganz selbstverständlich über die Lippen.

Eine gedrungene, kleine Frau mit einem schlecht zurechtgemachten Puppengesicht und einer hauchigen Mädchenstimme, die trotzdem etwas eisern Entschlossenes hatte. Die Frau hatte sich als Hildie Pomeroy vorgestellt, die Freundin meines Vaters. Sie machte in der Railroad Street Nr. 3 die Eingangstür ihres Holzhauses auf, als habe sie bloß darauf gewartet, dass ich eintrat. Stummes Erstaunen stand ihr ins Gesicht geschrieben, als ich vor ihr stand, denn ich sah offenbar nicht so aus wie die junge Frau, die mein Vater beschrieben hatte. Hildie Pomeroy, knapp einsfünfzig und mit einem auf Schulterhöhe verkrümmten Rückgrat, sah wiederum auch nicht aus wie die Frau, die ich als Freundin und Beschützerin meines Vaters erwartet hatte. Mit großen Augen schauten wir einander an. Im Economy Motel (Einzelzimmer für sechs Dollar) hatte ich zum ersten Mal seit ewiger Zeit gebadet, hatte mir, in der Wanne liegend, die Haare gewaschen, sie feucht und in formlosen Wellen einfach auf die Schultern gekämmt, eine frische, aber recht zerknitterte Baumwollbluse und eine Baumwollhose angezogen und roch nach Seife, Shampoo und Zahnpasta. Ich war sichtlich nervös und sah bestimmt nicht aus wie die sich literarisch betätigende intellektuelle Tochter, von der mein Vater gesprochen haben mochte. Mir gegenüber Hildie Pomeroy in Krankenschwester-Weiß: Nylonbluse, Nylonhose und Stoffschuhen mit Kreppsohlen, die aussahen, als seien sie frisch geweißt worden. Forsch und tatkräftig, dabei überraschend geschminkt, wie ein Showgirl: auffallendes Wangenrouge, schimmernd roter Mund, schwarze Mascara, die die Wimpern verklebte, und ihre Haare erst! Tiefschwarz gefärbt, ziemlich lang und störrisch, aber zu Schnecken gedreht und rings am Kopf mit blümchenverzierten Haarklemmen festgesteckt. Die Frau sah aus wie eine angemalte Aufziehpuppe, der man grob den Rücken gebrochen hatte. Sie richtete sich auf, als sie meine Überraschung sah, und sagte: »Du kannst mit ihm sprechen, aber er wird nicht mit dir sprechen können. Das übernehme *ich* für ihn.«

»Aber – er – er ist doch bei Bewusstsein? Oder nicht?«

»Dein Vater ist krank, Kindchen. Er ist letztes Jahr dreimal wegen Kehlkopf- und Speiseröhrenkrebs operiert worden.« Hildie stieß es zischend hervor, verstummte wieder. »Er hat fünfzig Pfund abgenommen, und die OPs haben ihn entstellt. Er ist immer nur für einige Stunden bei sich. Die meisten Besucher lässt er gar nicht mehr herein. Nur noch mich, weil ich seine Freundin bin und er mir vertraut.« Hildie schaute mich trotzig an. »Ich bin der einzige Freund, den er hat.«

Dies war ein Tadel, auf mich und meine Brüder gemünzt, ein Tadel, den wir als gerecht akzeptieren mussten, und daher protestierte ich nicht. »Sie sagten am Telefon, er weiß, dass er – stirbt?«

Hildie schüttelte traurig den Kopf. »Oh ja, er weiß es, aber auch wieder nicht. Oder er will es nicht wissen. Kranke sind wie wir und doch ganz anders. Ihr Denken spielt ihnen dieselben kleinen Tricks wie uns das unsere, bloß jämmerlicher. Wer so krank ist wie dein Vater, ist manchmal so schwach, dass er den Kopf nicht bewegen, die Augen nicht öffnen und nicht sprechen kann, selbst wenn er das möchte. Er weiß nicht, wo er ist, wer bei ihm ist, was los ist ... das hab ich gelernt«, fügte sie hinzu, als hätte ich es angezweifelt. »Ich hab eine Schwesternausbildung gemacht, in Salt Lake City.«

»Verstehe. Was für ein – Glück. Für meinen Vater.«

Ich lächelte die Freundin meines Vaters töricht an. Wusste nicht, was ich zu ihr sagen, wie ich ihr die Angst vor mir nehmen sollte.

Überraschenderweise lachte Hildie wegwerfend und spöttisch: »Oh ja. Aber viel lieber wäre er *gesund*.«

Hildie Pomeroy war so viel kleiner als ich, dass sie den Hals strecken musste; ihr Kopf, unverhältnismäßig groß für ihren gedrungenen Körper, war in einem schmerzhaften Winkel nach oben gedreht. Ich schien sie allein dadurch in Verlegenheit zu bringen, dass ich vor ihr stand und sie überragte. Meine bloße Anwesenheit verursachte ihr wahrscheinlich schon Beklemmungen. Die arme Frau redete hektisch, strich sich übers Haar und nestelte an dem kleinen goldenen Kreuz, das sie an einer Halskette trug. (Den Hals hatte sie sich ebenfalls gepudert, aber weniger gekonnt als das Gesicht, und man sah das Geäst der Falten.) Für mich klang es, als habe sich Hildie Pomeroy ihre Sätze vorher zurechtgelegt. Sie hatte Dinge wiederholt, die sie mir bereits am Telefon gesagt hatte, wollte offensichtlich ein und für alle Mal klarstellen, dass sie in einer Beziehung zu dem Mann stand, der mein Vater war. Das Wesen dieser Beziehung war zwar rätselhaft, wurde aber nicht benannt und sollte von mir, dem Eindringling, auch nicht angezweifelt werden. Hildie fixierte mich mit strahlenden, feuchten braunen Augen, überraschend schönen, von dichten Wimpern gesäumten Augen; klar, in solche Augen konnte sich ein Mann verlieben.

Hildie musste meinen, ich stünde unter Schock, denn anstatt Bestürzung oder Trauer zu äußern, lächelte ich. Mein Lächeln fühlte sich an, als sei es mir ins Gesicht gestanzt. Eine ferne, spöttische Stimme ertönte in meinen Ohren: *Und ich bin so weit gefahren!* Hildie sagte sachlich: »Dein Vater hat zu mir gesagt, du sollst dich an ihn so erinnern, wie er *war*. Das ist seine Hoffnung. Er liegt hinten auf der Veranda, ich bring dich hin. Tagsüber liegt er gern dort auf der Veranda, da steht auch der Fernseher, ein tragbarer, ich kann ihn leicht transportieren. Auf der Veranda hat er es schön, wenn er aufwacht und nicht gleich weiß, wo er ist, wirkt die Veranda beruhigend auf ihn. Dein Vater hatte kein leichtes Leben, weißt du, schon vorher nicht, vor den OPs. Wenn man sehr krank ist, dreht man ein bisschen durch, und manchmal kommen einem die eigenen Beine oder sogar die Arme fremd vor, als gehörten sie nicht dazu, und da möchte man vor allem *getröstet* werden. Dein Vater möchte, dass ich dich nach hinten bringe, wo er liegt, er wartet schon den ganzen Tag auf dich. Aber du musst die Augen zumachen. Oder ich muss dir irgendwas umbinden. Damit er dich sehen kann. Und dann kannst du dich ja umdrehen, ihm den Rücken zudrehen, oder du kannst dich setzen, da steht ein hübscher Stuhl, hab ich extra für dich hinausgetragen, und ich kann dir beim Sprechen mit ihm helfen, denn er kann keine Worte mehr sagen, jedenfalls keine, die du verstehen würdest, aber bloß ein paar Minuten, weil es ihn so erschöpft, normalerweise schläft er um diese Tageszeit immer. An heißen Nachmittagen schläft er, und wenn es dunkel wird, füttere ich ihn, geb ihm sein Spezialessen, und danach schläft er. Verstehst du, ich weiß, es wird dich überraschen, wie er jetzt ist, aber es ist sein Wunsch, und so ist es am besten.« Hildie verstummte und lächelte. »Für dich ist es so auch am besten.«

Das war eine Warnung. Ich verstand. *Ein Sterbender. Der Tod. Das möchtest du nicht sehen. Du bist zu jung.*

Ich hatte mir meinen Vater ja tatsächlich so vorgestellt, wie ich ihn von vier Jahren zuvor in Erinnerung hatte. Mittleren Alters, immer noch forsch und jugendlich, wie Männer, die mit den Händen und im Freien arbeiten, oft wirken – bis man ihnen genauer in die ledrigen, runzligen Gesichter sieht. Meinen hier in Crescent, Utah, auf mich wartenden Vater hatte ich mir nur etwas gealtert vorgestellt, noch verlebter zwar, doch gespannt, mich zu sehen. Doch vor allem hatte ich mir ihn in einer anderen Umgebung vorgestellt: in einem geräumigen Schlafzimmer mit hoher Decke und einem Fenster mit Blick auf die Berge und einen kobaltblauen Himmel. Eben in Crescent, Utah. Im Westen. Doch die Railroad Street war eine schmale, schlecht gepflasterte Straße, die die Main Street kreuzte, und das eingeschossige Haus, dessen Vorgarten keinen Rasen hatte und dessen mausgraue Holzverschalung abblätterte, stand in einer Reihe ganz ähnlicher Häuser und Wohnwagen; das Gelände dahinter stieg zu einem mit Gestrüpp überwucherten Bahndamm an. Um das Haus herum standen krank aussehende Pappeln. Irgendwo in der Nähe arbeitete jemand mit einer Kettensäge. *Das könnte Strykersville sein. Unweit der Bahnlinie.* Und der Ort Crescent erst! So gewöhnlich. Nur der Name war poetisch, war schön. Bei der Suche nach einem Motel hatte ich festgestellt, wie klein Crescent, wie karg das städtische Leben war. Ich sah ein paar Holzkirchen, ein aus ein, zwei Blocks bestehendes Zentrum, ein paar, am Backsteinimitat der Fassaden als eher neu erkennbare Läden, doch alles andere war alt, war Jahrzehnte alt, älter als Strykersville, obwohl Crescent viel später entstanden sein musste. Entlang des Highways das übliche Nebeneinander von Tankstellen und Drive-in-Restaurants, Sportgeschäften, einem baufälligen A&P, Teppichläden, einem Drive-in-Theater mit kaputtem Vordach, Bier- und Schnapsläden sowie Kneipen. *Von so weit gekommen – aus Strykersville!* Nur dass das kleine Städtchen meiner Kindheit eine überraschend gute öffentliche Leihbücherei hatte und einen YMCA, wo ich schwimmen gehen konnte, wohingegen Crescent zu klein war für solche Einrichtungen. Schon wenige Minuten hinter der Stadtgrenze begann das offene Land, platt, baumlos, abweisend, dort wehte ein rauer, heißer Wind. Sogar die Bergkette, die auf meiner Esso-Karte den romantischen Namen Roan Cliffs trug, war im Hitzedunst verschwommen wie Radiergummiflecken.

Ich sagte zu Hildie, ja, natürlich würde ich den Wünschen meines Vaters nachkommen – und ihren auch.

»Ich – ich hab ihm ein Geschenk mitgebracht. Ich meine, Ihnen auch.«

Und hielt der vornübergebeugten kleinen Puppenfrau in Weiß einen grässlich umwickelten Präsentkorb mit Obst hin, dessen Zellophanpapier laut raschelte. Dieses für einen Sterbenden lächerliche Mitbringsel hatte ich in einem Lebensmittelladen in Grand Junction, Colorado, gekauft. Ich hatte ja keine Ahnung, an welcher Art Krebs mein Vater litt, hatte angenommen, es sei Lungenkrebs. Konnte der arme Mann vielleicht Obst essen? Äpfel, Orangen, Mangos, Kiwis, Bananen? War ein solches Mitbringsel ein grausamer, gedankenloser Scherz? Was hatte ich mir gedacht? Hildie murmelte einen Dank, nahm mir den Korb etwas barsch ab und stellte ihn beiseite, fragte, ob ich, bevor sie mich zu meinem Vater bringen würde, ein Glas Wasser wolle. Gierig sagte ich ja, denn meine Kehle war so ausgedorrt, dass ich schon beim Sprechen Mühe gehabt hatte. Sand und Staub verklebten mir den Mund. Hildie führte mich ins Haus, in eine voll gestopfte kleine Küche mit einem altmodischen, brummenden Kühlschrank, einem Gasofen und abgetretenem Linoleum, in der es nach Hafermehl und Hefe roch. Durch das eine Fenster konnte ich einen Blick auf den dreißig Meter entfernten, von Gestrüpp gesäumten Bahndamm erhaschen. Was für ein Geratter das sein musste, wenn hier ein Zug durchkam! Mein armer Vater. Wie eine Krankenschwester, nur ohne zu lächeln, ließ Hildie erst eine Zeit lang Wasser laufen, bis es, wie sie mit dem Finger prüfte, kühl genug zum Trinken war, und füllte mir ein Glas. Ich bedankte mich, nahm es ihr mit zitternder Hand ab und hielt es mir, bevor ich trank, an die heiße Stirn. Es war ein heißer Sommernachmittag mit über dreißig Grad, trockener, flirrender Hitze und gleißender Sonne, es war nicht feucht wie im Norden New Yorks. *Ich habe Angst. Solche Angst. Helfen Sie mir.* Hildie Pomeroy beobachtete mich. Mit ihrer Mischung aus extremer Weiblichkeit und eisernem Willen erinnerte sie mich an bestimmte Klassenkameradinnen aus Strykersville, an Mädchen, die nicht ans College gegangen, sondern Kosmetikerinnen, Zahnarzthelferinnen, Krankenschwestern und Pflegerinnen geworden waren. Beim Anblick meines blassen, verspannten Gesichts hatte Hildie den Impuls, mich zu berühren, mich zu trösten, und das hätte ich mir auch gewünscht. Ich hatte Angst vor dem Sterben meines Vaters, wusste nicht, was ich ihm sagen sollte. »Das ist sehr nett von Ihnen«, sagte ich und leckte mir die Lippen. »Das ist«, ich kam ins Stocken, wusste nicht, was ich auszudrücken versuchte, »alles so fremd für mich. Vielen Dank.« Hildie Pomeroy zog ein finsteres Gesicht. Ich merkte, dass mein erster Eindruck von ihr unvollständig gewesen war. In ihrem weißen Schwesternaufzug war sie ein stabiles, schalkhaft wirkendes Persönchen, das dreißig, aber auch fünfzig sein mochte; sie hatte kurze, kräftige Beine und dicke Knöchel, breite Schultern und starke Oberarme, einen fülligen Busen, der sich deutlich unter ihrer Nylonbluse abzeichnete, dazu die absonderlich gefärbten, rabenschwarzen, glanzlosen Haare und das angemalte Puppengesicht mit den schönen feuchten braunen Augen! *Die Geliebte meines Vaters? Seine Frau?* Ich versuchte mir Idas Gesicht zu vergegenwärtigen und konnte es, so weit von zu Hause entfernt, nicht. Obwohl ich Hildie Pomeroy anstarrte, hätte ich nicht sagen können, ob sie trotz ihres entstellten Rückens irritierend attraktiv oder grässlich aussah, ob ich mitfühlend über ihr angemaltes Gesicht, Symbol für weibliche Liebenswürdigkeit, Unterordnung und den Wunsch, anderen zu gefallen, lächeln oder mich angewidert abwenden sollte.

Hildie sah meine Unschlüssigkeit. Meine Angst. Sie berührte mich leicht am Handgelenk. An ihren Fingern glitzerten billige Ringe, ihre Nägel waren kleine Krallen, im Ton des Lippenstifts grellrot lackiert. »Du bist diese weite Strecke gefahren. Ganz allein?« Nachdenklich schüttelte sie den Kopf. »Das ist gefährlich. Für eine Frau. Wie kommst du denn zurück? Es sieht auf der Karte so weit aus.«

In meiner Angst suchte ich wie mit Kinderhand nach dem Trost der Philosophie. Nietzsches Wiederkehr des Ewiggleichen: *Wir haben dieses Leben, diese Stunde mehrmals durchlebt; wir sind nicht untergegangen; wir sind stark genug auszuharren; wir müssen bloß Ja sagen.* Unterdessen führte Hildie mich auf die Veranda hinter dem Haus, zu meinem Vater.

Sie schaute nach: Ja, er war wach. »Nicht wach wie du und ich, sondern wie er eben wach ist.« Er könne mich für ein paar Minuten sehen, nicht länger. Sacht nahm Hildie meine Hand, ihre warmen, trockenen Finger fassten nach meinen feucht-klammen, und zog mich auf die Veranda, zog mich an eine Stelle, an der mein Vater mich sehen konnte, ich ihn, da ich mit dem Rücken zu ihm stand, aber nicht. »H-Hello, Daddy? Hallo. Ich bin's …«, und nannte meinen Namen, als wüsste er ihn nicht, wagte es, »Daddy« zu ihm zu sagen, als hätte ich das schon als Kind immer gesagt. Mir zitterten die Knie, ich stierte in die Luft, ohne etwas zu sehen. Die Veranda lag im Zwielicht, vor der hellen Sonne, die sonst unbarmherzig gebrannt hätte, durch eine riesige, knorrige Ranke geschützt, vielleicht Wein oder eine Glyzinie, die aber weder Früchte noch Blüten hatte, nur aus einem Blättergewirr voller Insekten bestand, und einen billigen, am Geländer und am Dach angenagelten Sonnenschutz. Der Sonnenschutz war die Reproduktion einer japanischen Tuschezeichnung mit Blättern und Schmetterlingen, schon arg vergilbt, aber als Motiv wunderschön. Hildie hatte für meinen Vater ein paar Schritte entfernt auf einem Sofa mit knarrenden Federn ein Lager hergerichtet, auf dem er tagsüber ruhen konnte. Ich spürte sofort, dass er da war, obwohl ich den Kopf keinen Millimeter drehte, wusste, dass er mich anstarrte. Die Krankheit hatte sein Sehvermögen zwar geschwächt, doch er schaute mich fest an. Ich hörte ein leises, angestrengtes *Uh-uh-uhhh*, das Hildie schnell übersetzte: »›Hallo‹, sagt dein Vater. Er freut sich so, dass du da bist.« Ich sagte, mir die Augen abwischend: »Oh, Daddy, ich freue mich auch sehr. Ich wünschte nur –« Hildie stupste mich an, ermahnte mich, zu überlegen, was ich sagen wollte. Welche Worte sind vor einem Sterbenden angebracht, was spricht man aus? Mein Vater rutschte auf seinem Lager hin und her, machte wieder schwer atmend *Uh-uhhh*, und Hildie übersetzte: »Er bittet dich, die Augen zuzumachen und sich umzudrehen, damit er dein Gesicht sehen kann. Aber du musst die Augen fest zumachen, denn sein Anblick wird dir bestimmt nicht gefallen. Und es gefiele ihm auch nicht, wenn du ihn siehst.« Ich schloss die heftig flatternden Lider, und Hildie drehte mich zu dem Mann im Bett um, zu dem Mann, den ich für meinen Vater hielt, den Mann, der mein Vater war, doch zugleich der Tod. »Keine Angst, Liebes«, sagte Hildie und half mir, indem sie ihre Hände leicht auf meine Augen legte, den größten Teil meines Gesichts aber unverdeckt ließ. An meinen Vater gewandt, sagte sie, überdeutlich artikulierend, so als könne er sie sonst nicht hören: »Ist sie nicht ein tapferes Mädchen, so viele Meilen gefahren, um dich zu besuchen! *Ich* fände das auch sehr nett.« Mein Vater sah mich offenbar verwundert an, denn er schwieg, versuchte nicht noch einmal, etwas zu sagen. Sein Atem rasselte; nur mit großer Sorge konnte man solch einen Atem anhören, man wartete darauf, dass er aufhörte. Es war ein entsetzliches Geräusch, wenn man damit leben musste, und ich dachte: *So klingt für Hildie Pomeroy Leben, so lange, wie dieses dauert.*

5

Waren die beiden ein Liebespaar? Ich hatte keine Gelegenheit zu fragen.

In Gegenwart der Frau war ich schüchtern, wie ich es immer in Gegenwart von Frauen war, die mit meinem Vater seltsam eng verbunden waren und Dinge über ihn wussten, die ich nicht kannte. Und Hildie war so stolz darauf, seine Pflegerin zu sein! Sie badete ihn täglich, wusch den Rest Haar, der ihm geblieben war, rasierte ihn, fütterte ihm püriertes Essen, gab ihm seine zahlreichen Tabletten, maß mehrmals am Tag seine Temperatur, brachte die Ausscheidungen seines Körpers fort, die in Beuteln unter dem Sofa gesammelt wurden. Sie schlief in einem Zimmer nahe seinem und wurde jede Nacht davon wach, wenn mein Vater sich stöhnend im Bett herumwarf, ging dann sofort zu ihm, tröstete ihn und sprach ihm Mut zu. »Er möchte zu Hause sterben. Und das hier ist jetzt sein Zuhause, er weiß das.« Hildie sagte es mit solchem Stolz, dass es mir einen Stich gab vor Neid.

Hildie hatte meinen Vater im Winter 1964 im Café Rendezvous in der Main Street kennen gelernt, wo sie als Kassiererin arbeitete. Er war mit einem Einheimischen, den er kannte, auf ein Glas in das Café gekommen. Der andere Mann arbeitete als

Lastwagenfahrer bei einer Kiesfabrik im Ort, und mein Vater suchte Arbeit als Lastwagenfahrer. Es war Ende Winter, kurz nach seiner Entlassung aus der Justizvollzugsanstalt des Staates Utah in Goshen, wo er die Hälfte einer dreijährigen Haftstrafe abgesessen hatte, zu der er 1961 wegen Körperverletzung verurteilt worden war. Darüber ging Hildie schnell hinweg und sagte mit Nachdruck: »Der andere bei dem Streit damals in Duchesne, wo sie gearbeitet haben, *der* war schuld. *Der* hat Erich zuerst geschlagen, mit einer Schaufel, Erich hat sich bloß verteidigt. Er hat halt die Beherrschung verloren, hat er gesagt. Weißt ja, wie Männer sind. ›Das ist wie eine Lawine‹, hat er mir erzählt. Wenn es einmal anfängt, weiß man nicht, wie es endet, kann es aber auch nicht aufhalten.« Hildie redete heftig auf mich ein, wie auf einen Mitverschwörer. Sie zog an der Goldkette um ihren Hals. »Die Zeugen haben gelogen, diese Mistkerle. Alle, bis auf einen. Im Gerichtssaal haben die auf die Bibel geschworen und gelogen! Und so wurde Erich schuldig gesprochen, obwohl er sich nur verteidigt hat.«

Schuldig! Gefängnis! Mein Vater hatte im Gefängnis gesessen. Diese Mitteilung, Jahre danach, war ein Schock, überraschte mich andererseits aber auch nicht. Die Geschichte hatte eine traurige Logik: Mein Vater hatte uns glauben lassen, er sei tot. Lieber tot als ein Krimineller. Er hatte uns die Schande ersparen wollen, hatte geahnt, dass Trauer für seine Familie leichter zu ertragen war als Schande.

Ich wischte mir über die Augen. Es war unfair! Er hatte uns keine Chance gegeben! Hatte mir keine Chance gegeben.

Hildie schaute mich misstrauisch an. »Du hast davon gewusst, oder? Deine Familie?«

Ich sagte ja, wir hätten es gewusst. Etwas.

»Aber keiner von euch hat ihn in Goshen besucht? Ist das so?«

Ich sagte ja, so sei es gewesen.

»Ein unschuldiger Mann! Dein Vater.«

Hildie war empört, schüttelte den Kopf. *Sie* hätte ihren geliebten Erich unter allen Umständen besucht. Das stand außer Frage.

Ich schaute auf meine makellos aussehenden Hände, schmale, unruhige Hände, schöne Hände, nahm ich an. Im Unterschied zu Hildie trug ich keinen Schmuck und nur eine locker sitzende, preiswerte Bulova-Armbanduhr am linken Handgelenk. Ich hatte es sogar geschafft, mir im Motel meine kurzen, bloß ebenmäßig gefeilten Nägel zu säubern, bevor ich zu meinem Vater kam. Es war nie meine Art gewesen, mich gegen die moralische Entrüstung anderer zu verteidigen; in Gegenwart von Menschen, die sich moralisch überlegen fühlen, verfalle ich in Schweigen; denk doch, was du willst, denk, was du denken musst, sagte ich mir dann im Stillen. Denn obwohl wir zu Hause, meine Brüder und ich, nicht gewusst hatten, dass unser Vater in Utah im Gefängnis saß, war es durchaus möglich, dass wir ihn andernfalls auch nicht besucht hätten. Möglich, dass wir tief im Innern lieber glaubten, dass er tot war; er hatte, als er uns in die Herzen schaute, schon richtig gesehen. Das war durchaus möglich. Ich konnte Hildie Pomeroy nicht widersprechen, einer Fremden, die meinen Vater besser zu kennen behauptete als ich.

Hildie sagte aggressiv: »Er ist ein stolzer Mensch, dein Vater. Wer ihn beleidigt, bekommt, was er verdient hat, verstehst du?«

Ich sagte, ja, sicher.

»Bei der Schlägerei wurde er am Hals schwer verletzt. Danach hat der Krebs angefangen. Er hatte im Gefängnis schwere Hustenanfälle, aber die haben sich einen Dreck darum geschert und bloß gesagt, das käme vom Rauchen. Schließlich haben sie ihn auf Bewährung freigelassen. Mistkerle!«

Ich drückte mir die Fingerspitzen auf die Augen. Wusste nichts zu erwidern, fand keine Worte. Wir saßen im Café Rendezvous an einem Tisch in der Nähe der Kassentheke mit der Glasplatte. Hildie hatte schon etliche Biere getrunken und redete so laut, dass andere im Café mithören konnten. Sie hörten bestimmt auch zu, denn sie waren ja neugierig, wer ich war, die Fremde. Es schien, als würde die Wahrscheinlichkeit, dass mein Vater doch nicht sterben müsste, immer größer, je leidenschaftlicher Hildie sprach.

»Ein Unschuldiger, und wie Dreck behandelt! Ich hab Erich gesagt, er könnte die Leute verklagen. *Wir* könnten sie verklagen. Ein Onkel von mir wohnt in Salt Lake City, er kennt einen dieser Anwälte, die man erst bezahlen muss, wenn sie erfolgreich Schadensersatz erstritten haben.«

Ich hätte Hildie Pomeroy gern gefragt, woher sie die Gewissheit hatte, dass mein Vater »unschuldig« war und was genau dieses »unschuldig« für sie bedeutete? Woher weiß eine Frau, was sie unbedingt glauben möchte? *Die Wahrheit ist ein Wunsch; was wir glauben, legen wir uns als Wahrheit zurecht. Und wenn die Liebe dazwischenfunkt, steht die Wahrheit auf verlorenem Posten.* Ich dachte an Vernor Matheius, den ich geliebt oder zu lieben gemeint hatte, mehr als das Leben selbst, aber bestimmt mehr als mein Leben, dachte an die Doppelzüngigkeit des Mannes, an seine Unehrlichkeit, seinen Betrug. Ich wusste, dass ich das Schlimmste von jemandem, den ich liebte, glauben konnte, ganz gleich, wie sehr ich den Betreffenden liebte, denn möglich ist ja alles. Ich hätte auch geglaubt, dass mein Vater ein gewalttätiger Mann war, sogar ein Mörder, ohne dass das mein grundsätzliches Gefühl für ihn verändert hätte. Aber das ist unnatürlich, oder? Zumindest bei einer Frau. Einer leidenschaftlichen, sehr »weiblichen« Frau wie Hildie Pomeroy. Als Frau ist man angehalten, Unangenehmes zu leugnen, ist man angehalten, gläubig und treu zu sein. Hildie, die schwer atmete, angetrunken war, ahnte offenbar nicht, was mir durch den Kopf ging, wie stark mein Herz klopfte vor Empörung über ihre Selbstgerechtigkeit; sie nahm mich sacht bei der Hand, als wolle sie mich trösten. »Aber jetzt kümmere ich mich um ihn. Er weiß, dass er mir vertrauen kann. Ich bin die Eigentümerin dieses Hauses, es gehört mir. Fünfzig Jahre lang war es mein Elternhaus, und jetzt ist es *meins*.«

Hildie hatte mich ins Café Rendezvous eingeladen, wo sie fünf Abende die Woche arbeitete. Der Besitzer war ein alter Freund und wusste über meinen Vater Bescheid; alle aus dem Café, die Hildie kannten, waren voller Mitgefühl für ihre Lage und erkundigten sich nach dem Mann, den sie Erich nannten; manchen dieser Leute stellte Hildie mich als Erichs Tochter vor. »Sie ist ihn besuchen gekommen. Sie ist eine gute Tochter.« Hildie hatte sich dafür entschuldigt, dass sie mir zu Hause kein Abendbrot angeboten hatte. Sie aß meistens abends im Café, war es nicht mehr gewöhnt, außer für meinen Vater auch für sich selbst Mahlzeiten zuzubereiten. Sie arbeitete schon seit zweiundzwanzig Jahren in dem Café, erst als Kellnerin, danach an der Kasse, hatte nach der Highschool eine Weile in Salt Lake City gelebt. »Aber das hat nicht geklappt.«

Ein kleines, schmerzliches Drama steckte in diesen schwermütigen Worten. *Es hat nicht geklappt.*

Zweiundzwanzig Jahre im Café Rendezvous! Ein Dutzend Tische, an einer Wand hintereinander, Kunstlederbänke, Linoleumboden, die anderen Wände abwechselnd mit Spiegeln, Bier- und Zigarettenreklame geschmückt; ein Radio, auf einen Lokalsender eingestellt, sofern nicht der Fernseher lief und Nachrichten, Sport, den Wetterbericht oder Werbung plärrte. Die mit einem Schmierfilm überzogene Frontscheibe des Cafés war zum Schutz vor der Sonne halb mit Aluminiumfolie beklebt, und eine träge brummende Klimaanlage ragte aus der hinteren Wand hervor. Es roch hauptsächlich nach Bier, Zigarettenrauch und Gebratenem. Über dem Schaufenster CAFE RENDEZVOUS als rosa Neonschriftzug. An diesem Ort war Hildie Pomeroy zu Hause, ein buckliges kleines, geschminktes und gepudertes Püppchen, das sich das gefärbte, zu Schnecken gedrehte Haar mit auffälligen Strassklemmen festgesteckt und für den Abend ein sonnengeblümtes Kleid mit Rüschen angezogen hatte, das ihren fülligen Busen betonte. Hildie sah aus wie eine mit Schwung aufs Papier geworfene Kreidezeichnung. Wie sie saß, den Kopf hoch erhoben, hätte man sie für eine normal große Frau halten können; ihr direkt gegenübersitzend, sah man ihre Rückgratverkrümmung nicht.

Als ich Hildie fragte, ob mein Vater in Crescent einen Arzt hatte, zuckte sie gereizt mit den Achseln. Trank einen Schluck Bier und murmelte etwas, was wie »der Mistkerl!« klang. Verlegen sagte ich: »Es ist sehr nett von Ihnen, dass Sie sich um ihn kümmern. Das ist bestimmt nicht leicht ...«

»›Nett!‹ sagte Hildie aufbrausend, »was soll das heißen, ›nett‹? Erich ist mir ein *lieber Freund*.«

»Oh, ich weiß. Ich –«

»Hör zu, bevor er so schlimm krank wurde, wollten wir *heiraten*.« Es klang regelrecht ungläubig, als sei es nur schwer zu begreifen, wie ein solcher Plan scheitern konnte. »Es ist so verdammt schnell gegangen. Nach der letzten Operation war er einfach nicht mehr der Alte.«

Hildie trank ihr Glas aus und schien mir mit ihren strahlenden, feuchten Augen über den Rand hinweg zuzuzwinkern. Heiraten? Warum nicht? Ich hatte nicht das Recht, ihre Worte anzuzweifeln.

Ein Gast war an die Kassentheke gekommen, um zu zahlen und eine Schachtel Zigaretten zu kaufen. Hildie erhob sich flink, schob sich an der Bank entlang in den Gang, stakste auf hohen Absätzen zur Theke und erklomm den Hocker an der Kasse. Sie genoss die Beachtung durch die männlichen Gäste und zitterte regelrecht vor Vergnügen. Es war, als sei eine Kamera auf sie gerichtet. »Hello, Petey. Na, wie geht's?« Beiläufiges Geplänkel, matte Scherze, kokette Bemerkungen. Hildie war in dem Café eine feste Größe, gehörte fast zum Inventar; im Laufe der Jahre war sie mal in Rod verliebt gewesen, mal in Garry, in Ernest, in Tuck, womöglich auch in Pete, der sich scherzhaft über etwas beklagte und sich mit einem Zahnstocher in den gelben Zähnen bohrte. Hildie nickte heftig, verständnisvoll. Man hörte zu, nickte, lächelte und lachte – so macht man das im Leben, denn – sonst was?

Bevor ich an dem Abend wieder in mein Motel ging, sprach mich Rod, der Chef des Cafés, an, ein kräftiger Mann in den Fünfzigern mit fettiger Haut und wässrigen Augen. Er hatte männlich-sexy, was nichts über das tatsächliche Alter eines Mannes oder sein Interesse an einer bestimmten Frau aussagt, die obersten Hemdenknöpfe offen, sodass man seine grau behaarte Brust sah, und beugte sich über den Tisch zu mir herüber, damit Hildie an der Kasse ihn nicht hörte: »Wirklich gut, dass Sie Hildie jetzt beistehen, das arme Mädchen wird es hart treffen.«

6

Dreimal führte Hildie mich zu meinem Vater, und dreimal schärfte sie mir ein, mich ja nicht umzudrehen.

Dreimal wurde ich zum Tod geführt, und dreimal entkam ich ihm.

Und die weiß gekleidete Frau, die beim Tod Dienst tat, zupfte mit ihren Krallen an meinem Handgelenk herum und beteuerte: »Wie er jetzt ist, das ist nicht *er*. Das ist nur das, was ihm passiert ist. Oh Gott!«

Sie weinte nicht in meiner Gegenwart, es sei denn kurze heiße, entsetzte Tränen der Wut. Die Tränen einer Frau, die vom Leben betrogen wurde – so viele Male!

Seltsam: In den sieben Tagen, die ich in Crescent, Utah, verbrachte und in denen Hildie Pomeroy und ich so viel zusammen waren, hat sie nie meinen Namen gesagt. Nicht einmal am Telefon hat sie mich mit meinem Namen angesprochen, hat oft nur *Liebes* gesagt, im selben munter-koketten Ton, in dem sie die Gäste im Café mit *Schatz* anredete. Oft hat sie auch gar keinen verwendet. Ich habe ihr meinen Namen mehr als einmal genannt, von ihr jedes Mal geflissentlich überhört. Denn für sie war ich eine Fremde, ein Eindringling: Ein Mädchen mit hellen, unruhigen Augen, deren natürliche Reaktion auf Kummer Schweigen war, nicht Geplapper. Wenn sie die Bücher durchblätterte, die ich mir zum Lesen und Anstreichen mitgenommen hatte, während ich darauf wartete, dass sie den Moment für den Besuch bei meinem Vater geeignet fand, verzog sie den Mund vor gespielter Abscheu: »*Das* wird ja wohl niemals verfilmt, hm?« Oder: »Wieso redet keiner in den Büchern, die du liest? Statt bloß zu *denken*?« Hildie lachte, als mache sie einen Scherz über mich. Oder sah mich prüfend an.

Ich war ein Beweis für das vorherige Leben des Sterbenden. Als seine Tochter konnte ich Ansprüche auf sein Herz anmelden. Meinen Namen hatte mir eine andere Frau gegeben, vor langer Zeit. Wie sollte Hildie mir vertrauen können?

Atemlos kam sie vors Haus gelaufen, wo ich auf der Treppe saß und in den schönen, leeren, erbarmungslosen Himmel sah. »Er ist aufgewacht! Oh, es geht ihm *gut*! Seine Augen sind so klar! Er möchte dich sehen.« Ich ließ das schwere Buch fallen, in dem ich las, und stand auf, vor Vorfreude zitternd. Hildie schaute mich mit ihren hellen, überfließenden Augen an, als sei ich ein Geschenk, das sie ihrem Liebsten bringt zum Zeichen ihrer Ergebenheit.

»Keine Angst. *Komm*!«

Hildie Pomeroy lief los, in weißem Nylon und auf leisen Kreppsohlen so flink und tüchtig wie jede Krankenschwester, umschloss fest meine Hand, damit klar war, wer von uns beiden das Heft in der Hand hatte. »Denk daran: Nicht den Kopf drehen. Respektier die Wünsche deines Vaters.« Und mit diesen Worten führte sie mich durch das schattige Haus zur Veranda, wo der Invalide lag, und als ich hinaustrat, wurde mir der Kopf weggedreht von dem, was ich am sehnlichsten sehen wollte, wie in Umkehr des Schicksals, das Eurydike oder Lots Weib befiel. Und Hildie rief mit hauchiger Mädchenstime: »Hier sind wir, Erich! Sie ist da.«

Dieses zweite Mal war ich natürlich besser vorbereitet auf den rasselnden Atem, der bei jedem Luftholen endgültig stillzustehen schien, auf den süßlich-stechenden Geruch wie von feuchten, fauligen Blättern und das entsetzliche *Uh-uhhh*, das wie das in einem flachen Fluss über Kiesel rauschende Wasser klang. In meiner Konfusion registrierte ich aber doch, dass Hildie ein nach Blüten duftendes Kölnisch auf der Veranda versprüht hatte, um den Geruch zu überdecken.

»Daddy? G-guten M-morgen!« Meine Stimme, fröhlich wie die einer x-beliebigen Wetteransagerin im Fernsehen. Mein Lächeln verzweifelt und kindisch, doch das sah niemand.

Ich vernahm ein leises, wimmerndes Stöhnen, ein Quietschen der Federn. Hildie übersetzte aufgeregt: »Er sagt, so ein schöner Tag, nicht? Ja, ist es!« Kräftige Hände fassten mich von hinten bei den Schultern, Hildie setzte mich in einen Korbstuhl, zwei Schritte von dem Sofa entfernt, auf dem mein Vater lag. Sie blieb hinter mir stehen, eine Hand auf meiner Schulter, mit der anderen die Hand meines Vaters haltend. Hildie war unsere Mittlerin, ohne sie konnten wir nicht kommunizieren. Sie redete munter auf uns ein, übersetzte. Ich strengte mich an, in den kehligen *Uh-uhhh*-Lauten meines Vaters einzelne Worte zu unterscheiden; es war ein schmerzlicher Gedanke, dass Sprache so verstümmelt und gequält sein konnte und doch Sprache blieb. Manchmal meinte ich zu verstehen, was er sagte, doch die Bedeutung seiner Worte entglitt mir wie in einem Traum, der beim Aufwachen sofort verblasst. Ich starrte auf die Spinnwebe in einer Ecke des Verandadachs, starrte auf den japanischen Windschutz, ohne etwas zu sehen. Dieses entsetzliche Geräusch! Der kehlige Schrei des Laokoon, den die Schlangen gepackt haben.

Ich hatte großen Respekt vor der Tapferkeit meines Vaters. Konnte mir nicht vorstellen, selbst so tapfer oder so stark zu sein. Mit wem würde ich unter solchen Mühen, unter solcher Pein sprechen!

»Er sagt, du sollst ihm von deinem Leben erzählen.«

Hildie hatte sich über mich gebeugt und mir ins Ohr geflüstert.

»Meinem Leben?«

»Wo du wohnst. Wieder zu Hause?«

Mein Leben war für mich klar wie Wasser in einem Glas und keinen Deut interessanter. Ich war ungeduldig mit meinem Leben, es war für mich nichts anderes als ein Gefährt, wie der ramponierte, rostige kleine VW, durch dessen Fenster ich den Westen betrachtete. Wie über das sprechen, was unsichtbar ist? »Ich – ich …« Ich saß jetzt kerzengerade, schaute über den Hof hinter Hildies Haus hinweg auf den Bahndamm, meinte, in der Ferne das Rattern eines sich nähernden Zuges zu hören. Ich wusste nicht ein noch aus vor Verlegenheit, zappelte wie ein Fisch, der, an Land geworfen, nach Luft schnappt. »… ich freue mich so, hier zu sein. Du hast mir gefehlt, Daddy. Uns allen. Hendrick und Dietrich und Fritz und …« Wie seltsam, diesen Fremden *Daddy* zu nennen, wie unnatürlich, den Tod *Daddy* zu nennen; meine Stimme eifrig und sehnsüchtig wie die eines kleinen Kindes, eines Kindes, das alles sagen würde, um geliebt zu werden. Ich wusste nicht, ob das, was ich gesagt hatte, der Wahrheit entsprach; vermutlich nicht, denn wie konnte einem jemand fehlen, den man nie zu fassen bekommen hat? Doch es hatte die Plausibilität der Wahrheit. Von Hildie zum Sprechen ermuntert, konnte ich es auch; der Zug rauschte vorüber, ein kurzer Güterzug; ich starrte auf die vorüberfahrenden Wagen mit dem Schriftzug SANTA FE SAN DIEGO PHOENIX SALT LAKE CITY BOISE, Namen, die ich an Güterzügen, die Strykersville passierten, nicht gesehen hätte. Ich wartete, dankbar für den Lärm, bis der donnernde Zug vorbei war. Ohrenbetäubend! Doch mir war klar, dass Hildie und sogar mein Vater ihn kaum hörten.

Umgeben von Bergen, Canyons aus rotem Gestein und Mondlandschaften, nahmen die Bewohner des Westens ihre Welt als selbstverständlich hin, wie man vielleicht die bunte Kulisse eines

Theaterstücks hinnimmt. In einem Laden ins Crescent hatte ich einen Jungen gesehen, einen Bengel von etwa zehn, der ein T-Shirt mit der Aufschrift AN DEN STERNEN SIEHT MAN WIE WEIT DIE WÜNSCHE GEHEN KÖNNEN trug.

Ich hörte meine ängstliche Stimme von meinen Brüdern berichten, von dem, was ich über ihr Leben wusste; was ich nicht wusste, dichtete ich hinzu. Ich sagte, sie seien *glücklich*, sagte, sie arbeiteten *schwer*, sagte, es ginge ihnen *sehr gut*; ich sprach von meinen Großeltern, den Eltern meines Vaters. Was zwischen ihnen vorgefallen war, ob Streit, Enttäuschungen, gebrochene Herzen, war mir unbekannt, doch ich sprach von diesen alten, verstorbenen Menschen mit einer Zärtlichkeit, die ich zu Lebzeiten für keinen von beiden empfunden hatte und die sich auch keiner von beiden von mir gewünscht hätte, von mir, der zuletzt Geborenen, der *Kleinen*, die durch ihre Geburt den Tod ihrer Mutter verursacht und meinen trauernden Vater in die Welt getrieben hatte, in seinen Untergang. Ich erzählte nicht, wie bitter meine Großeltern im Alter geworden waren und welchen Kummer es ihnen gemacht hatte, dass ihr Sohn aus ihrem Leben verschwunden war, ein Kummer, der sich mit der Zeit zu stumpfsinniger, schwelender Resignation verhärtet hatte, die man als christliche Hinnahme hätte deuten können. (Der Priester der lutherischen Kirche in Strykersville hatte es so gedeutet.) Ich erzählte, dass sie *friedlich eingeschlafen* waren und auf dem Kirchhof neben meiner Mutter begraben seien. Ich spürte Hildies scharfe Nägel in meinen Schultern und den pfeifenden Atem meines Vaters – gefährliches Terrain, das war mir klar, und sprach doch weiter, obwohl ich nicht aussprach, was ich so gern gesagt hätte: *Warum hast du uns verlassen? Wir haben dich gebraucht.* Ich trocknete mir die Augen, denn ich hatte, ohne es zu merken, zu weinen begonnen. Mein Vater schien sich vor Schmerz auf seinem Lager herumzuwerfen und machte seine erstickten *Uhhh-uh-uhhs*, woraufhin ich instinktiv den Kopf umwandte, doch Hildie drückte dagegen und schimpfte laut: »Nein! *Nicht!* Du hast es versprochen.« Wie flink und stark sie war, wie sie aufpasste! Gewandt wie eine Basketballspielerin, die mit ihrem kurzen, gedrungenen Leib einen geworfenen Ball abfängt, hatte sie meinen Kopf gepackt, hielt mich fest. Ich roch Parfum und spürte den heiß fauchenden Atem der Frau.

Später kam ich zu dem Schluss, dass Hildie Pomeroy, die so viele Tage, Wochen und Monate mit dem Tod unter einem Dach gelebt hatte, wohl verrückt geworden war. Ich warf ihr das nicht vor, denn ich wurde selber langsam verrückt. Verurteilt habe ich sie deshalb ganz bestimmt nicht.

Ich war sogar dankbar, dass sie mich davon abgehalten hat, mir anzusehen, was ich nicht sehen durfte.

7

Meine sieben Tage in Utah! Stundenlang war ich gefahren, in die Wüste, in eine rote Felslandschaft. Meinen Vater konnte ich nur kurz und nicht täglich sehen. Mehr Besuche seien für ihn eine zu große Belastung, sagte Hildie. Manchmal schlief er ein, während sie ihn fütterte, während sie ihn badete. Keine Fernsehsendung hielt ihn länger als ein paar Minuten wach. »Es ist bestimmt ein Segen«, sagte Hildie bitter, mit einer Wahrheit konfrontiert, die sie erst jetzt zu erkennen begann, »dass die Uhr des Menschen immer langsamer geht, *stehen bleibt*.«

Starke Medikamente linderten den Schmerz bei Krebs im Endstadium, beseitigten ihn aber nicht ganz. Man musste dafür bezahlen, dass man wach und bei Bewusstsein war, und an einem bestimmten Punkt war der Preis einfach zu hoch. *Ida ist ja vor ihm gegangen, als sie beide noch jung waren. Sein ganzes Leben lang hat er diesen Hang gehabt.* Um nicht verrückt zu werden, fuhr ich – falls das nicht auch eine Form von Wahnsinn war – in die Wüste südlich von Crescent und auf einem schmalen, flirrenden Highway bis ins San Rafael Valley. Temple Mountain hieß der höchste Berg im Westen. Hier gab es keine menschlichen Ansiedlungen und abgesehen von der Straße auch kein Zeichen menschlichen Lebens. Ich fühlte mich so erleichtert! So frei! Und das trotz des vibrierenden kleinen Autos (dessen Motor, wie man mich gewarnt hatte, heißlaufen konnte). Wenn ich in Crescent blieb, musste ich über Dinge nachdenken, über die ich nicht nachdenken wollte und die mir die Kräfte raubten. Wenn ich nicht an meinen Vater dachte, dessen körperliches Leiden mir wie ein Albtraum erschien, dachte ich an meine Mutter, die schon so lange tot war, obwohl man meinen mochte, diesen Verlust müsste ich längst verwunden haben. Doch diese Gedanken verblassten unter freiem Himmel. In den riesigen, stillen Weiten des Westens. Wo der Tod eines Menschen nicht ins Gewicht fällt. Nicht einmal der Tod ganzer Arten. Nur die Zeit ist eine Realität; die Zeit ist das natürliche Drama der Erde. In der Zivilisation ist diese schlichte Tatsache verdeckt, im Westen aber entkommt man ihr nicht. Alles ist im Fluss, versinkt, erodiert. In meinem Leben hatte ein Tag (schon eine Stunde! als ich krank war vor Liebe zu Vernor Matheius) eine enorme Bedeutung, im Westen hingegen war ein Tag gar nichts. Ein Jahr, eine Lebensspanne – nichts. Wie ein Lidschlag. Es gab nichts zu sagen über die krasse, beängstigende Schönheit der roten Felsformationen, an denen ich vorbeifuhr, und daher sagte ich auch nichts darüber. Der Tod meines Vaters warf hier keinen Schatten. Das gleißende Licht löschte alles aus.

Du könntest vom Highway abfahren. Ins Buschland. Es sieht dich ja niemand. Keine Zeugen. Könntest in der gleißenden Sonne fahren, immer weiter, bis das Benzin alle ist. Oder das Auto liegen bleibt. Eine bessere Möglichkeit, allen Kummer zu beenden, gibt es nicht. Hildie hatte keine Ahnung, niemand würde es erfahren. Ein Segen!

Wenn allerdings der Tod meines Vaters und mein eigener so wenig bedeuteten, warum sollte ich den Mann nicht wenigstens ansehen, bevor es zu spät war? Das war die schmerzlichste Ironie – so weit gefahren und sollte das Gesicht meines Vaters nicht sehen dürfen? *Aber ich werde ihn sehen! Unbedingt!* Wie ein aufsässiges Kind plante ich, wie ich das einfädeln konnte, ganz harmlos. Wenn Hildie mich das nächste Mal auf die Veranda führte, könnte ich mich gehorsam mit dem Rücken zu meinem Vater hinsetzen, plötzlich aber ohnmächtig werden, in meinem Korbstuhl nach vorn sacken, vielleicht sogar auf den Boden sinken. Hildie würde mir aufhelfen wollen, und in der Konfusion könnte ich über die Schulter hinweg meinen Vater anschauen; vielleicht ging Hildie ja sogar Wasser holen, um es mir aufs Gesicht zu spritzen, und in der Zwischenzeit könnte ich ihn ansehen. *Und dann wird er mich sehen und Bescheid wissen.*

Nein: So etwas konnte ich nicht tun. Ich konnte nicht den Kopf umwenden, wie Eurydike und Lots Weib es mit so tragischen Folgen getan hatten. Wenn mein Vater wünschte, dass seine Tochter ihn in seiner Entstellung nicht sah, konnte ich mich dem nicht widersetzen.

Von den Operationen entstellt, hatte Hildie gesagt. Entsetzlich, wenn jemand so etwas mitteilen muss. Das erschütternde Wort *entstellt.* Für Hildie war es ein ungewöhnliches Wort, mit kühler Distanz ausgesprochen.

An einem anderen Tag, nicht lange vor dem Tod meines Vaters, war ich sehr unruhig und fuhr zu einem Campingplatz am Green River, einige Meilen außerhalb des Ortes. Dort ging ich zwischen matt blutroten, bizarr gestreiften Felsen umher, durch ein Gelände, erhaben wie ein Buckel auf einer Schulter, folgte einer tiefen, engen Schlucht, aus deren schattiger Tiefe ein kühler stechender Schwefelgeruch aufstieg. Schrecklich, wenn man ausglitte und in diese enge Schlucht stürzte! Ich konnte nicht bis auf ihren Grund sehen, obwohl ich mehrere Male angestrengt schaute. Hier war ein Geheimnis verborgen, das zu ergründen es mich drängte, obwohl ich keine Wanderstiefel trug und auch vergessen hatte, eine Wasserflasche mitzunehmen. Hildies Freunde aus dem Café hatten mich gewarnt, nicht allein in die Canyons zu gehen, aber ich wollte ja nicht lange bleiben.

Durch den Raum umfasst und verschluckt mich das Universum wie ein Atom; durch das Denken ...

An den Rest von Pascals Worten erinnerte ich mich nicht.

Pascals Geprahle! Denn alle Philosophie ist im Grunde Prahlerei. Aussagen von Atomen. Das Gestammel eines denkenden Halms.

Der Welt war solche Weisheit gleichgültig. Der Welt, die durch Augen, Füße und Finger, durch Berührung Eingang findet in den Menschen. Diese trockene Luft, dieser Glanz. Der hohe Himmel über mir. *Ich bleibe hier im Westen. Jetzt, wo er mich zu sich gerufen hat. Grundlos kann das ja nicht sein.* Ich fragte mich, ob mein Vater den Westen geliebt hatte. Oder war er bloß aus Verzweiflung über sein Leben im Osten hierher geflohen? Amerika, das waren Atome in der Leere, Atome, die sich in einem unaufhörlichen Strom bewegten, sich berührten, kollidierten, ins All zurückgeschleudert wurden. Die meiste Zeit seines Lebens hatte mein Vater körperlich schwer gearbeitet. Mit den Händen, im Freien. Ich wollte glauben, dass er sich ein solches Leben selbst ausgesucht hatte. Und jetzt versagte sein armer Körper den Dienst wie alte landwirtschaftliche Geräte. Wie der eingestaubte Traktor im Heuschober meines Großvaters.

Dabei war er erst sechsundfünfzig. Viel zu jung!

In dem flacheren, weniger trügerischen Gelände, das ich inzwischen, zum Schutz vor der Sonne die Hand vor die Augen gehalten, durchwanderte, war die Vegetation braun, bleich wie Knochen. Hier stand staubiger, graugrüner Wüstensalbei, die vorherrschende Farbe der steinigen Erde war ein mattes Rostrot, wie bei dem von Äderchen durchzogenen Inneren des Augenlids. Ich kam allmählich außer Atem, als stiege ich einen Berg hinauf. Der Kopf tat mir weh, mir drehte sich alles, doch ich konnte noch nicht umkehren. Es war so still hier, so verheißungsvoll, der Ort hatte eine faszinierende Aura, und ich fürchtete mich, in sie hineinzugehen, wollte es andererseits aber unbedingt. Riefen sie mir tröstende Worte zu, die leisen Stimmen, die ich vernahm, oder johlten sie? *Jetzt hat er dich hierher geführt. Grundlos kann das ja nicht sein.* In dieser Landschaft hatten Gegenstände eine surreale Bedeutung wie auf einem Bild von Dalí. Distanzen und Proportionen waren durcheinander geraten. Ich sah eine schimmernde blaue Flamme an einem Berghang, die sich beim Näherkommen als zerbrochener Krug erwies. Ich sah eine Skulptur aus blassen, gebogenen Formen, die sich beim Näherkommen als Skelett eines Hasen erwies. Ich sah ein weißes Pony neben einem ausgetrockneten Bach im Wüstensalbei grasen, das sich beim Näherkommen als etwas Künstliches erwies, als Sperrholz oder Styropor. Ich sah den Jungen in dem T-Shirt mit dem Schriftzug AN DEN STERNEN SIEHT MAN WIE WEIT DIE WÜNSCHE GEHEN KÖNNEN, und beim Näherkommen erwies er sich als Bündel von Sonnenstrahlen auf einem Stein. Unter einem Steinhaufen war ein prächtiges Büschel von etwas leuchtend Rosarotem, Pfingstrosen vielleicht, das sich beim Näherkommen als ein Stück billiges Plastik erwies. Menschenköpfe und Hände erwiesen sich als Steine oder Abfall oder als Lumpen, vom Sand gebläht wie Vogelscheuchen. Mein Blickfeld verengte sich, als trüge ich Scheuklappen. In meinen Schläfen pochte das Blut. Als ich die Lumpen sah, stand ich eine ganze Weile still da und schaute, traute mich nicht näher heran vor Angst, etwas Hässliches zu erblicken. Am Abend vorher hatte sich im Café ein Mann zu Hildie und mir gesetzt und uns von einem Leichnam, dem verstümmelten Körper einer jungen Ouray-Indianerin, erzählt, den er vor Jahren auf seiner Ranch gefunden hatte. *Da draußen liegen überall Tote herum. Ist ein idealer Platz zum Ablegen. Sind Leute, die niemand als vermisst gemeldet hat.*

Auf einer Felsklippe tauchte in der flirrenden Hitze das Profil einer Frauengestalt wie Hildie Pomeroy auf: Gekrümmt und gespannt wie ein Bogen, der verunstaltete Körper eines Menschen, aber trotzdem als Mensch erkennbar. Doch als ich näher heranging, sah ich, dass es ein Felsen war, knapp sieben Meter lang, für mein versagendes Auge aber so groß wie eine Frau. Ich sah, dass Felsgestein, nicht anders als Sand und Wasser, aus Wogen und Wellen zusammengesetzt war, sah, dass pulsierende Ströme eine Grundform der Natur waren, dass diese strömenden Bewegungen in der sexuellen Leidenschaft auch durch uns hindurchgehen, Besitz von uns ergreifen, sich uns zunutze machen, sich uns zunutze machen und uns dann abwerfen wie leere Hülsen. Spinoza sagt, wir sehnen uns danach, in unserem Sein zu beharren, doch noch mehr sehnen wir uns danach, im Sein unserer Spezies zu beharren. Ich spürte auf einmal das Flackern im beiläufig umherschweifenden Blick des Mannes, der sich am Abend vorher zu Hildie und mir an den Tisch gesetzt hatte. Hieß er Eli? Falls ich mich nicht verhört hatte, lautete sein Name Leo. Ich war sehr müde gewesen, meine Lider schon schwer, ich konnte nicht klar denken und nicht deutlich hören, es war so laut in dem Café, Gelächter, laute Stimmen, eine Sportübertragung im Fernsehen, außerdem hatte ich stundenlang warten müssen, bis Hildie sagte, jetzt sei genau *der richtige Moment*, meinen Vater zu besuchen, bloß dass es an dem Tag gar keinen richtigen Moment gegeben hatte, denn er war nie ganz bei Bewusstsein gewesen oder hatte, falls doch, halluziniert. Ich hatte zwei Gläser Bier getrunken, hatte gebratenes Fleisch und Pommes frites gegessen und mir die klebrigen Hände auf der nach Abwasser stinkenden Damentoilette gewaschen. Hildie hatte unverblümt gefragt, ob ich schon einmal geliebt hätte, und ich hatte es bejaht. Ob der Mann mir wehgetan hätte, fragte sie und beobachtete mich dabei, als wolle sie prüfen, ob ich die Wahrheit sagte, und ich bejahte auch das, sagte mit gesenkten Augen: Ja. Hildie berührte mich mit ihren roten Fingernägeln am Handgelenk: »Na, Liebes, lass nicht zu, dass das noch einmal passiert. Mistkerle!«

Und später kam dann dieser Eli oder Leo. Mit seinem unsteten, taxierenden Blick. Laut Hildie ein Farmer. Er fragte, ob er mich ins Economy Motel mitnehmen solle, er fahre sowieso in die Richtung, und ich dankte ihm und sagte, ich sei selbst mit dem Auto da. Und als ich ein paar Minuten später meine Tür im

Economy Motel hinter mit zugemacht hatte, klopfte es, und als ich öffnete, allerdings mit vorgelegter Kette, stand da Eli oder Leo und fragte, ob er hereinkommen dürfe, und ich sagte Nein, das sei keine gute Idee, und er fragte, ob wir uns am Abend darauf sehen könnten, und wieder sagte ich höflich Nein, ich könne nicht, ich sei wegen meines Vaters in Crescent: »Mein Vater liegt im Sterben, bitte, verstehen Sie.« Kurz darauf hörte ich seine verlegene Stimme: »Klar, verstehe. Entschuldigen Sie.«

Ich hätte in Crescent schwanger werden können. Dann wäre ich in den Osten zurückgekehrt und hätte das Kind meines Vaters bekommen. Das hätte die Ungerechtigkeit doch wettgemacht, oder?

Unter meinen Lidern pochte es. Ich hatte nicht bemerkt, dass ich die Augen geschlossen hatte. Ich atmete durch den Mund wie ein völlig ausgepumpter Boxer. Überlegte, ob Blutgefäße in der Sonne so anschwellen konnten, dass sie platzten. Ein Aneurysma? In Wellen brandeten Gefühle der Unwirklichkeit an mich heran. Meine Stirn und mein Nacken waren feucht vor Schweiß. Für diese Empfindung, diese beunruhigende Irrealität, gab es einen schwülstigen deutschen Begriff, den Vernor Matheius mir einmal vorgelesen hatte: Er stammte aus der filigranen Prosa Heideggers, wir hatten zusammen gelacht über das Wort. *Beunruhigende Irrealität!* Wir sind förmlich umzingelt davon, sagte Vernor und riss, Paranoia und Angst imitierend, die Augen auf. Vernor hatte die ihn bewundernden Professoren damit überrascht, dass er seine Dissertation, die Philosophie überhaupt, aufgegeben und sich an der Universität von Chicago in Jura eingeschrieben hatte. Wir hatten keine Verbindung mehr; ich hörte erst zwanzig Jahre später wieder von ihm, er war inzwischen ein landesweit bekannter Repräsentant des Kinderhilfswerks in Washington. *Beunruhigende Irrealität!* Ich lachte laut an diesem stillen, steinigen Ort, wischte mir die Tränen aus den Augen. Im Geiste sah ich mein von der Sonne gebleichtes Skelett, eine schimmernde Sehenswürdigkeit in der Ferne, wie ein Kunstwerk. Sah meinen Hut, meine zerbrochene Sonnenbrille, meine langärmelige Bluse und meine Shorts, vom Sand gebläht. Ich sagte mir: *Kehr um jetzt. Nicht rennen und keine Panik. Du hast dich nicht verirrt.*

Schließlich fand ich den Weg zurück in das Gelände mit den gestreiften Steinen, das wie eine bucklige Schulter aussah. Und da war auch die tiefe, enge Schlucht, durch die ich zum Campingplatz zurückkehrte. Zwei andere Fahrzeuge parkten dort neben meinem Auto, beide mit Kennzeichen des Staates Utah. Ich keuchte zwar, als ich zu meinem VW hinüberlief, schwankte und war schweißüberströmt, aber ich war nicht in Panik geraten und hatte mich nicht verirrt. Die seltsam verzerrten Bilder waren immer noch da. Mir war, als schaute ich durch einen Tunnel, sah neben einem Abfallbehälter eine hohe Lichtsäule, die mir winkte, als habe sie den Arm ausgestreckt, doch als ich näher kam, erwies sie sich als zehn Zentimeter große Spiegelscherbe.

8

Zwei Tage darauf führte Hildie Pomeroy mich zum letzten Mal zu meinem Vater.

»Er hat nach dir gefragt. Dabei weiß er gar nicht genau, ob du wirklich hier bist. Er glaubt bestimmt, er hätte bloß von dir geträumt. Was er noch im Kopf hat, zerfällt in lauter kleine Stücke.«

Hildie hatte in der Nacht nicht viel geschlafen. Sie hatte sich hastig das fahle Gesicht geschminkt und Lippenstift an den Zähnen. Ihr gefärbtes Haar sah aus wie eine Perücke, war zerzaust und musste gewaschen werden. Sie hatte so viel geweint, dass sie keine Mascara auftragen konnte. Ihre geröteten Augen sahen wund und kahl aus. Ihr weißes Nylonhemd und ihre Hose waren nicht frisch, und ihr kleiner verkrümmter Körper roch nach Eau de Cologne und Kummer. Sie sagte, mein Vater sei inzwischen so schwach, dass er immer wieder das Bewusstsein verliere. Er hatte zwei Tage lang nichts gegessen und wusste nicht immer, wo er sich befand, beschimpfte eingebildete Feinde. Als ich gegen acht Uhr morgens bei ihr zu Hause ankam, hörte ich, wie sie mit schriller Stimme mit jemandem am Telefon sprach. Auf mein zögerndes Klopfen rief sie: »Komm rein! Es ist Zeit.«

Hildie nahm mich bei der Hand, ihre Finger, jetzt eiskalt, fassten fest zu. Verängstigt durch das, was mit dunklem Flügelschlag auf uns zukam, verwandelte sie ihre Angst in munter versprühte Energie. »Tempo, Tempo. *Tempo*!« Als wir auf die Veranda hinausgingen, vergewisserte Hildie sich, dass ich den Kopf abgewendet hatte, führte mich zum Stuhl, drückte mich hinein und umschloss meinen Kopf mit den Armen. »Versprich, dass du dich nicht umdrehst. Versprich es!« Ich versprach es. »Gutes Kind! Erich, deine Tochter ist da, siehst du sie?« Ich musste schlucken und sagte: »Daddy? Guten Morgen.« Der süßliche Geruch des Todes war in der frischen trockenen Morgenluft sogar noch stärker. Die *Uh-uhhs*, die mein Vater sich abpresste, waren schwächer denn je und völlig unverständlich. Und Hildie übersetzte schnell: »Oh, er freut sich, dich zu sehen. Er dachte, du wärst weggefahren.« Zu meiner Bestürzung lachte Hildie. Sie stand hinter mir, lehnte sich gegen mich und hielt mich mit beiden Händen an den Schultern fest. »Er hat seine Versicherungsunterlagen bei sich. Sein Testament. *Ich* durfte mir die nie ansehen. *Ich* gehöre schließlich nicht zur Familie.« Hildie keuchte, lachte leise. »Los, *sprich*«, flüsterte sie mir ins Ohr. »Erzähl deinem Vater, warum du hier bist, alles. *Und sprich laut.*« Also begann ich zu erzählen, sprach davon, wie schön es gewesen sei, wenn er zu Hause angerufen hatte. Wenn das Telefon nach elf klingelte, wussten wir, dass er es war; das war jedes Mal wie Weihnachten und so aufregend! Er arbeitete in Alaska, in Kanada, im Nordwesten, am Pazifik. Offenbar wusste ich noch genau, wie er damals mit mir gesprochen hatte: »Es war immer etwas Besonderes, von dir zu hören, Daddy. Das kannst du dir gar nicht vorstellen.« Hildie lockerte ihren Griff, während ich redete. Ich hatte an diesem Morgen in aller Eile im Motel geduscht, und meine Haare waren noch nass und klebten mir am Hals; später merkte ich, dass ich das Shampoo nicht ganz ausgespült hatte. Ich war auch nicht dazu gekommen, mich richtig abzutrocknen, und meine Unterwäsche klebte mir unangenehm feucht am Körper. Ich keuchte, als hätte ich furchtbar rennen müssen, um hierher zu kommen. Mein Vater reagierte nur vage auf meine Worte, hörte mir aber, wie ich glaubte, zu. Ich erzählte ihm, dass Hendrick mich in Vermont angerufen hatte, erzählte von meiner Fahrt nach Utah: »Ich! Die ganze Strecke allein gefahren.« Bei meinen Freunden und Bekannten galt ich als unselbständig, als *nie ganz da*, wie sie immer sagten, womöglich eine Anspielung auf meine Unzugänglichkeit; doch wenn man mich jetzt mit Daddy hätte sprechen hören, hätte man meinen mögen, ich sei erst elf. Ich sprach von meinem Auto mit der gehemmten Zärtlichkeit, mit der Menschen gemeinhin über die Käuze und Exzentriker in ihrer Familie sprechen. Ich hörte mich erzählen, wie es zu dem Autokauf gekommen war und dass ich es mit dem Vorschuss eines Verlegers für mein erstes Buch bezahlt hatte. Ich sagte allerdings nicht – ich wusste ja noch nicht, dass es so kommen würde –, dass ich dieses Buch, das mir so viel bedeutete, *meinen Eltern Ida und Erich in liebendem Gedenken* widmen würde.

Es kam mir kindisch vor, dieses Prahlen gegenüber einem Sterbenden. Mein erstes Auto, mein erstes Buch. Doch Hildie sagte schnell, als klammere sie sich an eine Hoffnung: »Oh, ein Buch? Wie die in der Bibliothek? Ein richtiges Buch, nicht wie« – womöglich hatte sie *Taschenbuch* sagen wollen – »Mickey Spillane? Erzähl deinem Vater von deinem *Buch*.«

»Mein … Buch? Es sind …« Ich schwieg lange. Das Blut hämmerte in meinem Kopf. Ich war nicht sicher, ob ich bloß verlegen war oder richtige Scham fühlte, einen verworrenen Stolz, oder ob sich etwas von Hildies Hoffnung auf mich übertragen hatte. »… Geschichten. Sie spielen in Strykersville. Ich meine, nicht im richtigen Strykersville, Daddy, im Buch heißt der Ort anders, aber …« Was wollte ich erklären? Mein Vater atmete weiter rasselnd, versuchte aber gar nicht, etwas zu erwidern. Vielleicht war er schon zu schwach, vielleicht zehrte die Anstrengung zu atmen bereits alle Kräfte seines versagenden Körpers auf. »Ich wollte etwas Schönes machen, Daddy«, sagte ich, und jetzt brannten mir Tränen in den Augen, denn stimmte das? Konnte das stimmen? Was war denn *Schönheit*, verglichen mit den harten Anforderungen der Wahrheit? »Ich wollte etwas machen, was eine Weile überdauert, ich hoffe, eines Tages kann jemand es sehen, Daddy, ich ...« Ach, was wollte ich bloß vermitteln dadurch, dass ich einem Sterbenden solche Dinge erzählte? Fast rechnete ich damit, dass Hildie die Hand ausstreckte und mir eine Ohrfeige gab. »Ich will ja nicht behaupten, dass Schreiben mein Leben ist, Daddy, aber das Schreiben gehört für mich genauso dazu wie vielleicht das ... Träumen? Das Atmen?« Meine Worte mündeten in Fragen.

Ich saß am Totenbett meines Vaters und stammelte etwas, was ich kaum verstand. Saß in einem Korbstuhl mit durchhängendem Sitz, meine Kleider feucht und juckend, saß kerzengerade, so als ziehe mich jemand am Schopf nach oben. Seit ich achtzehn war, hielt ich mich immer so gerade, als hätte ich einen Besen verschluckt, hatte panische Angst davor, unwiderruflich krumm zu werden, schwabbelig zu werden wie eine Qualle, ohne Rückgrat. Wie oft hatte ich Vernor Matheius zusammengesackt an seinem Schreibtisch und sich mit den Daumen die müden Augen unter der Brille reibend gesehen – ein schrecklicher Anblick! Ich saß gerade, hoch aufgerichtet, schaute an dem Gewirr des auf Hildies Veranda wachsenden Weins vorbei wie an einem Vorhang, den Blick auf den Bahndamm gerichtet, und dachte: *Heute rettet uns kein Zug.* Hildie hatte bereits aufgehört, die erstickten Laute meines Vaters zu übersetzen, noch bevor er seinerseits völlig verstummte, vielleicht verstand selbst sie nicht mehr, was er sagen wollte, oder wagte nicht mehr, es vorzuspielen; vielleicht war sie auch verzweifelt. (Hildie hatte zwar mehrmals gesagt, sie würde die letzten Stunden meines Vaters nicht von Ärzten verpfuschen lassen, doch ich meinte zu wissen, dass sie heute Morgen mit einer Arztpraxis oder einem Krankenhaus telefoniert hatte.) Als mir die Worte ausgingen, flüsterte sie: »Sprich weiter. Du kannst jetzt nicht aufhören.« Ich dachte: *Ich sage Daddy, dass ich ihn liebe, sage Daddy, dass es in meinen Geschichten um Liebe geht, weil es um Wahrheit geht.* Ich bereitete mich noch darauf vor, diese schwierigen Worte auszusprechen, als ich schon ahnte, dass ich *Daddy, ich liebe dich* nicht sagen durfte, weil mein Vater im selben Moment sterben würde.

Wir hörten – was? – ein Telefon läuten. Im Haus. Hildie grub ihre Nägel in meine Schultern und schärfte mir ein, mich ja nicht umzudrehen, solange sie weg war. »Denk daran. Du hast mir dein Wort gegeben.«

Ich drehte meinen Kopf keinen Zentimeter, nachdem Hildie zum Telefon gelaufen war, hatte mir aber an diesem Morgen eine Spiegelscherbe eingesteckt, die ich auf dem Parkplatz gefunden hatte. Und die zog ich jetzt verstohlen aus meiner Blusentasche und hob sie mir langsam auf Augenhöhe, hielt sie so, dass mein Vater, selbst wenn er mich genau beobachtete, wovon ich nicht ausging, keinen Verdacht schöpfen konnte. Während ich weitersprach, kaum noch wissend, was ich sagte, und merkte, dass mein Vater nicht mehr zuhörte, bewegte ich die Hand mit dem Spiegel verstohlen nach links und erblickte etwas, was ich zunächst nicht deuten konnte. Vor meinen Augen war alles verschwommen, als blickte ich durch Wasser. *Eine bis aufs Skelett abgemagerte Gestalt, an einem schmutzigen Kissen lehnend. Ein kahler Schädel, der größer aussah als normal oder irgendwie verunstaltet, und ein kreuz und quer von tiefen Falten und Adern durchzogenes, verwüstetes Gesicht, die Haut aschgrau und gerötet zugleich, als sei sie gekocht worden. Der weit offen stehende Mund verschwand im Oberkiefer, der Unterkiefer war kaum mehr als ein zerrissener, zahnloser Fetzen Gaumen. Auf der rechten Gesichtshälfte und am Hals waren Striemen oder Brandstellen, und der Hals sah aus, als löse er sich in der Schulter auf. Die Augen! Ich hätte das Gesicht meines Vaters nicht erkannt, wenn die Augen nicht gewesen wären. Sie waren tief einge-*

sunken, umschattet, mit matt herabhängenden Lidern; es waren riesige, blicklos starrende Augen, suchten aber wie in einem Angsttraum doch meinen Blick, während ich in den kleinen Spiegel neben meinem Gesicht starrte. Das Gesicht wurde regelrecht knitterig vor Verärgerung, so als werde ein Handschuh zusammengedrückt, die skelettartige Gestalt erschauerte und stieß ein fast unhörbares gestöhntes, vorwurfsvolles Uhhuhhh aus.

Eine entsetzliche Schwäche bemächtigte sich meiner. Meine Augen sanken in ihre Höhlen zurück, und die Spiegelscherbe fiel mir aus der Hand und zersprang auf dem Boden in kleine Stücke.

9

Er hat mich nicht gesehen! Ausgeschlossen.

Es ist meine Schuld. Ich habe seinen Tod verursacht.

Nein: Er kann nichts gesehen haben. Nicht mit diesen Augen.

Er hat es gesehen; das verzeiht er mir nie.

Er hat nichts gesehen, und es gibt nichts zu verzeihen.

Er hat es gesehen, und er verzeiht. Ein Sterbender verzeiht.

Obwohl völlig verstört angesichts meines sterbenden Vaters, war ich, auf allen vieren und selbst gegen das Ohnmächtigwerden ankämpfend, so geistesgegenwärtig, die Spiegelscherben einzusammeln und mir in die Blusentasche zu stecken.

10

Nach dem Tod meines Vaters war ich eine Zeit lang krank. Doch ich wurde wieder gesund.

Mir war bewusst, dass ich mir Hildie Pomeroy zur Feindin machte. Trotzdem handelte ich zum ersten Mal in meinem Erwachsenenleben richtig erwachsen und sorgte dafür, dass der Leichnam meines Vaters nach Strykersville überführt und auf dem Friedhof der lutherischen Kirche neben meiner Mutter begraben wurde.

Arme Hildie! Ihr Plan war, meinen Vater in Crescent zu begraben; sie wollte es unbedingt. Ich verstand ja, dass sie den Wunsch hatte, für den Rest ihres Lebens Blumen an sein Grab zu bringen, verstand, dass sie den Wunsch hatte, sich das Gesicht kreidebleich zu pudern, sich die Lippen düster kastanienbraun zu schminken und schwarze Trauerkleider mit Rüschen zu tragen, verstand ihren Wunsch, wie ein Geist durch Crescent zu wandeln und Respekt, Ehrfurcht, Mitgefühl und sogar Neid zu erwecken. *Das ist Hildie Pomeroy. Der Mann, den sie geliebt hat, ist gestorben. Es vergeht kein Tag, an dem sie nicht um ihn weint.* Das alles verstand ich, konnte aber nicht nachgeben, weil mein Vater es anders gewünscht hatte.

Hildie war außer sich vor Zorn und warf mir vor, sie hintergangen zu haben. Sie und mein Vater hätten heiraten wollen, bevor Erich so krank wurde! Alle in Crescent wussten es und konnten es bezeugen! Verdammt, es war unfair.

»Du!«, sagte Hildie bitter. »Ich hätte dich gar nicht in mein Haus lassen sollen! Ich hätte gar keinen von euch anrufen sollen, ich hab's vorher schon gewusst. Hätte ihm sagen sollen, es ist niemand rangegangen. Du hattest kein Recht, dich so spät in das Leben meines Erich zu drängen. *Mich* hat Erich geliebt!«

Doch es gab das Testament, von meinem Vater unter Mühen handschriftlich verfasst, datiert ein paar Tage vor seinem Tod. *Falls die Versicherung für solche Kosten aufkommt, möchte ich auf dem Friedhof der lutherischen Kirche in Strykersville, NY, begraben werden & bitte meine Tochter, dies zu regeln. Die Versicherungssumme gehört ihr. Ich möchte meinen Hinterbliebenen nicht zur Last fallen. Meine irdische Habe übereigne ich in Dankbarkeit je zur Hälfte meiner Tochter & meiner Freundin Hildie Pomeroy*. Nach Abzug der Begräbniskosten blieb noch Geld übrig. Mein Vater hatte eine Lebensversicherung über siebentausend Dollar abgeschlossen, von der die Versicherungsgesellschaft, da die letzten Raten noch offen standen, fünftausendachthundert Dollar auszuzahlen bereit war, mehr als genug.

Ich war die Begünstigte meines Vaters. Diese Neuigkeit verblüffte mich.

Trotzdem war es unfair. Hildie hatte Recht. Ich sagte ihr, ich wolle nicht, was mir nicht zustand, versicherte ihr, dafür zu sorgen, dass sie von der Versicherungssumme bekam, was nach Abzug der Begräbniskosten übrig blieb. Hildie weinte und tobte. Sie wolle meine milden Gaben nicht. Ich wehrte mich gegen diesen Ausdruck: »Sie haben ihn zu sich geholt, ihn bis zum Ende gepflegt, Sie haben ihn geliebt. Und er Sie.« Hildie starrte mich mit wild funkelnden Augen an. Seit dem Morgen, an dem mein Vater starb, schminkte sie sich nicht mehr, tuschte sich nicht mehr die Wimpern, wurde zu einer Frau mittleren Alters mit kindlichen Zügen, verschrumpelter Haut und einem gekrümmten Körper mit widernatürlichen weiblichen Rundungen. Was sie hierauf erwiderte, schockierte mich so, dass ich mir vorkam, als habe sie mich geohrfeigt. »›Mich geliebt!‹ Weißt du was – du kotzt mich an. Du hältst mich wohl für blöd?« Ich schüttelte den Kopf, Nein, natürlich nicht, sie war ein lieber, großzügiger, nobler Mensch, noch dazu so tapfer, ein guter Mensch, mein Vater, sagte ich, habe sie sehr geliebt, hatte er sie nicht in seinem Testament namentlich genannt? »Ja, klar«, fauchte Hildie verächtlich. »Seine ›irdische Habe‹, dabei hatte er doch bloß Müll. Das Geld vermacht er dir. Scheiße!«

Den Scheck über dreitausendzweihundert Dollar, den ich Hildie Pomeroy ein paar Wochen darauf schickte, löste sie trotzdem ein.

Den VW verkaufte ich für zweihundertfünfundachtzig Dollar. Heimwärts flog ich, zum ersten Mal in meinem Leben; es war ein aufregendes Erlebnis, und obwohl ich regelrecht benommen war vor Erschöpfung, Trauer und Erleichterung, überwog, als ich in Buffalo ankam, doch die Erleichterung. Der Leichnam meines Vaters kam als Luftfracht mit einer anderen Maschine. Es war eine kleine Trauergemeinde beim Begräbnis in der lutherischen Kirche, keine dreißig Personen, die meisten davon Verwandte und Nachbarn, die ich seit meinem Weggang aus Strykersville nicht mehr gesehen hatte und die mich kaum wiedererkannten. *Idas Tochter? Sie ist das?* Von meinen Brüdern nahm sich nur Fritz die Zeit und kam. Auf dem gemeinsamen Grab tauschte ich das kleine hölzerne Grabzeichen meiner Mutter gegen einen bescheidenen, aber, wie ich fand, sehr schönen Stein aus, in den die Namen und die Geburts- und Sterbedaten beider Eltern eingemeißelt waren. Ich würde ihnen zwar nicht in diese steinige Erde folgen, aber meine Familie war nun vollständig.

Wenn es mit uns etwas wird, nehme ich dich irgendwann mit dorthin.